# 길상문연화루

덧없는 인생에도 기쁨은 있고

길상문연화루

吉祥紋蓮花樓 —— 덧없는 인생에도 기쁨은 있고

中

텅 핑 장편소설

허유영 옮김

문학동네

**일러두기**

1. 주석은 모두 옮긴이주다.
2. 장편 문학작품은 『 』, 단편·시는 「 」, 노래·희곡 등은 〈 〉로 구분했다.

- 제8장 -
**구멍**
7

- 제9장 -
**여택**
77

- 제10장 -
**인피에 수를 놓다**
131

- 제11장 -
**용왕관**
187

- 제12장 -
**식수촌**
275

- 제13장 -
**도철비녀**
373

## 이연화 李蓮花

길상문연화루의 주인. 강호의 명의로 알려졌지만
사실 의술에 대해서는 전혀 모른다. 온화하고 선량한 성격으로
지혜롭지만 겉으로는 어수룩한 척한다.

## 방다병 方多病

무림의 명문인 방씨 가문의 대공자이자 이연화의 친구.
감성적이고 섬세한 성격의 소유자다.

## 이상이 李相夷

사교인 금원맹에 대항하기 위해
형당 '불피백석'을 세운 사고문의 문주.
'불피백석'이라는 명칭은 이상이의 사제 출신인
기한불, 운피구, 백강순, 석수라는
네 사람의 이름에서 따온 것이다.
이상이는 십 년 전, 금원맹과의 결투중 종적을 감춘다.

## 적비성 笛飛聲

금원맹의 맹주이자 이상이의 숙적.

## 각려초 角麗譙

어룡우마방의 방주. 강호 제일의 미인.
수많은 강호 호걸의 구애에도 오로지 적비성을 향한 순정을 품고 있지만
눈 하나 깜짝하지 않고 사람을 죽이기도 한다.

제8장

구
멍

## 1. 시신들

'구멍'은 정말 땅 밑으로 난 좁은 굴이었다.

이주 소원진 사람이라면 모두 아는 이 '구멍'은 소원진 뒤편 난장강에 있는 것으로, 오래전부터 이곳 사람들의 근심거리였다. 소원진은 아주 귀한 조모록祖母綠*이 발견된 적 있다는 소문 외에도 이 굴 때문에 유명세가 따랐다. '구멍'에서 괴이한 소리가 나기 시작한 지 이십오 년, 드디어 어느 담력 센 영웅이 나타나 굴 입구를 덮은 흙을 걷어내고 그 속에 들어가 살펴보겠다고 나선 것이다.

이 소식이 전해지자 소원진 사람들은 너도나도 난장강으로 모여들었다. 그저 구경하러 온 사람, 그 겁 없는 '영웅'의 생김새를 살펴 자기 딸의 배필로 어울릴지 보러 온 사람, 영웅이 굴 아래서 뭘 찾아낼지 궁금해서 온 사람도 있었다. 어찌나 많이 몰려왔는지

---

* 에메랄드.

난장강에 산 사람이 죽은 사람보다 더 많을 지경이었다.

연지분을 팔러 다니는 등짐장수 아황阿黃도 어떤 이가 '구멍'에 들어가보기로 했다는 소문을 들었다. 아마 스물두번째로 그 소문을 들은 사람이었을 것이다. 하지만 잽싸게 난장강으로 향한 덕에 '구멍' 주위에 모인 구경꾼 틈에서 명당 자리를 차지할 수 있었다.

황토 더미 가운데 '구멍' 입구가 사람 한 명이 들어갈 수 있을 만한 크기로 둥글게 파헤쳐져 있었다. 그 아래는 시커먼 어둠이라 바닥이 보이지 않았다. '구멍' 속에서 삽으로 흙을 퍼내고 있는 젊은 이가 바로 소문의 그 영웅이었다. 두어 군데 기운 자국이 있는 회색 유삼 차림의 청년은 열심히 흙을 파내면서 한편으로는 자신을 둘러싼 구경꾼들을 의아하다는 눈빛으로 흘긋거렸다. 자신이 땅을 파는데 어째서 마을 사람들이 몰려들어 구경하는지 도통 모르겠다는 표정이었다. 설마 이 마을 사람들은 땅 파는 걸 처음 보기라도 하는 걸까?

"이보시오, 서생, 지금 뭘 하는 거요?" 구경꾼 틈에서 지켜보던 아황이 궁금증을 참지 못하고 물었다.

젊은이는 큼큼 헛기침을 한 뒤 온화한 투로 말했다. "이 근처에 우물이 없는데 마침 여기 굴이 있기에……"

구경꾼 틈에서 검은 옷을 입은 노인이 냉소하며 말했다. "난장강에 우물을 판다고? 허튼소리! 자네 어디서 왔나? 이 땅굴이 괴이하다는 소문을 듣고 보물을 찾으러 온 건 아니고?"

소원진 사람들이 왁자하게 웃음을 터뜨렸다. 아황은 의아했다. 이 젊은이는 이곳 사람이 아니었다. 이곳 사람들은 우물을 파지 않왔다. 물이 필요하면 오원하五原河에 가서 길어 오면 그만이었다. 게다가 이 사람 잡는 '구멍' 속에 무슨 보물이 있는지 정말 모른단 말인가?

"이 굴 속에는 물이 있습니다. 우물 입구가 조금 좁은 게 흠이지요." 회색 옷의 서생이 아무것도 모른다는 표정으로 말했다. "그래서 제 물동이가 들어가질 않습니다…… 물속에 보물이 있다면 저도 우물을 팔 생각은 안 했을 겁니다. 물이 더러울 테니까요."

검은 옷의 노인이 피식 찬웃음을 지었다. "이 '구멍'을 우물로 만들겠다니. 황천부黃泉府 때문에 온 거라고 왜 말을 못하누? 세상 천지에 이 '구멍' 밑에 물이 있다는 걸 아는 사람이 몇이나 되겠어? 당신, 어디서 온 작자요?"

회색 옷의 서생은 여전히 어리둥절한 표정이었다. "이 아래에 정말로 물이 있습니다." 그러고는 돌멩이를 주워 굴 속으로 던지자 풍덩하는 소리가 났다. 누가 들어도 물소리가 분명했다. 젊은이가 겸연쩍은 투로 말했다. "실은 제가 이 아래에 은자를 떨어뜨렸다가 물이 있다는 걸 알았습니다. 때마침 이 근처에 우물도 없고 해서……"

아황은 들을수록 참 이상했다. 그는 이곳 소원진에서 자랐지만 황견부黃犬府* 가 있다는 얘기는 들어본 적이 없었다. '구멍' 아래에 물이 있다는 얘기도 처음 들었다. 타지에서 온 두 사람이 뚱딴지같은 소리를 주거니 받거니 하는 걸 보고 있자니 우습기 짝이 없었다. 그때 검은 옷의 노인이 참으로 이상하다는 듯 회색 옷의 젊은이를 위아래로 훑어보았다. "정말로 우물을 파고 있단 말인가?"

회색 옷의 서생이 고개를 끄덕였다.

"자네 이름이 뭔가?"

"이연화라고 합니다."

젊은이의 대답을 들은 노인의 두 눈이 휘둥그레졌다. 마치 늙은 암탉이 순식간에 오리로 변하는 걸, 아니 생강오리섞으로 변하는 걸 보기라도 한 듯한 얼굴이었다. 노인은 냉담하던 표정을 지우고 난처해하다가 대뜸 웃음을 터뜨렸다. "허허허. 길상문연화루의 주인장이셨구료. 이 선생이 왕림한 줄 모르고 이 몸이 결례를 범했소. 용서해주시오! 허허허."

이연화가 빙그레 웃었다. "별말씀을요……"

"허허, 나보다 한발 먼저 온 사람이 이 선생일 줄은 몰랐구려." 검은 옷의 노인이 계속 너털웃음을 웃었다. "이왕에 이 선생이 여기까지 왔으니 이 '구명' 아래에 무슨 비밀이 있는지 알아보는 것도 좋겠소. 선생과 내가 함께 들어가 살펴보는 게 어떻겠소?"

이연화가 송구한 표정을 지었다. "그러실 것까지는 없습니다."

검은 옷의 노인이 자기 가슴팍을 두드렸다. "이 흑귀뚜라미는 한번 뱉은 말을 절대 주워 담지 않는다오. 내가 황천부를 찾도록 이 선생이 도와준다면 아래서 찾는 보물의 절반을 나눠주겠소. 한 입으로 두말하진 않을 테니 믿어보시오."

"아, 다 가지셔도 됩니다. 저는……"

이연화의 반응에 흑귀뚜라미가 더욱 목청을 높였다. "절반이 너

---

* 천(泉)과 견(犬)의 중국어 발음이 같다.

무 적어서 그런다면 황천부에 있는 진귀한 보물을 다 드리겠소. 이 흑귀뚜라미는 『황천진경黃泉眞經』을 찾기만 하면 다른 보물에는 손 끝도 대지 않을 거요!"

흑귀뚜라미가 몸을 돌려 구경꾼을 향해 말했다. "땅 파는 걸 도 와주는 사람에게 땅속에서 나오는 보물을 나눠주겠소!"

여기 젊은 서생이 유명한 인물인 모양이라고 짐작하며 둘의 대 화를 흥미진진하게 듣던 마을 사람들은 뜻밖의 제안에 서로 눈치 만 살폈다. 이내 청년 몇이 돕겠다고 소매를 걷어붙이고 나섰다.

이연화가 놀라 멍해 있는 사이 그의 손에 들려 있던 나무 삽을 다른 사람이 낚아채 갔다. 마을 사람들이 몰려들어 흙을 파내자 좁 았던 '구멍'이 금세 큰 갱으로 변했다. 아래가 아주 깊은지 햇빛이 밑을 비췄지만 물이 있는지는 보이지 않았다. 사람 머리통만하던 입구가 넓어지자 아주 깊은 동굴이 보였다. 축축한 동굴 벽에는 뭔 가가 기어가면서 생긴 흔적인 듯 길게 파인 자국이 여러 줄기 나 있었다.

"하하하! 역시 여기 있었군!" 흑귀뚜라미가 기뻐하며 사람들 틈 에서 한 명을 덥석 붙잡더니 횃불을 들고 앞장서라고 시켰다.

검은 옷 노인에게 붙잡혀 앞으로 끌려나간 아황은 가슴이 철렁 했다. 굴 안으로 들어가라니 정말 내키지 않았지만 노인이 허리춤 에 검을 차고 있어서 감히 거부할 수도 없었다.

흑귀뚜라미가 큰 소리로 웃었다. "이 선생, 일품분에서 큰 수확 을 거두셨다고 들었소. 그때처럼 운이 좋다면 선생은 이 아래서도 열 평생을 풍족하게 살 만큼 재물을 얻을 것이고, 난 천하제일의 무공을 얻을 것이오. 하하하…… 내려가봅시다!"

이 흑귀뚜라미는 무림에서 활동하는 녹림호한綠林好漢*이었다. 무공으로 치면 흑도**에서 열아홉이나 스무번째에 들 정도로 실력이 뛰어난 편이었지만 근래 들어 조용히 강호에 묻혀 살고 있었는데, 이제 보니 『황천진경』을 찾으러 다녔던 것이다. 『황천진경』은 이상이의 상이태검과 적비성의 비풍백양에 버금가는 무공비급이었다. 이 책의 주인은 자칭 '염라왕閻羅王'이라는 사람인데, 수십 년 전 강호에서 열 손가락 안에 꼽히는 고수의 기묘한 죽음이 바로 이 염라왕의 소행이라고 했다. 그러나 황천부와 『황천진경』을 둘러싼 갖가지 소문은 대부분 전설 같은 얘기였고 실제로 염라왕을 만나봤다는 사람은 한 명도 없었다.

이연화는 마지못해 맨 뒤에 서고, 아황은 마지못해 맨 앞에 섰다. 세 사람이 천천히 '구멍' 속으로 내려갔다. 굴 벽의 '계단'은 갈퀴로 대충 파낸 것처럼 엉성했다. 흙이 무른 곳도 있고 단단한 곳도 있었는데 모래와 자갈이 많이 섞였는지 몸을 움직일 때마다 모래가 우수수 떨어졌다.

동굴 바닥은 지상과 꽤 멀리 떨어진데다 물이 고여 있어서 몹시 축축했다. 지면으로부터 대여섯 길쯤 내려갔을까. 아황이 희미한 횃불 빛 속에서 동굴 아래쪽에 뭔가 어렴풋이 튀어나온 것을 보았다. 본능적으로 횃불을 내밀어 아래를 비춰봤다가 비명을 내지르

---

* 산적, 도적을 일컫는 말.
** 무공을 악한 곳에 쓰는 무리를 일컫는 말.

며 그 자리에서 꼼짝도 못하고 바들바들 떨었다.

축축한 동굴 벽에 둥그스름하게 튀어나와 있는 것은 사람의 머리였다. 오랫동안 진흙 속에 있었던지 구더기로 뒤덮였지만 얼굴에는 여전히 표정이 남아 있었다. 괴이하고도 기묘한 미소였다. 마치 죽음이 반가운 사람처럼.

흑귀뚜라미도 놀라기는 마찬가지였다. 이연화도 "어이쿠!" 하고 소리를 내더니 이내 중얼거렸다. "무서워. 무서워."

흑귀뚜라미가 허리에 차고 있던 검을 빼내 그 머리를 가볍게 찔러봤다. '탁' 하는 둔탁한 소리와 함께 검 끝에 딱딱한 물체가 닿았다. "이 머리는 나무로 만든 것이군요. 구더기까지 뿌려놔서 꼭 진짜 같네. 이게 다 뭐지!"

이연화가 안도의 한숨을 내쉬며 말했다. "나무 조각이군요."

아황은 놀란 가슴이 쉽게 진정되지 않았다. 이연화가 아황을 대신해 그의 손에 들려 있던 횃불을 가져가 흑귀뚜라미와 함께 그 가짜 머리를 자세히 살펴보았다. 흑귀뚜라미가 검을 휘둘러 그 나무 조각 주위의 진흙을 파내는데 조각이 갑자기 떨어져 '풍덩' 하는 물소리가 들렸다. 가짜 머리 아래로는 흙뿐, 아무것도 없었던 것이다. 누군가가 실수로 굴에 떨어뜨렸던 걸까?

세 사람이 천천히 기어 세 길가량을 더 내려가자 드디어 동굴 바닥에 닿았다. 바닥에는 정말로 물이 고여 있었다. 이연화가 횃불을 앞으로 뻗자 희미한 불빛 아래로 물위에 둥둥 떠 있는 백골이 보였지만 모두 물고기 뼈였다.

흑귀뚜라미가 고개를 갸우뚱했다. "어라? 이 아래에 이렇게 물고기가 많다니."

이연화가 무심히 "음" 하고 짧은 소리를 내는데 이연화의 뒤에 숨어 벌벌 떨고 있던 아황이 갑자기 비명을 질렀다. "귀, 귀신이 다!"

흑귀뚜라미가 고개를 홱 쳐들었다. 동굴 바닥에서 세 척 정도 되는 높이에 작은 구멍이 있는 게 눈에 띄었고, 그 구멍으로 형형한 눈동자 두 개가 휙 스쳐지나가는 게 보였다. 흑귀뚜라미가 기겁해 숨을 헉 들이마시는데 옆에서 이연화가 조용히 중얼거렸다. "고양이……"

아황이 가슴을 쓸어내렸다. "이렇게 깊은데 어떻게 고양이가 있을까요?"

"여긴 좀 이상하군요. 흑 대협, 여기가 그 황천부는 아닌 것 같아요. 그런데……" 이연화는 고개를 들어 멍한 시선을 컴컴한 동굴 벽으로 옮기더니 딴생각에 빠진 듯 말을 잇지 않았다.

흑귀뚜라미가 콧방귀를 뀌었다. "그럴 리 없소. 내가 백방으로 알아본 바로는 이곳이 황천부가 맞소! 『황천진경』은 틀림없이 이 동굴에 있소!"

이연화가 말했다. "여긴 그냥 커다란 구덩이입니다. 토질이 무르고 바닥에 물이 있어 지하 궁전을 짓기엔 알맞지 않은 것 같습니다."

흑귀뚜라미는 순간 흠칫했지만 완고하게 말했다. "조금 전 목각 인두人頭를 찾지 않았소. 이곳이 기이하지 않다면 어찌 그런 인두가 있겠소?"

이연화가 한숨을 쉬었다. "이곳이 기이한 것과 황천부는 크게 상관이 없는 듯합니다만……"

흑귀뚜라미는 고집을 꺾지 않았다. "난 그 가짜 인두 외에는 아무것도 보지 못했소."

이연화가 눈을 휘둥그레 떴다. "아무것도 보지 못하셨다고요?"

흑귀뚜라미가 멈칫했다가 성난 투로 말했다. "빛이라곤 선생이 들고 있는 그 횃불뿐이잖소. 깜깜해서 한 치 앞도 보이지 않는데 뭘 볼 수 있겠소?"

이연화가 중얼거렸다. "가끔은 보지 못하는 것도 복이 될 수 있군요……"

흑귀뚜라미는 더 부아가 치밀었지만 화를 낼 수도 없어 잔뜩 내리누른 목소리로 물었다. "그러는 이 선생은 뭐 좋은 거라도 발견했소?"

이연화가 횃불을 위로 들어올리자 희미했던 불꽃이 갑자기 화르륵 타올랐다. '구멍' 벽이 불빛에 환하게 밝혀짐과 동시에 "으악!" 하는 비명이 터져나왔다. 아황은 그 자리에서 기절하고, 녹림을 떠돌며 산전수전을 겪은 흑귀뚜라미도 경악했다.

조금 전 그 작은 구멍이 있던 맞은편 벽에 수많은 쇠고리에 묶인 시신 두 구가 걸려 있었다. 동굴 벽의 토질은 물렀지만 시신이 매달린 곳은 암석 위였다. 쇠고리가 암석에 단단히 박혀 있으니 빠져나올 수 없었을 것이다. 시신 주위로 드문드문 박힌 작은 비취색 돌멩이가 불빛을 받아 희미한 초록빛을 반사해 으스스한 분위기를 만들었다. 그 외에도 암석에는 단검 자국, 장검 자국, 심지어 화살을 꽂았던 흔적과 불에 그을린 듯 거무스름한 자국도 있었다. 시신 한 구에는 갈비뼈 세 개가 보이지 않았다. 죽기 전 학대를 당한 듯했지만 단정할 순 없었다.

놀란 가슴이 진정된 흑귀뚜라미가 시신 두 구를 살펴보았다. "죽은 지 수십 년은 지난 것 같소. 여긴 대체 뭘 하던 곳일까요?"

"돼지를 매단 쇠고리, 죽은 돼지, 칼자국." 이연화가 불쑥 웃음을 터뜨렸다. "분명 도살장이었겠군요. 특히 사람을 죽이는 살인을 하는 곳."

흑귀뚜라미는 온몸의 잔털이 곤두섰다. 이토록 은밀한 '도살장'에서 살해당한 사람은 대체 누굴까? 살인을 한 사람은 또 누구고?

그때 이연화가 흑귀뚜라미의 귓가에 대고 속삭였다. "살인을 한 사람은 아마 대협이 찾는 '염라왕'인 듯합니다."

흑귀뚜라미가 깜짝 놀라 흠칫 몸을 떨었다. 온몸에 식은땀이 흐르고 가슴이 두근거렸다.

이연화가 계속 속삭였다. "이 밑에서 빛과 연기가 새어나오고 밤마다 굉음이 들린다고 마을 사람들에게 들었습니다. 대협께서는 이 세상에 귀신이 있다고 믿으십니까?"

흑귀뚜라미가 망설임 없이 고개를 가로젓자 이연화가 진지한 표정으로 말했다. "귀신이 아니라면 사람이겠지요."

흑귀뚜라미가 떨리는 목소리로 말했다. "하지만 여긴 출입구도 없잖소. '구멍'의 입구는 사람 머리 하나 들어갈 정도밖에 안 되고. 분명 산 사람이 출입할 수 없는 구조요."

이연화가 한숨을 내쉬었다. "명색이 흑귀뚜라미도 모르는 일을 제가 무슨 수로 알겠습니까……" 거기까지 말하던 이연화가 갑자기 동쪽을 가리켰다. "저 고양이가 또 왔군요."

흑귀뚜라미가 고개를 돌렸지만 고양이는 보이지 않았다. 그 대신 동굴 벽 작은 골 입구에 어지럽게 남아 있는 기괴한 흔적들이 눈에 들어왔다. "응?" 흑귀뚜라미가 그쪽으로 다가갔다.

고양이가 드나드는 통로는 바닥에서 세 척 정도 높이에 나 있는 작은 골이었다. 골 안으로 불빛을 비춰봤지만 아무것도 보이지 않고, 골 주위의 축축한 진흙에 뭔가가 기어올라간 흔적이 어지럽게 나 있었다. 손을 뻗어 그곳을 더듬어보던 흑귀뚜라미의 안색이 조금 변했다. "흙이 단단해!"

이연화가 고개를 끄덕였다. 누군가 황토를 인위적으로 다져놓은 흔적이었다. '구멍' 안 다른 곳의 모래 섞인 무른 흙과는 판이했다. 그 단단한 흙 위에 남은 흔적은 사람 손톱이나 짐승 발톱으로 미친듯이 흙을 파내면서 생긴 자국인 것 같았다. 하지만 골은 너무 낮았다. 간절히 바라지만 손에 넣지 못한 보물이 이 골 안에 있는 걸까?

흑귀뚜라미가 검을 꺼내 찔러봤지만 골 안은 텅 비어 있었다. 검을 흔들자 '땅' 하고 금속 부딪히는 소리가 났다. 골 안에 쇠붙이가 있는 게 분명했다. 흑귀뚜라미와 이연화가 서로를 쳐다보았다. 설마 골 안에 문이 있나? 하지만 흑귀뚜라미가 두들겨보니 그 작은 골 입구 주변만 단단한 황토로 되어 있을 뿐 나머지는 모두 손만 대도 부스러지는 모래흙이어서 조금만 움직이면 모래와 자갈이 떨어져내렸다. 흑귀뚜라미가 풀죽은 표정으로 검을 거뒀다. "보아

하니 여긴 황천부가 아닌 것 같소. 괴이한 곳인 듯하니 어서 나가
는 게 좋겠소……"

그의 말이 다 끝나기도 전에 아황의 비명이 들려왔다. 그 목소
리가 일으킨 진동에 모래가 우수수 떨어졌다. "시신이에요! 시시
시시신……"

이연화가 급히 고개를 휙 돌렸다. 동굴 바닥에 고여 있던 물이
그들의 발에 채여 파문이 일면서 물고기 뼈가 물에 휩쓸렸고 그 아
래로 시신 한 구가 드러났다. 벽에 매달린 두 구 외에 또다른 세번
째 시신이었다. 아황은 비명을 지른 뒤 까무라쳐 고개를 뒤로 젖히
며 물위로 쿵 고꾸라졌다.

흑귀뚜라미가 아황을 물속에서 일으켜세웠다. 이연화는 물속의
시신을 뚫어지게 쳐다보다가 한참 뒤 입을 열었다. "절반뿐이군
요……"

흑귀뚜라미가 자세히 보니 물에 잠긴 시신은 정말로 절반뿐이
었다. 두개골과 양쪽 어깨 그리고 그 아래로 이어지다가 허리춤 아
래로는 아무것도 없었다. 가슴에는 갈비뼈 세 개가 없었고, 갑자기
부러진 듯한 뼈와 비정상적으로 비틀어진 뼈도 있었다.

설마 몸의 절반만 갖고 태어난 괴인일까? 흑귀뚜라미는 속으로
생각했다. 움직임이 자유로운 괴인이 시신 두 구를 동굴 벽에 매달
았고, 그후 알 수 없는 이유로 괴인은 동굴 속에서 죽은 뒤 오랜 세
월 방치된 걸까?

흑귀뚜라미가 복잡한 생각에 잠겨 있는데 이연화가 중얼거렸
다. "그토록 위세가 대단하던 우두마면牛頭馬面이 여기서 죽다니.

20

그것도 우마가 서로 떨어진 채로……"

흑귀뚜라미가 어리둥절해서 물었다. "우두마면?"

이연화가 왼쪽에 매달린 시신 쪽으로 횃불을 천천히 움직였다. "보세요."

흑귀뚜라미는 횃불을 따라 그 시신으로 시선을 옮겨 유심히 살펴보다가 한참 만에 깨달았다. 그 시신도 물속에 있는 것과 마찬가지로 갈비뼈 세 개가 없었다. 물속의 절반뿐인 백골은 두 다리가 없었다. 설마 이 시신 두 구가 실은 한 구였단 말인가? 왼쪽에 매달린 백골이 원래 머리와 상체는 둘인데 다리가 한 쌍뿐인 괴인이었다고?

강호의 전설에 따르면, 황천부 염라왕 휘하의 일인자인 우두마면은 잔인하고 극악무도한 자로 저승사자처럼 눈 하나 깜짝하지 않고 사람을 죽이고, 살인을 한 뒤에는 반드시 '염라대왕이 삼경에 죽이라 했으니 어찌 오경까지 기다렸다 죽이겠는가'라는 글을 남겼다고 한다. 머리가 둘에 팔은 넷 달렸는데 형제의 하체가 이어져 다리 한 쌍을 함께 썼다. 한 사람은 '우두', 다른 한 사람은 '마면'이라 불리며 수십 년 전 강호에서 악명을 떨쳤다. 그랬던 형제가 지금 서로 분리되어 '구멍' 바닥에서 죽은 채 발견된 것이다. 문득 섬뜩하고 끔찍한 기운이 동굴 안을 가득 채웠다.

"우두마면이 여기서 죽었다니!" 흑귀뚜라미의 낯빛이 기쁨인지 슬픔인지 모르게 바뀌었다. "그렇다면 이곳이 황천부와 관련있는 것이 분명하오!『황천진경』이 여기 있을 것이오!"

이연화의 횃불이 이번에는 오른쪽에 매달린 다른 유골 쪽으로 움직이더니 조금 흔들렸다. 흑귀뚜라미의 낯빛이 또 변했다. 일순간 환희가 사라지고 공포가 그 자리를 채웠다. 왼쪽이 우두마면이라면 오른쪽은 누굴까?

만약 오른쪽이 염라왕이라면, 과연 누가 그 극악무도한 우두마면을 산 채로 분리시키고, 중천에 뜬 태양처럼 기세등등하고 신비롭고 잔인했던 염라왕을 죽였단 말인가? 정말로 염라왕이 죽었다면『황천진경』은 어디에 있을까? 이곳에서 무슨 일이 있었을까?

누군가 아무 흔적도 없이 '구멍'을 드나든 걸까? 고양이가 드나드는 그 골 뒤에 문이 있을까?

"이…… 이게…… 정말 염라왕이오?" 흑귀뚜라미가 오른쪽 유골을 가리키며 떨리는 목소리로 물었다.

이연화가 고개를 젓자 흑귀뚜라미의 얼굴에 화색이 번졌다. "아니오?"

이연화가 미안한 표정으로 말했다. "저도 모릅니다……"

흑귀뚜라미가 낯빛을 굳히며 성을 냈다. "이것도 모른다 저것도 모른다. 대단한 명성에 전혀 걸맞지 않군. 그럼 선생은 대체 아는 게 무엇이오?"

이연화가 우물거렸다. "제가 아는 건 딱 하나입니다……"

흑귀뚜라미가 다그쳐 물었다. "그게 뭐요?"

이연화가 진지하게 말했다. "고양이는 구멍을 팔 줄 모르니 저갱 뒤에 틀림없이 문이 있을 겁니다."

마침내 흑귀뚜라미의 화가 폭발했다. "그건 선생이 말하지 않아도 나도 아는 사실이오!" 흑귀뚜라미가 성난 눈을 부라리며 그

'문'을 노려보았다. 확실히 이상하긴 했지만 어떻게 손을 써야 할지 알 수 없었다.

바로 그때 들릴 듯 말 듯 '쐬쐬' 하는 소리가 들려왔다. 그 골을 계속 응시하던 흑귀뚜라미는 동굴 벽에서 모래가 떨어지는 것을 보았다. 골이 좀전과 다르게 보였다.

순간 이연화가 외쳤다. "조심하세요!" 무슨 일이 일어났는지 미처 깨닫기도 전에 휘익 하는 소리와 함께 시야가 어두워졌다. 시야가 빠르게 어두워지는 가운데 이연화는 어디선가 피가 뿜어져나와 허공에 흩어지며 시커먼 형상이 만들어지는 것을 보았다.


## 2. 개똥밭에 굴러도 이승이 좋다

"그다음엔?"

이연화가 '중상'을 입었다는 소식을 들은 방다병이 먼길을 달려 찾아왔을 때, 중상을 입었다던 사람은 시장에서 장을 보는 중이었다. 심지어 잔뜩 신이 난 표정으로 남의 광주리 속에 있는 닭과 오리를 주시하고 있었는데, 어찌나 집요하게 쳐다보는지 닭과 오리의 깃털이 곤두설 정도였다. 방다병이 시장에서 닭 구경을 하는 이연화를 잡아다 길상문연화루에 데려다놓고, 그간 벌어진 일들을 듣던 중에 절반쯤 얘기하던 이연화가 갑자기 말을 멈춘 참이었다.

"그다음엔." 이연화가 느릿느릿 말을 이었다. "흑귀뚜라미가 죽었어."

방다병은 답답해서 미칠 지경이었다. 염라왕과 우두마면이 동굴에 갇혀 살해당한 건 여간 놀라운 사건이 아닌데, 그들의 백골을 직접 본 자가 이처럼 뜸을 들이며 시원스레 얘기해주지 않으니 말이다.

"어떻게 죽었어? 그 아황이라는 사람은? 넌 어딜 다친 거고?"

이연화가 손바닥을 펼쳐 보였다. 연홍색 선 한 가닥이 새하얀 손바닥을 가로지르고 있었다.

방다병이 이연화의 손을 붙잡고 햇빛에 비추며 한참을 들여다보았다. "이게 뭐야?"

이연화가 정색하며 말했다. "상처잖아!"

방다병이 미간을 찡그리며 한참을 더 들여다보다가 중얼거렸다. "이거…… 어디 덴 거야?"

이연화가 고개를 끄덕였다. "응."

방다병이 버럭 화를 내며 이연화에게 삿대질을 했다. "나한테 보낸 편지에는 '실수로 상처를 입어 손을 들 수 없으니 네가 와서 도와주길 바란다'라고 썼잖아. 네가 말한 부상이 이거야?"

이연화가 큼큼 헛기침을 했다. "손을 다친 건 사실이잖아……"

"흥!" 방다병이 콧방귀를 뀌고는 야멸차게 쏘아붙였다. "됐어! 흑귀뚜라미가 어떻게 죽었는지나 얘기해봐. 이 하찮은 상처는 또 어쩌다 생긴 거야? 아황은?"

이연화가 주먹을 쥐고 방다병의 눈앞에서 휙 움직여 보였다. "흑귀뚜라미는 그 골에서 날아온 쇠화살을 맞고 죽었어."

"아." 방다병이 탄성을 내뱉었다. "그 골이 기관*이었어?"

"그건 모르겠어…… 하지만 이상한 건, 그 쇠화살이 아주 뜨거 웠다는 거야. 마치 화로에 달군 것처럼." 이연화가 손바닥을 펼쳐 보였다.

방다병이 무릎을 탁 쳤다. "흑귀뚜라미를 구하려고 화살을 잡았 다가 덴 거구나. 그런데도 흑귀뚜라미는 죽었고."

이연화가 고개를 끄덕였다. "넌 역시 똑똑해."

방다병이 또 콧방귀를 뀌고는 성난 목소리로 말했다. "하지만 무공은 형편없지!"

방다병은 이연화의 말, 특히 그가 자신을 칭찬하는 말은 절대로 믿지 않았다.

이연화가 말을 이었다. "어찌나 빠르게 날아오던지 사람이 쏜 것 같지 않았어. 하지만 이십 년 넘게 동굴 속에 있었던 기관이 그 렇게 완벽하게 작동한다는 것도 믿기 힘들어."

방다병의 눈동자가 조금 반짝였다. "그렇다면?"

이연화가 한숨을 내쉬었다. "거기 누군가 있을 거야."

방다병이 믿을 수 없다는 표정을 지었다. "수십 년 동안 열 길 밑 흙구덩 속 시신 옆에 사람이 숨어 있었다는 거지? 정말 기이한 데. 그토록 긴 세월 동안 흙을 파먹고 산 건가?"

"그건 알 수 없지……"

그렇게 중얼거리던 이연화가 갑자기 "악!" 하고 외치자 깜짝 놀 란 방다병이 두리번거렸다. "왜 그래?"

---

* 침입자를 막기 위한 함정이나 장치.

이연화가 시장에서 사 온 두부 두 모를 들어올렸다. "푹푹 찌는 날씨에 얘기하느라 정신이 팔려서 두부가 다 쉬어버렸잖아."

방다병이 두부를 흘겨보았다. "내가 요릿집에 가서 밥 살게."

이연화가 미안한 표정으로 말했다. "안 그래도 되는데……"

방다병은 이연화를 데리고 성큼성큼 걸어 마을에서 제일 좋은 요릿집으로 가다 문득 몸을 돌려 물었다. "너 일부러 두부를 쉬게 한 건 아니지?"

이연화가 정색하며 말했다. "그럴 리가 있겠어……"

두 사람은 소원진의 두부요릿집으로 갔다.

방다병은 이 요릿집에서 차려낼 수 있는 모든 음식을 주문하려고 했지만 이연화가 양춘면을 먹겠다고 고집을 부리는 바람에 어쩔 수 없이 잔뜩 심통이 난 채 이연화와 함께 양춘면을 시키고 동전 여덟 닢을 냈다. 황주 한 주전자도 시켜 술 향기를 음미하다 물었다. "참, 그 아황이란 자는 어떻게 됐어?"

이연화가 고개를 젓자 방다병이 의아한 얼굴로 물었다. "무슨 뜻이야?"

이연화가 한숨을 내쉬었다. "나도 몰라……"

"모른다고? 멀쩡히 살아 있던 사람이 어떻게 됐는지 모른다는 거야?"

이연화가 시무룩한 얼굴로 말했다. "화살이 날아오면서 일으킨 바람이 내가 들고 있던 횃불을 꺼뜨렸어. 손으로 더듬어서 흑귀뚜라미 시신은 찾았는데 아무리 해도 아황은 찾을 수 없었어. 흑귀뚜라미를 '구멍' 밖에다 업어다놓고 다시 들어가서 찾아봤는데도 역시 못 찾았어. 한마디로 행방불명된 거지."

"엄청 수상한데! 그 연지분 장수 아황이 흑귀뚜라미를 쏴죽인 범인일지도 몰라!"

이연화가 고개를 저었다. "그건 불가능해."

방다병이 미심쩍은 표정으로 이연화를 위아래로 훑어보다가 물었다. "그러면서 넌 이 사건에 대해 아무 단서도 없단 말이야?"

이연화는 연거푸 한숨을 쉴 뿐 아무 대답도 하지 않았다.

두 사람이 반주를 곁들여 양춘면을 먹고 있을 때 갑자기 요란한 소리와 함께 옆에 있던 탁자가 뒤집어졌다. 탁자 위 술과 음식이 바닥으로 쏟아지고 행색이 허름한 노인이 누군가에게 떠밀려 바닥으로 나둥그러졌다. 우람한 체구에 가슴에 검은 털이 북슬북슬한 사내가 노인의 가슴팍을 발로 밟고 잘근잘근 짓이기며 욕을 퍼부었다. "염병할 노인네! 잔말 마! 당신 집에 금은보화를 감춰둔 걸 내가 모를 줄 알아? 은자 백 냥 빚을 오늘 당장 갚아!" 사내가 바닥에 쓰러진 노인의 멱살을 쥐고 번쩍 일으켜 높이 쳐들었다. "살고 싶으면 집에 있는 진주와 비취를 당장 가져와!"

남루한 행색의 노인이 쉰 목소리로 말했다. "진주와 비취 같은 건 내게 없소……"

사내가 씨익 웃으며 말했다. "엄嚴씨 집안이 몇십 년 전만 해도 이 마을에서 제일가는 부자였다는 걸 모르는 사람도 있나? 그 여자가 재산을 거의 다 가지고 도망쳤더라도 바보 천치가 아니고서는 조금이라도 꿍쳐둔 게 있을 거 아냐? 이 고달한高達韓의 돼지 잡는 칼을 당신이 망가뜨렸잖아! 조상 대대로 물려받은 칼이니 은자

백 냥은 받아야겠어! 내놓지 않으면 관부에 고발할 거야. 관부 나리가 내 사촌형의 친척이란 말이지……"

방다병이 미간을 잔뜩 찡그리며 그 사내를 보았다. "누구야?"

이연화가 말했다. "이 마을 백정. 몇 년 전에는 밑천 없이 사기나 치고 남을 등쳐먹고 살았다는데, 그러다 누구에게 무슨 짓을 당했는지 고향으로 돌아와 돼지를 잡으면서 살고 있대."

"밑천 없는 장사인 건 이래저래 매한가지네. 보아하니 꽤 오랫동안 횡포를 부린 것 같은데 아무도 막는 사람이 없었단 말이야?"

이연화가 느릿느릿 방다병을 쳐다보았다. "횡포한 자를 제압하고 약한 이를 도와주는 청년 영웅들은 강호로 모여들고 이런 곳에는 오지 않기 때문이지."

그때 고달한이 노인을 힘껏 내동댕이쳤다. 상황이 심상치 않자 방다병이 벌떡 일어나 몸을 날려 두 사람 사이에 끼어들었다. "이제 그만하시오! 사람을 어찌 그리 괴롭힌단 말이오. 도저히 그냥보고 있을 수가 없군."

날렵한 방다병의 몸놀림에 고달한의 낯빛이 변했다. 어디서 온고수인지 모르겠지만 자기 실력으로 대적할 수 없다는 걸 직감한고달한은 "흥!" 하고 콧방귀를 뀌고는 몸을 홱 돌려 떠났다.

방다병은 소매를 펄럭이며 의기양양하게 자리로 돌아와 천천히앉았다. 그의 화려한 흰옷이 살짝 들춰지며 허리춤에 찬 옥단적短笛이 얼핏 보였다. 일거수일투족이 여유 있고 시원스러우며 더없이고귀하고 멋스러웠다. 그의 앞에 빈 양춘면 그릇이 놓여 있지 않았다면 틀림없이 숱한 애모의 시선을 받았을 것이다.

바닥에 쓰러졌던 노인이 몸을 일으켰다. 주름이 자글자글하고 거무스름한 반점이 잔뜩 나 있어 보기 흉한 얼굴이었다.

이연화가 얼른 노인을 부축하며 따뜻한 말투로 물었다. "이쪽으로 앉으세요. 다친 데는 없나요?"

노인이 숨을 헐떡이며 쉰 목소리로 말했다. "반평생 살면서 좋은 사람이라고는 못 만나봤는데 두 분께 큰 은혜를 입었소. 쿨럭쿨럭……"

이연화가 황주를 한 잔 따라 건네자 노인이 떨리는 두 손으로 받아 한 모금 마신 뒤 계속 밭은 숨을 내쉬었다.

"어쩌다 저런 자에게 원한을 사셨습니까?" 방다병이 의아한 표정으로 물었지만 노인은 한숨만 쉴 뿐 대답하지 않았다.

이번에는 이연화가 물었다. "대장장이이신가요?"

노인이 고개를 끄덕이며 거슬거슬한 목소리로 말했다. "고달한 이 자기 칼을 가져와서는 칼날에다 길게 홈을 파달라고 했소. 고기에 꽂아 피를 뺄 때 쓴다면서. 그런데 내가 늙어서 눈이 좋지 않아 실수로 칼을 부러뜨리고 말았소. 그후로 줄곧 은자 백 냥을 물어내라는데 나한테 그런 큰돈이 어디 있겠소? 요즘은 주먹 센 놈이 제일인 세상 아니오? 게다가 아무도 단속하지 못하니 나같이 의지할 데 없는 늙은이는 목숨을 부지하기 힘들지요."

방다병이 동정어린 표정으로 연방 고개를 끄덕였다. "악독한 놈이로군요. 오늘밤에 혼쭐을 내줘야겠습니다."

이연화가 물었다. "그자가 끈질기게 돈을 내놓으라고 협박하는 이유가 있습니까?"

"엄씨 집안이 원래 이 마을의 부자였소. 몇십 년 전 안주인이 한 사건에 휘말리는 바람에 일족이 쫓겨나고 이 늙은이만 남았다오. 쿨럭쿨럭…… 마을 사람들은 아직도 내가 은자를 감춰뒀다고 생각하지만, 내게 정말 은자가 있다면 이 꼴로 살겠소? 쿨럭쿨럭……"

방다병은 점점 더 노인이 측은해 보였다. 이연화가 노인에게 술을 한 잔 더 따라줬지만 노인은 손사래를 치며 사양하고는 떨리는 몸을 일으켜 비틀거리며 떠났다.

"도처에 악질들이 있구나." 방다병은 화가 치밀어 고달한을 어떻게 손봐줄지 궁리했다.

이연화가 요릿집 점원을 손짓해 부르더니 점잖게 방다병을 가리키며 말했다. "이 공자님께서 자네에게 술을 사주겠다고 하니 요리 두 접시를 더 내오게."

마침 술을 들이켜던 방다병은 그 말에 사레가 들렸다. "켁켁."

눈치 빠른 점원이 눈동자를 반짝이더니 곧장 부엌으로 가서 제일 비싼 요리 두 접시를 주문해 들고 쪼르르 다가와 만면에 웃음을 띠며 말했다. "두 나리께서 엄씨 집안 노인의 얘기가 궁금하신가요?"

방다병이 속으로 '대장장이의 고릿적 얘기는 들어서 뭐해?' 투덜거리는데 옆에서 이연화가 말했다. "그렇소. 우리 공자님이 그 노인을 무척 불쌍히 여겨서 말이오. 이번 잠행…… 아니, 이번 유람은 백성들에게 억울한 사정이 있는지 살펴보기 위한 거라오. 억울함을 풀어 백성들이 안정되고 평안한 민생을 누리게 해주려고 말이오."

뜬금없는 얘기에 방다병은 목구멍에 걸렸던 술을 뿜었다. "켁 켁……"

점원이 눈동자를 반짝이며 속삭였다. "미복 잠행을 나온 나리님 이셨군요. 그 노인이 귀인을 만났네요. 비록 미복 차림을 하고 양 춘면을 드시고 있지만, 역시 나리는 옆에 있는 이분과 달리 어색해 보였어요. 워낙 존귀함이 몸에 배어서 그런지…… 척 봐도 평범한 분이 아니라는 게 느껴졌답니다."

이연화는 정말 나리를 모시는 심복이라도 되는 듯 미소 짓는 얼 굴로 공손하게 옆에 앉아 있었지만, 방다병은 좌불안석이 되어 속 으로 얼어죽을 이연화에게 온갖 욕을 쏟아부었다. 감히 잠행 관리 를 사칭하게 만들다니! 방다병은 겉으로는 어쩔 수 없이 위엄 있 는 태도로 고개를 끄덕였지만 탁자 밑으로는 이연화의 다리를 힘 껏 걷어차는 것으로 분풀이를 했다.

"우리 공자님은 존귀함이 몸에 밴 분이지." 이연화는 다리를 얻 어맞고도 꿈쩍하지 않고 온화한 표정으로 말했다. "지금 여기서 나눈 얘기를 절대 남에게 발설해선 안 되네."

점원이 목소리를 한껏 낮췄다. "걱정하지 마십쇼. 풀이라도 발 라 입을 딱 붙여버릴 테니까요."

이연화도 목소리를 잔뜩 낮췄다. "그 엄씨 집안은 어찌된 일인 가……"

"엄씨 집안은 삼십 년쯤 전에 이 마을로 이사를 왔습니다요. 그 땐 제가 태어나기도 전이었는데, 아버지한테 들은 바로 처음 이사 왔을 때는 대단한 부자였다지요. 건장한 하인이 수십 명이고, 안주인은 선녀처럼 아리따웠고요. 그 집 어린 아들은 저도 직접 봤는데 선동仙童처럼 예쁘장하게 생겼었지요. 아까 그 노인은 엄씨 집안 관가로 제법 위세가 있었습죠." 여기까지 말한 점원은 목소리를 더욱 낮춰 말을 이었다. "그런데 몇 해 지나지 않아 어느 날 새벽에 그 집 부인의 마차가 마을 밖으로 나가는 걸 봤다는 사람이 있었습니다. 그후 부인은 다시는 돌아오지 않았고, 그 집안에는 아까 그 노인 혼자 남았습죠. 그런데 부인이 마차 한 대만 타고 떠났으니 사람들은 그 집에 있던 금은보화를 노인이 어딘가에 감췄겠거니 추측하고 있습니다. 그래서 노인한테 한몫 뜯어내려고 호시탐탐 노리는 자들이 많지요."

이연화가 호기심이 동한 표정으로 물었다. "그 집 부인은 왜 갑자기 떠난 건가?"

점원의 목소리가 더 작아졌다. "소문에 의하면, 그 노인이 주인마님과 몰래 정을 통했다지요. 마을 사람들이 다 아는 정설입니다."

"아." 방다병이 외마디 탄성을 내뱉었다. 그 노인의 생김새를 보면 젊었을 때도 그리 미남자는 아니었을 텐데 어찌 선녀처럼 아리따운 주인마님을 꾀었느냐고 물으려는데, 갑자기 다리에 통증이 느껴졌다. 이연화가 그의 다리를 걷어찬 것이다. 방다병은 하는 수 없이 담담한 투로 말했다. "자세히 말해보게."

"주인 부부의 사이가 나빴다 합니다. 관가 엄복嚴福이 그 틈을 노려 부인의 마음을 얻은 거죠." 점원이 은밀하게 속삭였다. "달빛이 어둡고 바람이 몹시 거세게 불던 어느 밤. 한 치 앞도 보이지 않게 깜깜했다고 합니다……"

이연화가 물었다. "그날 밤 무슨 일이 있었는가?"

상대가 호기심을 보이자 점원은 더 흥이 나서 말했다. "부인이 예리한 칼로 남편의 머리를 베어버렸습니다요."

방다병이 기겁했다. "남편을 죽였다고?"

"소문에 의하면 그렇습니다. 제가 지어낸 얘기가 절대 아닙니다. 부인은 남편을 죽인 뒤 아이를 안고 마차를 타고 도망쳤고, 엄복은 남아서 집을 지켰고요. 부인이 다시는 돌아오지 않은 걸 보면 아마 변심해서 다른 남자와 혼인이라도 한 거 아니겠습니까?"

방다병의 미간이 잔뜩 구겨졌다. "허무맹랑한 소리! 설령 그 여인이 엄복과 사통했어도 남편을 죽일 필요는 없지 않은가. 남편을 죽이고 급히 도망치면 엄복과 영영 헤어지게 될 텐데?"

점원이 움찔하며 말했다. "저는 그저…… 마을 사람들에게 들은 얘기입니다."

"그럼 엄씨의 시신은?"

"관아에서 부인의 행적을 뒤쫓았지만 찾지 못했고, 엄씨의 머리도 잃어버렸지요. 머리 없는 시신은 의장義莊*에 두었는데 나중에 관리인이 몇 번 바뀌면서 그 시신들이 어디로 갔는지 사라져버렸다고 들었습니다. 아마 들개들이 뜯어먹었겠죠. 두 분 나리, 저는 제가 아는 그대로를 말씀드린 겁니다요. 조금도 덧붙이거나 지어내지 않았으니, 믿지 못하겠으면 다른 사람들에게 물어보셔도 됩니다."

---

* 시신을 안장할 무덤을 마련하기 전 임시로 보관하는 곳.

"그렇게 된 일이로군. 우리 공자님은 지극히 사소한 것까지도 놓치지 않고 예리하게 살피는 분이니 다 짐작하셨을 것이네." 이연화의 말에 점원은 고개를 끄덕였고, 방다병은 서둘러 음식값을 치르고 이연화의 '호위'를 받으며 부리나케 요릿집을 나섰다. 점원이 일어나 눈을 껌뻑이며 순식간에 저멀리 사라진 관리의 뒷모습을 보면서 고개를 갸웃했다. 관리 나리의 걸음이 음식값을 떼어먹고 도망치는 사람보다 더 빠르다니!

"빌어먹을 이연화!" 성큼성큼 걸어 요릿집에서 어느 정도 멀어진 뒤 방다병이 이연화를 쏘아보며 씩씩거렸다. "감히 겁도 없이 잠행 관리를 사칭하게 해? 들통나면 나한테 기군지죄欺君之罪*를 뒤집어씌우려고?"

이연화가 큼큼 헛기침을 했다. "내가 언제 널 잠행 관리로 사칭하게 했다는 거야?"

어이없어 말문이 막힌 방다병에게 이연화가 부드러운 목소리로 말했다. "미복잠행은 백성들의 순진무구한 환상일 뿐이니까……"

"쳇!" 방다병이 이연화의 말을 잘랐다. "그 점원은 전생에 무슨 큰 죄를 지었길래 너를 만났을까, 쯧쯧." 그러다 갑자기 멈칫하더니 물었다. "그런데 그 집안의 옛일은 뭐하러 물었어? '구멍'하고 관련이 있어?"

"관련이 있는지 없는지 내가 어떻게 알겠어? 하지만 세상에서

---

* 군주를 속인 죄.

일어나는 일이라면 다 알고 싶지." 이연화가 그렇게 말하며 살짝 웃었다.

방다병이 말했다. "그 집안 얘기가 왠지 수상쩍어."

"뭐가?"

"집안 내력도 불분명하고, 부인이 남편을 죽이고 도망쳤는데 관가는 달아나지 않고 수십 년간 그곳을 지키고, 또 재산은 행방이 묘연하단 말이지. 모든 게 수상쩍고 이상하잖아. 그 집에 무슨 비밀이 있는 게 분명해!"

이연화가 고개를 외로 꼰 채 방다병을 한참 보다가 천천히 말했다. "넌 정말 똑똑해……"

익숙한 대사였다. 방다병이 성난 눈초리로 이연화를 쏘아보았다. "또 무슨 말을 하려고?"

이연화가 한숨을 쉬었다. "다른 의도가 있는 게 아니고, 너 정말로 갈수록 똑똑해진다고. 하나 더 말하자면, 그 점원이 들려준 얘기가 기이하고 흥미롭긴 하지만 그게 꼭 사실이 아닐 수도 있어."

방다병이 눈썹을 휙 치켜올리며 소리쳤다. "나한테 거짓말을 했다고?"

이연화가 고개를 저었다. "아니, 그게 아니라, 그 점원이 한 얘기는 모두 주워들은 거였어. 떠도는 소문이 다 진실은 아니라는 걸 말하고 싶을 뿐이야. 그 일에는 아주 재미있는 진실이 감춰져 있을 거야……" 이연화는 혼잣말처럼 중얼거리다 갑자기 눈을 크게 뜨더니 짐짓 고상하게 옷자락을 툭툭 털었다. "날씨가 후텁지근하니 내 집에 가서 쉬자."

향 반 대가 탈 정도의 시간이 흐른 뒤 방다병은 드디어 차탁 앞에 앉아 이연화가 손수 우려낸 싸구려 차를 한 모금 마셨다. 쓰고 떫었지만 그래도 없는 것보단 나았다. 길상문연화루는 난장강에 있었다. 지세가 약간 높아 창을 활짝 열어놓으면 바람이 선선하게 통했다. 풍광이 별로 아름답지 않다는 것만 제외하면 시원하고 쾌적했다.

"이 난장강 아래 물웅덩이가 있었다니." 방다병은 창가에 서서 언덕을 따라 즐비하게 선 돌무덤을 내려다보았다. 비탈 아래에는 둘레가 두세 길이 채 안 되는 작은 못이 눈에 띄었다. 그 못가가 진홍빛을 띠는데 핏빛도 아니고 기이한 색이었다. 못가에 오래된 집 몇 채가 서 있고, 집들 뒤로는 이상하게 생긴 나무 몇 그루가 자라고 있었다. 나뭇잎은 검처럼 길고 가늘었고 줄기는 곧았다. 가지 끝에 금색 열매가 송이송이 매달려 있었다.

"차를 우린 물은 어디서 가져온 거야? 설마 저 못에서 길어 온 건 아니겠지?" 방다병이 못을 보던 시선을 거두고 자신이 든 찻잔을 내려다보며 꺼림칙한 표정을 지었다. "아니면 그 구멍 밑 시신이 빠진 물이라든가."

이연화가 찻주전자를 휘저어 찻잎 찌꺼기를 건져내며 대답했다. "아, 저 항아리에 있던 물이야."

"푸!" 방다병이 입에 있던 차를 뿜어 뱉었다. "그 책벌레는 저고리도 안 빨고, 바지도 안 빨고, 버선도 안 빤다고! 그 인간이 떠 온 물이라고 멀쩡하겠어? 배탈 날 거야……"

방다병이 소매 안에서 흰 수건을 꺼내 혀를 닦자 이연화가 한숨을 쉬었다. "그렇게 게으른 사람이 물을 길어다 밥을 짓고 빨래를 하고 차를 우려 마실 것 같아? 아마 내가 예전에 길어다놓은 물이 겠지……"

잔뜩 찌푸려진 방다병의 표정은 여전히 풀리지 않았다. 둘이서 그 '물'의 출처를 두고 계속 옥신각신할 때였다. 밖에서 누군가 공손하게 문을 세 번 두드렸다. "대인 계십니까?"

이연화와 방다병이 놀라 멈칫하는데 밖에서 또 크게 외치는 소리가 들렸다. "대인께서 이곳까지 순행 오신 것을 몰라 저희 사余 대인께서 마중하지 못했습니다. 너그러이 용서해주시기를 바랍니다."

"아." 미처 뭐라 반응을 보이지 못하는 방다병을 대신해 이연화가 기척을 내자 또다른 목소리가 들려왔다. "하관下官*은 오원현五原縣 현령 사망余芒이옵니다. 대인께서 여기까지 순행 오신 것도 몰라 마중하지 못했습니다. 부디 너그럽게 용서해주십시오."

소원진은 오원현의 관할 지역이었다. 밖에 있는 '사 대인'이라는 사람이 사야**를 시켜 인사를 했다가 집안에 있는 대인이 불쾌해할까 염려되어 얼른 본인이 직접 인사를 한 것이다.

방다병과 이연화는 멀뚱히 서로의 얼굴만 쳐다보았다. 곧 이연화의 얼굴 위로 겸손하고 점잖은 미소가 떠오르는 걸 보고 방다병은 속으로 욕을 퍼부었지만 어쩔 수 없이 헛기침을 하며 말했다.

---

* 관리가 자신을 낮춰 칭하는 말.
** 옛 지방관리가 개인적으로 둔 고문.

"안으로 들어오시게."

대문이 조심스럽게 열리고 장작처럼 바싹 마른 나이든 두 선비의 모습이 보였다. 각각 청색 도포와 회색 도포를 입은 두 노인이 문서 두루마리를 한아름씩 안은 채 잔뜩 긴장된 표정으로 문 앞에 서 있었다. 이연화가 송구한 표정으로 벌떡 일어나 손님을 맞았다. 의례적인 인사를 나누고 보니 청색 도포를 입은 노인은 성은 사, 이름은 망으로 오원현의 현령이고, 회색 도포를 입은 마른 노인은 그의 사야였다. 순안巡案* 대인이 미복잠행을 왔다는 소문을 듣고는 바로 달려온 것이다. 현령이 순안의 이름을 묻자 이연화가 우물쭈물하며 화花씨라고 대답했다. 현령은 유명한 조정 관리 '포화이청천' 가운데 화씨 성을 가진 이가 깡마르고 옹졸한 생김새라더니 정말 그렇다고 속으로 생각했다. 다만 청렴한 관리답지 않게 의복이 너무 화려한 감이 있었다.

방다병은 현령이 속으로 자신을 평가하고 있는 줄은 모른 채 두 사람이 안고 있는 문서 꾸러미가 무엇인지 물었다. 사야가 대답하길, 엄씨 집안의 살인 사건에 관한 문서인데 당시 지역을 충격에 빠뜨렸던 이 사건 때문에 여기까지 오셨으니 현령도 직분을 다해 적극적으로 재조사를 도울 것이라고 했다. 이연화는 고개를 끄덕이며 공손하게 경청했고, 방다병은 속으로 괴로움에 몸부림치면서도 겉으로는 그 사건에 큰 관심이 있는 척 자세히 물을 수밖에 없었다.

---

* 각 지방을 돌며 순찰하는 관직.

엄씨 집안은 삼십여 년 전 이곳으로 이주해 정착했는데 주인은 엄청전嚴靑田이라는 자로 하인을 마흔 명이나 거느리고 있었다. 가족으로는 처 양楊씨와 아들 엄송정嚴松庭이 있고, 관가 엄복이 집안을 관리했다. 소원진에서 넓은 땅을 사들여 집을 짓고 장원을 만들었는데, 장원에 '백수白水'라는 편액이 걸려 있어 '백수원白水園'이라고도 불렸다. 삼십 년 전 어느 새벽에 부인 양씨가 번개 같은 속도로 마차를 달려 백수원을 떠난 뒤 엄청전의 시신이 머리와 몸이 분리된 채 집안의 각기 다른 곳에서 발견되었다. 하인들은 뿔뿔이 도망쳐버리고, 관가인 엄복은 무슨 일이 벌어졌는지 아무것도 모른다며 살인 강도가 분명하다고 주장했다. 엄청전의 부인은 도망치고 엄복은 입을 꾹 다물고 있는데 아무런 물증도, 살인 동기도 찾지 못해 이 일은 미해결 사건으로 남았다. 그래서 순안 대인이 이사건을 조사하려 한다는 소식을 듣고 현령이 가슴을 졸이며 허둥지둥 달려온 것이다.

"엄씨 집안의 사건에 대해서는 대략 알고 있소. 사 대인께 한 가지 묻고 싶은 게 있는데, 얼마 전 오원현에서 아황이라는 사람이 실종됐다는 걸 알고 계시오?"

방다병의 물음에 현령이 놀란 표정으로 되물었다. "아황이라면, 황채黃菜* 말씀이십니까?"

방다병이 말했다. "그렇소."

사 현령이 답했다. "바로 어제 어떤 이가 관아로 찾아와 강에 남

---

* 중국에서는 성씨 앞에 접두사 아(阿)를 붙여 친밀함을 나타낸다.

자 시신이 떠올랐다고 했습니다. 오작作*이 검시를 했지요. 소원진에 사는 황채라는 자로 밝혀졌으며 피살된 흔적은 없고 익사로 보였습니다. 그런데 대인께서 어떻게 그자를 아십니까?"

"그게……" 방다병이 그렇게만 대답하고 탁자 밑에서 이연화의 발을 세게 걷어차자 이연화가 온화한 미소를 지으며 대신 답했다. "대인께서는 소원진의 '구멍' 사건을 알고 계십니까?"

"귀신 나오는 '구멍'에 대한 소문은 오래전부터 들었습니다만, 마을에 소문이 돌면서 와전됐을 겁니다. 공자께서 귀신은 삼가 공경하나 멀리하라고 이르셨지 않습니까. 고로 저는 평소 그 일을 입에 올리지 않았습니다." 사 현령의 말에 방다병은 이 나이든 현령이 조금 의뭉스럽긴 해도 공무를 처리할 때는 무척 진중한 사람 같다는 생각에 속으로 웃음이 났다.

"며칠 전 내가 사람을 시켜 그 '구멍'을 파보도록 했소. 그때 아황을 지목해 앞장서서 길을 트게 하고 체격이 건장한…… 호위무사, 그리고 이연…… 아니, 이 사야와 함께 구멍 속을 조사하러 들어갔소."

현령이 감탄했다. "참으로 영명하십니다. 그래서 결과가 어땠습니까?"

방다병이 안색을 굳히며 천천히 말했다. "내 호위무사는 동굴 속에서 쇠화살을 맞아 죽고 이 사야도 중상을 입었소. 아황은 그때 물에 빠져 죽은 것이오…… 사 대인, 그곳은 대인의 관할지가 아

---

* 중국 고대의 검시관.

니오? 그런데 어찌 이리 끔찍한 일이 벌어질 수 있단 말이오?"

잠행중이라는 이 순안이 아무렇게나 지껄이는 얘기에서 세 마디 중 두 마디는 거짓임을 알 턱이 없는 현령은 방다병의 힐책에 사색이 된 얼굴로 벌떡 일어났다. "어떻게 그런 일이? 하관은 전혀 몰랐습니다. 당장, 당장 조사하겠습니다."

이연화가 말했다. "대인, 잠깐 기다리시지요. 대인께서 이왕 여기까지 오셨으니 우리 공자께서 물어볼 것이 있다고 하십니다. 구멍 속에서 일어난 괴이한 일이 엄씨 집안 사건과 관련이 있겠습니까?"

사 현령이 말했다. "그건…… 하관도 모르겠습니다."

이연화가 답했다. "신원 미상의 시신 두 구가 지금도 '구멍' 속에 있습니다. 상태를 보면 적어도 삼십 년 전에 죽은 것 같습니다. 엄씨 집안의 살인 사건이 바로 삼십 년 전에 일어났지요?"

현령의 이마에서 식은땀이 비어져나왔다. "아직 아무런 증거가 없는데 하관이 어찌 단언할 수 있겠습니까?"

이연화가 웃음을 터뜨렸다. "사 대인도 영명하십니다."

방다병이 이연화의 의도를 눈치채고 끼어들어 물었다. "엄씨 집안에서 살인 사건이 발생하기 전 미심쩍은 일은 없었소? 생김새가 괴이하고 행적이 의심스러운 자가 집에 출입했다든가."

현령이 난처한 표정을 지었다. "그때는 하관이 이곳에 부임하기 전이었고 문서 기록에서는 그런 내용을 보지 못했습니다."

"당시 엄청전의 시신을 검시한 오작은 아직 계십니까?" 이연화가 물었다.

"그 오작은 연로하여 작년에 세상을 떠났소. 엄청전의 시신도 오래전에 유실돼 당시 시신의 상태를 조사하는 건 아마 불가능할 것이오." 현령이 씁쓸하게 웃었다.

"아." 이연화는 거기까지만 말하고 입을 다물었다.

한참을 기다려도 이연화가 더는 질문을 이어가지 않자 방다병은 하는 수 없이 직접 질문거리를 만들어냈다. "엄씨 집안은 이름난 부잣집이었다고 들었는데 관가 엄복은 어쩌다 대장장이로 살게 됐소? 안주인이 남편을 죽인 뒤 전 재산을 가지고 도망친 것이오? 엄복에게 조금도 남겨주지 않고?"

사 현령이 말했다. "그건 살인 사건이 발생하고 얼마 뒤 그 집에 불이 나는 바람에 모든 가산이 잿더미가 됐기 때문입니다. 과거에 누렸던 부는 완전히 사라졌지요."

방다병이 물었다. "누가 불을 질렀소?"

사 현령이 무거운 목소리로 대답했다. "기록에 따르면 화재는 한밤중에 발생했습니다. 백수원 안에서 쾅 하는 소리가 들린 뒤 주인 부부의 처소인 주원主院*에서 불길이 솟구쳤고 집 전체가 전소됐다고 합니다. 몇 사람이 동시다발적으로 방화를 했더라도 불길이 그렇게 빨리 번질 순 없으니 천화天火인 것 같습니다."

"천화? 그게 무엇……"

그때 이연화가 갑자기 기침을 하며 방다병의 말을 자르고 끼어들었다. "엄씨 집안이 천벌을 받은 거로군요. 벼락을 맞고 집이 전

---

* 중국의 전통 가옥 구조인 사합원에서 정면에 있는 채.

소되다니."

방다병이 멋쩍은 표정으로 얼굴을 긁적였다. 천화란 벼락을 뜻
하는 말이었다.

현령과 그의 사야는 쩔쩔매는 기색이 역력했고, 방다병과 이연
화는 그들이 하는 얘기마다 장단을 맞춰줬다. 그렇게 당시 사건에
대해 대여섯 번이나 되풀이해 얘기한 뒤 현령이 참다못해 몸을 일
으키고 공수拱手를 했다. "시간이 늦었으니 하관은 이만 물러가보
겠습니다. 대인께서 필요하시다면 관아의 사람을 보내드리겠습
니다."

방다병의 얼굴이 밝아졌다. "꼭 그리해주시오. 사 대인, 살펴 가
시오."

이연화도 겸손한 표정으로 인사를 건넸다. "두 대인께서 수고가
많으십니다." 현령은 천만의 말씀이라고 거듭 인사치레를 하고는
사야와 함께 황급히 돌아섰다.

두 노인의 뒷모습이 멀어지자 방다병이 의자에 털썩 주저앉아
말했다. "이연화, 내 생각엔 우리 둘 다 빨리 도망치는 게 상책일
듯해."

이연화가 답했다. "왜?"

방다병이 소리를 꽥 질렀다. "여기 더 있다간 황제 폐하께서 순
안을 찾아올 것 같아. 나더러 어떻게 감당하라는 거야? 그러니 지
금 얼른 도망쳐야지!"

"아, 황제 폐하가 오는 건 두렵지 않아. 진짜 두려운 건……"

이연화가 뭐라고 더 중얼거렸지만 방다병은 알아들을 수 없었

다. 방다병이 바짝 다가가 귀를 가까이 대며 물었다. "그게 뭔데?"

"진짜 두려운 건." 이연화가 입가에 온화한 미소를 걸고 조용히 말했다. "염라왕이 찾아오는 거야."

"뭐라고? 무슨 염라왕이 찾아온다는 거야?" 방다병은 어리둥절했다.

"'염라대왕이 삼경에 죽이라 했으니 어찌 오경까지 기다렸다 죽이겠는가.' 바로 그 염라왕 말이야." 이연화가 안타깝다는 표정으로 방다병을 보며 고개를 젓고 한숨을 쉬었다. "그렇게 한참 얘기를 듣고도 아무것도 알아채지 못하다니."

## 3. 염라왕

"뭘 알아채야 하는데?" 방다병이 눈을 둥그렇게 뜨고 이연화를 보았다. "설마 흑귀뚜라미를 쐬죽인 범인 말이야? 아니면 수십 년 전 엄씨 부인이 남편을 죽인 이유?" 방다병은 아무래도 미심쩍었다. 이연화가 좀 똑똑한 건 사실이지만 방금 전 현령의 설명은 너무 간략한데다 두서도 없었다. 게다가 문서에 남은 사건 기록 중 무엇이 진실이고 무엇이 헛소문인 줄 어떻게 알겠는가?

이연화가 손바닥을 펼치고는 애처로운 눈으로 손바닥에 난 상처를 물끄러미 들여다보았다. "난 다른 건 몰라. 내가 아는 건 엄청전이 엄씨고 염라왕은 염씨*라는 거지."

방다병은 여전히 어리둥절했다. "엄씨 저택 백수원이 바로 황천부라는 얘기야? 엄청전이 염라왕이고?"

이연화가 한숨을 내쉬었다. "염라왕은 절대무공의 고수인데 어떻게 자기 부인이 휘두른 칼을 맞고 죽었겠어? 설마 부인이 염라왕보다 더 뛰어난 고수라는 거야?"

방다병이 아리송하다는 표정으로 우물거렸다. "그건…… 예로부터 영웅들이 미인계를 이기지 못하잖아…… 한순간의 실수로 모란꽃 아래서 죽은 영웅도 있었어."

"첫번째 의문은 이거야." 이연화가 중얼거렸다. "엄청전이 어떻게 부인의 칼에 죽었는지는 차치하고, '구멍'에서 우두마면과 함께 죽은 사람은 누굴까?"

방다병이 "홋" 하고 웃으며 말했다. "둘 중 하나는 염라왕이 틀림없어."

이연화는 방다병의 말을 못 들은 척 계속 중얼거렸다. "두번째 의문. 엄청전의 죽음과 시신들의 신분은 일단 제쳐두고, '구멍'에서 사라진 아황이 어떻게 오원하의 강물에서 익사체로 발견됐을까?"

방다병이 콧방귀를 뀌었다. "갑작스러운 충격에 실성해서 스스로 강물에 뛰어들었는지도 모르잖아?"

"세번째 의문. 이게 마지막 의문이야. 구멍 안에서 흑귀뚜라미를 쏘아죽인 물체는 무엇이었을까?"

"그걸 내가 어떻게 알아? 그게…… 염라왕과 무슨 관련이 있

---

* 엄(嚴)과 염(閻)의 중국어 발음이 같다.

어?"

이연화가 안타까운 표정으로 방다병을 보았다. 평소와 마찬가지로 마치 돼지 한 마리를 보는 듯한 눈빛이었다. "너 정말 못 들었어?"

"뭘?" 방다병은 답답해 미칠 지경이었다. 조금 전 현령이 엄씨 집안의 얘기를 대여섯 번이나 중언부언하는 걸 단 한 마디도 놓치지 않고 잘 들었지만 어떤 눈치도 채지 못했다.

이연화가 몹시 애석하다는 표정으로 고개를 저었다. "현령이 말했잖아. 엄청전의 시신을 의장에 보관해뒀는데 사라졌다고."

"그게 어떻다는 거야?"

"엄씨 집안에 남은 사람이 있다는 걸 잊었어? 관가 엄복이 집을 지키고 있었잖아. 살인 사건이 일어나고 얼마 되지 않아 그 집이 전소됐더라도 한때는 대단한 부잣집이었단 말이지. 온 집안이 풍비박산 나고 사람도 돈도 다 흩어진 마당에 홀로 남아 집을 지킨 충복이 엄청전의 시신을 수습해서 매장하지는 않았다? 왜 그랬을까?"

방다병은 뒷통수가 선득했다. 그렇게 이상한 점을 왜 진작 알아차리지 못했을까! 정말 이상했다. 엄복은 어째서 엄청전을 묻어주지 않았을까?

이연화가 가까이 몸을 기울이더니 방다병의 혼란스러운 표정을 보고는 씩 웃으며 말했다. "엄복이 왜 엄청전을 매장하지 않았을까? 두 가지 가능성이 있지. 첫째, 엄청전에게 문제가 있었다. 둘째, 엄복에게 문제가 있었다."

그 말에 방다병이 소스라치게 놀라 저도 모르게 외쳤다. "엄청전에게 문제가 있었다고?"

"엄청전에게 문제가 있었든 엄복에게 문제가 있었든, 둘 다 엄씨라는 걸 잊지 마."

방다병은 안색이 싹 변해서는 벌떡 일어났다. "그게 무슨 뜻이야? 설마……"

이연화가 한숨을 내쉬고는 중얼거렸다. "그래서 염라왕이 찾아올까봐 두렵다고 한 건데 네가 그걸 못 알아들었잖아."

방다병은 진정되지 않는 가슴을 붙잡고 도로 털썩 앉았다. 이연화의 추측을 믿을 수 없다고 부정하려는데 갑자기 밖에서 쿵 하는 소리가 들렸다. 이어 누군가 대문을 가볍게 두드렸다. 방금 이연화가 "염라왕이 찾아올까봐 두려워"라고 속삭인 직후였으므로 방다병은 문 두드리는 소리를 듣자마자 온몸의 땀구멍에서 식은땀이 솟았다.

"실례합니다…… 청천 나리 계신가요?" 겁에 질린 듯 떨리는 여인의 목소리가 문밖에서 가느다랗게 들려왔다.

방다병과 이연화는 서로 시선을 마주쳤다. 이연화가 작게 헛기침을 하고는 온화한 투로 말했다. "들어오세요."

대문이 천천히 열리고 남루한 옷차림에 얼굴에 핏기가 하나도 없는 젊은 여인이 모습을 보였다. 여인이 든 대광주리 안에 암탉한 마리가 있었다. "청천 나리, 저희 집 아황의 억울함을 풀어주세요…… 아황은 억울하게 죽었어요……"

방다병은 어린 암탉을 보며 여인은 불길한 예감이 차오르는 걸 느꼈다. 방다병의 화려한 의복을 보고 눈동자에 당혹과 두려움의 빛이 짙어지는가 싶더니 갑자기 바닥에 털썩 엎드렸다. "이 아낙…… 진여화陣麗華에겐 청천 나리께 바칠 만한 것이 하나도 없습니다. 아황이 남긴 돈으로 닭 한 마리밖에 사지 못했습니다. 청천 나리께서 부디 제 남편의 억울함을 풀어주세요!" 여인이 바닥에 엎드린 채 연신 이마를 땅에 찧으며 절하는 사이, 광주리에서 빠져나온 암탉이 고개를 길게 빼고 방다병과 이연화의 발밑을 이리저리 걸어다니며 두리번거리다 뿌직뿌직 똥을 갈겼다.

이연화와 방다병은 다시 서로의 얼굴만 쳐다보다 이연화가 부드러운 목소리로 말했다. "부인, 일어나세요. 남편이 억울하게 죽었다니, 무슨 일이 있었습니까?" 여인에게 온화하고 자상한 이연화와 달리 방다병은 눈으로 암탉만 좇으며 저놈을 어떻게 쫓아낼까 궁리했다.

남루한 옷차림의 젊은 여인은 연지분 장수 아황의 아내였다. 요릿집 점원에게서 지체 높은 관리가 미복잠행을 나왔다는 얘기를 듣고 암탉 한 마리를 들고 억울함을 호소하러 찾아온 것이다. "정말 너무 억울합니다. 사 대인은 아황이 물에 빠져 죽은 것이라고 했지만 아황은 얼굴이 파랗고 일곱 구멍*에서 피가 흘러나왔습니다. 은침으로 찔렀더니 침도 검게 변했습니다. 아황은 독살된 게 분명합니다! 헤엄도 잘 치는 사람이 물에 빠져 죽었을 리 없습니다! 청천 나리께서 부디 진상을 밝혀주세요! 범인을 찾아내 우리

* 얼굴에 있는 일곱 개의 구멍. 두 눈, 두 콧구멍, 두 귀, 입을 의미함.

48

아황이 편히 눈감을 수 있게 해주세요!"

방다병이 의아한 표정으로 물었다. "아황이 독살당했다고?"

진여화가 고개를 끄덕였다.

이연화가 부드럽게 말했다. "독살당한 아황의 시신이 오원하에서 떠올랐군요. 아, 그렇다면 범인이 죽인 뒤 시신을 강물에 유기했는지도 모르겠습니다. 부인, 너무 상심하지 마세요. 우리 공자님이 아황의 억울함을 풀고 범인을 밝혀낼 겁니다. 그만 일어나서 닭을 가지고 돌아가세요."

진여화가 안도의 한숨을 내쉬었다. 두 청천 나리는 생각했던 것만큼 엄하고 무섭지 않았다. 세상에는 역시 청렴한 관리도 있다는 생각에 감격스러웠다. "아닙니다. 이 닭은 두 나리를 공경하는 마음에 가지고 온 건데 어찌 도로 가지고 가겠습니까?"

방다병이 입을 열었다. "본관은…… 닭을 잡을 줄……"

이연화가 얼른 끼어들어 웃으며 말했다. "부인, 백성의 억울함을 풀고 세상을 정의롭게 만드는 것은 우리 공자님이 마땅히 해야 하는 일이자 천지의 대의입니다. 군주의 녹을 받는 자는 군주의 근심을 나누어 짊어져야 하고, 황제의 밥을 먹으면 당연히 천하에 복이 될 일을 도모해야지요. 그러니 이 닭은 도로 가져가세요."

방다병이 담담하게 말했다. "사야의 말이 맞소."

진여화가 이마를 여덟 번 바닥에 부딪치며 방다병에게 절했다. "나리들께서 남편의 억울함을 풀어주신다면 제가 다음 생에 두 분의 말과 소로 태어나 은혜를 갚겠습니다. 고맙습니다."

"아. 저는 나리가 아닙니다……"

이연화가 그렇게 말하는데 진여화가 갑자기 방향을 틀어 이연화에게도 여덟 번 이마를 바닥에 부딪쳐 절했다. "그럼 저는 이만 돌아가겠습니다."

여인은 인사를 마친 뒤 바로 돌아섰으나 아무리 가지고 가라고 해도 한사코 암탉을 두고 갔다. 이연화와 방다병은 마주보며 쓴웃음을 지을 수밖에 없었다. 조금 뒤 갑자기 닭이 동쪽의 옷장 밑으로 기어들어가자 방다병은 하는 수 없이 못 본 척했다.

"아황이 독살당했다고? 정말 이상해…… 알면 알수록 이상한 일이야. 야, 이연화! 이! 연! 화!" 방다병이 닭을 붙잡으려고 바닥에 엎드린 이연화를 잡아먹을 듯 노려보았다. "내 앞에서 닭 잡는 건 그만둬줄래?"

"안 돼."

"내일 내가 똑같이 생긴 닭을 천 마리 사줄게. 어서 일어나서 '본관'과 함께 이 사건에 대해 계속 토론할 순 없겠어?"

"아……" 하지만 이연화는 이미 옷장 밑에서 닭을 붙잡아 끄집어냈다. 마침내 이연화가 닭날개를 붙잡아 들고 방다병을 향해 흔들어 보이며 신나게 웃었다. "요 훌륭한 닭 좀 봐. 우리가 먹은 닭들과는 완전히 달라……"

방다병이 뭔가를 눈치채고는 귀를 쫑긋 세웠다. "뭐가 다른데?"

이연화가 암탉을 앞으로 내밀었다. "그건 바로…… 이 닭이 지금 설사를 한다는 거지."

방다병이 꽥 소리를 질렀다. "무슨 얘기를 하려는 거야! 이 닭이 역병에라도 걸렸다는 거야?"

이연화가 미소를 지었다. "어휴. 내일 이 닭과 똑같이 생긴 닭 천 마리를 사주면 절대 안 된다는 얘기야." 이연화가 암탉의 몸을 여기저기 눌러보다가 그중 한 곳의 깃털을 뽑자 거죽에 푸르스름하게 멍든 자국이 보였다. 바로 그때 닭이 뿌직 똥을 쌌는데 똥에 피가 묻어 있었다.

"어라. 이 닭이…… 왜 이러는 거야?"

이연화가 아직 한창 나이인 것 같은 암탉을 애처로운 눈으로 내려다보았다. "네가 소원진에서 닭 천 마리를 사면 아마 그중 구백구십구 마리는 이런 닭일 거야. 그러니까 닭을 사주려거든 여기서 말고 내가 집을 옮긴 뒤에 사줘…… 여긴 집터가 좋지 않은 것 같아……."

"설마 아황의 아내가 이 순안 대인을 암살하려고 암탉에게 독을 먹였단 말이야?" 방다병은 순간 자신이 사칭 순안임을 망각한 듯 노발대발하며 탁자를 쾅 내려쳤다. "이런 나쁜 여편네! 이렇게 악독할 수가!"

이연화가 빙그레 웃었다. "대인, 노기를 거두시지요. 이 닭은 맛있지는 않겠지만 역병에 걸린 건 아니옵니다. 내가 아까 장에 갔을 때 유심히 살펴봤는데, 소원진 사람들이 기르는 가축 대부분이 설사를 하거나 힘이 없어 보였어. 반점이 있는 것들도 있었고. 아황의 처가 암탉에게 독을 먹인 게 아니야."

방다병이 피 묻은 닭똥을 살펴보았다. "이 닭이 아무 문제도 없다고? 그럼 네가 한번 먹어보지그래?"

"못 먹을 것도 없지. 네가 닭을 잡아서 푹 삶아준다면 먹을 수 있어." 이연화가 심드렁하게 말했다. "그럼 넌 여기서 닭을 잘 잡아봐. 난 어딜 좀 다녀올 테니."

"어딜 가려고?"

이연화가 바깥 하늘을 보며 진지한 투로 말했다. "시장에 다녀와야지. 저녁거리를 사러 갈 시간이야."

방다병은 어이가 없었지만 흥 하고 콧방귀만 뀌었다. "다녀와."

이연화는 만면에 미소를 드리운 채 소원진의 시장에 도착했다. 여름이라 후텁지근했지만 해가 뉘엿뉘엿 넘어가 살갗에 와닿는 바람이 선선했다. 이연화는 장을 보는 대신 길을 가로질러 시장 끄트머리의 어느 가게 앞에 이르자 걸음을 멈췄다. 그러고는 열려 있는 문을 가볍게 두드렸다.

"뭘 드릴까요?" 가게 안에서 쉰 목소리가 새어나왔다. 그곳은 대장간이었다. 대장간 안쪽 깊숙한 곳에 한 노인이 앉아 있었다. 엄복이었다. 벽에는 완성된 칼들이 빼곡히 걸린 채 예리한 검광을 내뿜었다.

"뭘 사러 온 게 아니라 엄 어르신께 여쭤볼 게 있어서 왔습니다." 이연화가 미소를 지으며 말했다.

"뭘 말이오?" 엄복이 물었다. "엄씨 집안에 있던 보물에 대해서라면, 쿨럭쿨럭…… 없다면 없는 줄 아시오……"

이연화가 말했다. "해독약에 대해 묻고 싶은 게 있습니다."

엄복은 표정의 변화 없이 한참 침묵을 지켰다.

이연화는 참을성 있게 기다리다가 다시 부드러운 말투로 물었

52

다. "해독약을 찾지 못하셨습니까?"

엄복이 무거운 한숨을 게워내고는 쉿소리 섞인 목소리로 말했다. "찾지 못했소이다."

엄복은 대장간 깊숙한 곳에서 천천히 걸어나와 문틀에 손을 짚은 채 구부정하게 서서 석양 아래 서 있는 이연화를 응시했다.

"지난 삼십 년 동안 『황천진경』을 찾으러 오는 사람이 적지 않았지만 그 일의 진상을 아무도 밝혀내지 못했지. 젊은이, 자넨 확실히 좀 다르군." 엄복이 고개를 들어 저녁해를 망연히 바라보며 천천히 말했다. "내가 어디서 실수를 해서 젊은이에게 실마리를 잡혔소?"

"제가 소원진에 온 지도 여러 날이 됐습니다. 인심이 좋은 곳이지요. 난장강은 경치가 수려하지 않아도 바람이 잘 통해 시원하고요. 다만 불편한 점이 하나 있습니다." 이연화가 한숨을 내쉬었다. "먹는 물이 문제입니다."

이연화의 말이 이어졌다. "이곳 사람들은 지금껏 우물을 판 적이 없는 것 같습니다. 식수는 모두 오원하에서 떠오고요. 그래서 그날 제가 실수로 은자를 '구멍'에 떨어뜨렸다가 그 밑에서 물을 발견하고 얼마나 기뻤는지 모릅니다." 이연화도 대장간 처마 밑으로 들어가 엄복처럼 문틀에 등을 기대고 서서 저녁해를 바라보았다.

"흠." 엄복이 짧게 한숨을 내쉰 뒤 물었다. "『황천진경』을 찾기 위해서가 아니라 정말로 우물을 파려고 '구멍'을 파봤다는 말이오?"

이연화가 계면쩍은 표정을 지었다. "그렇습니다."

엄복이 담담하게 말했다. "그 '구멍' 속에는 뭐 별로 볼만한 것도 없소만."

"'구멍' 속 말씀이시지요……" 이연화가 또 한숨을 내쉬었다. "그 바닥까지 들어간 사람은 모두 시신을 봤을 겁니다. '구멍' 입구가 사람 머리 하나 들어갈 만큼 작고, 그 위를 덮은 황토는 오랜 세월 사람들의 발길에 다져져 아주 단단했는데, 시신이 된 그들은 그 옛날 어떻게 그 속에 들어갔을까요? 이건 누구나 떠올릴 수 있는 의문입니다. 해답은 간단하지요. 물속에 물고기 뼈가 있는 걸로 보아 '구멍' 속 물은 땅 위에서 스며든 빗물이 아닙니다. 강과 연결된 게 틀림없지요. 그렇지 않고서야 그 많은 물고기가 있을 리 없으니까요. 물웅덩이에 빠진 뒤 실종된 아황의 시신이 오원하에서 떠오른 것 역시 조금도 이상한 일이 아닙니다. 정신을 잃고 쓰러진 아황은 운나쁘게도 잠류에 휩쓸려 강으로 흘러갔던 겁니다."

"허, 간단한 해답이군. 그 밑에 강물이 흐른다는 걸 알아낸 건 젊은이가 처음이오."

이연화의 얼굴에 겸연쩍은 표정이 떠올랐다. "하지만 문제는 그들이 거길 어떻게 들어갔느냐가 아니라, 어째서 빠져나오지 못했느냐입니다."

엄복의 눈동자에서 희미한 광채가 반짝였다. "흥!"

"강을 통해 '구멍'에 들어갔다면, 그 우두마면에서 분리된 반쪽이 왜 밖으로 빠져나오지 못했을까요? 그는 형제의 몸에서 떨어져 나온 뒤에도 죽지 않았던 것 같습니다. 죽지 않았을 뿐 아니라 위쪽으로 긴 골을 팠습니다. 골 안 쇠문에 그때 긁힌 자국이 수없이

나 있지요. 그런데도 그는 강을 통해 빠져나오지 않았습니다. 왜 그랬을까요?"

엄복이 담담하게 되물었다. "왜 그랬소?"

"강을 따라 빠져나갈 수 없는 상황이었겠지요."

엄복은 아무 대답 없이 대장간 문밖의 석판으로 조용히 시선을 옮겼다. 등이 굽은 노인의 눈동자에 지난 삶을 회고하는 듯한 빛이 차올랐다.

"왜 강을 따라 빠져나갈 수 없었을까요?" 이연화가 천천히 말을 이었다. "그 이유는 아황의 죽음으로 유추해볼 수 있습니다. 아황의 처에게 들으니 아황은 헤엄을 잘 쳤다더군요. 그런데 왜 물에 빠져 죽었을까요? 어째서 온몸이 시퍼렇고 일곱 구멍에서 피가 나왔을까요? 아무리 무지한 촌 아낙이라도 일곱 구멍에서 피가 나오는 게 독에 의한 증상이라는 것 정도는 알지요." 이연화가 곁눈질로 엄복을 흘긋 보았다. "'구멍' 밑바닥에 물고기 뼈가 가득했고, 우두마면은 그 안에서 죽었습니다. 아황은 강물을 따라 빠져나왔지만 중독돼서 죽었고요. 그렇다면 강물에 독이 있는 게 분명합니다!"

엄복도 천천히 고개를 돌려 이연화를 보았다. "맞소. 강물에 독이 있소. 하지만······" 그의 메마른 목소리는 거기서 멈추더니 더 이어지지 않았다.

이연화가 대신 말을 이었다. "하지만······ 어르신은 당시에 아무것도 몰랐습니다."

엄복의 등이 한층 더 구부정해졌다. 엄복이 문 안쪽에서 의자를 당겨다가 앉았다.

"'구멍' 밑바닥을 흐르는 물에 어째서 독이 있을까요? 어디서 온 독일까요?" 이연화가 엄복을 보고는 부드러운 투로 말을 이었다. "그걸 안다면 아황이 오원하에서 익사한 이유를 알 수 있겠지요. 하지만 아황의 죽음 외에도 '구멍' 속에는 또다른 의문점이 남아 있습니다. 독이 어디서 왔는지는 일단 미뤄두겠습니다. 누군가 잠류를 통해 아무도 모르게 동굴을 드나들었지요. 대체 누가, 무엇 때문에, 어디서부터 그 동굴로 들어갔을까요? 수수께끼의 단서는 '구멍' 밖으로 새어나오던 괴이한 소리입니다." 이연화가 천천히 손가락을 뻗어 허공에 곡선을 그리며 말을 이었다. "'구멍'은 난장강 위에 있습니다. 무덤들이 있지만 난장강은 언덕이지요. '구멍' 입구는 언덕이 바람을 맞는 쪽에 위치해 있습니다. 그래서 밤에 바람이 강해지면 '구멍' 속으로 들어가 마치 귀신이 울부짖는 듯한 소리가 나는 겁니다…… '구멍' 입구에서 그 밑바닥까지는 열 길이 넘을 정도로 깊지만 입구가 언덕 꼭대기에 있기 때문에 구멍 밑바닥이라고 해도 사실상 지면에서 그리 깊지는 않습니다. 그리고 여기……" 이연화는 자신이 허공에 그린 언덕의 밑자락을 손가락으로 다시 한번 가리켰다. "난장강의 서쪽면입니다. 그곳에는 못이 하나 있지요. 사람들은 언덕 지하의 지옥 같은 동굴이 실은 그 못 바로 옆에 있다는 걸 상상조차 하지 못했습니다."

엄복의 얼굴이 미세하게 씰룩였다. 그리고 이내 마른기침을 뱉어냈다. 이연화가 계속 말을 이었다. "오래전에는 그 못 주위가 지금처럼 황량한 언덕과 들판이 아니었습니다. 소원진의 갑부, 엄청전의 정원이었지요."

엄복의 얼굴이 점점 심하게 씰룩거렸다. "그걸 어떻게 알았소?"

"연못가에 기이하게 생긴 나무가 한 그루 있더군요. 오래전 제가 묘강 일대를 떠돌아다닐 때 그 나무를 검엽용혈劍葉龍血이라고 불렀지요. 그 나무는 중원에서 자생하는 품종이 아닙니다. 현지에서 자생하지 않는 외래종이 있다는 건 누군가 인위적으로 심어놓았다는 뜻이겠지요. 과거 먼 곳에서 이주해 와 이곳에 정착한 외지인이 엄씨 집안 사람들 말고 또 있습니까?"

엄복이 갑자기 격렬한 기침을 토해냈다. "쿨럭쿨럭……"

이연화가 동정어린 시선으로 엄복을 보다 자신이 허공에 그린 그 언덕으로 시선을 옮기며 평온한 투로 말했다. "엄씨 집안의 정원이 '구멍' 옆에 있고, '구멍' 옆에는 못이 있었다고 가정하니 퍼뜩 이런 생각이 떠올랐습니다. 어쩌면 강물을 따라 잠수해서 온 사람의 원래 목적지가 '구멍'이 아니었을 수도 있다고 말이죠. 그가 들어가려고 한 곳은 엄씨 집안 정원의 못이었을 겁니다. 그러면 누구의 눈에도 띄지 않고 정원을 드나들 수 있지요." 이연화가 천천히 석양을 응시했다. "어르신, 제 말에 틀린 곳이 있습니까?"

엄복의 기침이 멎었다. 잠시 뒤 그가 쉰 목소리로 답했다. "없소."

이연화가 다시 말을 이었다. "아황이 실종된 뒤 못에 번진 붉은빛은 그곳과 '구멍'이 서로 통한다는 증거였습니다. 그 붉은색의 정체는 바로 아황이 팔러 다니던 연지였습니다. 이런 맥락에서…… '구멍' 속 시신들도 엄씨 집안과 관계가 있습니다. 엄씨 집안에서는 수십 년 전에 기이한 살인 사건이 발생했지요." 이연화의 말투가 어린아이를 어르듯 더 부드러워졌다. "엄청전의 부인 양씨가 남편의 목을 자른 뒤 마차를 타고 도망쳤고 엄씨 집안의 재산도 모두 사라졌지만, 관가만 남아서 수십 년째 대장장이로 살고 있습니다."

"그렇소." 엄복의 목소리는 여전히 잔뜩 쉬어 있었다. "젊은이의 말이 모두 맞소."

이연화가 고개를 저었다. "아뇨, 완전히 틀렸습니다. 오래전에 일어난 그 일의 내막은 바깥에 알려진 것과 전혀 다를 겁니다."

엄복의 눈동자에 기이한 광채가 스쳤다. "그걸 어떻게 아시오?"

"'구멍' 속 시신들은 기이한 형태로 남아 있었습니다. 머리와 몸통은 둘씩인데 다리가 한 쌍뿐이었습니다. 무림 사람이라면 그게 우두마면의 시신임을 알 수 있을 겁니다. 우두마면은 염라왕 휘하의 일인자였습니다. 그가 이곳 '구멍' 속에서 죽었는데 소원진에서 그 기괴한 생김새의 악당을 봤다는 사람이 아무도 없습니다. 그렇다면 우두마면이 잠영으로 소원진에 들어왔으며 '구멍'에는 출구가 없었다는 뜻이 되겠지요. 그의 원래 목적지는 엄청전의 백수원이었을 테고요."

"그게 어떻단 말이오? 그건 부인이 주인어른을 죽인 일과 아무 관계도 없잖소."

"우두마면은 무림 사람이자 황천부에서 제일가는 인물입니다. 그런 우두마면이 찾아왔다면 엄씨 집안이 별 볼 일 없는 곳은 아닐 겁니다. 황천부는 염씨, 엄청전은 엄씨입니다. 엄청전의 장원 이름

'백수원'에서 '백수白水', 두 글자를 위아래로 합치면 '천泉'이 되지요. 이걸 보니 자연히 추측하게 되더군요. 혹 엄씨 집안이 당시 무림을 주름잡았던 황천부가 아닐까 하고 말입니다."

엄복이 냉소했다. "그러면 어떻고, 아니면 또 어떻소?"

"만약 엄씨 집안이 황천부라면 엄청전은 곧 염라왕일 겁니다. 그런데 부인이 어떻게 염라왕의 목을 벨 수 있었을까요?" 이연화가 빙그레 웃었다. "설마 부인이 염라왕보다 더 강한 무림의 고수였을까요?"

이연화는 잠시 말을 멈췄다가 다시 이었다. "설령 엄씨 집안이 황천부가 아니라 그저 평범한 상인 집안이었더라도, 부인이 평범한 여자의 몸으로 어떻게 사람의 목을 벨 수 있었을까요? 아무리 목이라 해도 사람의 뼈라는 건 아주 단단해서 웬만한 공력의 소유자가 아니면 쉽게 자를 수 없고, 내려쳐서 부술 수도 없다는 걸 잘 알고 계시겠지요…… 물론 부인이 남편의 목을 꼭 베고야 말겠다고 각오하고 죽기 살기로 수차례 칼을 내려쳤을 수도 있겠지만 말입니다." 이연화가 엄복을 흘긋 쳐다보았다. "하지만 그럴 가능성은 희박하지요. 그래서 저는 엄청전의 목을 벤 사람이 부인이 아닐 거라고 생각했습니다."

"살인을 하지 않았다면 어째서 도망쳤겠소?" 의자에 걸터앉은 엄복의 노구는 쇠할 대로 쇠해 보였다. 말투에서조차 한때 엄청난 부를 누린 엄씨 집안 관가의 위세를 조금도 느낄 수 없었다. 그가 당시 엄씨 집안 사람이었다는 사실 자체를 믿기 힘들었다.

이연화가 탄식했다. "부인이 왜 도망쳤는지는 어르신이 제일 잘 아시겠지요. 어르신은 엄씨 집안의 관가였고, 다들 어르신과 부인 사이가 무척 좋았다고……"

줄곧 힘없이 앉아 있던 엄복이 갑자기 벌떡 몸을 일으켰다. 주름이 자글자글한 검버섯투성이 얼굴이 험상궂게 일그러졌다. "지금 뭐라고 했소?"

이연화가 차분하고 온화한 미소를 띤 채 말했다. "사람들이 그렇게들 말한다는 겁니다. 관가 엄복이 안주인과 사이가 무척 좋았다고…… 정을 통하는 사이……"

말이 다 끝나기도 전에 엄복이 사나운 기세로 이연화에게 달려들어 두 손으로 목을 조르려 했다. 줄곧 침착한 얼굴로 말투도 차분하던 엄복이 갑자기 한 마리 야수로 변한 듯 으득으득 이를 갈았다.

이연화가 손을 들어 막으며 가볍게 밀치자 엄복이 뒤로 쾅당 나자빠졌다. 이연화는 이내 미안한 표정으로 손을 뻗어 그를 부축했다. 엄복은 가쁜 숨을 몰아쉬며 악에 받친 표정으로 일어나다가 격렬한 기침을 토해냈다. "콜록콜록……"

기침을 해대는 그를 두고 이연화가 하던 말을 끝맺었다. "그런 사이인 듯했다고요."

엄복이 숨을 크게 들이마시더니 우레 같은 목소리로 버럭 외쳤다. "내 앞에서 말도 꺼내지 마시오! 그 두 사람……"

엄복의 외침이 우뚝 멎었다. 그러자 이연화가 빙그레 웃으며 그의 말을 받았다. "네? 어르신 앞에서 부인과 엄복의 얘기를 하지 말라고요? 그렇다면 어르신이 엄복이 아니란 말씀이세요? 어르신은 누구시죠?"

독기어린 '엄복'의 표정이 조금씩 흩어지고 눈동자에 깊고 깊은 고통의 빛이 차올랐다. "콜록콜록……" 그가 구부정한 몸을 곧게 펴고 쉰 목소리로 말했다. "해독약에 대해 묻는 걸 보면 내가 누군지 이미 알고 있겠지. 그건 됐고, 내가 엄복이 아니라는 걸 어떻게 알았는지 궁금하군."

이연화가 품안에서 금창* 치료약이 든 약병을 꺼내더니 '엄복'의 오른손을 들어올려 아까 뒤로 넘어질 때 살짝 생긴 상처에 조심스럽게 약을 발랐다. 그러고는 미소를 지으며 말했다. "제가 얼마 전에 이런 말을 한 적이 있습니다. 사람의 머리는 이상한 것이어서 머리를 자르면 죽은 사람이 누군지 알 수 없다고요…… 머리 없는 '엄청전'이 죽은 뒤 엄복은 그를 매장하지 않았습니다. 이상한 일이지요. 여기에는 두 가지 가능성이 있습니다. 첫째, 엄청전의 시신이 가짜이거나, 둘째, 엄복이 충복인 척했지만 실은 그렇지 않았거나."

"영원히 충성하는 하인은 세상에 없지." '엄복'이 침울한 목소리로 말했다.

"아." 이연화가 그 말에 감탄하듯 짧은 탄성을 내뱉었다. "엄청전의 시신은 머리가 없었고 아무도 매장하지 않았으며 사라졌습니다. 그래서 저는 머리가 잘린 엄청전이 염라왕 본인이 아닐 거라고 생각했습니다."

---

* 칼, 화살 등 금속에 다친 상처.

"흥." '엄복'은 코웃음만 칠 뿐 아무 말도 하지 않았다.

"엄청전의 시신이 가짜일 가능성이 있다면, 염라왕이 아직 살아 있을 수도 있겠지요. 하지만 염라왕이 아직 살아 있을 수도 있겠다는 생각을 했을 때 이상한 걸 발견했습니다." 이연화가 '엄복'을 지그시 응시했다. 격렬한 기침이 지나간 뒤 '엄복'은 얼굴이 해쓱해지고 아까보다 훨씬 노쇠해 보였다. "만일 염라왕이 죽지 않았다면 부인과 엄복이 사통했을 때 어째서 두 사람을 죽이지 않고 그대로 자취를 감췄을까요? 이치에 맞지 않는 일입니다. 그래서 염라왕은 정말로 죽었지만 엄복이 고의로 그를 매장하지 않은 건 아닐까 하는 생각이 들었습니다. 그런데 염라왕이 죽었고 엄복이 부인과 사통했다면 어째서 엄복은 부인과 함께 도망치지 않고 수십 년 동안 소원진을 지켰을까요? 이 역시 이치에 맞지 않습니다……"

'엄복'이 힘없는 목소리로 말했다. "세상엔 원래 이치에 맞지 않는 일투성이지."

"음…… 제가 아무리 생각해봐도 이 사건은 도통 이치에 맞지 않았습니다. 상식적으로 부인과 엄복이 사통한 사실을 발견했다면 강호에서 염라왕이 가진 명성으로 보건대 둘을 붙잡아 온갖 고통을 겪게 한 뒤 죽였을 겁니다. 하지만 부인과 엄복은 죽지 않았고 오히려 염라왕이 죽었지요."

"자신이 사통한 사실을 들킬까봐 두려웠던 부인이 먼저 염라왕에게 손을 써서 죽였을 수도 있지." '엄복'이 담담하게 말했다.

이연화가 한숨을 내쉬었다. "그렇다면 부인은 염라왕을 어떻게 죽였을까요? 무공이 그토록 막강한 강호의 그 사내를 어찌 감히 죽일 생각을 했을까요?"

'엄복'의 얼굴에 또 한 차례 경련이 일었다.

"염라왕의 죽음이 거짓이든, 정말로 부인이 남편을 죽였든, 중요한 건 염라왕의 힘이 약해졌다는 겁니다. 그의 위신도 능력도 갑자기 다 사라져버렸습니다."

'엄복'이 몸을 가늘게 떨면서 주먹을 힘껏 쥐었다.

이연화가 다시 한번 한숨을 내쉬고 더 부드러운 투로 말했다. "무림에서 그 이름만으로 사람들을 벌벌 떨게 했던 염라왕이 무슨 이유로 힘을 모두 잃어버렸을까요? 어째서 그의 부인이 관가와 사통한 걸까요? 당시 소원진에서 무슨 일이 있었던 걸까요? 이 의문을 풀려면 황천부가 왜 소원진으로 옮겨왔는지부터 시작해야 할 것 같습니다."

'엄복'의 눈썹이 미세하게 떨렸다. "황천부가 어째서 소원진으로 옮겨왔는지 알고 있단 말인가?"

"소원진은 땅이 척박하고 물이 탁한 곳입니다. 이곳에서 사람들의 귀를 솔깃하게 하는 유일한 한 가지는 바로 조모록이겠지요."

'엄복'의 얼굴에 처량한 기색이 번졌다. 이연화는 계속 말을 이었다. "소원진에서 가치가 엄청난 조모록이 발견됐다는 소문을 들은 적이 있습니다. 조모록은 해독 및 해열 작용이 있고 심열을 식히며 눈을 밝게 하는 효능이 있습니다. 오직 염라왕만이 구사한다는 벽중계癖中計는 그 누구도 대적할 수 없는 최고의 독장毒掌이라고 들었습니다. 이 독장을 수련할 때 꼭 필요한 것이 바로 조모록이지요." 이연화의 시선이 '엄복'의 얼굴에서 천천히 바닥으로 옮겨 갔다. 석양이 내려앉으며 대장간 앞 바닥 돌판 위로 점점 땅거미가 내려앉고 스산한 저녁 바람이 옷자락을 흔들었다. "염라왕은 아마 조모록을 찾으러 이곳에 왔을 겁니다. 하지만 그는 모르고 있었죠. 이곳에서 나는 조모록이…… 실은 조모록이 아니라 비취록이라는 사실을 말입니다. 비취록에는 맹독이 있지요."

'엄복'은 의자에 앉은 채 고개를 숙이고 무거운 한숨만 연신 뱉어냈다.

"그 '구멍' 속 석벽에는 연둣빛 자갈이 박혀 있었습니다. 얼핏 보기에는 조모록과 매우 비슷하지만 실은 맹독을 지닌 비취록이지요." 이연화가 안타까운 표정으로 말했다. "처음에는 저도 그저 조모록 옥맥이 튀어나와 있는 줄 알았지요. 저와 흑귀뚜라미는 어느 정도 무공을 단련한 이들이고, 비취록의 독기는 땅속에서 몹시 약해져 있었으니까요. 아황이 두 번이나 혼절했지만 놀라서 기절한 줄만 알았습니다. 과거 엄정천의 저택에서 이유를 알 수 없는 화재가 발생했는데 주원에서 제일 먼저 불길이 치솟았다는 얘기를 듣고서야 그 돌이 비취록이라는 걸 알았습니다."

'엄복'이 말했다. "당시 엄씨 집안에서 단 한 명이라도 세상에 비취록이라는 게 있다는 걸 알았더라면 집안이 그렇게 풍비박산 나진 않았을 거요."

"오래전에 제 친구가 비취록에 목숨을 잃었습니다…… 비취록의 독기가 불을 만나면 폭발을 일으키고, 비취록이 물에 닿으면 독을 내뿜습니다. 생김새가 조모록과 비슷해 헷갈리기 쉬워 아주 위험하지요. 그 '구멍' 아래에 비취록이 있고 강물까지 흘렀으니 이 치대로라면 동굴 속에 독기가 가득했어야 합니다. 그런데 무슨 이유에선지 동굴 속의 독기가 그리 진하지 않아서 저와 흑귀뚜라미가 횃불을 들고 들어갔는데도 폭발이 일어나지 않았지요. 오원하 강물에 섞인 독은 바로 비취록 광석에서 녹아나온 것이고, '구멍' 속 물의 독성은 무척 강한데 다행히도 오원하는 흐르는 물이기 때문에 독의 농도가 진하지 않습니다. 사람이 그 물을 마셔도 큰 탈이 없을 정도로요. 다만 닭, 오리, 돼지, 개 같은 동물이 마시면 두통과 설사가 나타나고 몸에 흉한 반점이 생기지요. 이건 소원진의 가축들에게 흔히 나타나는 증상입니다."

반점 얘기를 하며 이연화의 시선이 천천히 '엄복'의 얼굴로 가서 멈췄다. "제 추측으로는 염라왕이 비취록으로 벽중계를 단련하다가 불행히도 중독돼 용모가 흉하게 변해버린 것 같습니다. 그런 연유로 부인이 관가인 엄복과 사통한 것이지요. 염라왕은 그 일을 알고 분노했겠죠. 두 사람을 죽느니만 못한 고통의 나락에 떨어뜨려야 원한이 풀릴 것 같았겠지만, 무공이 크게 상하고 용모도 추해져 위신이 추락하고 지위도 위태로운 상황에서는 무리였을 겁니다. 그래서 자신이 살기 위해, 또 복수를 하기 위해 기이한 생각을 떠올렸습니다."

말없이 듣고만 있던 '엄복'이 담담하게 말했다. "이렇게 많은 걸 생각해내다니 대단한 젊은이로군."

"아, 면구합니다. 실은 대부분이 제 추측일 뿐입니다…… 어르신의 무공이 크게 상하고 용모도 추해졌기 때문에 우두마면과 엄복이 손을 잡고 어르신을 제압하려 했고, 부인도 감히 남편을 죽이기로 결심할 수 있었을 겁니다."

이연화가 갑자기 염라왕을 '어르신'으로 바꿔 말하자 '엄복'이 몸을 살짝 떨었으나 부인하지는 않고 계속해서 이연화의 말을 들었다. "거짓으로 자신이 죽은 것처럼 꾸며 목숨을 구했다면 그것만 해도 뛰어난 책략인데, 어르신은 그보다 더 교묘한 책략을 세웠습니다. 사람을 죽인 뒤 그의 머리를 잘라내고 어르신 얼굴과 똑같이 만든 가짜 머리로 바꿔치기를 한 겁니다. 그러고는 엄복을 '구멍'으로 유인해 가뒀지요. 그 가짜 머리로 순박한 소원진 사람들은 속일 수 있었지만 부인과 우두마면은 속일 수 없었습니다. 어르신과 엄복이 사라지자 두 사람은 어르신이 엄복을 죽인 뒤 자신들에게 손을 쓰려고 어딘가에 숨어 기회를 엿볼 거라고 짐작했습니다. 그래서 겁에 질린 부인이 마차를 타고 아들과 함께 도망친 겁니다. 하지만 우두마면은……" 이연화가 미소를 지었다. "여길 떠나지 않았고, 어르신은 엄복을 유인한 것과 같은 수법으로 우두마면을 '구멍' 속으로 유인했지요."

'엄복'의 얼굴에 은밀하고도 교활한 미소가 희미하게 스쳤다. "내가 어떤 방법으로 우두마면을 '구멍' 속에 가뒀는지도 추측해냈소?"

이연화가 헛기침을 했다. "어떤 상황에서든 다 통하는 아주 쉬운 방법이었습니다. 예를 들면…… 실의에 빠진 척하며 『황천진경』을 못에 던져버린 뒤 엄복이 그걸 주우러 몰래 못에 들어가면 물에 비취록을 빠뜨리는 겁니다. 물에 독이 있다는 걸 깨달은 엄복은 황급히 '구멍' 속으로 몸을 피했다가 다시는 빠져나오지 못하겠지요. 우두마면을 유인하는 건 더 쉽습니다. 어르신이 직접 물에 뛰어들면 그도 반드시 물에 뛰어들어 쫓아올 테니까요. 우두마면이 물에 뛰어들기를 기다렸다가 독을 풀면 그만이지요. 어차피 어르신은 이미 심하게 중독됐지만 우두마면은 비취록의 위력을 경험한 적이 없습니다. 어르신과 우두마면은 독을 피해 '구멍'으로 피신하겠지만 우두마면은 맹독이 퍼진 물 때문에 빠져나오지 못하고 그 안에 갇힐 겁니다."

이연화는 생각나는 대로 얘기했지만 '엄복'은 안색이 조금 변했다. "정확히 맞히지는 못했지만 비슷하네. 허허허, 강산에는 대대로 인재가 나오기 마련이라더니. 삼십 년 전이었다면 내가 자넬 당장 죽여버렸을 거네."

그 말에 이연화가 화들짝 놀랐다. "아닙니다. 과찬이십니다. 하지만 '구멍'으로 들어가서 무엇을 하셨는지, 어떻게 우두마면을 석벽에 매달 수 있었는지는 저도 모르겠습니다."

"흥!" '엄복'이 콧방귀를 뀌었다. 모르겠다는 이연화의 말이 진짜인지 거짓인지 알 수 없었다.

"그 '구멍'은 비취록이 나는 광갱이네. 갱 속에 독기가 가득차 있지. 우두마면은 '구멍'에 들어가자마자 독에 중독돼 정신을 잃고 쓰러졌네. 나만큼 내력이 강하지 않아 중독되자마자 무공을 모조리 상실했으니 석벽에 매다는 게 뭐 어렵겠나? 갈기갈기 찢든 오마분시五馬分尸*를 하든 다 할 수 있지."

이연화가 고개를 끄덕이며 진지하게 대답했다. "옳으신 말씀입니다."

"하지만 내가 어찌 그놈을 쉽게 죽도록 내버려둘 수 있겠나? 비취록을 자루에 넣어 물속에 가라앉혀놓았지. 당시 나는…… 내가 비취록에 중독된 일이 누군가의 계략이며 우두마면에게 해독약이 있을 거라고 생각했네. 그래서 혹독하게 고문했지. 온갖 수단을 동원했지만 우두마면은 끝내 해독약이 어디에 있는지 말하지 않았어. 그러던 어느 날 그 악독한 진발陳發이 온몸의 기를 움직여 진왕陳旺의 몸으로 독기를 몰아넣어 형제의 목숨을 희생시킨 뒤 나를 죽이려는 술책을 썼네. 그래서 내가 그 괴물을 단칼에 두 동강 냈지. 하지만 진발은 진왕과 분리된 뒤에도 죽지 않았어." '엄복'은 점점 기우는 석양을 우두커니 응시했다. 태양이 지평선 아래로 내려앉고 있었다. 그의 쉰 목소리에는 힘이 하나도 없었고 과거의 잔악함도 흔적조차 찾을 수 없었지만 그때의 서슬 퍼런 원한만은 여전히 소름 끼치게 날 서 있었다. "나는 곧장 잠수를 해서 도망쳤지. 그런데 진발이 동굴 안을 기어다니며 몸부림칠 줄 누가 알았겠나…… 난 '구멍'이 백수원과 바로 붙어 있다는 걸 몰랐네. 진발이 백수원 주원의 흙벽에 굴을 뚫었고, 그 순간 굴에서 불길이 뿜어져나와 모든 걸 태워버렸네."

이연화가 긴 한숨을 내뱉었다. "주원에 향이 피워져 있거나 초가 켜져 있었나보군요. 비취록의 독기가 불과 만나면 폭발하지

---

* 사람의 사지와 머리를 각각 말 다섯 마리에 묶은 뒤 말을 달리게 해서 몸을 찢는 형벌.

요······"

'엄복'은 석양을 응시한 채 무거운 목소리로 말했다. "'엄청전'
이 죽고 엄복, 진발, 진왕이 실종된 뒤 나는 엄복의 인피 가면을 쓰
고 지냈네. 그러던 중 불이 나자 하인들이 하루아침에 뿔뿔이 떠나
버렸지. 난 증오심을 주체하지 못하고 당장 쇠고랑을 만들어 '구
멍'으로 들어갔네. 가보니 진왕은 죽고 진발은 아직 살아 있더군.
과연 수십 년간 단련한 무공이 헛되지 않았던 셈이지. 나는 두 배
신자 놈을 석벽에 매달아놓고 날마다 괴롭혔네. 둘은 그렇게 반년
이 지난 뒤에야 죽었지. 하지만 이미 내 무공은 무림의 제일 하바
리들보다 못할 만큼 약해져버렸어. 강호에서 틈만 나면 내게 복수
하겠다고 벼르는 자가 한둘이 아니고, 『황천진경』을 손에 넣고 싶
어하는 자도 숱하게 많지. 그러니 엄복의 신분으로 이 대장간에서
쇠나 두드리며 사는 것 말고 내가 어딜 갈 수 있겠는가?" 그의 얘
기는 거기서 끝났다. 목소리에서 느껴졌던 깊은 원한과 증오는 형
언할 수 없는 쓸쓸함과 처량함으로 바뀌었다. 한때 천하를 호령했
던 강호의 악당이 이제는 여느 촌부보다 못한 지경으로 전락하고
만 것이다.

"죽느니만 못한 고통을 겪고 계시는군요······ 세상의 모든 일은
인과응보라는 말을 때로는 거스를 수 없지요."

"몇 년 전에 엄복의 인피 가면을 벗어던졌는데, 이제 소원진에
서 엄복의 생김새를 알아보는 사람은 하나도 없더군······ 내가 워
낙 언행에 신중을 기했기에 내 정체를 눈치채는 사람도 없었고. 그
래서 지금까지 무탈하게 지낼 수 있었으니 그래도 하늘이 날 보살

펴준 셈이지.”

이연화가 탄식을 내뱉었다. “어르신, 설마…… 지금의 처지가 과거 어르신이 했던 행동에 대한 대가라고 생각하진 않으십니까? 당시에 그렇게 잔인한 행동을 하지 않고 남들에게 그토록 냉정하지 않았다면 곁에 있는 사람들이 어르신께 어찌 그런 짓을 했겠습니까?”

‘엄복’은 그저 깊은 한숨을 내쉬었다. 이연화가 계속 말을 이었다. “이런 처지로 전락했는데도 흑귀뚜라미가 ‘구멍’ 속에서 시신을 발견했을 때 화살을 쏘아 그를 죽여버리셨잖습니까.”

‘엄복’의 목소리에 다시 독기가 차올랐다. “그를 죽이지 말았어야 한다는 건가?”

“설마……” 이연화의 얼굴에 두려운 빛이 스쳤다. “저도 죽이실 생각입니까?”

‘엄복’이 차갑게 쏘아붙였다. “자넬 죽이면 안 되는 이유라도 있는가?”

이연화가 저도 모르게 두 걸음 물러섰다. ‘엄복’도 천천히 몸을 일으켰다. ‘엄복’의 손에는 이상하게 생긴 쇠상자가 들려 있었다. 기황* 암기**가 틀림없었다. ‘엄복’이 음침한 목소리로 말했다. “흑귀뚜라미는 죽어 마땅했네. 그리고 자네는…… 더더욱 살려둘 수 없어. 삼십 년 전이라면 자넬 죽였을 거라고 했지? 삼십 년 후라고

---

* 탄성을 이용해 물체를 튕겨 발사하는 기구.

** 표창, 비수, 화살 등 상대가 눈치채지 못한 사이에 몰래 날려 공격하는 무기.

달라질 건 없어!"

계속 뒤로 물러나는 이연화를 향해 '엄복'이 말했다. "도망칠 수 없으니 포기하게. 지난 삼십 년간 쉬지 않고 암기를 연마했거든. 무공은 다 잃었지만 암기 실력만은 강호에서 날 따라올 자가 없네. 당시 무림에서 천하제일이라고 불리던 폭우이화표暴雨梨花鏢도 지금의 이 음조지부陰曹地府에는 못 당할걸. 젊은이, 그래도 자넨 운이 좋은 셈이야. 내 음조지부의 첫 제물이 되는 영광을 얻었잖나."

이연화는 비명을 지르며 몸을 돌려 도망치기 시작했다. '엄복'이 손가락을 가볍게 움직여 기황을 누르려는 순간, 누군가가 큰 소리로 외쳤다. "빌어먹을 이연화! 너 또 일부러 이런 거지!"

'엄복'이 깜짝 놀라 기황을 힘껏 누르려는데 바람이 휙 스치고 지나가는가 싶더니 눈앞이 흐릿해지며 누군가에게 손가락을 단단히 붙잡혀 꼼짝도 할 수 없었다. '엄복'은 고개를 들어 자기 손을 붙잡은 사람을 보았다. 대나무 장대처럼 깡마른 체구에 화려한 흰색 도포자락을 흩날리는 남자였다. 오늘 점심때 그를 동정하며 위로해준 방다병이었다. '엄복'이 손가락을 펼쳤다. 손가락에 온전히 힘이 들어가지는 않았지만 방다병의 호구虎口*에 손끝이 닿았다. 방다병이 손을 움직이자 '엄복'의 손끝이 그의 호구를 찔렀으나 갑자기 검지로 극심한 통증이 파고들어 '엄복'은 절로 신음을 내뱉었다.

도망치던 이연화가 걸음을 멈추고 고개를 삐 돌아보며 물었다.

---

* 엄지와 검지 사이에 있는 경혈.

"혈도를 눌렀어?"

방다병이 '엄복'의 혈도 수십 곳을 차례로 누르며 소리를 질렀다. "이런 늙은이 하나 잡으려고 천 리 밖에 있는 나를 거짓 편지로 불러온 거야? 약해빠져서 무공이 너보다도 못한 이런 늙은이가 뭐가 무서워?"

이연화가 멀리서 외쳤다. "그 사람은 황천부의 옛 부주府主라고! 그런데 어찌 안 무섭겠어."

방다병이 코웃음을 쳤다. "황천부 부주의 권세가 얼마나 대단했는데, 이 늙은이? 빌어먹을 이연화, 헛다리 짚은 거 아니야?"

"내가 헛다리를 짚었는지 아닌지는 그 사람한테 물어봐…… 자기가 황천부 부주라고 허풍을 떠는지도 모르지. 그리고 장을 보고 올 때까지 집에서 기다리라고 분명히 말했잖아. 멋대로 내 뒤를 밟아 따라온 건 너야!"

방다병이 또 콧방귀를 뀌었다. "아무리 생각해도 널 믿을 수 있어야 말이지. 지난번에도 장을 보러 간다더니 남의 집 닭을 훔쳐보고 있었잖아. 이번엔 또 무슨 짓을 저지를지 누가 알아?"

이연화가 미안한 표정을 지었다. "어쨌든 이번엔 네 덕을 톡톡히 봤어. 너 아니었으면 난 음조지부를 맞고 죽었을 거야. 이 은혜는 나중에 크게 갚을게!"

방다병이 꽥 소리를 질렀다. "됐어, 사양할게! 네가 스스로 이걸 피할 수 있었을지도 모르고, 그 은혜라는 걸 네가 어떤 식으로 갚을지 누가 알아? 그러니까 사양할게! 난 네가 무서워! 본 공자가 은혜를 갚지 않아도 된다고 허락할게!" 방다병이 '엄복'의 손에서 음조지부를 빼앗아 바닥을 향해 누르자 펑 하는 큰 소리와 함께 상자가 덜컹거리더니 번개처럼 발사된 초록색 물체 두 개가 순식간에 돌바닥에 깊이 박혔다.

방다병은 그 자리에서 얼어붙었다. 초록색 물체는 비취록인 듯했다. 그런 맹독이 맹렬한 속도로 발사돼 사람 몸을 조금만 스쳤더라도 사달이 났을 것이다. 방다병은 손에 든 그 위험한 쇠상자를 내려다보다가 뚜껑을 열어봤다. 방금 발사된 조각 외에 비취록이 더 들어 있지는 않았다. 방다병이 안도의 한숨을 내쉬며 '엄복'의 눈앞에서 상자를 비틀어 바닥에 있는 쓰레받기에 던져버렸다.

'엄복'은 혈도를 짚힌 채 말도 하지 못하고 부릅뜬 눈으로 방다병을 노려보기만 했다. 그 눈으로 마치 피라도 쏟아질 것 같았다.

이연화가 무척 안쓰럽다는 표정으로 '엄복'을 보며 방다병에게 말했다. "이 사람은 순안 대인이 직접 압송해 화청천 화여설 대인께 데려가야겠어. 삼십 년이 흘렀어도 수많은 옛친구들이 이 사람을 그리워할 거야."

방다병이 곁눈으로 이연화를 흘긋 보았다. "넌?"

이연화가 피식 웃었다. "난 아직 회복중이라 요양이 더 필요해."

"핑계 한번 좋네!"

이연화가 쿨럭 기침을 하고는 순순히 털어놓았다. "한번 확인해보고 싶은 곳이 있어서."

# 4. 황천진경

  이연화가 향한 곳은 '구멍' 옆에 있는 엄청전의 옛 백수원 터였
다. 화려했던 누각들은 다 기울어져 과거의 영광을 찾아볼 순 없었
다. 한 무너진 건물에서 가느다란 연기가 피어오르고 있었다. 이연
화와 방다병이 부서진 돌과 기와를 치우자 그 안에 커다란 용광로
가 드러났다. 용광로 안에서는 쇳물이 끓고 있었다. 그런데 기이하
게도 용광로 밑에 장작불이 없었다.
  "이 용광로가 '구멍'과 연결됐구나. '구멍' 속 독기를 이용해서
쇠를 녹인 거야. 영리한 방법이네. 그날 흑귀뚜라미를 쏜 화살도
이 용광로에서 발사된 거였어. 독기가 들어오는 구멍을 향하도록
쇠화살을 꽂고 연통 구멍을 막아놓은 거야. 삼십 년 전 우두와 마
면 둘 중 하나가 맨손으로 파낸 굴이 바로 여기일 거야. 용광로의
불이 다 타고 가득차 있던 열기가 한꺼번에 분출되면서 그 힘으로
발사된 화살이 흑귀뚜라미를 명중시켰어. 어쩐지 동굴 속에 독기
가 그리 진하지 않다 했더니 용광로에서 타버린 거였네. 염라왕이
비취록 때문에 원기가 크게 상하긴 했지만 역시 머리가 비상하고
뛰어난 사람이야. 무공을 상실했길 천만다행이지, 안 그랬으면 생
각만 해도 끔찍해……"
  "빌어먹을 이연화, 여기 무슨 책이 있어." 방다병이 용광로 옆
에서 손길에 닳고 닳아 모지라지고 누렇게 변한 책 한 권을 주워들
었다. 펼쳐보니 사람 그림이 가득 그려져 있었다. "설마 이게 『황
천진경』은 아니겠지? 그렇다면 여기 버려졌을 리 없잖아?"

"아." 이연화가 막 꿈에서 깨어난 듯 짧은 탄성을 뱉었다. "아니겠지? 『황천진경』은 강호에서 가장 신비한 무공 중 몇 손가락 안에 꼽히는 무공이야. 황금비단으로 감싸고 박달나무 상자에 넣은 뒤 금칠로 제목을 써서 은밀한 장소에 꼭꼭 숨겨놓았겠지. 이런 데 버려졌을 리 없어."

방다병이 눈을 크게 떴다. "황금비단으로 겉을 감싸고 박달나무 상자에 넣어진 걸 네가 어떻게 알아?"

"짐작한 거야. 상식적으로 그렇잖아."

"또 허튼소리……"

이연화가 누런 책을 건네받았다. "이 책은 필체도 유치하고 종이도 거칠잖아. 특히 사람 그림이 너무 못생기고 비뚤비뚤해. 『황천진경』은 아닐 거야. 그걸 얻기가 얼마나 힘든데 이렇게 허술한 책일 리 있어?"

방다병이 말했다. "그건 그래. 하지만……"

이연화가 어깨를 으쓱이며 피식 웃었다. "『황천진경』도 아닌데 뭐 하러 신경써?"

이연화가 머리 뒤로 책을 휙 던지자 책은 호를 그리며 날아가 용광로 속으로 그대로 떨어졌다. 순간 화르르 불길이 치솟았다.

"아악!" 방다병이 외마디 비명을 질렀다. 방다병은 십중팔구 그 책이 『황천진경』이라고 생각했는데 미치광이 이연화가 그럴 리 없다고 고집을 부리더니 급기야 불태워버린 것이다!

책이 불타는데도 이연화는 눈길 한번 주지 않았다. "어서 엄청 전을 화여설 대인에게 압송해야 해. 서둘러 출발하자."

방다병은 고개를 끄덕이며 이연화와 함께 자리를 떴다.

두 사람이 떠난 뒤, 용광로 속에서 형체를 알아볼 수 없게 변해 가는 책의 한 장 한 장마다 또렷한 네 글자가 나타났다. 황천진경.

제9장

여
택

## 1. 재앙의 싹

소슬바람이 스산하게 불어오고 향산香山의 단풍이 그윽한 풍취를 자아내는 가을. 얼마 전 향산수객香山秀客이 산에 쌓인 낙엽과 부러진 가지를 쓸어내고 정리한 뒤 단풍은 더 농염한 색채를 띠어 보는 이의 마음을 단박에 사로잡았다.

향산수객 옥루춘玉樓春이 단풍을 함께 보자며 친구들을 초대했다. 이 연회의 이름은 '만산홍漫山紅'이었다. 옥루춘은 금만당金滿堂의 절친한 벗이었다. 금만당이 강호 최고 부자라면 옥루춘은 둘째가는 부자쯤 되었으므로 그의 초대를 받고 단풍 구경을 하러 오는 친구들도 쟁쟁한 이들이었다. 무마舞魔 모용요慕容腰, 주치酒痴 관산횡關山橫, 호수궁경皓首窮經 시문절施文絶, 냉전冷箭 동방호東方皓, 일자시一字詩 이두보李杜甫 등이 초대받아 연회에 왔다. 모용요는 춤사위가 천하제일이고, 관산횡은 술이 세기로 둘째가라면 서러웠으며, 시문절은 책을 많이 외기로 따라올 자가 없었다. 동방호는 활 솜씨가 백발백중이요, 이두보는 시를 잘 지었다. 다들 강호의 기재였지만 손님 중에 그저 머릿수만 채우고 있는 이도 있었으니, 바로 이연화였다. 천하제일의 재주가 있어서 초대받은 게 아니라 금만당의 기이한 죽음에 얽힌 수수께끼를 풀어준 일에 대한 보답으로 옥루춘이 특별히 초대한 것이다.

손님들은 모두 나이도 다르고, 잘생기거나 못생기거나, 키가 크거나 작거나, 생김새도 제각각이었지만 남자라는 공통점이 있었다. 남자가 있다면 여자도 있어야 하는 법. 옥루춘은 향산 자락의 절묘한 장소를 그들의 숙소로 정했다. 그곳은 바로 여택女宅이었다.

이름 그대로 여택에는 여자가 아주 많았다. 즉, 기루였다. 하지만 이곳은 여느 기루와는 다르게 모든 기녀를 옥루춘이 직접 골랐다. '천하제일'을 좋아하는 그의 성향대로 여택의 여인들은 절세의 재주를 하나씩 갖고 있었다. 피리 부는 재주든, 금을 타는 재주든, 수를 놓는 재주든, 천하제일이라고 할 만한 재주를 가지고 있었기에 평범한 남자는 감히 가까이 다가갈 수도 없었다. 옥루춘의 눈에 드는 재주가 하나라도 없으면 여택의 대문 안으로 한 발짝도, 아니 반 발짝도 들여놓을 수 없었다. 이곳 여인들은 손님과 밤을 보낸 적이 없고, 마음에 드는 남자가 아니면 술이든 노래든 뱃놀이든 아무리 사소한 일도 함께하지 않았다.

지금 이연화가 바로 그 여택에 반듯하게 앉아 있었다. 이연화의 왼쪽에는 시문절이 앉았는데, 이 책벌레가 오늘은 웬일인지 때 한 점 묻지 않은 옷을 단정하게 입었다. 얼마 전 과거시험을 보러 간다고 했는데 급제를 했는지 못했는지 알 수 없었다. 이연화의 오른쪽에 앉은 사람은 시문절과 완전히 달랐다. 높다란 관을 쓰고 금색 도포를 두른데다 구렁이 가죽으로 만든 혁대를 허리에 묶었으며, 멀끔하게 생긴 얼굴에 분을 옅게 바르고 입술에도 선홍색 연지를 발랐다. 다른 남자가 연지와 분을 발랐다면 그 모습이 역할 수 있겠지만 이상하게도 그에게선 오히려 독특한 요염함이 느껴졌다. 그는 모용요였다.

모용요의 옆자리는 관산횡이었다. 팔 척 키에 체중이 이백오륙십 근은 너끈히 나갈 듯한 거대한 물통 같은 몸집의 소유자였다. 그의 아우 관산월關山月은 형과 달리 준수한 미남자라는 소문이 있었지만 진위는 확인할 수 없었다.

관산횡 옆에 앉은 남자는 검은 옷을 입고 있었다. 깡마른 골격에 뼈마디가 무쇠처럼 단단해 보이고 피부는 거무튀튀한데도 반짝이듯 광이 났다. 쇠화살을 연상케 하는 단단한 몸매만 봐도 동방호라는 걸 알 수 있었다.

동방호 옆에 앉은 사람은 푸른 저고리 차림에 고상하게 생긴 남자였다. 턱에 염소수염을 기르고 허리춤에 양호羊毫* 한 자루를 꽂은 걸 보니 바로 이두보였다.

시문절의 옆자리에는 소박한 무명옷 차림의 남자가 앉았다. 기운 곳은 없지만 오래 입은 듯 보이는 유삼은 돈 많고 글 좀 읽었다는 이들이 좋아할 법한 남루하지만 고상한 분위기를 풍겼다. 사내는 나이가 마흔 초반쯤 되어 보였고, 검은 머리를 가지런히 빗어

---

* 양털로 만든 붓.

묶은 모습이 한눈에도 점잖은 느낌을 주었다. 오른손 새끼손가락
에 푸른 옥반지가 끼워져 있는데, 크기는 작지만 웬만한 성 하나를
살 수 있을 만큼 귀한 그 옥반지만이 그 주인의 엄청난 부를 짐작
케 했다. 바로 향산수객 옥루춘이었다.

이들은 식사를 하기 위해 한자리에 모였지만 아직 술과 안주가
나오지 않아 기다리는 중이었다. 옥루춘이 축사를 읊고 탁탁 손뼉
을 치자 희귀한 화초로 화려하게 꾸민 연회장에 현악기 소리가 울
려퍼지고 붉은 옷을 입은 여인이 천천히 걸어나왔다.

여택의 명성은 삼척동자도 다 알고, 이곳 여인들이 모두 절세의
재주를 하나씩 가졌다는 사실도 잘 알려져 있지만, 붉은 옷의 여인
이 걸어나오는 순간 연회석에 앉은 모두가 놀란 듯 미세하게 어깨
를 들썩였다. 피부는 몹시 검지만 이목구비가 아름답고, 큰 키에
호리호리한 몸을 감싼 붉은 비단옷 위로 유려하게 드러난 곡선이
한 마리 붉은 뱀처럼 요염했다. 여인은 좌중을 눈으로 훑다가 모용
요에게서 시선을 멈춘 뒤 생긋 미소 지었다. 그녀는 이 세상 사람
이 아닌 착각이 들 만큼 아름다웠다.

옥루춘이 여인을 소개했다. "적룡赤龍이라는 아이인데 춤에 능
하답니다. 잠시 후에 춤을 출 테니 모용 형님께서 평해주시지요."
고고하던 모용요의 얼굴 위로 놀란 기색이 스쳤다. 적룡이라는 여
인에게 마음이 크게 흔들린 듯했다.

"요녀로군." 시문절이 낮은 목소리로 중얼거리자 관산횡도 동
의하듯 고개를 끄덕였다. "미녀로군, 미녀야!" 이두보는 감탄하며
고개를 내저었다. 마치 이 정도 절세미인을 알아볼 수 있는 건 자

신뿐이며 시문절 같은 범인은 어림도 없다고 말하는 듯했다.

적룡의 매혹적인 미모에 사람들이 술렁이고 있을 때 어디선가 은은한 향기가 실린 맑은 바람이 불어와 후각을 사로잡았다. 난초 향기가 스미는 듯도 하고 밝은 달빛이 비치는 듯도 한 바람과 함께 흰옷을 입은 여인이 적룡을 뒤따라 들어왔다. 그녀의 등장에 시문절은 벌어진 입을 다물지 못했고, 동방호조차 표정이 미세하게 흔들렸다. "아." 이연화는 짧은 탄성을 뱉었다.

옥루춘이 빙그레 웃었다. "서기西妃라고 합니다. 금을 타는 솜씨가 훌륭하지요."

방금 전까지만 해도 적룡의 미모가 사방으로 광채를 발했지만 서기가 등장하자 일시에 그 빛이 퇴색되었다. 서기는 눈처럼 흰 얼굴에서 청아하고 수려한 기운이 흘렀으며 매화나 사과꽃 같은 순백의 청초함이 풍겨 보는 이의 마음을 흔들었다. 시문절이 시 속에서 그리워하던 미인이 바로 이런 모습일까? 적룡이 등장했을 때 술렁이던 사람들이 서기가 사뿐사뿐 걸어나오자 숨소리도 크게 내지 못하고 고요해졌다. 적룡은 까맣게 잊은 듯 남자들의 시선이 일제히 서기에게 쏠렸다.

그렇게 한참을 넋 놓고 서기를 바라보던 시문절이 여전히 그녀에게서 눈을 떼지 못한 채 중얼거렸다. "서기가 있으니 동기東妃도 있습니까?"

옥루춘은 낯빛이 약간 변했으나 이내 웃음을 지었다. "있었지요. 하지만 속신贖身*했습니다."

시문절은 감탄을 금치 못했다. "이렇게 아름다운 여인이 세상에 한 명 더 있다는 걸 상상할 수 없군요……"

"실제로 보지 않은 사람은 상상도 할 수 없는 미모였지요. 이젠 보여드릴 수 없어 아쉽군요."

그때 서기가 고개를 숙이고 옆으로 물러나더니 금의 현을 조율하기 시작했다. 조율이 안 된 현을 가볍게 튕기는데도 소리가 심금을 울렸다. 적룡이 그 소리에 홀린 사람들을 곁눈질로 흘긋 보더니 몸을 살랑 움직이며 서기의 연주에 맞춰 춤을 추기 시작했다.

서기는 가녀린 섬섬옥수로 어디서도 들어본 적 없는 곡조를 연주했다. 적룡의 춤사위는 나긋나긋 아름다운 것이 아니라 요사하고 섬뜩했지만 눈을 뗄 수 없었다. 마치 사람이 아니라 온몸이 비늘로 뒤덮인 붉은 뱀이 하늘에서 사투를 벌이다 땅으로 떨어져 꿈틀거리다 또 위로 솟구치며 몸부림을 치는 것 같았다. 몸을 비틀면서 빙빙 돌다가 흰 뼈는 하늘로 기어올라가고, 피와 살은 벼락을 맞고 찢겨 땅으로 쏟아져내리듯 고통스럽게 몸부림치고, 생과 사가 뒤엉키는 춤이었다. 섬세하고 유연한 미감과는 거리가 멀었지만 참을 수 없는 전율에 몸이 떨렸다.

그 자리에 있는 누구도 그런 춤을 본 적이 없었다. 붉은 뱀의 혼백이 적룡에게 씌인 것 같았다. 모용요가 눈썹을 점점 더 높이 치키며 적룡을 뚫어져라 쳐다보았다. 방금 사람들의 시선이 서기에게 쏠려 있을 때도 모용요만은 눈에서 광채를 반짝이며 적룡에게서 시선을 떼지 못했다.

---

* 기생, 노비 등이 몸값을 치르고 자유를 얻는 것.

서기의 금 소리가 스산하게 울려퍼지는 가운데 적룡이 홀연히 목청을 돋워 시를 읊었다. "비단 홑옷에 수놓은 배자 걸치고, 힘써 먹이 찾아 먹으며 새끼를 먹여 키우는구나. 밭이랑 동쪽에 쓰러진 이삭엔 비바람 가득 몰아치니, 새장 속 미끼 새 믿지 말고 밭이랑 서쪽으로 가거라. 제나라 사람이 짠 그물은 허공처럼 투명한데, 넓고 푸른 들밭에 널리 펼쳐져 있네. 아득한 그물 모양도 그림자도 없어 잘못 건드리면 머리 다쳐 피 흘리리. 쑥잎 잘라 초록색 꽃 꾸며놓은 이 누구인가. 그 속에 감춘 재앙의 싹 헤아릴 수 없어라."

"아!" 놀람과 감탄이 섞인 탄성이 시문절과 이두보의 입에서 동시에 터져나왔다. 적룡이 읊은 시는 이하李賀의 「애여장艾如張」이었다. 손님 중 아무도 이 노래를 들어본 적이 없었으니 이 노래에 맞춰 춤추는 건 더 말할 것도 없었다. 이하의 시도 훌륭했지만 적룡의 춤은 더욱 절묘했다. 춤이 끝나자 땀범벅이 된 적룡이 숨을 몰아쉬었다. 모용요가 자리에서 일어나자 적룡이 뱀처럼 몸을 비틀며 다가가 품에 안기더니 생긋 웃으며 그를 앉혔다. 서기가 금을 안고 사뿐히 일어나 모두에게 인사한 뒤 조용히 물러갔다.

옥루춘이 빙긋 웃었다. "두 여인이 여러분 마음에 들었는지 모르겠습니다."

"세상에 둘도 없는 천하절색이로군요." 시문절이 서기의 뒷모습이 사라진 방향에서 시선을 거두지 못하고 넋이 빠진 듯한 얼굴로 중얼거렸다. 적룡을 품에 안은 모용요는 벅차오르는 기쁨에 연거푸 술을 들이켰고, 관산횡은 누굴 골라야 할지 몰라 상기된 눈동자로 적룡을 한번 보았다가 서기가 사라진 방향을 한번 보았다가

했다. 주렴에서 눈을 떼지 못하는 걸 보니 동방호는 서기가 마음에 드는 듯했고, 이두보는 모용요의 품에 안긴 미녀를 흘끔거렸다.

옥루춘이 껄껄 웃고는 적룡에게 말했다. "음식을 들이라 이르거라."

적룡이 모용요의 품에서 일어나 분부를 전달하러 나갔다. 남자들은 들뜬 마음을 진정시키지 못하고 입이 바짝 타들어갔다. 그런데 한참을 멍하니 있던 시문절이 옆을 흘긋 보니 이연화는 탁자 위화병에 꽂힌 꽃만 보고 있는 것이 아닌가. 조금 전의 두 미녀에게는 관심이 별로 없어 보였다. 시문절이 속으로 중얼거렸다. '이 바보는 하늘에서 내려온 선녀를 두고 어디다 정신을 파는 거야? 이깟 꽃이 뭐 예쁘다고.' 시문절이 자신을 쳐다보는 것도 모른 채 꽃만 뚫어져라 보던 이연화가 갑자기 탄성을 내뱉었다. "아……"

그 소리에 모두 어리둥절해서 이연화를 쳐다보았다.

"이 선생?"

옥루춘이 부르는 소리에 이연화가 딴생각에서 빠져나오며 고개를 확 들었다가 자신에게 쏠린 사람들의 시선을 마주치고는 황급히 말했다. "아, 아무것도 아닙니다."

모용요의 입꼬리가 살짝 올라갔다. "댁은 뭘 보고 있는 거요?"

오만하고 괴팍한 성격의 모용요는 초면인 이연화에게도 스스럼없는 투로 말했다.

이연화가 계면쩍은 표정을 지었다. "아…… 반점이 있는 무궁화는 처음이라……"

"반점이 있는 무궁화?" 모용요는 영문을 몰라했고 옥루춘도 어리둥절한 표정이었다. 이번에는 모두의 시선이 화병에 꽂힌 꽃으로 쏠렸다. 잠시 꽃을 살펴본 뒤 이두보가 말했다. "저건 반점이 아니라 꽃을 꺾을 때 진흙이 튄 겁니다." 다들 속으로 '아' 하고 탄성을 흘리며 그것도 몰라본 자신이 바보 같다고 생각했다. 저 얼간이를 따라서 변변찮은 꽃에 한눈을 팔다니!

옥루춘이 헛기침을 했다. "세심하지 못한 제 불찰입니다. 아랫것들도 소홀했군요. 소취小翠야!" 옥루춘은 바로 하녀를 불러 탁자에 있는 꽃을 치우게 했다. 곧 부엌에서 술상을 내오고 식사가 시작되었다.

제일 먼저 나온 건 차였다. 우유처럼 희고 진한 차인데 아무 향기도 나지 않았다. 다들 그런 차는 처음 보았다. 한 모금 마셨지만 특별한 맛이 나지 않았다. 무슨 차인지 몰라도 참 희한했다.

옥루춘은 사람들의 반응을 보며 그저 웃기만 할 뿐 아무 말도 하지 않았다.

두번째로 행인불수杏仁佛手*와 봉밀화생蜂蜜花生** 같은 간단한 간식이 나왔다. 다들 단 음식을 좋아하지 않아 별로 먹지 않았고 이 연화만 맛있게 먹었다.

세번째부터 산해진미가 가득 차려졌다. 백파당귀어순白扒當歸魚

---

* 살구씨 가루와 밀가루를 섞어 만든 반죽에 팥소를 넣고 부처손바닥 모양으로 빚은 뒤 구운 과자.
** 꿀에 절인 땅콩.

<sup>*</sup>, 벽옥하권碧玉蝦卷<sup>**</sup>, 일품연와一品燕窩<sup>***</sup>, 백지호접남과白芷蝴蝶南瓜<sup>****</sup>, 국화리척菊花里脊<sup>*****</sup>, 금고팔보토金烤八宝兔<sup>******</sup>, 금침향초해어탕金針香草鮭魚湯<sup>*******</sup> 등 화려한 색의 진귀한 음식이 식탁 가득 올라왔다. 시문절은 백지호접남과를 보고는 저렇게 생동감 있는 나비가 호박으로 만들어졌다는 사실을 믿을 수 없었지만 한입 베어물자 정말로 호박 맛이 났다.

이연화는 금침향초해어탕에 감탄했다. 탕에 든 원추리를 한 가닥 집어올려 자세히 들여다보고는 절묘하게 매듭지은 솜씨에 놀라움을 금치 못했다. 모용요, 동방호, 이두보는 생선탕을 좋아하지 않았지만 그 외의 다른 음식에는 혀를 내두르며 칭찬했다.

다들 칭찬과 감사의 말을 쏟아내며 식사를 마쳤다. 옥루춘은 상을 물리게 한 뒤 내일 아침 향산으로 단풍놀이를 가야 하니 각자 방으로 돌아가 쉬라고 청했다. 무림 둘째 부자의 초대는 과연 남달랐다. 산해진미를 배불리 먹은 이들은 모두 흔쾌히 방으로 돌아갔다.

이연화는 단 음식을 너무 많이 먹은 탓에 방에 가서 차를 마셔야겠다고 생각했다. 그의 방은 여택 서쪽의 제일 끝에 있었다. 그

---

<sup>*</sup> 당귀와 상어 입술을 푹 고아낸 요리.

<sup>**</sup> 밀가루 피에 새우 소를 넣고 말아서 찐 요리.

<sup>***</sup> 제비집 요리.

<sup>****</sup> 구릿대의 뿌리인 백지와 호박을 나비 모양으로 만들어낸 요리.

<sup>*****</sup> 돼지고기에 칼집을 내 국화꽃 모양으로 튀겨낸 요리.

<sup>******</sup> 토끼고기에 여덟 가지 재료를 넣고 구운 요리.

<sup>*******</sup> 원추리와 고수를 넣은 복어탕.

런데 방문을 열자마자 눈앞에 하얀 옷자락이 펄럭이고 은은한 향기가 훅 끼쳤다. 이럴 수가. 조금 전 연회에서 모두가 넋을 놓고 바라보던 흰옷의 여인, 서기가 이연화의 침대에서 내려오는 것이 아닌가. 이연화는 깜짝 놀라 우뚝 선 채 아무 말도 하지 못했다. 자기 눈이 잘못되어 헛것을 본 건지, 정말로 귀신이 나타난 건지 알 수 없었다. 연주를 마친 서기는 우아하게 걸어 자기 방으로 돌아가지 않았던가? 어떻게 침대에서 이연화를 기다리고 있단 말인가?

이연화를 보고 서기의 두 뺨이 발그레해졌다. 시문절이 보았더라면 아마 속으로 '길고 가녀린 목덜미에 절로 드러난 흰 살결, 향기로운 연지도 호사한 분도 바르지 않았네. 구름처럼 높이 틀어올린 머리에 길고 가는 눈썹은 아리땁고, 윤기 나는 붉은 입술 사이로 백옥 같은 치아 곱게 드러나네. 눈웃음치는 맑은 눈동자 아름답고 그 보조개 능히 마음을 끄나니. 아리따운 자태 요염하기 이를 데 없고, 거동은 고요하고 여유롭네'*라는 시구절을 읊조렸을 것이다. 갑작스러운 서기의 등장에 놀란 것도 잠시, 이연화는 이내 그녀의 미모에 넋을 놓고 말았다. 이내 그는 손을 뒤로 돌려 조용히 문을 닫고는 엷은 미소를 지었다. "아가씨가 여긴 웬일이신가요?"

이연화를 응시하는 서기의 눈에 심상치 않은 기색이 스쳤다. 한참 뒤 서기가 나지막한 목소리로 물었다. "존함이…… 어찌 되시는지요?"

"이연화라고 합니다."

---

* 조식(曺植)의 「낙신부(洛神賦)」 중 일부.

서기의 얼굴이 살짝 붉어졌다. "오늘, 오늘밤은…… 저 여기서 묵겠습니다."

"네?" 이연화가 놀라 반문했다.

서기의 두 뺨이 짙은 노을빛으로 물들었다. "자매들과 내기에서 졌답니다. 원래 옥 나리를 모시려고 했는데, 내기 장기에서 적룡 언니에게 져서……" 서기도 부끄러운지 고개를 숙이고 몸을 옆으로 돌려 병풍에 기댔다.

그제야 어찌된 일인지 알 것 같았다. 손님들이 식사를 하고 있을 때 여택의 여인들이 그날 밤 누가 옥루춘과 잘 것인지를 놓고 내기 장기를 두었고, 장기에서 진 서기가 이연화의 방으로 온 것이다. 침대 위 반듯하게 펼쳐진 이불을 보고 이연화가 서둘러 말했다. "난 바닥에서 자겠습니다."

예상치 못한 반응에 서기가 두 눈을 동그랗게 뜨고 이연화를 보았다.

이연화가 의자에 있던 부들방석 두 개를 집어 문 쪽에 깔더니 싱긋 웃었다. "아가씨의 문지기가 되어드릴 테니 안심하고 주무시지요." 그러고는 정말로 벌러덩 드러누워 잠을 청했다.

서기가 당황한 표정으로 이연화를 응시했다. 남자를 많이 만나보진 않았지만 여택에 올 정도라면 돈 많고 풍류도 즐기는 사내일 테고, 그녀와 하룻밤을 보낼 수 있다면 그 누구라도 큰 영광으로 여길 것이다. 게다가 남자들은 그녀가 수줍어하는 모습을 매력적이라며 더 좋아했다. 그런데 오늘 온 손님 중에 제일 별 볼 일 없어 보이는 남자가 그녀 대신 방석을 안고 문 앞에서 자겠다니.

여자를 한 번도 만난 적 없는 숫기 없는 남자일까? 아니면 아량 넓은 군자일까? 사람을 잘 볼 줄 모르는 서기는 알 수 없었다.

잠시 후 이연화가 벌떡 일어나더니 차 두 잔을 우려서는 서기에게도 한 잔 권했다. 차를 다 마시고 도로 바닥에 누운 이연화는 또 금세 벌떡 일어나 침대 옆에 있는 창문을 닫고 벽 높이 달린 다른 창을 열었다. 그것도 모자라 잠시 후에는 탁자를 주섬주섬 정리하고 걸레를 꺼내 탁자, 의자, 옷장을 깨끗이 닦고 바닥을 쓸기 시작했다. 그런데 바닥을 쓸던 중 옷장 밑에서 바싹 마른 흰색 뱀가죽을 보고는 놀라 기겁해서 뱀이 있다고 야단을 떨더니 비질을 두 번 더 했다. 이연화는 뱀이 없다는 걸 확인하고 나서야 세수를 하고 옷을 빨아 가지런히 널어놓은 뒤 만족스럽게 잠자리에 들었다.

조금 전 이연화가 "뱀이야!"라고 소리치는 바람에 서기도 혼비백산하듯 깜짝 놀랐지만, 뭐라고 대꾸해야 할지 몰라 그저 침대에 앉은 채 청소하고 빨래하느라 여념이 없는 이연화를 멍한 눈으로 좇았다. 그러다 문득 이런 생각이 들었다. '이 남자와 혼인하면 행복하겠지?'

그날 밤 서기는 침대에서, 이연화는 바닥에서 잤다. 서기는 잠이 오지 않을 줄 알았지만 어느새 깊이 잠들었다. 다음날 아침, 눈을 떠보니 이연화는 이미 일어나 나간 뒤였고 탁자 위에 따뜻한 차한 주전자와 간식 한 접시가 놓여 있었다. 매일 여택의 하녀들이 가져다주는 아침밥이었다. 서기는 이불을 끌어안고 침대에 앉아 한참을 생각에 잠겼다. 아무 일도 일어나지 않았지만 왠지 머릿속이 무척 혼란스러웠다.

## 2. 사라진 남자

같은 시간, 이연화는 이미 향산에 올라가 있었다. 모용요, 이두보, 동방호도 도착하고 시문절, 관산횡 등도 조금 늦게 당도했다. 그런데 한참을 기다려도 옥루춘이 오지 않았다. 시문절은 기다리는 동안 속으로 「낙신부」를 띄엄띄엄 몇 번이나 읊었다. 어제 금을 타던 눈처럼 흰 여인이 아직도 눈앞에 선했다. 모용요는 눈을 감고 명상을 했지만 입가에는 감추지 못한 흡족한 미소가 감돌았다. 다들 어젯밤 그가 혼이 빠질 만큼 즐겼겠거니 짐작했다. 이두보는 벌써 시를 네다섯 수나 지었고, 관산횡은 가지고 온 술을 이미 다 마셨다. 이연화와 동방호는 땅에 금을 그어놓고 내기 장기를 두었다. 첫판을 진 동방호가 기백만 냥짜리 은표를 품에서 꺼내는 걸 보고 이연화는 깜짝 놀랐다. 이연화에겐 은자 일 전도 쉽게 내놓을 수 없는 큰돈이었기 때문이다. 이렇게 시간이 가도록 옥루춘은 그림자도 보이지 않았다.

점점 동쪽 하늘이 밝아오며 향산을 휘감았던 엷은 안개가 흩어지자 붉게 물든 단풍이 자태를 드러냈다. 굽이굽이 산등성의 굴곡을 따라 다채로운 농담의 단풍이 이어졌다. 보기만 해도 가슴이 탁 트이고 세속을 벗어난 듯한 신비감마저 느껴졌다. 강호에서 고상하기로 이름난 이들이었으므로 옥루춘이 나타나지 않자 자기들끼리 단풍 구경을 하기로 했다. 처음에는 함께 걸었지만 얼마 가지 않아 자연스레 거리가 벌어져 각자 걸었다. 다들 누구에게도 방해받지 않고 혼자 걷고 싶어했다.

이연화는 맨 뒤에서 따라가다가 발길 닿는 대로 그 일대를 천천히 두 바퀴 거닐었는데 갑자기 앞에 있는 단풍 숲에서 풀과 나뭇잎이 흩날리더니 요란한 소리와 함께 나뭇가지가 우수수 부러졌다. 관산횡이 권법을 연습하는 모양이라고 생각하며 멀리 피해 걸었다. 얼마 안 가 이번에는 시문절이 앞에 나타났는데, 큰 나무를 손으로 짚은 채 나무 꼭대기를 올려다보고 있었다. 왜 그러고 있는지 궁금한 마음에 이연화가 다가가 올려다보니 나무 위에 새 둥지 하나가 보일 뿐이었다. "나무 위에 뭐가 있어?"

시문절도 의문이 가득한 표정이었다. "방금 까마귀가 반짝이는 걸 물고 둥지로 들어갔는데, 내가 잘못 본 게 아니라면…… 은자 같아."

"은자라고?" 이연화가 중얼거렸다. "가난하다못해 이젠 헛것이 다 보이는구나……"

시문절이 고개를 저었다. "아니야. 요즘은 주머니 사정이 좋아졌어. 가난하지 않아."

이연화가 한숨을 내쉬었다. "새 옷이 어디서 났나 했더니 노름했구나. 너의 그 공맹 사부님들이 알면 상심이 크실 거야."

시문절이 재빨리 화제를 돌렸다. "은자가 틀림없어. 못 믿겠으면 내가 올라가서 가져다 보여줄게."

"됐어. 까마귀의 짧은 인생에 겨우 은자 한 닢을 얻었는데 그걸 뺏어다 뭘 하려고?"

"은자를 어디서 물고 온 걸까? 옥루춘이 아무리 돈이 많아도 까마귀에게 은자를 주진 않을 거 아니야? 난 너무 이상한데, 어떻게 이게 수상쩍지 않을 수 있어?"

"난 그 금을 타는 여인을 보고도 네가 사리분별을 할 수 있다는 게 더 이상하던데……"

시문절이 거무튀튀한 얼굴을 붉히며 훌쩍 몸을 솟구쳐 나무 위로 올라갔다. 그는 어제 자신의 혼을 쏙 빼놓은 여인이 이연화의 방에서 잤다는 건 까맣게 몰랐고, 이연화도 그 사실을 말할 엄두가 나지 않았다.

잠시 후 시문절이 낙엽처럼 가볍게 바닥에 착지했다. 이연화가 그의 경공술이 부쩍 늘었다고 칭찬해주려는데 시문절의 안색이 이상했다. "왜 그래? 은자가 아니야?"

시문절이 손을 펼쳐 보였다. 그의 손바닥에 있는 것은 은 조각이었다. 둥글게 휘어진 채 핏줄기에 싸인 그것은 바로 은니였다. 그것도 뽑힌 지 얼마 안 된 '신선한' 은니.

둘 다 말없이 은니를 들여다보다 이연화가 먼저 입을 열었다. "은을 알아보는 능력이 고수의 경지에 다다랐구나. 글 외는 실력보다 훌륭해. 이걸 보고 은인 줄 알았다니……"

시문절이 마른 웃음을 웃었다. "과찬이십니다. 그런데 이 은니 주인은 왜 이걸 까마귀에게 줬을까?"

이연화가 고개를 저었다. "내가 그걸 어떻게 알겠어?"

시문절이 은니를 손에 쥐며 말했다. "까마귀가 서쪽에서 날아왔으니까 서쪽으로 가볼까?"

두 사람이 막 걸음을 떼려는데 등뒤의 수풀에서 부스럭 소리가 나더니 금색 도포를 입은 모용요가 나타났다. 그는 시문절의 손에 있는 은니를 흘긋 보고는 슬쩍 입꼬리를 올리고 차갑게 말했다. "그대들도 찾은 것 같군요."

"찾았다고요? 뭘 말이오?" 고개를 갸우뚱하던 시문절은 모용요의 손에 든 길고 부드러운 비취색 물건에 시선이 닿는 순간 소스라치게 놀랐다. 사람의 팔목이었다! 잘린 곳에서 아직도 피가 흘렀고 비취색 옷소매가 팔 부분을 감싸고 있었다. 누군가의 왼쪽 팔목이 틀림없었다.

"이두보가 산에서 다리 한쪽을 찾았고, 나는 골짜기에서 이 팔목을 찾았소. 보아하니 치아도 있었군요. 옥루춘이 젊었을 때 해넣은 것이지요. 은니라니, 지금 그의 부와 명예에는 어울리지 않지만 그의 치아가 분명하오." 여기까지 말한 모용요가 한 글자씩 힘주어 결론을 말했다. "옥루춘이 죽었소."

이연화와 시문절이 휘둥그레진 눈으로 서로의 얼굴을 보았다. 어제까지만 해도 멀쩡히 함께 풍류를 즐긴 사람이 하룻밤 사이에 죽었다고?

시문절이 아연실색해서 물었다. "옥루춘이 죽었다니 어떻게 그럴 수 있소? 누가 죽였소?"

모용요가 답했다. "모르겠소."

시문절이 말했다. "모르겠다니. 그럼 어디서 죽었소?"

모용요의 얼굴이 굳어졌다. "그것도 모르겠소."

시문절의 미간에 깊은 주름이 파였다. "옥루춘이 죽었는데 팔뚝은 그대에게, 다리는 이두보에게, 치아는 내게 있고, 다른 부위는 어디에 있는지 모른다. 게다가 누구에게 죽임을 당했는지, 어디서 죽었는지, 어떻게 죽었는지도 모른다, 그 말이오?"

모용요가 담담하게 말했다. "그렇소. 그리고 조금 전 적룡에게서 전갈이 왔는데 여택에 있던 금은보화가 전부 사라졌다고 하오. 여택에 옥루춘의 비밀 창고가 있었는데 거기 있던 보물이 모조리 사라졌다는 거요."

시문절은 할말을 잃고 입만 벙긋거렸다. 이상하고 기괴한 일이라는 생각밖에 들지 않았다.

이연화가 한숨을 내쉬었다. "그렇다면 누군가 옥루춘을 죽이고 보물을 훔친 뒤 시신을 유린해 곳곳에 버렸다는 겁니까? 그 범인이 누군지도 알 수 없고요?"

모용요가 고개를 끄덕이자 시문절이 이해할 수 없다는 표정으로 말했다. "옥루춘은 무예로 따져도 강호에서 스물두번째 가는 고수인데, 아무도 모르게 그를 죽인 뒤 시신을 토막 내서 버리는 건 천하제일의 무공을 가진 자만이 할 수 있지 않겠소?"

모용요가 고개를 들어 하늘만 올려다보았다. "나도 모르겠소."

시문절이 탄식하며 말했다. "허, 거참 괴이한 일이군요. 다들 이 일을 알고 있소?"

모용요가 답했다. "적룡이 여택의 하녀를 시켜 옥루춘의 행방을 찾아보라 했다고 하오. 모두 여택으로 돌아가 논의하려고 하니 두 분도 함께 갑시다."

모용요가 들고 있는 잘린 팔뚝에서 계속 핏방울이 떨어지는 것을 보고 이연화는 말없이 어깨를 움츠렸다.

모용요가 약간 멸시하는 눈빛으로 이연화를 바라보았다. "명성이 자자한 이 선생이 옥루춘의 잘린 사지를 다시 붙여 살려낼 수 있다면 사건의 진실이 밝혀지지 않겠소?"

"아." 이연화는 아무 말도 하지 못했다.

시문절이 큼큼 헛기침을 하며 끼어들었다. "어서 돌아갑시다. 이미 단서를 찾아냈을지도 모르잖소."

시문절이 이연화의 팔을 끌고 서둘러 걸음을 옮기자 모용요도 뒤를 따랐다. 세 사람은 빠른 걸음으로 산을 내려와 여택으로 돌아왔다.

여택에 도착하니 옥루춘의 시신이 두 토막 더 있었다. 한 토막은 왼쪽 가슴부터 왼쪽 윗팔뚝까지였고, 다른 한 토막은 왼쪽 하복부였다. 잘린 토막을 이어보니 예리한 흉기로 시신을 '왕王' 자 형태로 잘라 머리, 좌우 가슴, 좌우 하복부, 좌우 다리로 일곱 토막을 낸 것이었다. 양쪽 팔목도 있었지만 팔목은 '왕' 자의 중간 가로획이 지나가며 함께 잘린 듯했다.

기이하게 토막 난 시신의 끔찍한 모습에 사람들의 얼굴이 일그러졌다. 십 년 전 강호에서 사람 몸을 '정井' 자로 난도질해 잔인하게 죽인 자가 사고문에서 추방된 일은 있었지만, '왕' 자로 토막 내 살인한다는 얘기는 들어본 적이 없었다. '정' 자에서 한 단계 더 나아간 것인지, '정' 자를 연습하다가 실패해 일곱 토막을 내는 데 그친 것인지 알 수 없었다. 하지만 잘린 단면이 이상하리만치 반듯해서 결코 어설픈 칼잡이의 소행으로 보이진 않았다. 조금의 흔들림도 없이 단칼에 뼈와 살을 잘라낼 수 있는 사람일 터였다. 십 년 전 그 악인도 사람 몸에 칼자국을 내 뱃속 창자가 쏟아져나왔을 뿐 단칼에 아홉 토막을 내지는 못했다. 그런데 옥루춘의 시신은 일곱 토막으로 잘려 있었다.

시신의 머리는 찾지 못했지만 그가 옥루춘인 건 의심의 여지가 없었다. 중년의 나이에도 희고 고운 피부에 길고 우아한 손가락, 거기에 끼여진 옥반지까지 모든 것이 그가 옥루춘이라는 증거였다. 대체 누가 옥루춘을 죽인 걸까? 얼마나 사무친 원한을 품었기에 시신마저 온전히 두지 않고 토막을 내 여기저기에 버렸을까? 다들 서로의 얼굴만 쳐다보고 있을 때 시문절이 미간을 찡그리며 말했다. "다른 두 토막은 어디서 찾았습니까?"

적룡이 눈썹을 살짝 치켜올렸다. "인풍파引風坡에서 찾았습니다." 인풍파는 여택에서 향산으로 갈 때 반드시 지나야 하는 길목이었다. 그렇다면 범인이 여택에서부터 향산으로 이동하는 중간중간에 시신 토막을 버린 모양이었다. 마침 모용요를 비롯한 손님들이 향산에서 단풍놀이를 하고 있어 시신이 그렇게 일찍 발견될 줄은 예상하지 못했을 것이다.

"설마 어제 누가 여택에 잠입해 숨어 있다가 살해한 건가……" 이두보가 중얼거렸다.

그 말에 관산횡이 코웃음을 쳤다. "시신에서 아직 피가 흐르는 걸 보니 죽은 지 한두 시진밖에 되지 않았소. 어제가 아니라 오늘 아침에 죽인 겁니다. 우리가 향산에서 단풍을 구경하고 있을 때 말이오."

모용요가 흠 소리를 내며 말했다. "밤도 아니고 아침에 무렵의 고수인 향산수객을 이렇게 만들었다면 엄청난 무공의 소유자가 분명하겠군. 적비성 같은 자가 아닌가 싶소."

시문절이 무릎을 탁 쳤다. "옳거니. 이번에 사고문을 다시 세울 때 적비성이 소청봉에 나타났다고 들었소. 적비성도 금원맹을 다시 일으키고 싶어 자금을 마련하기 위해 옥루춘을 죽이고 보물을 훔쳐갔을 수도 있겠군요."

다들 그 말에 일리가 있다고 생각했지만, 이연화는 시문절을 흘긋 보고 한숨을 내쉬었다.

"루춘보고樓春寶庫에 가보지 않으시겠습니까?" 옥루춘의 시신을 차마 똑바로 보지 못하고 멀찌감치 떨어져 있던 서기가 기어들어가는 목소리로 말했다. "거기에…… 뭔가 단서가 있을지도 모르잖아요."

다들 고개를 끄덕이며 서기의 뒤를 따랐다. 정원 몇 개를 가로질러 여택의 깊숙한 곳에 숨겨진 보물창고에 도착했다.

여택의 정원은 그리 넓지 않았지만 고풍스럽고 우아했다. 특히 보물창고가 숨겨진 은심원銀心院은 그중에서도 제일 정교하게 꾸며져 있었다. 길 옆 회랑은 은철사를 꼬아서 만들었는데 세월이 흐르며 은철사가 구리색으로 변색되었지만 오히려 고상한 분위기를 풍겼다. 정원 연못가에 만개한 무궁화는 쭉 뻗은 푸른 줄기에 연자줏빛이 감도는 하얀 꽃송이가 아름다웠다.

하지만 사람들은 은심원의 경치를 구경할 여유가 없었다. 은심원 한가운데에 있는 건물이 모두의 시선을 사로잡았다. 창문이 활짝 열려 있고 그 안의 탁자와 의자는 아무렇게나 나뒹굴고 있었다. 서재로 쓰이는 곳인지 바닥에 책도 널브러져 있었다. 루춘보고는 바로 그 밑에 있었다. 서재 바닥에 뚫린 큰 구멍 안을 들여다보니 비취, 진주, 산호 몇 개가 드문드문 나뒹굴 뿐 다른 보물은 보이지 않았다. 그 대신 바닥에 여러 발자국이 어지럽게 찍혀 있었다.

그 외에는 검은 현철玄鐵*로 된 병기 진열대가 비스듬히 기울어져 있고 거기에 진열됐던 열여덟 가지 병기 중 두 가지만 남아 있었다. 권운도圈雲刀와 창은 남았지만 검 종류는 전부 사라지고 없었다. 권운도는 현철을 백련강百煉鋼**으로 단련해서 만든 것인데 구부러진 고리가 세 개나 달려 사람 목숨을 단번에 끊을 수 있을 것 같았고, 창은 버드나무 자루 끝에 작은 금강첩金剛鑽을 붙인 형태였다. 이 두 가지 병기만 해도 진귀하고 값비싼 보물이지만, 그 외의 다른 병기는 보이지 않았다.

보물창고를 자세히 살펴보았으나 원래는 이곳에 상상도 못할 만큼 보물이 많았다는 사실 외에 새로운 단서를 찾을 순 없었다. 바닥에 뭔가를 끌고 간 흔적이 남아 있었지만 설사 그것이 보물을 훔쳐가며 남긴 자국이라고 해도 그것만으로는 범인의 정체를 알 수 없었다.

"이 비밀 창고에는 원래 뭐가 있었습니까?" 시문절이 물었다.

적룡이 허리춤에 손을 얹고 문 옆에 기대서서 말했다. "비취 백

---

* 도금하지 않은 철.
** 여러 번 반복해서 담금질해 쇠를 강하게 만드는 방법.

개와 손가락 굵기의 진주 고리 두 개, 여의如意 마흔여덟 개, 산호 열 그루, 옥불상 한 개, 설옥빙잠색雪玉水蠶索 한 가닥, 야명주夜明珠 두 상자, 그리고 갖가지 기이한 병기와 약에다 이름 모를 물건들도 많았습니다."

시문절이 텅 빈 창고를 들여다보았다. "정말 보물을 노리고 온 놈인 모양이오. 값비싼 보물은 다 훔쳐갔군요."

관산횡이 큰 소리로 물었다. "그 보물들을 어떻게 다 옮겼을까요? 이렇게 큰 창고를 가득 채웠던 보물을 옮기려면 마차라도 있었어야 할 텐데요."

적룡이 냉랭하게 말했다. "저희도 그게 의문입니다. 여택은 오가는 사람이 많아서 그 많은 보물을 아무도 모르게 옮기는 건 불가능합니다. 다만……"

'귀신……' 시문절이 속으로 다음 말을 이었다. 보물창고는 여택의 한가운데에 있으니 외부인이 은심원까지 몰래 마차를 몰고 와 보물을 싣고 가는 건 사실상 불가능하다. 시문절이 가늘게 뜬 눈으로 이연화를 흘긋 보았다. 이연화는 보물창고 내부를 이리저리 살피고 있었다. 왼쪽으로 일고여덟 걸음을 가서 벽을 만지고, 또 오른쪽으로 대여섯 걸음 가서 벽을 더듬는 걸 보니 뭔가를 찾는 눈치였다. 예상한 걸 찾지 못했는지 실망스러운 표정을 짓던 이연화는 시문절의 눈빛을 감지하고는 재빨리 웃음을 지었다.

그 웃는 얼굴에 시문절은 속으로 부아가 나서 이연화에게 다가가 속삭였다. "이 사기꾼. 뭔가 찾아낸 거야?"

이연화가 고개를 끄덕이자 시문절이 얼른 물었다. "뭔데?"

"아주 많은 돈……"

이연화의 대답에 시문절이 어이없다는 표정을 지었다. "돈 말고 다른 건?"

"아주 많은 미인……"

시문절은 씩씩대며 몸을 휙 돌려 자리를 떴다.

이연화가 한 걸음 뒤로 물러나다가 바닥에 삐딱하게 쓰러진 병기 진열대를 밟는 바람에 꽈당 요란한 소리가 났다. 시문절이 그 소리에 돌아보니 세상에서 제일 강하다는 현철 진열대가 조금 이상해 보였다. 동방호가 보자마자 알아차렸다. "이 세상에 현철에 자국을 남길 수 있는 물건이 있다니! 엄청나군요!"

모두의 시선이 병기 진열대로 쏠렸다. 현철로 된 진열대는 부서진 곳 하나 없이 온전했다. 그 위에 진열되어 있던 병기들에 비하면 아주 간단한 형태였는데 아마 현철을 가공하기가 힘들기 때문일 것이다. 가로지른 선반 네 개의 폭은 얼마 되지 않지만 선반 사이 간격은 대략 일 척쯤 되었다. 그런데 병기를 올려놓는 선반 위에 길이와 폭이 각각 세 치 정도 되는 자국이 수없이 나 있었다. 어떤 물건에 찍힌 흔적인데 칼자국은 아닌 것 같았다.

시문절이 허리를 굽혀 그 흔적을 쓰다듬어봤으나 흔적의 표면이 매끈해 어떤 병기가 남긴 자국인지 알 수 없었다. 다들 의아해하며 서로의 얼굴만 쳐다보았다.

"이 병기 진열대를 이용해서 보물을 옮긴 걸까요?" 시문절이 먼저 입을 열었다.

연지를 바른 모용요의 얼굴에 경멸의 표정이 떠올랐다. "물건을 옮기려면 상자나 자루를 이용하지 뭐하러 이렇게 무거운 진열대로 옮긴단 말이오?"

시문절은 얼굴이 붉으락푸르락하면서 이연화에게 시선을 던졌지만 이연화는 아무것도 모르겠다는 표정으로 태평히 말했다. "아, 그건 모용 공자의 말이 맞네요."

시문절은 왈칵 화가 치밀었다. 당장이라도 모용요와 이연화의 가죽을 벗기고 뼈를 부러뜨려 산 채로 불태워버리고 싶은 심정이었다.

다들 속으로 우스워했다. 보물창고에서 아무것도 발견하지 못하자 관산횡이 제일 먼저 밖으로 나가 정원의 나무 뒤에서 시원하게 소변을 누었다. 술을 많이 마신 탓에 소변이 급했다. 여택의 여인들이 다들 이맛살을 찌푸리며 얼굴을 가렸다. 그렇게 무례한 남자는 처음이었다.

그런데 소변을 누던 관산횡이 기겁하며 소리쳤다. "악, 이게 뭐야! 뭐가 이렇게 많아!"

사람들이 달려가보니 연못에서 그리 멀지 않은 나무 아래의 흙이 황록색을 띠는데, 노란색과 흰색의 미세한 줄무늬가 바글바글 모여 꿈틀대고 있었다. 자세히 보니 셀 수 없이 많은 말거머리가 모여 있는 것이었다. 이 광경에 사람들은 온몸의 잔털이 바짝 섰다. 여택의 여인들은 새된 비명을 질렀다. 줄곧 차분하던 적룡도 얼굴이 하얗게 질렸다.

모용요는 저도 모르게 뒷걸음질쳤지만 동방호는 앞으로 더 가까이 다가갔다. 그의 눈동자가 반짝였다. "이 흙바닥에 피가 떨어져 있는 것 같군요."

시문절의 생각도 그랬다. 피가 아니면 많은 거머리가 몰려들었을 리 없다. "그렇다면 여기서 옥루춘의 시신을 토막 낸 걸까요?"

다들 말거머리가 모인 곳을 자세히 살펴보았지만 하늘에 닿을 듯 우뚝 솟은 오동나무 밑은 우거진 나뭇가지에 가려 그늘이 진 탓인지 풀 한 포기 자라지 않았다. 아무것도 없는 땅에 말거머리가 바글바글 모여 꿈틀거리고 있다니 기이했다.

그때 시문절이 뭔가 떠올랐는지 보물창고로 달려가 권운도를 가져다 흙을 파기 시작했다. 겉으로는 다른 곳의 흙과 별 차이가 없어 보였지만, 조금 파헤치자 그 아래서 검고 단단한 흙이 나타났다. 피가 스며들어 검은색을 띤 것이리라. 그런데 희한하게도 흙이 바위처럼 단단했다. 날카로운 권운도가 아니었다면 흙을 파낼 수 없었을 것이다.

이연화가 시문절에게서 권운도를 넘겨받아 땅을 가볍게 두드렸다. 단단한 부분과 무른 부분이 섞여 있었다. 과연 시문절이 파내 드러난 흙은 피가 스며들어 검은 것이 분명했다. 옥루춘은 바로 여기서 살해당했을 것이다.

"범인이 엄청난 내공의 소유자여서 검으로 사람을 베었는데 죽은 사람 밑에 깔린 흙이 그 검기劍氣로 인해 이 정도까지 단단하게 다져진 걸까?" 시문절이 중얼거렸다.

동방호가 차갑게 말했다. "이 자리에 누군가 흙을 뿌려 피를 흘린 흔적을 감추려고 한 거요. 보아하니 이 여택에 공범이 있는 게 틀림없소!"

본디 말수가 적은 동방호의 말에 모두 깜짝 놀랐다.

그가 사람들을 차례로 훑어보았다. "보물창고에 대해 잘 알지 못한다면 어떻게 이런 곳을 찾아냈겠소?"

그 말에 모용요가 언성을 높였다. "우리 중 누군가가 살인범과 내통했단 말이오?"

동방호가 말했다. "값비싼 금은보화에, 쇠도 두부처럼 잘라버리는 검을 탐내지 않을 사람이 몇이나 되겠소?"

그 말에 이두보가 물었다. "지금 말씀은 오늘 아침 모두가 향산에 있을 때 누군가 옥루춘을 죽이고 그의 보물을 빼앗은 것도 모자라 시신을 토막 낸 뒤 그의 팔이며 다리를 향산으로 가는 길에 버렸고, 그사이에 여택에선 누군가가 이 자리에 흙을 뿌렸다는 것이오? 그럴듯한 추측이군요. 그런데 오늘 아침 우리 모두는 향산에 있었는데 누가 분신술을 써서 옥루춘을 죽였겠소?"

"우리 중 누군가가 옥루춘을 죽였을 거란 말은 아니었소. 여택 내부의 누군가가 범인을 도왔을 거란 말이오." 동방호가 차갑게 말했다.

사람들이 의심의 눈길로 서로를 보고 있을 때 시문절은 속으로 이런저런 생각을 했다. '일리가 있어. 그런데 범인과 내통한 자가 누굴까? 누가 나무 밑에 흙을 뿌렸지? 은심원과 가까운 방에 사는 사람들이 의심스러운데……' 그때 멍하니 땅을 쳐다보고 있는 이연화가 눈에 들어왔다. "뭘 보고 있어?"

"아…… 움직이지 않는 것들이 많아."

"뭐가?"

이연화가 조심스럽게 발을 떼어 뒤로 한 걸음 물러났다. "이 말 거머리들 말이야. 이중에 움직이지 않는 것들이 많아. 꼼짝 않다가 갑자기 움직이는 것들도 있고."

시문절은 어리둥절해서 이 사기꾼이 혹시 실성했나 생각했다.

모용요가 징그럽다는 표정으로 말거머리들을 노려보며 말했다. "옥루춘이 이곳에서 살해당하고 보물도 사라졌소. 범인은 대단한 무공의 소유자임에 틀림없소. 앞으로 강호에서 '왕' 자로 토막 낸 살인 사건이 또 발생한다면 그자가 옥루춘을 죽인 범인이겠군요. 주인이 세상을 떠났으니 우리도 그만 돌아가야 하지 않겠소?"

관산횡이 고개를 끄덕였다. 그는 이 재수없는 곳에서 한시도 더 머무르고 싶지 않았다. 이두보도 동의했고, 시문절이 마음에 걸리긴 하지만 딱히 반대할 이유가 없었다. 동방호는 아무 말도 하지 않았다. 그때, 말거머리를 보고 있던 이연화가 말했다. "잠깐."

"무슨 일이오?" 다들 의아해하며 이연화를 바라보았다.

이연화가 중얼거리듯 말했다. "한 가지 의문이 있는데 누가 좀 해결해주실 수 있을까요?"

시문절이 물었다. "그게 뭔데?"

이연화는 시문절의 호응이 만족스러운 듯 고개를 들더니 눈을 가늘게 뜨고 고개를 갸웃거리다 오른쪽에 있는 큰 나무에 시선을 고정했다. 무궁화나무였다. "꽃이 나뭇가지 끝에 피어 있고, 나무의 키는 두 장이나 되는데 어젯밤 그 꽃에 있던 흙은 어디서 묻은 걸까요? 두 장 높이에 달린 꽃송이를 꺾었는데 말입니다. 아무리 생각해도 이해할 수 없네요."

모두 말문이 막혔다. 나무에 핀 무궁화에도 어젯밤 연회 때 식탁에서 본 것처럼 진흙이 점점이 묻어 있었다. 먼지 섞인 빗물이 묻은 건 아니었다. 먼지였다면 검은색 얼룩이었겠지만 꽃에 묻은 얼룩은 분명히 누런 진흙이었다.

시문절이 물었다. "그게 어쨌다는 거야?"

이두보도 말했다. "꽃을 꺾을 때 진흙이 튀었을 수도 있잖소."

이연화가 무궁화나무로 다가가더니 천천히 나무를 타고 올라가 꽃을 하나 꺾어다 이두보에게 건넸다. "젖은 진흙이 튄 겁니다. 한 송이에만 튄 게 아니고요."

시문절이 또 반문했다. "그게 어쨌다는 거야?"

이연화가 시문절에게 시선을 획 던지며 어찌 이걸 깨닫지 못하는지 이해할 수 없다는 표정으로 말했다. "나무의 키가 두 장이나 되고 그 꼭대기에 꽃이 피었는데 진흙은 땅에 있잖아…… 아직도 모르겠어?"

이연화가 앞으로 성큼성큼 두 걸음을 가더니 손에 들고 있던 권운도를 힘껏 땅에 박았다가 들어올렸다. 그러자 퍽 하는 소리와 함께 땅에 작은 구덩이가 생기면서 칼날에 딸려 올라온 진흙이 무궁화나무로 날아가 튀었다. 나뭇잎이 미세하게 흔들리고 허공으로 날아오른 진흙이 떨어지며 무궁화나무에 내려앉았다.

이연화가 권운도를 거두고 몸을 돌리자 사람들의 얼굴에 놀람, 감탄, 의심, 충격 등 다양한 표정이 떠올랐다. 이연화가 빙긋 웃어 보이자 그를 보는 사람들의 얼굴에 두려움이 번졌다. 다들 절로 고개를 움츠렸다.

이연화는 씩 웃고는 한숨을 내쉰 뒤 천천히 말했다. "이렇게 해서 두 장 높이의 무궁화꽃에 진흙이 묻은 겁니다."

시문절은 등줄기가 선득했다. "어제가 아니라…… 그전에 누, 누군가 여기서 구덩이를 팠다는 뜻이야?"

이연화는 권운도로 바닥을 짚고 허리춤에 한 손을 올리고는 신이 난 표정으로 사람들의 얼굴을 하나씩 살피다 갑자기 이를 드러내고 씩 웃었다. "여기서 팠을 수도 있고, 저기서 팠을 수도 있지."

## 3. 값비싼 죽음

이연화가 말한 '여기'와 '저기'는 각각 그의 왼쪽으로 한 걸음, 오른쪽으로 한 걸음 떨어진 곳이었다. 사람들은 무슨 말을 해야 좋을지 몰라 이연화의 신발만 내려다보거나 무궁화나무를 올려다보기만 했다.

마침내 모용요가 물었다. "속시원히 얘기해보시오. 범인이 누군지 알고 있소?"

이연화는 여전히 권운도로 바닥을 짚은 채 모용요를 보며 웃었다. "어떻습니까? 초선의 목을 벤 관운장* 같습니까?"

모용요가 어안이 벙벙해 대답하지 못하고 있는데 시문절이 끼어들었다. "관운장은 무슨! 빨리 말해봐. 범인이 누구야?"

---

* 중국 삼국시대 촉한의 무장인 관우.

108

"적룡 아가씨, 이런 질문이 몹시 실례인 줄은 압니다만, 제 질문에 대답해주시겠습니까? 아가씨는 어떻게 여택에 들어오게 되셨나요?" 이연화의 시선이 사람들의 얼굴을 지나 적룡의 얼굴에서 멈췄다. 그의 눈빛은 따뜻했고 목소리도 부드러웠다. "옥루춘이 강요한 것이었나요?"

한쪽에서 말없이 서 있던 적룡이 갑작스러운 질문에 한참 동안 입을 떼지 못하다가 간신히 말문을 열었다. "제 양친이 모두 돌아가셨습니다……" 그러고는 잠깐 멈췄다가 증오가 차오른 표정으로 말을 이었다. "옥루춘이 제 부모를 죽였습니다. 절 얻기 위해서였죠. 제가 타고난 무희라며 자신이 가르쳐야만 천하제일의 무희가 될 수 있다고 했습니다."

그 말에 모두 아연실색했다. 시문절이 물었다. "설마 아가씨가…… 옥루춘을 죽였소?"

이연화가 묵묵히 고개를 저을 뿐 말을 잇지 못하자 적룡이 싸늘하게 대답했다. "제가 옥루춘을 죽였다고요? 무예라고는 모르는 일개 여인인 제가 어떻게 옥루춘을 죽일 수 있겠습니까?"

시문절은 적룡의 반문에 대꾸하지 못하고 이연화에게 시선을 옮겼다. 이연화가 노란색과 흰색이 섞인 말랑말랑한 뭔가를 품에서 꺼내더니 손가락 사이에 끼워 가지고 놀며 적룡을 향해 웃었다. "이 사건의 범인이 누군지는 명백합니다. 제가 고민하는 건 누가 범인인가가 아니라 누가 범인이 아닌가입니다."

그 말에 모두 깜짝 놀랐다. "아!" 시문절이 외마디소리를 내지르더니 관산횡에게 물었다. "설마 그대도 범인이오?"

관산횡이 버럭 성을 냈다. "무슨 망발인가! 자네야말로 시커먼 얼굴에 행동이 수상쩍으니 자네가 범인이겠지!"

시문절이 화를 냈다. "얼굴이 검은 게 어쨌다고 그러시오? 얼굴이 검으면 다 범인이란 말이오? 그럼 얼굴이 검기로 유명한 포청천은? 살인이란 살인은 전부 포청천이 저질렀다 이 말이오?"

관산횡이 말했다. "네놈 하는 짓이 그만큼 수상쩍다 그 말이지, 여기서 포청천 얘기는 왜 나와!"

시문절은 머리끝까지 화가 치밀어 이 뚱보의 코앞에다 삿대질을 하며 따지고 싶었지만 관산횡이 그보다 머리 두 개는 더 커서 여의치 않았다. 이걸 어쩌면 좋을까 궁리하는데 이연화가 끼어들어 말렸다. "두 사람 모두 당대의 번듯한 호걸이지요. 두 사람은…… 범인이 아닙니다."

그 말에 다른 사람들의 안색이 바뀌었다. 이연화가 의기양양하게 고개를 돌려 나머지 몇 사람을 휙 훑어보았다. "누가 옥루춘을 죽였는지는 은심원 뒤에 구덩이를 판 자를 밝혀내기만 하면 알 수 있습니다. 옥루춘의 죽음은 우발적이 아니라 미리 계획된 것이었습니다."

시문절이 고개를 끄덕였다. "그런데 네 발밑에 구덩이가 있는지는 어떻게 알아?"

이연화가 빙긋 웃으며 몇 걸음 뒤로 물러났다. 그가 서 있던 곳은 말거머리가 우글우글한 자리에서 그리 멀지 않았고 무궁화나무 아래서 연못과 더 가까운 습지였다.

"이곳은 흙이 축축한데다 무궁화와 더 가까워. 흙이 질퍽해서 뭔가를 파묻었을 때 잘 들키지도 않지. 그리고 여기 말고 다른 곳에서는 구덩이를 파도 무궁화에 진흙이 튀지 않아." 이연화가 손에 든 권운도로 가볍게 땅을 파기 시작했다. 무궁화나무 아래의 단단한 땅과 달리 흙이 질퍽해 쉽게 파낼 수 있었다.

잠시 후 위에 덮인 흙을 거의 다 걷어내자 녹색 저고리가 모습을 드러냈다. 이연화는 손을 멈추고 한숨을 쉬었다. "시신의 다른 토막입니다. 설명하자면 긴 얘기가 될 테니 듣고 싶지 않거나 사정을 이미 알고 있는 분은 편한 대로 자리를 떠도 됩니다."

하지만 어떻게 '편한 대로' 자리를 뜨겠는가. 먼저 자리를 뜬다면 '이미 알고 있'음을 자인하는 셈이 되는데 말이다.

이연화가 권운도를 시문절에게 건네며 사람 좋아 보이는 미소를 지었다. 자기 대신 계속 땅을 파달라는 뜻이었다. 시문절은 왜 이 미치광이를 위해 힘을 써야 하는지 모르겠다고 구시렁거리면서도 권운도를 받아들어 땅을 파기 시작했다.

이연화는 손으로 옷자락을 툭툭 털고 연못가의 널찍하고 깨끗한 수산석壽山石에 걸터앉았다. 그 진귀한 돌을 의자삼아 편안히 앉아서는 헛기침 두 번으로 목청을 가다듬은 뒤 느릿느릿 얘기를 시작했다. "아시다시피 옥루춘은 대단한 부자입니다. 그의 사업 규모는 무림에서 명성이 자자하지요. 유명한 저택도 여러 채 가지고 있고요. 물론 여택도 그의 사업 중 하나입니다. 옥루춘이 여택을 만든 지도 십 년이 넘었습니다. 실은 저도 예전에 놀러온 적이 있어서 옥루춘의 이 사업에 대해 어렴풋이 알았지요. 그때도 여택의 여인들은 천하제일의 재주를 하나씩 가지고 있었습니다. 세상에 천하제일의 재주를 가진 여인은 많지 않지요. 그 재주를 가지고 기녀가 되려는 여인은 더욱 드물고요. 옥루춘 여택의 재색을 겸비한 여인들 대다수는 강제로 끌려온 이들입니다. 옥루춘이 온갖 수단을 동원해 끌고 온 탓에 그에게 사무친 증오를 품은 여인들도 있겠지요. 그러니 누가 옥루춘을 죽였더라도 이상할 게 없습니다. 오히려 무예의 고수인데다 조심성 많은 옥루춘이 그 오랜 세월 멀쩡히 여택을 드나들다가 어째서 바로 어제 살해당했느냐, 이 점이 더 이상하지요. 이곳 여인들이 옥루춘을 죽이려 했더라도 여인들만의 힘으로 어떻게 무림의 스물두번째 고수를 죽일 수 있겠습니까?" 이연화가 사람들의 얼굴을 하나하나 응시했다. "어제가 평소와 달랐던 건 바로 만산홍 연회가 열렸다는 점이죠. 강호에서 잔뼈 굵은 남자들이 여택에서 하룻밤을 묵었다는 얘기입니다."

관산횡이 알아듣지 못하겠다는 벙벙한 표정으로 말했다. "남자요? 우리들 말이오?"

이연화가 빙긋 웃으며 고개를 끄덕였다. "우리가 여길 왜 왔지요?"

관산횡이 대답했다. "무림의 둘째 부자인 옥루춘에게 초대받는 건 쉽지 않은 기회니까."

이연화가 고개를 저었다. "우리가 여기에 온 건 옥루춘이 부자이고, 부자는 사람들에게 존경받으며 부러움의 대상이기 때문이지요…… 한마디로 우리는 옥루춘의 돈을 보고 이곳에 온 겁니다."

듣기 좋은 얘기는 아니었지만 부인할 수 없는 사실이므로 모두 굳은 안색으로 아무 말도 하지 못했다.

그때 관산횡이 반박하고 나섰다. "옥루춘이 부자인 건 사실이지만 나는 지금껏 그 돈에 대해 생각해본 적이 없소."

이연화가 말했다. "만약 여택에서 누군가가 옥루춘을 죽여 복수하려고 했고, 어제 온 손님 중 누군가가 옥루춘의 재물을 훔치려고 했다면. 한 사람은 목숨을 원하고 또 한 사람은 돈을 원하니 의기투합하기가 쉽겠지요……"

"아." 시문절이 저도 모르게 탄성을 내뱉자 이연화가 그를 향해 씩 웃어주고는 말을 이어갔다. "옥루춘은 죽을 수밖에 없었습니다. 원수나 적이 한 명뿐이라면 당해낼 수 있겠지만 두세 명, 심지어 대여섯 명이 되면 아주 위험해지지요. 게다가 원수와 적이 손을 잡았다면 더욱 그렇고요."

동방호가 차가운 말투로 물었다. "좋소. 여택의 누군가가 손님과 내통해 옥루춘을 죽였다는 추측에는 나도 동의하는 바요. 다만 옥루춘의 시신에서 아직도 피가 흐른다는 건 죽은 지 얼마 안 됐다는 뜻 아니오? 오늘 아침 우리는 모두 향산에 있었고 얼마 지나지 않아서 옥루춘의 시신을 발견했는데, 그 짧은 시간에 산을 내려가 사람을 죽이고 다시 올라오는 건 불가능하오. 그럼 대체 누가 옥루춘을 죽였단 말이오?"

"옥루춘은 오늘 아침에 죽은 게 아닙니다. 어젯밤에 죽었죠."

이연화의 말에 동방호가 화들짝 놀랐다. "말도 안 되는 소리! 어젯밤에 죽었다면 이미 뻣뻣하게 굳었어야 정상이오! 피가 아직도 흐를 순 없소."

이연화가 손을 펼쳐 손가락 사이에 끼우고 있던 것을 동방호의 얼굴 앞에서 흔들었다. "옥루춘이 어떻게 죽었는지는 어젯밤의 그 훌륭한 술자리에서부터 얘기해야 합니다."

동방호는 이연화의 손에 들린 것이 뱀의 탈피각임을 알아보았다. 그게 어제의 술자리와 무슨 관계가 있단 말인가? 어제 안주에는 뱀 요리도 없었는데 말이다.

"어제 우리가 뭘 먹었는지 기억하는 분 계십니까?" 이연화가 빙그레 웃으며 물었다.

시문절이 갑자기 신이 난 표정으로 말했다. "물론 기억하지. 백옥내차白玉奶茶*, 행인불수, 봉밀화생, 백파당귀어순, 벽옥하권, 일품연와, 백지호접납과, 국화리척, 금고팔보토, 금침향초해어탕, 권운산향장자육卷雲蒜香獐子肉**……"

이연화가 연신 고개를 끄덕였다. "요리 이름 외우는 재주가 훌륭하구나. 탕요리도 있었나?"

"있었지. 해어탕이 아주 일품이었잖아."

이연화가 빙그레 웃었다. "그럼 어젯밤에 잘 잤겠네."

"잘 자고말고. 오늘 아침 늦잠까지 잤지."

이연화가 관산횡에게 시선을 옮겼다. "관 대협도 잘 주무셨습니까?"

관산횡이 얼결에 대답했다. "죽은 돼지처럼 푹 잤습니다……"

이연화가 이번에는 동방호를 보고 물었다. "동방 대협은 어떠셨습니까?"

---

* 우유를 섞어 끓인 차에 흰 경단을 넣은 음료.
** 파향을 낸 노루고기 요리.

"벌레 우는 소리가 시끄러웠소."

모용요에게 묻자 그도 잘 잤다고 대답했다.

이두보에게 묻자 그는 평소와 다름없었다고 했다.

이연화가 시선을 천천히 적룡에게로 옮기고는 점잖고 부드러운 말투로 물었다. "적룡 아가씨는 어제 음식이 어땠습니까?"

"평소와 비슷했습니다."

이연화가 품에서 손수건을 꺼내 펼쳤다. 매듭지어 묶은 금색 물건이 나왔다. 원추리 같았다. 그걸 사람들 앞에서 흔들어 보여주자 시문절이 고개를 갸우뚱하며 물었다. "원추리로 뭘 하려고?"

모용요도 물었다. "뭘 하려는 거요?"

이연화가 그를 보고 싱긋 웃었다. "저는 원추리를 잘 몰라서 함부로 먹지 않습니다. 이게 먹어도 되는 거라면 모용 공자께서 먼저 드시겠습니까?"

모용요의 얼굴색이 확 변했다. "지금 장난치는 거요?"

이연화가 원추리 매듭을 천천히 풀자 온전한 꽃봉오리가 나왔다. 누런 꽃잎이 한 장 한 장 떨어진 것이 아니라 원통형으로 붙어 있었다.

시문절이 유심히 살피니 아무래도 그게 원추리꽃 같지 않았다. "이거 뭐야?"

"양금화洋金花. 싱싱할 때는 원추리와 다르게 생겼지만 꽃봉오리 크기는 비슷해서 이렇게 길고 노란 줄기를 잘 말린 뒤 매듭지어 묶으면 원추리와 아주 비슷하지."

시문절의 낯빛이 변했다. "뭐라고? 이게 흰독말풀이야?"

흰독말풀은 양금화의 다른 이름이었다. 이연화가 히죽거렸다. "그래. 이게 바로 흰독말풀이야."

이연화가 적룡을 향해 또 한번 웃어 보이자 그녀의 얼굴에서 핏기가 가셨다. 이연화가 계속 말을 이었다. "백팔당귀어순, 백지호접남과, 가짜 금침향초해어탕. 당귀, 백지, 흰독말풀을 같이 먹으면 화타華佗의 마비산麻沸散*과 비슷한 작용을 한다고 하지요. 마비효과가 완벽하지 않더라도, 많이 먹으면 현기증이 나고 눈앞이 가물거려 사람에 따라서는 깊이 잠들지 못하기도 하고요. 어제 해어탕을 먹은 사람은 오늘 늦게 일어났고, 해어탕을 먹지 않은 사람은 특별히 깊이 잠들지 않았습니다. 생선을 좋아하는 옥루춘은 이 세 가지 요리를 모두 먹었으니 아무리 내로라하는 강호의 고수라도 깊이 잠들 수밖에 없었겠지요."

사람들의 시선이 저절로 적룡에게 쏠렸다. 어제 요리는 옥루춘이 골랐지만 요리를 만들고 내오게 하는 건 적룡이 맡았기 때문이다.

이연화가 적룡을 향해 웃으며 손에 든 황백색의 뱀 탈피각을 흔들었다. "어제 저는 단 음식은 많이 먹었지만 해어탕을 먹지 않았더니 방으로 돌아갈 때까지도 정신이 또렷했습니다. 그런데 제 방에 가보니 서기 아가씨가 있더군요."

적룡은 침묵하고 서기가 놀란 눈으로 이연화를 보았다. 그가 무슨 놀라운 말을 할지 몰라 긴장한 표정이었다.

* 중국의 전설적인 명의 화타가 마취제로 사용한 약.

116

이연화가 한숨을 내쉬었다. "처음엔 기뻤지만 내기 장기에서 적룡 아가씨에게 지는 바람에 제 방으로 왔다는 말에 실망했습니다. 하지만 그 덕분에 어젯밤 적룡 아가씨가 서기 아가씨 대신 옥루춘과 함께 갔다는 걸 알았지요." 이연화가 손가락 사이에 끼운 탈피각을 들어올렸다. "그런데 방에서 이걸 발견했습니다. 이게 무슨 뜻이냐면…… 여러분도 이걸 발견했다면 저와 비슷한 반응을 했을 겁니다. 저는 이걸 보자마자 놀라서 '뱀이야!'라고 외쳤습니다."

동방호가 의아하다는 눈빛으로 탈피각을 자세히 보았다. "이게 이 선생 방에 있었단 말이오? 그럼 여택에 뱀이 있다는 거고?"

"뱀의 탈피각이 있다면 뱀도 있겠지요. 그런데 그 뱀은 어디에 있을까요? 반점이 많고 목이 가는 걸 보니 살모사로군요."

동방호가 고개를 끄덕였다. "살모사가 맞소."

이연화가 적룡을 향해 또 한번 탈피각을 흔들어 보이고는 진지한 표정을 지었다. "독사의 껍질이 어떻게 방안에 있을까 생각해봤지만 마땅한 이유를 찾을 수 없었습니다. 그러다가 한밤중에 문득 생각이 났죠. 제가 묵은 방은 서쪽 끝에 있고 바로 옆에 나무와 풀이 있습니다. 그래서 사람이 묵지 않을 때는 누군가 그 방에서 독사를 기른 게 아닐까 하고요. 어제 서기 아가씨가 제 방에 온 것도 그 방이 뱀 사육장이라는 걸 들킬까봐 일부러 미인계를 쓴 걸지도 모르고요. 제가 만약 서기 아가씨에게 푹 빠졌다면 그 방에서 뱀 껍질을 발견하지 못했을 겁니다. 서기 아가씨가 방을 말끔히 치워놓았는데도 옷장 밑에서 뱀 껍질을 주운 건…… 참으로 죄송합니다."

서기가 창백한 얼굴로 몇 발짝 뒷걸음질을 쳤다.

"네 방이 뱀 사육장이었다니." 시문절이 터지려는 웃음을 애써 참으며 물었다. "그럼 뱀은?"

"땅을 더 파보면 뱀이 나올 수도 있어……"

그 말에 시문절이 칼을 더 힘껏 휘둘러 진흙을 퍼내기 시작했다. 이연화가 말했다. "옥루춘은 그 절묘한 요리들을 먹고 흰독말풀과 술까지 함께 마셨으니 방에 돌아가자마자 인사불성이 됐을 겁니다. 그때 살모사를 풀어 옥루춘을 물게 했지요. 아마 무슨 일이 벌어졌는지도 모른 채 숨이 끊어졌을 겁니다." 이연화가 따뜻한 눈빛으로 적룡을 응시했다. "어젯밤 살모사를 이용해 옥루춘을 죽였지요?"

적룡은 말없이 입술만 깨물었다. 뭔가를 생각하는 듯 보였다.

"하지만 옥루춘의 시신은 '왕' 자로 일곱 토막이 났잖아……" 시문절이 불쑥 끼어들었다. "무예도 못하는 적룡이 어떻게 시신을 일곱 토막 낼 수 있겠어? 아무리 예리한 흉기로도 힘이 없으면 시신을 자를 수 없어!"

동방호도 말했다. "어젯밤에 죽었다면 어찌 아직도 피가 굳지 않을 수 있소?"

이연화는 시문절과 동방호의 물음을 들은 체 만 체하고 여전히 온화한 눈빛으로 적룡을 응시했다. "어젯밤 옥루춘과 잘 때 살모사가 그를 물었지요?" 적룡은 아무 대답도 하지 않았다.

이연화가 한숨을 크게 내쉬더니 대뜸 외쳤다. "책벌레야, 옥루춘 시신은 파냈어?"

시문절이 급히 대답했다. "거의 다 됐어!"

느릿느릿 땅을 파던 시문절이 속도를 내자 마침내 흙 속에서 피와 살을 분간할 수 없게 뒤범벅된 덩어리가 나왔다. 그 옆에는 죽은 뱀도 함께 있었다. 과연 살모사였다. 그런데 뜻밖에도 그 덩어리는 시신의 작은 토막이 아니라 온전히 붙어 있는 나머지 부분이었다.

시신은 '왕' 자로 일곱 토막 난 것이 아니었다.

아까 발견된 토막은 왼쪽 상반신일 뿐이었다!

이연화가 새로 발견된 시신을 뒤집어보니 목, 가슴, 팔이 온통 검붉은 색으로 변해 퉁퉁 부어 있고, 대칭으로 쌍을 이룬 상처가 몇 군데 나 있었다.

이연화가 탄식을 내뱉고는 설명을 이었다. "살모사의 이빨 자국입니다. 왼쪽 반신이 세 토막으로 잘렸다고 해서 오른쪽 반신도 반드시 세 토막으로 잘렸으리라는 보장은 없지요. 그저 왼쪽 반신을 세 토막으로 잘라야 하는 이유가 있었을 뿐."

동방호가 물었다. "그 이유가 뭐요?"

"적룡 아가씨가 옥루춘을 죽인 뒤 그 방에 머물러 있다가 옥루춘의 부하들에게 발견되면 죽임을 당할 겁니다. 죽기 싫다면 자신이 옥루춘을 죽이지 않았다는 걸 증명해야겠죠. 옥루춘의 죽음이 자신과 아무 관계도 없다는 걸 말입니다." 이연화가 씨익 미소를 짓고는 계속 말했다. "오랫동안 그 방법을 고민했겠지요. 그러던 중 어젯밤 만산홍 연회에서 그녀에게 반한 누군가와 연회가 끝난 뒤 얘기를 나눴을 겁니다. 그들이 함께 옥루춘을 죽여 시신을 밖으로 옮겨놓고 시신의 왼쪽 반신은 세 토막을 내고 오른쪽 반신은 땅에 묻어 감춘 겁니다."

시문절이 미간을 찡그렸다. "왜? 굳이?"

"왼쪽 반신이 토막 난 채 발견되면 사람들은 나머지 부분도 그럴 거라고 생각하겠지. 특히 깔끔하게 잘라내면 옥루춘이 토막 나서 죽었다고 생각할 거야. 왼쪽이 세 토막으로 잘렸다면 오른쪽도 세 토막으로 잘렸을 거라고 생각할 거고, 왼쪽 토막을 여러 곳에 버리면 오른쪽 시신도 토막 난 채 어딘가에 버려졌을 거라고 생각하고 더이상 찾기를 포기하겠지. 계획대로 된다면 은심원의 구덩이에 파묻은 반쪽 시신은 영원히 사람들에게 발견되지 않을 테고 옥루춘이 독사에게 물려 죽었다는 것도 영원한 비밀이 되겠지."

모두의 손바닥이 식은땀으로 축축하게 젖었다. 과연 그럴듯한 추리였다……

"옥루춘의 시신에서 아직 피가 흐르는데 어떻게 어젯밤에 죽었을 수가 있소?" 동방호는 아직도 납득이 가지 않았다.

이연화가 빙그레 웃었다. "살모사 독은 피가 응고되는 걸 막습니다. 그래서 옥루춘의 시신에서 계속 피가 흐르는 겁니다. 핏속에 흰독말풀이 섞였으니 그걸 빨아먹은 말거머리도 잠드는 것이고요."

동방호는 여전히 고개를 저었다. "그럴 수 없소. 옥루춘의 피가 응고되지 않았더라도 어젯밤부터 출혈이 시작됐다면 오늘 아침에는 더 흘러나올 피가 없어야 맞소. 지금까지 피가 흘러나오는 건 불가능하오."

"그렇습니다. 시신을 어젯밤에 잘랐다면 아직까지 피가 나올 수 없죠. 피가 흐른다는 건 어젯밤이 아니라 오늘 새벽에 잘랐다는 뜻입니다…… 우리가 향산에 있을 때 잘랐을 수도 있고, 향산에 올라가기 전에 잘랐을 수도 있죠."

"그러니까 여택의 여인들이 그랬다는 거야?" 시문절은 놀라움을 감출 수 없었다. "그게 어떻게 가능해? 여택의 여인들은 무공을 익힌 것도 아닌데, 아무리 예리한 흉기가 있어도 시신을 이렇게 자르는 건 불가능하지. 신비한 병기를 가진 고수라 해도 시신을 이렇게 반듯하게 잘라내긴 어려워. 오랜 훈련을 거쳤다면 가능할 수도 있겠지만. 강호의 고수라 해도 약한 부분부터 잘랐겠지, 결코 가슴이나 엉덩이처럼 살집이 많은 부분부터 자르지 않아."

"강호의 검객이라면 물론 이렇게 자르지 않았겠지. 하지만 그 여인들은 강호의 검객이 아니야."

"그 여인들이라고?" 시문절은 순간 말문이 막혔다. 범인이 한 명이 아니라는 걸까? "지금 '그 여인들'이라고 했어?"

이연화가 씩 웃었다. "루춘보고에 있는 금은보화를 생각해봐. 범인이 혼자였다면 그걸 어떻게 다 옮길 수 있었겠어? 비밀 창고의 위치는 또 어떻게 알고? 그러니까 '그 여인들'이겠지."

관산횡, 동방호, 모용요가 서로의 얼굴만 쳐다보고 있을 때 이두보가 입을 뗐다. "여자들이 옥루춘의 시신을 어떻게 잘랐는지도 아시오?"

이연화가 또 씩 웃었다. "알지요."

적룡의 자제력이 마침내 무너졌다. "당신…… 당신은……"

적룡은 주춤거리며 뒷걸음치고, 그 뒤에 있던 여인들도 모두 얼굴이 일그러졌다. 서기의 눈에서 눈물이 왈칵 쏟아지자 시문절은 안쓰러운 마음에 한 발 다가가고 싶었지만 차마 그러지 못해 안타깝게 쳐다만 보았다. 이연화가 천천히 손을 들어 보물창고에 있는 병기 진열대를 가리켰다. "옥루춘의 시신은 약 한 척 너비로 세 토막 났어요. '왕' 자의 절반이죠. 저걸 보세요. 선반 사이의 너비도 비슷하고 생김새도 '왕' 자의 반쪽과 비슷하지 않습니까?"

다들 이연화가 가리키는 쪽으로 시선을 옮겨 병기 진열대를 살폈다. 과연 진열대의 테두리와 선반이 연결된 부분이 '왕' 자의 절반과 비슷했다. 다만 '왕' 자는 가로 획이 셋이고, 진열대는 선반이 네 개라는 게 다를 뿐이었다.

시문절이 펄쩍 뛰었다. "너 미쳤어? 여자들이 저 무거운 병기 진열대로 옥루춘의 시신을 세 토막 낼 수 있다고? 그게 말이 돼? 진열대에 예리한 칼날이라도 달렸단 말이야? 살가죽도 못 자를 진열대로 사람을 토막 낸다고?"

이연화가 시문절을 향해 눈을 흘겼다. "저쪽 바닥이 유독 단단한 거 봤지?" 말거머리들이 우글우글 모여 있던 곳을 말하는 것이었다.

시문절은 말문이 막혔다. "보긴 봤지. 하지만……"

이연화가 또박또박 힘주어 물었다. "저 병기 진열대에 곧고 매끈한 자국이 많이 남아 있는 것도 봤지?"

시문절의 목소리가 더 작아졌다. "그래. 하지만……"

이연화가 적룡에게 시선을 옮겼다. "유독 저쪽 바닥만 뭔가 무거운 걸로 눌러서 다져놓은 듯 단단합니다. 무쇠처럼 단단한 현철 진열대에 어떻게 하면 자국을 남길 수 있을까요? 무거운 뭔가로 아주 세게 누르는 방법이 유일하겠죠."

동방호가 고개를 끄덕였다. "그렇소."

"가로, 세로, 높이가 각각 세 치인 물건을 현철 진열대에 올려놓고 누를 때 그 밑에 피가 낭자한 진흙 바닥도 함께 눌려 다져진 겁니다. 옥루춘의 시신을 토막 낸 곳이 바로 저기입니다. 치아가 떨어져 있던 곳도 바로 저기고요. 이해하시겠습니까?"

시문절은 아직도 뭐가 뭔지 알 수 없었다. "뭘 이해해?"

동방호의 표정이 밝아졌다. "이제 알겠소. 여자들이 옥루춘의 시신 위에 병기 진열대를 올려놓고 그 위에 무거운 걸 올려놓은 겁니다. 현철 진열대가 그 무게를 지탱하지 못해 옥루춘의 시신을 가르고 들어갔고 시신 왼쪽이 세 동강 난 거죠. 그렇게 하면 그리 큰 힘을 들이지 않고 옥루춘의 시신을 네 토막으로 자를 수 있소."

다들 벌어진 입을 다물지 못했다. 시문절이 중얼거렸다. "어떻게…… 어떻게 그렇게 끔찍할 수가……" 시문절이 갑자기 고개를 번쩍 들었다. "가로, 세로, 높이가 모두 세 치인 무거운 물건은 뭐야?"

이연화가 태연한 얼굴로 답했다. "다들 잘 알고 있는 거야. 꿈에서 항상 보는 물건일 수도 있고."

관산횡의 눈이 휘둥그레졌다. "그게 뭡니까?"

이연화가 말했다. "우리가 흔히 쓰는 물건 중에 제일 무거운 게 뭐지요?"

시문절이 생각에 잠겼다가 대답했다. "흔히 쓰는 물건 중에서라면 황금이 제일 무겁지…… 아! 설마." 그의 목소리가 높아졌다.

"맞아. 가로, 세로, 높이가 세 치인 그 물건은 바로 금벽돌이야." 이연화가 히죽거리며 허공에다 손가락으로 천천히 그림을 그렸다. "가로 세 치, 세로 세 치, 높이 세 치인 금벽돌의 무게는 대략 서른여덟 근이지. 그런 벽돌 백 개가 있으면 삼천팔백 근. 금벽돌 스물여섯 개만 있어도 옥루춘을 네 토막 내기엔 충분해."

"하지만 보물창고에는 금벽돌이 없었잖아!"

시문절의 반문에 이연화가 웃음을 터뜨렸다. "적룡이 옥루춘을 죽였는데 보물창고에 있던 보물을 사실대로 얘기했겠어? 천하의 둘째 부자인 옥루춘의 보물창고에 어떻게 금벽돌이 없겠어?" 이연화가 한숨을 내쉬며 모두에게 물었다. "금벽돌이 백네 개나 있는데 다들 그걸 못 보셨습니까?"

"금벽돌 백네 개가 있다고요? 어디에요?" 모두 서로의 얼굴만 쳐다보았다.

이연화가 눈을 크게 뜨며 말했다. "바로 저 보물창고에요." 사람들이 루춘보고로 달려갔지만 어디서도 금벽돌을 찾을 수 없었다.

이연화는 보물창고 입구에 선 채 파리처럼 헤매는 시문절을 보며 실망감에 한숨을 내쉬었다. "너, 이번 과거시험도 떨어졌지?"

시문절이 깜짝 놀라 홱 돌아보았다. "그걸 어떻게 알았어?"

이연화가 또 한번 한숨을 내쉬었다. "관리가 되려면 눈으로는 여섯 길을 보고 귀로는 여덟 방위의 소리를 들을 줄 알아야 한다고 했거늘…… 가까이 와봐."

시문절이 냉큼 이연화 앞으로 다가갔다. "금벽돌이 어디 있어?"

"서생이여, 글 읽는 이는 사사로운 이익을 탐내지 않아야 하거늘 어찌 그대는 늘 황금 생각뿐인가? 그건 남의 재물이요, 네 몸 밖의 것이요, 사람을 죽인 도구이니라. 이 보물창고를 입구부터 저 안까지 따라가면서 몇 걸음마다 한 번씩 왼쪽 벽을 두드려 소리를 들어봐."

시문절은 일곱 걸음 반마다 벽을 두들겼지만 이상한 점을 발견할 수 없었다.

이연화가 말했다. "돌아올 때는 오른쪽 벽을 따라오면서 아까랑 걷는 횟수를 다르게 해서 한 번씩 두드려봐."

시문절이 이번에는 벽을 두드리다 여섯 걸음을 간 뒤 손에 통증을 느끼고 깜짝 놀라 말했다. "이 벽이……"

이연화가 차분히 말했다. "그게 바로 금벽돌이야."

금벽돌은 바로 벽에 있었다. 재를 한 꺼풀 얇게 뒤집어써서 겉에서 보면 돌벽돌처럼 보였던 것이다.

사람들은 아연실색했다. 여택의 여자들은 여전히 침묵했다.

이연화가 고개를 들고 말했다. "루춘보고에 있는 보물을 한꺼번에 훔쳐내는 건 불가능합니다. 여택에 들어온 도둑이 옥루춘을 죽이고 보물창고의 수많은 보물을 훔쳐가려면, 적어도 커다란 자루 두 개를 등에 메고서 양손에는 진귀한 병기를 들고 나가야 했겠죠. 하지만 수많은 금은보화를 짊어지고 옥루춘의 시신 토막까지 가져다 향산 곳곳에 버린다는 건 상상할 수 없습니다. 그래서 제 생각엔…… 보물창고를 찾아내 그 안의 보물을 쉽게 가지고 나갈 수 있는 사람은 여택에 사는 아가씨들뿐입니다. 해어탕 속 원추리를 흰독말풀로 바꿔치기하고, 방에서 살모사를 기르고, 사건 발생 전에 미리 무궁화나무 밑에 구덩이를 파놓은 정황들은 여택의 모든 아가씨가 옥루춘의 죽음과 관련됐다는 방증입니다." 이연화가 미안해하는 표정으로 적룡과 서기를 물끄러미 쳐다보았다. "비록 여러분의 노력은 가상하나, 사실은 사실입니다……"

적룡은 꾹 다문 입을 떼지 않았지만 서기는 고개를 주억거렸다.

"남은 의문은 옥루춘이 독살된 것을 감추기 위해 시신을 숨긴 후 무림의 고수가 옥루춘을 죽이고 보물을 훔쳐간 것처럼 위장하도록 가르쳐준 사람이 누구인가 하는 겁니다. 만약 무예의 고수이자 이름도 모르는 신비로운 자객이 훔쳐갔다고 하면 보물을 되찾을 방도가 없다고 여겨질 테고, 이 자작극이 성공한다면 금은보화는 이걸 꾸며낸 사람들이 차지하게 될 겁니다." 이연화가 부드럽고 차분한 눈빛으로 모용요를 바라보았다. "공자가 그중 한 명이지요."

모용요가 피식 냉소했다. "증거가 있소?"

"첫째, 공자는 그 절묘한 금침향초해어탕을 먹지 않았죠. 둘째, 적룡 아가씨에게 한눈에 반했습니다. 셋째, 공자는 적비성 같은 고수가 옥루춘을 죽였을 거라고 주장했습니다. 넷째, 향산에서 옥루춘의 왼쪽 팔목을 가지고 있었습니다. 지금까지 드러난 사실 중에는 옥루춘의 시신을 여기저기 버릴 수 있는 무림의 고수가 누구였는지가 빠졌습니다. 그때 들고 있던 팔목은 어디서 났나요? 향산의 골짜기에서 주운 것은 결코 아니지요."

차분하게 또박또박 이어진 이연화의 말에 모용요는 낯빛이 변했지만 아무 말도 하지 않았다. 이연화가 이두보를 보며 웃었다. "이 대협도 그중 한 명입니다."

이두보가 코웃음을 쳤다. "흥. 왜 그렇게 생각하시오?"

"모용 공자와 같은 이유입니다. 아니, 한 가지 이유가 더 있을 수도 있고요. 오늘 아침 이 대협은 옥루춘의 시신 토막을 미리 산에 숨겨놓았다가 일부러 제일 늦게 산에 올라와 모용 공자와 함께 시신 토막을 주운 것처럼 위장했지요."

이두보의 안색이 조금 바뀌었다. "헛소리 마시오! 그렇게 따지면 동방호도 해어탕을 먹지 않았으니 그중 한 명이겠군."

이연화가 한숨을 내쉬었다. "그 문제도 한참 고민했습니다. 해어탕을 먹은 이들은 일단 제쳐두고, 해어탕을 먹지 않은 이 중에 공모자가 아닌 사람은 누굴까? 그런데 오늘 아침에 한 가지 사실을 발견했습니다. 동 대협이 공모자가 아닐 가능성이 크다는 증거 말입니다. 그걸 차치하고라도, 동 대협이 공모자였다면 여택 내부인이 범인을 도와줬을 거라고 주장했을 리 없습니다. 세상에 공모자를 스스로 폭로하는 범인이 어디에 있겠습니까?"

시문절은 이연화가 무엇을 보고 동방호가 범인이 아니라고 판단했는지 그날 아침에 있었던 일들을 되짚어봤다. 그때 이연화가 동방호에게 미안해하며 말했다. "아침에 장기를 둘 때 대협이 기백만 냥짜리 은표를 가지고 있는 걸 보았습니다……" 그 말에 사람들 사이에서 "아" 하고 탄성이 터져나왔다. 이연화가 말을 이었다. "기백만 냥짜리 은표를 몸에 지니는 사람이 옥루춘의 재산을 탐하겠습니까? 삼척동자도 이해할 논리죠."

차갑게 굳어 있던 동방호의 얼굴에 살짝 미소가 스쳤다. "그 은표는 흑도에게 빼앗은 것이오. 그걸로 얼마 전 홍수가 난 남쪽 지역 백성들을 도울 생각이오. 그건 결코 내 돈이 아니지요. 나는 부자가 아닙니다."

감탄을 금치 못하는 이연화 옆에서 시문절이 말했다. "대협께서 재물을 탐하는 사람이었다면 옥루춘의 보물을 훔치는 것보다 품에 있는 기백만 냥을 갖는 게 더 쉽고 빠르겠군요?"

동방호가 너털웃음을 웃었다. "어쨌든 오늘 이 선생 덕분에 많이 배웠소. 병자만 고치는 줄 알았더니 도적을 잡는 솜씨도 훌륭하군요. 참으로 대단하시오."


## 4. 여택관

관산횡과 동방호가 모용요와 이두보를 불피백석의 백천원百川院까지 책임지고 압송하고, 여택의 여인들은 화여설에게 처분을 맡기기로 했다. 루춘보고에 있던 보물은 도난당한 것으로 위장하기 위해 다른 곳으로 옮겨져 있었다. 화여설은 여인들에게 여택을 도관道觀*으로 개조한 뒤 그곳에서 수행하며 죄를 회개하라고 명령했

---

* 도교 사당.

다. 하지만 적룡만은 관아로 압송되었고, 십 년 넘게 옥살이를 했지만 조금도 자신의 범행을 후회하지 않았다는 얘기가 전해졌다.

이연화와 시문절이 여택을 떠나고 수일이 지난 뒤였다.

길상문연화루의 주인 이연화가 묘수를 부려 옥루춘의 토막 난 시신을 도로 붙여 되살려냈다는 소문이 파다하게 돌기 시작했다. 회생한 옥루춘이 진언眞言을 술술 읊더니 자신이 뱀요괴 백소정白素貞의 여동생인 적룡 무리에게 피살당한 사실을 진술했고, 이연화가 술법을 부려 요괴들을 일망타진했다는 내용도 함께였다.

"어째서 별것 아닌 사소한 일도 강호를 한 바퀴 돌고 나면 기괴한 소문으로 변하는지 알다가도 모르겠어." 시문절이 길상문연화루의 제일 좋은 의자에 앉아 『논어』를 읽다가 불쑥 말했다. "소문이 도는 동안 미인은 요괴로 변하는데 넌 어떻게 늘 신선처럼 묘사되지?"

이연화는 탁자 끝에 올려진 시문절의 발을 보며 한숨을 내쉬었다. "그냥 강호의 습성이 그래. 탁자에서 발 좀 내릴 수 없어?"

"응. 내릴 수 없어." 시문절이 다시 『논어』를 펼쳐들다가 눈을 크게 떴다. "설마 탁자가 더러워질까봐 그래?"

이연화가 또 한숨을 쉬었다. "그래서가 아니라……"

그의 말이 끝나기도 전에 시문절이 다리를 휘청하더니 꽈당 굴러떨어졌다. 방아를 찧은 엉덩이가 얼얼하게 아팠다. 탁자가 갑자기 무너진 것이다. 시문절이 정신을 차리기도 전에 무너진 탁자의 나무판이 그의 머리 위로 떨어졌다. 머리에 혹이 일고여덟 개는 족히 생길 것 같았다.

이연화의 계면쩍은 목소리가 시문절의 귓속으로 파고들었다.
"탁자 다리가 세 개밖에 없어서 걱정했던 거야. 저번에 방다병이
앉았다가 무너졌거든……"

바닥에 쓰러져 있던 시문절이 별안간 웃음을 터뜨렸다. "하하
하, 괜찮아. 탁자는 다시 고치면 되지. 다음부턴 절대로 발을 올리
지 않을게!"

제10장

인
피
에

수
를

놓
다

눈처럼 희고 보드라운 인피 위에 수실로 기이한 그림이 촘촘히 수놓여 있었다. 등불 아래, 인피는 살아 있는 듯 생생하고 백옥처럼 매끄러웠다. 기이하면서도 아름다운 그림은 마치 석양빛 아래서 꿈틀대며 춤을 추는 것 같았다.

인피가 세상을 떠들썩하게 했다. 본디 유명한 사람이었지만 열흘 전 그가 죽은 뒤 누군가 그의 가죽을 도려내 수를 놓았기 때문이다.


## 1. 수놓은 인피

이연화는 방다병과 밥을 먹던 중 그 인피를 처음 보았다. 인피를 보자마자 방다병은 입맛이 사라져 더 먹지 못하겠다고 했지만,

이연화는 수북하게 담은 쌀밥 한 공기에 소고기 장조림 한 접시를 맛있게 먹고 차도 한 잔 마셨다.

그것은 '강호 최고의 미남자' 위청수魏清愁의 인피였다. 위청수는 여러 연유로 강호에서 명성이 자자했다. 팔 척 일 촌이나 되는 키에 진주와 옥처럼 용모도 빼어났다. 금을 잘 타고 장기와 서화에도 능했으며, 특히 도장을 파는 전각篆刻 솜씨가 천하제일이었다. 어느 여자라도 한번 보면 마음을 빼앗기는 당대의 미남자였다. 그는 열흘 전 강절江浙* 지역의 대부호 기춘란蕲春蘭의 딸 기여옥蕲如玉과 혼인했다. 재자가인의 만남으로 뭇사람의 부러움을 샀지만 첫날밤을 지낸 다음날 아침, 신부가 눈을 떠보니 신랑은 온데간데없고 수놓인 인피 조각만 덩그러니 있었다. 눈앞의 광경에 충격을 받은 신부는 그 자리에서 실성하고 말았다.

이후 온갖 소문이 퍼졌다. 어떤 이는 위청수가 원래 인피를 쓴 여우 요괴였는데 이제 본모습을 드러낸 것이라 했고, 어떤 이는 위청수가 사실 죽지 않았고 그 인피도 위청수의 것이 아니라고 했다. 또 어떤 이는 배에 있는 녹두만한 점을 보면 위청수가 틀림없다고 했다.

기춘란 사촌동생의 처남 딸이 방다병 이모의 아들과 혼인했으므로 기여옥과 방다병은 먼 친척이라고 할 수 있고, 그런 연유로 그 수놓은 인피가 얼마 되지 않아 방다병에게 전해졌다. 이연화가 죽은 사람의 입을 열게 하고 음양술에 정통하다는 소문을 들은 기

---

* 강소(江蘇)와 절강(浙江) 일대를 통칭하는 말.

춘란이 이 사건을 해결해달라며 방다병에게 조심스럽게 부탁한 것이다. 물론 그건 이연화에게 맡겨달라는 뜻이었다.

인피 사건에 대해 듣기는 했지만, 막상 기춘란의 하인이 찾아와 인피를 내밀었을 때 방다병은 구역질이 날 뻔했다.

폭이 일 척, 길이가 이 척 정도 되는 인피는 뭔지 모를 물약에 담가 보관한 탓에 괴상한 냄새가 났다. 방다병과 이연화는 그 인피에서 시선을 뗄 수 없었다. 이연화는 엷은 미소를 지었고 방다병은 낮은 소리로 욕을 뇌까렸지만 이내 손을 뻗어 인피 위에 화려하게 수놓인 문양을 손끝으로 가만히 쓸어봤다. 수실과 매끄러운 인피의 감촉이 손가락을 타고 오르며 기이한 느낌을 주었다. 기괴하고 비밀스러운 기호 여덟 개가 수놓인 그 인피를 자꾸만 쓰다듬고 싶은 충동이 들었다.

"이게 뭐야?" 방다병이 인피에서 손을 거뒀다. "주문? 암호? 도사가 도목검桃木劍*에 새기는 부적 같은 건가?"

이연화가 말했다. "나도 모르지. 병…… 산…… 도끼, 달걀, 사람 둘, 그리고 다른 건 뭔지 모르겠네. 수를 많이 놓아본 사람이 분명해. 어떻게 이리 깔끔하게 수를 놓았지?"

방다병이 중얼거렸다. "하지만 자수는…… 여자들만 하지 않을까. 다정한 풍류객 위청수가 혼인을 하니 웬 여자 마귀가 질투심에 위청수를 죽여버리고 인피에 수를 놓았나?"

이연화가 한숨을 내쉬었다. "넌 참 똑똑해. 그런데…… 세상에

---

* 복숭아나무로 만든 검으로, 사악한 기운을 쫓고 복을 불러들이려 쓰는 법기.

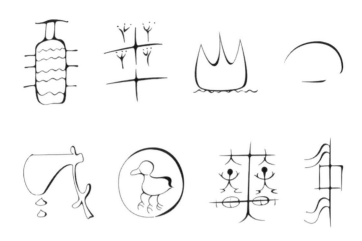

인육을 먹는 각려초 말고 인피를 벗기는 걸 즐기는 여자가 또 있단 말이야? 혼인하고 싶은 세상 남자들이 들으면 등골이 서늘해지겠는데."

방다병이 히죽거렸다. "얼어죽을 이연화가 갑자기 혼인이 하고 싶어진 거야?"

이연화가 정색했다. "혼인은 해봤지. 지금은 다른 남자에게 재가했지만……"

방다병이 코웃음을 쳤다. "또 헛소리하네. 어쨌든 이게 어떻게 된 일인지 밝혀내야겠어. 오늘 저녁에 바로 마차를 타고 기씨 신선부神仙府로 가자."

신선부는 기춘란의 고래등 같은 저택으로, 방씨 가문의 마차를 타지 않고서는 이연화 같은 부류가 들어갈 수 있는 곳이 아니었다. 고개를 끄덕이는 이연화의 시선은 여전히 인피 위에 나란히 수놓인 문양 위를 맴돌았다. 이 여덟 개의 기괴한 문양에 필시 어떤 뜻이 담겨 있을 것이다. 다만 범인이 스스로 잡힐 단서를 직접 제 손으로 남겼을지 의문이었다. 만일 그것이 범인과 관계된 단서가 아니라면 대체 뭐란 말인가? 범상치 않은 사건이 호기심을 불러일으켰다.

여드레 뒤 서주瑞州.

방다병과 이연화가 방씨 가문의 크고 화려한 마차를 타고 신선부에 도착했다. 준마 여덟 필이 앞에서 끄는 방씨 가문의 마차는 정교하게 조각한 녹나무로 칸막이를 만들었으며 네 모서리에 각종 금은보석을 매달아 화려하기 이를 데 없었다.

말 여덟 필의 걸음에 맞춰 마차가 흔들리고 밖에 매달린 금은보석이 잘강잘강 요란한 소리를 냈다. 마차 안의 이연화는 허리가 쑤시고 등이 아파 견딜 수가 없었지만, 방다병은 곤히 잠들어 마차가 멈춘 뒤 이연화가 흔들어 깨워서야 일어났다.

마부가 방씨 가문의 방다병이 왔음을 알리자 신선부의 대문이 천천히 열리며 위풍당당한 마차를 맞이했다.

주렴을 살짝 들추고 밖을 내다본 이연화는 헉 하고 놀랐다. 기춘란의 저택은 지금껏 본 그 어느 저택보다 휘황찬란했다. 곳곳에 자리잡은 정원은 다른 저택의 정원보다 훨씬 넓고 높이도 세 척은 더 높아 보였다. 심지어 정원에 심은 꽃나무도 다른 곳의 나무보다 훨씬 키가 컸다. 위세당당하게 달려온 방씨 가문의 마차도 신선부에 들어서자 평범하고 보잘것없는 수레가 되었다.

마차가 멈추자 잠에서 완전히 깬 방다병은 수건으로 얼굴을 닦고 거들먹거리며 내렸고 이어 이연화도 따라 내렸다.

늘씬한 체격의 중년 남자가 둘을 향해 성큼성큼 다가왔다. 흰 얼굴에 수염을 길게 기른 남자는 둘에게 시름에 겨운 표정으로 공수했다. "이쪽이 방 공자이신 것 같군요. 먼길을 와줘 감사합니다. 집안에 이토록 큰 변고가 생겨 이 사람, 염치없을 따름이오."

방다병도 공수하며 부드러운 투로 답했다. "백부님, 너무 심려치 마십시오. 우리는 한 가족이니 기씨 집안의 일은 제 일이기도 합니다. 그…… 친척 누이의 일인데 제가 수수방관할 수 없지요." 방다병은 기여옥과 자신의 촌수를 헤아리지 못하고 어색하게 '친척 누이'라고 눙쳤다.

그 속을 뻔히 아는 이연화가 피식 웃었다. 방다병은 "기씨 집안의 일은 제 일이기도 합니다"라고 했을 뿐 '방씨 집안'의 일이라고 하지 않았고, 그 말에 담긴 뜻을 기춘란이 알아듣지 못했을 리 없었다.

그래서인지 기춘란의 얼굴에 드리운 수심은 조금도 걷히지 않았다. 그의 세상에서는 해도 달도 빛을 잃고 천지가 암흑에 잠긴 듯, 누구도 가늠할 수 없는 깊은 슬픔에 빠진 듯했다. "무림의 고수인 두 분께서 오셨으니 여옥의 일은 이제 마음을 놓을 수 있겠소. 며칠 밤낮을 근심 속에 보냈다오. 우리 기씨 가문이 어느 신명님께 죄를 지었기에 이런 참혹한 일이 일어났는지 원. 신명님께서 우리 집안에 또 벌을 내리실까 그것도 두렵소."

방다병은 기춘란과 먼 친척이긴 하지만 그가 이렇게 상심한 모습은 본 적이 없었다. 방다병과 이연화는 서로 눈빛을 마주치며 강절 지방의 대부호가 이토록 근심에 빠진 모습이 낯설고 딱하다는 생각을 했다.

"백부님 너무 근심하지 마십시오. 저와 얼어죽…… 이연화가 사건 현장을 살펴볼 테니, 백부님은 아무데도 가지 마시고 전운비展雲飛와 함께 집안에 계십시오." 방다병은 기춘란이 보내온 편지를 통해 그가 호위무사 전운비 등에게 개미 한 마리 얼씬거리지 못하도록 신선부의 주원을 철통방어시키고, 자신과 부인과 딸은 주원 밖으로 한 발짝도 나오지 않는다는 걸 알고 있었다.

기씨 가문의 호위무사 전운비는 강절신룡江浙神龍이라 불리며 무봉검無鋒劍을 특히 잘 다루는, 강호에서 서른일곱번째 가는 무예의 고수였다. 무엇보다 기춘란을 향한 충성심이 강해 호위무사로 더할 나위 없는 인물이었다. 이번에는 마침 전운비가 기춘란의 명으로 일을 보러 도읍에 다녀오던 중이라 자리를 비웠기에 이 끔찍한 사건이 벌어질 틈을 주고 말았다.

기춘란이 고개를 끄덕이자 회색 장포를 입고 그의 뒤에 서 있던 건장한 체격의 장발 남자가 방다병을 향해 살짝 고개를 끄덕였다. 전운비였다. 방다병은 이 유명한 대협을 만난 적이 없지만, 그가 의협심 넘치는 협객으로 천하를 떠돌던 중 부상을 입었을 때 기춘란의 도움으로 목숨을 구했고 그후 기춘란의 노복이 되었다는 걸 알고 있었다. 방다병은 빗질을 제대로 하지 않고 늘어뜨린 그의 장발이 몹시 눈에 거슬렸지만, 어쨌든 그가 은혜를 갚는 방식이 범상치 않다고 여기며 존경할 만한 인물이라고 생각했다.

방다병은 그를 위아래로 훑어보다가 전운비가 고개만 까딱한 뒤 자신의 뒤쪽을 뚫어져라 쳐다보고 있음을 알아챘다.

방다병이 뒤를 돌아보니 이연화가 전운비에게 미소를 짓고 있었다. 전운비의 눈동자에 알 수 없는 빛이 스쳤다. 무어라 꼬집어 말할 순 없지만 어딘가 이상했다. '둘이 아는 사이인가? 아니, 얼어죽을 이연화가 십수 년 강호를 누빈 협객을 어떻게 알겠어? 잠깐, 둘이 아는 사이가 아니라면 저 눈빛은 뭐지?'

기춘란은 차를 나르는 어린 하인에게 두 사람을 기여옥의 신방으로 안내하라고 이른 뒤 전운비와 함께 자리를 떴다.

기춘란이 가자마자 방다병이 이연화에게 물었다. "전운비와 아는 사이야?"

"아, 한 번 본 적 있어."

"서른 살도 넘은 남자가 머리를 풀어헤치고 다니다니 괴상하기도 하지. 그런데 널 왜 그런 눈빛으로 본 거야?"

이연화가 의아하다는 듯 반문했다. "무슨 눈빛? 아…… 네가 잘못 본 거야. 내 머리 위에 파리 한 마리가 날아다니고 있었어. 내가 아니라 그 파리를 봤겠지. 전운비는 열여덟 살에 강호에 들어와 스무 살에 이름을 날렸고, 스물둘에 무예를 겨루다 크게 패한 후 머리를 빗지 않는다고 들었어. 신의를 지키는 사람인 거지."

"무예를 겨루다가 져서 머리를 안 빗는다고? 그런 게 어딨어?"

"처음부터 그렇게 약속했으니까. 결투에서 진 사람은 앞으로 머리를 빗지 않기로."

"하하, 누구와 결투를 했는데?"

"이상이."

방다병의 웃음소리가 더 커졌다. "하하하, 이 선배님도 이상하시지. 왜 머리를 빗지 못하게 했을까?"

이연화가 한숨을 쉬었다. "이상이와 전운비가 함께 연해방聯海幇을 소탕하고 연해방 방주 장대비蔣大肥를 붙잡았어. 이상이가 장대비를 태주台州로 압송하려는데 밧줄이 없어서 궁리하던 중에 전운비의 두건이 눈에 들어왔지……"

방다병이 이상이의 임기응변에 감탄을 금치 못하다가 난간을 탁 치며 웃음을 터뜨렸다. "전운비가 두건을 벗어주지 않으려고 버티다가 둘이 두건을 놓고 결투를 벌였구나. 하하하! 재밌네! 하지만 이상이는 이미 이 세상 사람이 아니지. 내가 강호에 늦게 나와 이상이의 활약을 직접 보지 못한 게 아쉬울 따름이야!"

"아쉬울 거 없어……"

그때 방다병이 웃음을 뚝 멈추고 고개를 갸웃했다. "그런데 네가 그 일을 어떻게 그리 잘 알아?"

이연화도 순간 흠칫했다. "아, 그 결투가 벌어진 날 딱 한 번 전운비를 봤어."

방다병이 부러운 마음에 이연화를 흘겨보았다. "그럼 이상이도 봤겠네? 그런데 지금까지 그 얘기를 한 번도 안 했단 말이야? 어땠어? 소문처럼 잘생기고 기개가 넘치고, 시도 잘 짓고 그림도 잘 그리고, 혼자서도 만인을 대적할 엄청난 영웅이었어?"

이연화는 '엄청난 영웅' 이상이의 풍모를 어떻게 설명해야 할지 고민하는 듯 생각에 잠겼다가 한참 만에 입을 열었다. "그 이상이가 말이지…… 아, 여기가 신방이구나."

이상이의 풍모가 어땠는지 몹시 궁금했던 방다병은 별안간 "신방"이라는 말에 김이 새버렸다. 두 사람은 걸음을 멈췄다. 정자와 누각, 기이한 화초들 사이 깊은 곳에 붉은 누각 하나가 보였다. 영롱한 빛이 감도는 듯한 착각이 들 만큼 정교하고 아름다웠으며 신선부의 다른 웅장한 누각들과 달리 작고 아기자기했다. 바람에 실려 온 은은한 꽃향기가 코를 간질였다. 어떤 기이한 꽃이 피었는지 몰라도 사람을 취하게 하는 향기였다.

방다병이 붉은 누각을 보며 중얼거렸다. "세상에 이런 누각이 있다니……"

이연화가 미소를 지었다. "들어가보자."

방다병은 이 누각에 비하면 이연화의 길상문연화루는 초라하고 누추하기 짝이 없다는 생각을 하며 붉은 누각의 문을 밀었다. 삐그덕 하는 소리와 함께 문이 활짝 열리자 피비린내가 훅 끼쳤다. 둘을 안내해준 하인은 행여 누각 내부가 조금이라도 보일세라 두려워 멀찌감치 달아났다.

## 2. 신부

누각 바닥에는 검은 핏자국이 말라붙어 있었다. 본디 매끄러운 한백옥漢白玉 바닥이라 원래라면 티끌만한 흠집조차 없었을 테지만 섬뜩한 핏자국으로 뒤덮여 있었다. 핏자국 외에 다른 흔적은 전혀 없었다. 양옆에 놓인 자단목 태사의太師椅*가 어스름한 빛 속에서 흉악하게 으르렁거리는 듯했다.

방다병이 촛불을 붙였다. 황금 촛대 위에서 피어오르는 선홍색 불빛이 유난히 붉었다. 대들보에 매달아놓은 동팔괘銅八卦**에는 구름과 태양 무늬가 새겨져 있고, 고풍스러운 느낌을 주기 위해 일부러 검은 연기를 입혀 표면이 약간 거무스름했다. 그 아래 달린 희囍자로 매듭지은 붉은 술 두 개 역시 정교한 솜씨로 만들어진 것이었다. 문과 정면으로 마주보는 자리에는 푸른 마노로 조각된 병풍이 놓여 있었다. 병풍에는 구름과 태양, 그 아래 산과 물이 희미하게 펼쳐져 있었으며 안개 속에 집 한 채가 어렴풋이 보였다. 우아하고 섬세한 풍경화였다.

천천히 병풍을 돌아 뒤로 가보니 신방이 있었다. 넓은 방이 온통 붉은색으로 치장되어 있고 창문 아래에는 나무 받침대가 놓여 있었다. 대야를 두는 받침대가 왜 거기에 놓였는지는 알 수 없었다. 침대 위 색이 알록달록한 이불과 베개는 어느 하나 허투루 만든 것이 없었다. 침대 옆 붉은 초 두 개는 사람 키만큼 높고 사람 허리만큼 굵은데다 겉면에는 용과 봉황이 정교하게 조각되어 있었다. 침대 옆 책상 위에는 문방사우가 가지런히 놓여 있고, 벼루에 먹을 갈았던 흔적이 조금 남아 있었다. 신랑 신부가 시를 짓고 그림을 그리다가 잠자리에 든 것 같았다. 침대 위에 놓인 붉은 옷 몇

---

* 권세가나 부호 등이 사용했던 팔걸이 의자.

** 나쁜 기운을 쫓기 위해 걸어놓는 풍수 용품. 팔각형 동판 위에 여덟 개의 괘와 태극 무늬를 새겨넣은 것.

벌에 피가 점점이 묻어 있었다. 이연화가 저고리를 집어올려 펼치자 옷자락에 수놓인 원앙과 연꽃이 보였다. 봉관하피鳳冠霞帔가 아니라 혼례복 안에 입는 중의中衣였는데 옷소매에 일고여덟 개쯤 구멍이 뚫려 있었다. 구멍의 크기는 제각각이고 위치도 달랐지만 오른쪽 소매의 구멍이 왼쪽보다 컸다. 왼쪽 소매 한쪽에는 혈흔이 있었다. 신방만 보면 인피를 도려내는 끔찍하고 선혈이 낭자한 장면을 상상할 수 없었다. 인피는 고사하고 작은 핏자국조차 생경하게 느껴졌다.

"별로 춥지 않은 날씨에 신부가 신방에서 이렇게 옷을 껴입을 필요가 있어?" 방다병이 침대 위에 있던 옷들을 하나씩 펼쳐보며 중얼거렸다. 옷마다 소매에 이상한 구멍이 나 있었다. 위치와 크기가 거의 비슷했고 전부 세어보니 서른 개가 넘었다. "이게 다 뭐지? 설마 범인이 신부의 옷부터 찔렀나? 서른 번도 넘게?"

"그럴 리가……" 이연화가 이불을 들춰봤다. 이불 윗면에는 아주 작은 핏자국만 있었지만 아랫면에는 검게 변한 넓은 핏자국이 있고 침대 상판에 작은 구멍이 뚫려 있었다.

이연화가 갑자기 침대 위로 풀썩 엎드리자 방다병이 놀라 펄쩍 뛰었다. "뭐하는 거야!"

이연화가 이내 고개를 들다 뒤통수를 침대 머리판에 쾅 부딪혔다. "어이쿠!" 이연화가 고개를 돌려 놀란 눈으로 침대 머리판을 쳐다보았다.

방다병도 호기심이 생겨 침대에 올라가 기웃거리며 침대 머리판을 살폈다. 녹나무로 된 침대 머리판의 안쪽 높은 곳에 반짝이는 뭔가가 깊이 박혀 있었다.

이연화가 중얼거렸다. "금줄 달린 진주라…… 이게 왜 여기 박혀 있는지, 똑똑한 네가 생각해봐."

방다병이 얼떨떨한 표정으로 진주를 빼내려 손을 뻗었다. "봉관에 달려 있던 거겠지? 신혼부부가 다투다 봉관에서 빠진 걸까?"

이연화가 방다병의 손을 붙잡으며 나지막이 말했다. "정확하진 않지만 비슷해. 하지만 여긴 너무 높은데……" 이연화는 침대에서 내려와 방안을 두 바퀴 둘러본 뒤 한숨을 쉬었다. "신부는 네 친척 누이인데 다른 이가 신방에 들어온 거야. 그리고 결국 괴이한 죽음을 맞았어. 아마 옥황상제 앞에 갈 때까지 자기가 어떻게 죽었는지 몰랐을 테지."

방다병이 깜짝 놀랐다. "뭐라고? 다른 이가 신방에 들어왔다고? 신부가 기여옥이 아니었단 말이야?"

이연화가 곁눈으로 방다병을 흘긋 보더니 고개를 저었다. "뻔하잖아? 기춘란이 우릴 속였거나 기여옥이 기춘란을 속였거나, 둘 중 하나겠지." 이연화가 갑자기 신부의 중의를 방다병의 어깨에 툭 걸쳐줬다.

피할 겨를도 없이 중의를 걸친 방다병이 팔을 휘저어 벗으려 하자 이연화가 방다병의 어깨를 툭툭 두드렸다. "너 오른손잡이지?"

방다병의 왼쪽 소매가 오른쪽 소매에 휘감겼다. 방다병이 어리둥절한 투로 말했다. "어? 응……"

이연화가 탁자의 금 촛대를 집어 방다병의 오른손에 건넸다.

방다병이 얼떨결에 오른손으로 촛대를 잡았다. "뭐하는 거야?"

이연화가 방다병의 두 손을 구부려 촛대를 옷 속에 감추더니 오른손은 촛대 바닥을 잡게 하고 왼손은 촛대 머리를 잡게 한 채 촛대를 거꾸로 세워 아래를 향해 찔렀다.

방다병이 말했다. "아! 설마 기여옥이 위청수를 죽였다고?"

방금 이연화의 움직임은 신혼 첫날밤 신부가 옷 속에 흉기를 숨겼다는 뜻이 분명했다. 신부가 옷소매 안에서 오른손에 흉기를 쥔 채 그대로 위청수를 찌른 것이다. 중의에 서른 개 넘는 구멍이 뚫린 건 옷소매가 원래 여러 겹인데다 주름져 겹쳐져 있었기 때문에 한 번 찌를 때 겹겹이 구멍이 뚫린 것이다. 오른쪽 소매의 구멍이 더 큰 것도 흉기가 그쪽을 먼저 뚫었기 때문이다.

이연화가 고개를 저었다. "이불 윗면의 핏자국은 작은데 아랫면은 넓지. 급소를 찔린 뒤 침대에 누운 채 숨을 거뒀기 때문에 출혈이 심했던 거야. 어떤 흉기를 사용했는지 몰라도 아주 강한 힘으로 찔렀어. 사람이 침대에 박힐 정도였으니까. 네 친척 누이가 무공을 수련했어?"

방다병이 눈을 홉떴다. "말이 친척 누이지 본 적도 없는 사람인데 그걸 어떻게 알아?"

"형편없는 사촌오빠네. 어쨌든 신부가 침대에 무릎을 꿇고 앉아서 신랑을 찌를 때 신부가 쓴 봉관이 침대 머리판에 닿을 정도라면 나보다 키가 크다는 뜻이야." 이연화가 머리 위로 손을 올려 봉관의 높이를 표시해 보였다. "만약 네 친척 누이의 키가 팔 척 일 촌이 아니라면 첫날밤 봉관하피를 입은 신부는 다른 사람이었다는 뜻이지."

방다병은 한참을 멍하니 있다가 입을 열었다. "첫날밤 누군가가 신부로 위장해 신랑을 죽이다니, 기춘란이 너무 무능한 거 아니야? 강절 지역의 대부호가 수하에 그렇게 많은 고수를 거느리고도 이런 일을 막지 못했다니 말이야."

이연화가 히죽거렸다. "게다가 신부의 키가 팔 척 일 촌이라면 금세 눈에 띌 텐데."

방다병이 말했다. "그렇다면 기여옥이 자다 깨보니 위청수의 인피만 남아 있었다는 얘기는 거짓이 틀림없어. 기여옥이 위청수를 죽였거나 신부로 위장한 누군가가 위청수를 죽였겠지. 게다가 가짜 신부는 기춘란과 공모했을 가능성이 크고. 그게 아니면 기여옥이 거짓말을 했을 리 없잖아? 키가 팔 척 일 촌이나 되는 신부를 보고 기씨 집안의 어느 누구도 이상하게 여기지 않았단 말이야?"

이연화가 능청스럽게 말했다. "하지만 넌 아직 그 친척 누이를 본 적이 없잖아?"

바로 그때 누각 밖에서 부스럭하는 소리가 들렸다.

"거기 누구요?" 방다병이 외쳤다.

누각 문에 달린 진주 주렴이 획 걷히며 머리를 풀어헤친 회색 장포의 남자가 들어왔다. 전운비였다. 그가 이연화를 흘끔 쳐다보았다. 이연화와 방다병이 안에서 나누는 대화를 한참 동안 엿들은 것 같았다. "다 둘러보셨습니까?"

방다병이 헛기침을 했다. "다 봤소." 방다병은 기씨 집안 사람들이 공모해서 위청수를 죽였다면 분명 전운비도 이 사건과 무관하지 않으리라 생각했으므로, 그를 의심의 눈초리로 쳐다보았다.

전운비가 공수하며 말했다. "나리께서 두 분과 나눌 말씀이 있다고 하십니다. 유란당幽蘭堂으로 모시겠습니다."

유란당은 신선부의 주원이었다. 기춘란과 부인 유游씨, 그리고 기여옥의 침소가 모두 그곳에 있었다. 전운비가 이연화와 방다병을 데리고 유란당으로 들어섰다. 호위대가 담장과 문밖 곳곳을 지키고, 회랑 앞과 침소 뒤편에는 흰옷을 입고 검을 든 무사 일고여덟 명이 서 있었다. 모두 엄숙한 표정으로 철통같이 경계를 살폈다.

이연화가 감탄했다. "과연 전 대협이십니다. 이렇게 많은 무사를 훈련시키다니. 하나같이 무예가 뛰어난 고수들인 것 같군요."

방다병도 맞장구를 쳤다. "유란당의 경비가 이렇게 삼엄하니 백 부님께서 안심하셔도 되겠군. 전 대협이 있는데 해결하지 못할 일이 있겠소? 사실 우리가 멀리서 올 필요도 없었지."

이연화는 진심에서 우러난 칭찬이었지만 방다병은 일부러 비꼰 것이었다. 전운비가 예의 묘한 눈빛으로 이연화를 흘끔 보았다. "과찬이십니다."

방다병이 큼큼 헛기침한 뒤 입을 열려고 할 때 유란당 정청正廳 앞에 도착했다. 기춘란이 문 앞에서 초조한 표정으로 기다리고 있었다. 기춘란은 방다병을 보자마자 덥석 붙잡고 물었다. "그 인피에 담긴 뜻을 알아냈는가?"

방다병이 얼떨떨해서 반문했다. "인피에 담긴 뜻이라니요?"

기춘란이 크게 낙담해 발까지 굴렀다. "운비야, 두 분에게 말씀드리거라. 분통하다. 분통해. 우리 여옥이 팔자도 기구하지…… 어쩌다 그런 마귀가 씌었는지……" 전운비가 문을 닫고 방다병과 이연화를 의자로 안내했다. 기춘란은 옆에서 안절부절못하고 계속 서성거렸다.

알고 보니 기춘란의 딸 기여옥은 키가 아주 작았다. 팔 척 일 촌의 장신은커녕 오른쪽 다리를 약간 절룩거렸기에 거의 외출하지 않았다. 원래 기춘란은 전운비를 딸의 배필로 맺어주고 근심을 털어버릴 생각이었다. 기여옥이 비록 다리를 절지만 대부호의 딸인 데다 방년 열여덟에 얼굴이 예뻤고, 전운비는 나이가 좀 많아도 이름난 준걸이었으므로 기춘란이 보기에는 잘 어울리는 한 쌍이었다. 그런데 뜻밖에도 전운비가 기여옥과의 혼인을 사양했다. 그 일로 큰 충격을 받은 기여옥이 어느 날 시녀 몇을 데리고 몰래 집을 빠져나가 실컷 놀면서 상심한 마음을 달래고 돌아오던 길에 심한 부상을 입은 한 남자를 만나 집에 데리고 왔다. 그 남자가 바로 위청수였다. 위청수는 나이는 어리지만 잘생기고 행동이 시원스러운 데다 말투도 부드러워 기여옥의 마음을 얻었고, 한 달도 되지 않아 두 사람은 혼인을 약속했다. 기춘란은 처음에는 마뜩잖았지만, 위청수의 인품이 빼어나고 딱히 나쁜 짓을 저질렀다는 소문도 없었으며, 아내 유씨가 몹시 마음에 들어하고, 게다가 딸의 혼수도 이미 다 준비되어 있었기에 부인의 등쌀에 떠밀려 혼사를 허락했다.

그런데 어느 날 밤 자다 일어나 소변을 보러 나왔던 기춘란은 담장 위로 사람 그림자가 천천히 흔들리는 것을 보았다. 그 모습이 수상쩍어 자세히 살펴보다가 눈앞에 펼쳐진 광경에 기함을 하고 말았다. 흰옷을 입은 위청수가 정원의 회랑 바닥에 엎드려 사람 형상을 한 구더기 같은 모습으로 낮고 괴상한 웃음소리를 내며 문 쪽으로 꿈틀꿈틀 기어가고 있었던 것이다.

문 쪽을 보니 유란당 대문 앞에 푸른 비단을 얼굴에 드리우고 흰옷을 입은 여자가 서 있었다. 긴 머리는 허리까지 늘어뜨렸고 얼굴을 가린 푸른 비단에는 드문드문 점이 찍혔는데 그 점이 모두 핏자국이었다. 흰옷도 온통 핏자국투성이였고 펄럭이는 오른쪽 소매를 보니 팔의 절반이 없는 것 같았다. 기춘란은 혼비백산한 나머지 가래 덩어리가 목에 콱 막혀 혼절했다. 깨어나보니 자신의 침대에 누워 있었고 이미 날은 훤히 밝은 뒤였다. 유씨에게 지난밤에 본 것을 얘기했더니 아내는 꿈을 꾼 거 아니냐며 헛소리하지 말라고 면박을 주었다.

그 일이 있은 뒤, 기춘란은 위청수의 일거수일투족이 여전히 의심스러웠다. 혼례가 가까워질수록 잘 먹지도 자지도 못하고 근심만 하다가 결국 위청수의 뒷조사를 해보라고 전운비를 도읍으로 보냈다. 하지만 전운비가 도읍에 다녀오는 데만 한 달 넘게 걸렸고, 그사이에 기여옥과 위청수는 예정대로 혼례를 치렀다. 그런데 첫날밤에 그런 끔찍한 일이 벌어질 줄 누가 상상이나 했겠는가!

기춘란은 그날 밤에 본 위청수와 여자 귀신을 떠올릴 때마다 몸서리를 쳤다. 위청수를 죽인 귀신이 기씨 집안을 몰살하고 인피를 벗겨 수를 놓을 것 같은 공포에 휩싸였다.

냉정한 성격의 전운비가 덤덤하게 들려주는 얘기가 지루해 방다병은 슬그머니 눈동자를 굴려 유란당 곳곳을 훑어보았다. 푸른 옷을 입은 젊은 여자가 아까부터 고개를 푹 숙인 채 미동도 없이 옆에 앉아 있었다. 필시 그녀가 방다병의 '친척 누이'일 것이다.

전운비가 말을 마치자마자 방다병이 물었다. "저기, 여옥 누이, 그날 있었던 일을 얘기해줄 수 있을까?" 사실 속으로는 이렇게 묻고 있었다. '네가 신부가 아니었다면, 어떻게 자신이 신부였다고 착각을 할 수 있지? 신방에 들어갔는지 안 들어갔는지도 모르는 신부가 세상에 어디 있어? 네가 가짜 신부와 공모한 게 아니라면 말이야.'

"저, 저는……" 기여옥의 입술이 파르르 떨렸다. 살짝 열린 입술 사이로 무어라 말이 나오기도 전에 눈물이 먼저 왈칵 쏟아졌다. "신방에 앉아 있었는데 청수가 술에 취해서 들어왔어요. 그다음엔, 그다음엔 아무것도 몰라요. 눈을 떴을 땐, 침대에 피가 흥건했고, 그리고 그, 그……" 기여옥의 몸이 심하게 떨리고 얼굴이 창백해졌다.

이연화가 탁자에 있던 차를 눈짓으로 가리키자 방다병이 얼른 가져다가 기여옥에게 건넸다. 기여옥이 차를 한 모금 마시자 방다병이 물었다. "그 인피?"

기여옥은 눈을 질끈 감고 고개를 끄덕였다.

방다병은 도무지 이해할 수 없었다. 신방에 누워 있던 신부가 정말로 기여옥이라면 가짜 신부는 어떻게 신부로 위장했을까? 신부로 위장한 사람은 기여옥인 척하고 위청수에게 접근할 의도였을 것이다. 그런데 기여옥이 깨어 있을 때 위청수가 신방에 들어갔다면 가짜 신부는 어떻게 위청수 몰래 기여옥을 다른 데로 옮긴 뒤 그녀의 옷을 입고 기여옥인 척 위장할 수 있었단 말인가? 고개를 돌려보니 이연화는 기여옥의 대답이 만족스러운 듯 빙그레 웃고 있었다. 그 모습에 방다병은 약이 올랐다. "전 대협, 도읍에 다녀온 소득은 있었소?"

전운비가 조용히 말했다. "위청수는 일찍이 양친을 모두 여의고 가난하게 자랐습니다. 용모가 준수하고 아미파峨嵋派*의 문하에서 무예를 수련했으나 얼마 안 가서 독행도獨行盜 장철퇴張鐵腿의 제자로 들어갔습니다. 그러다가 이 년 전 스승 밑에서 나와 자신의 출신에 대해서는 일절 언급하지 않고 귀공자 행세를 하며 강호를 떠돌았습니다. 특별히 큰 사건이 없었으므로 평판은 나쁘지 않았습니다."

방다병이 물었다. "어디서 돈이 나 귀공자 행세를 한 것이오?"

전운비가 말없이 고개를 젓자 이연화가 말했다. "절벽에서 미끄러졌다가 무슨 비급이나 보물을 발견하는 바람에 하루아침에 무예에 능한 귀공자가 됐을 수도 있지."

방다병이 말했다. "또 허튼소리! 장철퇴는 사 년 전에 죽었고, 장철퇴의 무예 수준으로는 위청수 같은 제자를 길러낼 수 없어. 뭔가 수상해!"

이연화가 느릿느릿 말했다. "아미파의 비구니들에게 배운 걸 수도 있지……"

방다병은 자꾸만 자기 말에 토를 다는 얼어죽을 이연화에게 한바탕 욕을 퍼부어주려다가 '친척'이 옆에 있다는 생각에 목구멍까지 치밀었던 화를 눌러 삼킨 뒤 침착하게 말했다. "아미파의 비구

---

* 아미산을 본거지로 한 명문정파로, 비구니들이 창건함.

니들은 돈이 없어서 위청수가 귀공자 행세를 할 수 없어. 장철퇴도 찢어지게 가난했고. 아니면 왜 도적질을 했겠어?"

전운비가 고개를 끄덕였다. "장철퇴는 사 년 전 충의협 곽평천의 손에 죽었고, 위청수는 이 년 전에 강호로 나왔습니다. 그사이 이 년 동안의 행적은 알려진 바가 없습니다. 필시 무슨 일이 있었을 겁니다."

이연화가 혼잣말을 중얼거리다가 눈을 크게 뜨더니 기여옥에게 물었다. "몇 가지 의문이 있습니다. 이것이 위청수의 인피라면 시신은 어디에 있습니까?"

기여옥의 표정이 더 어두워지고, 기춘란과 유씨는 서로 얼굴만 쳐다보았다. 그때 전운비가 무거운 목소리로 말했다. "찾지 못했습니다."

이연화가 한숨을 내뱉었다. "그러니까 그날 밤 아가씨가 신방에 들어간 지 얼마 되지 않아 위청수가 들어왔지만 아가씨는 곧바로 정신을 잃었고, 눈을 떠보니 이불은 피범벅이고, 침대 위에 인피만 덩그러니 놓여 있을 뿐 시신은 없었다. 이런 얘기인가요?"

기여옥이 창백한 얼굴로 고개를 주억거렸다.

이연화가 계속해서 말했다. "첫째, 신혼 첫날밤에 신방은 아무나 드나들 수 없는데 위청수가 어떻게 사라졌을까요? 둘째, 누군가 위청수를 죽였다면 범인은 어떻게 신방에 들어갔고 또 어떻게 빠져나왔을까요? 셋째, 인피를 벗기기 위해 위청수를 죽였다면 어째서 인피를 놓고 갔을까요?"

"비밀 통로……" 기춘란이 중얼거렸다. "운비야, 그 붉은 누각에 비밀 통로가 있을 가능성이 있느냐?"

전운비가 고개를 저으며 담담히 대답했다. "불가능합니다."

방다병이 물었다. "위청수는 무예를 수련한 자이니 창문으로 도망쳤을 수도 있잖소?"

전운비가 말했다. "역시 불가능합니다. 첫날밤 신방 밖에는 하인들이 모여 있었습니다. 적비성처럼 횡도신법橫渡身法을 쓰지 않는 한 창문으로 도망치는 걸 아무도 보지 못했을 리 없습니다."

"그날 신방에서 일어난 살인 사건을 제일 먼저 발견한 사람이 누군가요?"

이연화의 질문에 기춘란이 답했다. "아귀阿貴요. 아귀가 여옥의 비명소리를 듣고 사람들과 함께 신방으로 달려가보니 핏자국과 인피뿐이었다고 하오. 아, 그러고 보니 신방 밖에 하인 수십 명이 모여 있었고 밤새도록 불이 밝혀져 있었지만 아무도 이상한 걸 보지 못했다고 했소."

"아, 그 불은 물론 꺼지지 않죠……"

이연화가 중얼거리는 소리를 듣고 방다병이 물었다. "그 불은 꺼지지 않는다니 무슨 소리야? 신방의 화촉이 밤새도록 켜져 있는 건 줄 알아?"

"아." 이연화가 태연하게 말을 이었다. "신혼 첫날밤에 만약 신방에서 누군가 나왔다면 금세 들킬 테니 아무도 나올 수 없지. 그런데 만약 누군가 신방에 들어갔다면? 아가씨, 그날 밤 신방에서 기다릴 때 하인을 부른 적이 있나요?"

기여옥이 몸을 떨며 작은 소리로 대답했다. "없어요."

전운비가 위엄 있는 낮은 목소리로 말했다. "신방 앞을 지키던 하인은 아가씨가 삼경쯤 입을 헹굴 찻물을 가져오라며 아월娥月을 불렀다고 했습니다."

기여옥이 고개를 저었다. "아니야. 난 부른 적 없어."

이연화가 방다병과 시선을 마주친 뒤 물었다. "아월이 누구죠?"

전운비가 대답했다. "아씨의 몸종입니다."

기춘란이 발을 굴렀다. "당장 아월을 데려오거라! 그날 밤 아월에게 찻물을 가져오라고 한 사람이 누구냐?"

잠시 후 아월이 불려 왔다. 기여옥을 수족처럼 시중드는 몸종으로 키가 크고 체격이 좋았다. 기여옥의 다리가 성치 않아 기춘란과 유씨가 특별히 힘 좋은 하녀를 몸종으로 붙여준 것이다.

기춘란이 노기 가득한 목소리로 물었다. "그날 밤 누가 네게 찻물을 가져오라고 시켰느냐? 찻물을 가지고 들어가 뭘 보았느냐?"

아월이 망연한 표정으로 되물었다. "찻물을 가져갔다고요? 나리, 저는…… 신방에 찻물을 가져가지 않았습니다. 아씨께서 시키지도 않았는데 제가 어찌 감히 신방에 들어갈 수 있겠습니까? 정말입니다……"

기춘란이 노기를 거두지 않았다. "어디서 시치미를 떼느냐! 네가 들어가는 걸 아귀가 봤다는데도!"

아월이 털썩 바닥에 엎드리며 하얗게 질린 얼굴로 말했다. "정말입니다. 저는 정말로 신방에 들어가지 않았습니다. 아귀가 봤다는 사람은 제가 아닙니다……"

기춘란이 대노하며 소리쳤다. "저년을 끌어다가 몹시 쳐라!"

그때 방다병이 가벼운 헛기침을 하며 끼어들었다. "제가 보기엔 아월의 말이 사실인 듯합니다. 그날 밤 다른 누군가가 신방에 들어갔을 겁니다. 그게 아니면 범인이 어떻게 신방에 있었겠습니까? 아월이 나오는 걸 본 사람은 있습니까?"

전운비가 허를 찔린 표정으로 대답했다. "아귀는 아월이 삼경쯤 찻물을 가지고 들어가는 것만 봤다고 했습니다. 그후에는 순찰을 돌았기 때문에 아월이 신방에서 나왔는지는 모른다고요."

이연화가 끼어들었다. "신방에서 나왔어요."

기춘란이 의아한 표정으로 물었다. "그걸 어찌 아오?"

이연화가 오히려 더 의아하다는 표정으로 말했다. "다음날 신방에서는 외부인이 발견되지 않았고, 신랑이 사라졌습니다. 외부인이 들어갔는데 안에 없었다면 밖으로 나왔다는 뜻이겠지요. 안 그렇습니까?"

기춘란은 그런 간단한 생각도 못한 자신을 속으로 책망했다. "그런데 위청수의 시신은 어디로 어떻게 사라졌겠소?"

이연화가 답했다. "위청수는 사라진 게 아닙니다. 보란듯이 대문으로 도망쳤지요."

그의 말에 모두 놀라 "아" 하고 탄성을 내뱉었다. 기춘란이 외쳤다. "뭐라고? 어떻게 그럴 수가 있소? 위청수가 죽지 않았단 말이오?"

방다병도 눈이 휘둥그레졌다. "어떻게 그럴 수가 있어? 그리고 왜 도망쳐?"

## 3. 신방에서

"왜 도망쳤느냐고?" 이연화가 쓴웃음을 지었다. "그 방에 있는 '아월'을 보면 알 수 있겠지."

기춘란이 말했다. "아월이라고 했소? 아월은 지금 이 선생 앞에 있잖소. 신방에서 그런 일이 벌어졌는데 또 누가 그 방에 있단 말이오?"

"사람이 있었습니다. 죽은 사람이요."

아무도 이연화의 말을 알아듣지 못했다. 방다병이 참지 못하고 소리쳤다. "방금 우리 둘이 신방을 다 둘러봤는데 거기 어디에 시신이 있었어? 난 못 봤는데?"

전운비도 말했다. "신방에 시신이 있다면 열흘 가까이 발견하지 못했을 리 없습니다."

"신방에 죽은 사람이 있습니다. 모두 인피에만 정신이 팔려 있었거나, 아니면 너무 작아서 주의깊게 보지 않았겠죠." 이연화가 한숨을 내쉬었다. "신부의 저고리에 흉기의 흔적이 있고, 침대는 피범벅인데다, 침대 바닥에 구멍이 뚫리고 침대 위에는 인피가 있었습니다. 이건 신부의 옷을 입은 누군가가 침대에서 사람을 죽였다는 뜻일 뿐입니다. 살해된 사람이 위청수라는 증거는 어디에도 없습니다."

사람들이 놀라서 외쳤다. "뭐라고? 죽은 사람이 위청수가 아니라고?"

"죽은 사람이 위청수일 수도 있고 아닐 수도 있습니다. 어쨌든 신방에 있습니다……"

"그럼 얼른 가보자. 신방 어디에 있단 얘기야?" 방다병이 이연화의 팔을 잡아끌고 밖으로 나갔다. 전운비가 빠른 걸음으로 앞장서고 다 같이 신방으로 달려갔다. 신방 안에는 붓과 벼루와 붉은 초, 그리고 이불밖에 없었다. 죽은 사람이 대체 어디에 있단 말인가? 방다병이 사방을 두드려봤다. 녹나무로 지은 누각은 빈틈없이 단단해서 비밀 통로는커녕 쥐구멍 하나 없어 보였다.

"어딨어?" "어디에 있소?" 방다병과 기춘란이 동시에 물었다.

이연화가 가벼운 손짓으로 침대 옆의 붉은 초를 가리켰다.

초를 자세히 살펴보던 전운비의 안색이 약간 변했다.

방다병도 까치발을 하고 초를 살펴보다가 외마디 비명을 질렀다. "악! 머리카락……"

하지만 기춘란은 아무것도 발견하지 못했다. 급한 마음에 자단목 의자 위로 올라가서 살펴보니 침대 오른쪽에 있는 붉은 초의 맨 꼭대기에 검은 뭔가가 몇 가닥 나와 있는 것이 보였다. 꼭 머리카락처럼 보였다. 기춘란의 얼굴에서 핏기가 싹 가셨다. "설마…… 사람을 초 안에 숨겼다는 거요?"

전운비가 검을 빼들고 초를 단칼에 베려다가 손을 살짝 틀어 검날로 초를 때렸다. 그 순간 사람 키만한 초가 통째로 부서지며 조각이 와르르 쏟아졌다. 사람들이 뭐가 뭔지 제대로 볼 겨를도 없이 거대한 물체 하나가 바닥으로 콰당 넘어지고, 물체의 겉면에 붙어 있던 초 조각들이 응고된 핏덩이처럼 바닥으로 흩어졌다.

기춘란이 비명을 질렀다. 바닥에 넘어진 물체는 여자의 시신이었다. 오랫동안 초 안에 감춰져 있었던 탓에 얼굴을 제대로 분간할 수 없었지만 복부에 살과 피가 뒤엉키고 피부가 도려내졌으며 오른팔도 없었다. 바로 기춘란이 그날 밤에 본 귀신이었다!

방다병이 놀란 얼굴로 물었다. "이 여자는 누구야? 어떻게 초 안에 감춰져 있어? 위청수는?"

이연화와 전운비가 여자 시신을 뚫어져라 살펴보았다. 여자의 가슴에 흉기에 찔린 커다란 상처가 있었다. 희고 고운 살결을 보니 생전에 수려한 미인이었을 것 같았다. 한참을 내려다보던 전운비가 천천히 말했다. "무공이 상당한 여자입니다. 오른팔이 잘렸지만 암기暗器를 품고 있습니다. 인피의 비밀을 풀어야만 이 여자가 누군지 알 수 있을 것 같군요……"

이연화가 탄식했다. "위 공자는 수를 놓을 줄 모르고, 그 인피가 이 여자의 것이라면 그 그림도 원래…… 이 여자의 몸에 있었겠죠……"

방다병이 눈을 휘둥그레 떴다. "살아 있을 때 몸에다 수를 놓았다고? 그 고통을 참을 수 없을 텐데?"

이연화가 쓴웃음을 지었다. "생각만 해도 아프지."

방다병이 말했다. "몸에 기이한 그림을 수놓은 여자라니. 그 모습을 한 번이라도 본다면 절대로 잊지 못할 테니 수소문해보면 이 여자를 아는 사람을 찾을 수 있을 거야."

전운비가 긴 한숨을 토해냈다. "만약 이 여자가 가짜 아월이라면 위청수는 어디로 갔을까요?"

이연화가 가볍게 웃었다. "그걸 아직도 모르겠습니까? 누군가 아월인 척 위장하고 신방에 들어갔다가 죽었다면 밖으로 나온 사람은 누굴까요?"

전운비가 말했다. "위청수가 아월로 위장하고 신방을 나왔을 거란 말씀인가요?"

"그렇지요. 그게 아니라면 위청수가 어디에 있겠습니까?" 이연화가 한숨을 내쉬었다. "여옥 아가씨는 위 공자가 신방에 들어오는 걸 본 뒤에 정신을 잃었지요. 그건 신부인 척 위장하고 가짜 아월을 죽인 사람이 바로 위청수 자신이었기 때문입니다."

방다병이 화들짝 놀라 물었다. "뭐라고? 위청수가 신부로 위장해서 이 여자를 죽였다고?"

이연화가 답했다. "신방에 들어온 위청수가 신부의 혈도를 짚어 정신을 잃게 한 거야. 그런 다음 옷을 벗겨 신부를 침대 밑에 감춘 뒤, 자신이 봉관하피를 입고 붉은 면사포로 얼굴을 가리고서 침대 끄트머리에 앉아 있었지. 잠시 후 가짜 아월이 들어오자 흉기로 찔러 침대에 고정시켜놓고 뱃가죽을 도려냈어. 그런 다음 시신을 대청으로 옮기고 저 초의 가운데를 파서 안에 집어넣은 거야. 파낸 초 부스러기는 대야에 담아 녹인 뒤 시신의 머리 위에 부어 틈을 메우고 대야는 숨겼어. 그후 가짜 아월의 옷을 입고 문을 통해 밖으로 나갔지. 첫날밤 신방에서 신랑이 하녀로 위장하고 빠져나올 줄은 누구도 상상하지 못했을 테니 들키지 않고 도망칠 수 있었을 거야."

"설마 이 여자를 죽이기 위해 여옥과 혼인했다는 거야? 그러기엔 너무 번거롭잖아? 굳이 누군가로 위장해서 살인을 하려면 백정으로 위장할 수도 있고, 중으로 위장할 수도 있는데, 팔 척 일 촌 키의 사내가 봉관하피를 입고 침대 옆에 앉아 있어봤자 신부처럼 보였겠어?" 방다병은 여전히 이해할 수 없었다. "게다가 이 이상한 여자는 또 누구야? 기씨 집안 사람인가?"

기춘란이 창백한 얼굴로 외쳤다. "아니네! 이…… 이 여자는 그날 밤 내가 봤던 그 귀…… 귀신이야!" 기춘란이 바닥에 쓰러져 있는 시신을 가리키며 몸서리를 쳤다. "이 여자는 대체 누구냐?"

전운비가 어두운 표정으로 고개를 저었다.

이연화가 가벼운 기침으로 목청을 고르고 차분한 목소리로 말했다. "이 여자는 기씨 집안 사람이 아니라 위청수를 노리고 온 자입니다. 중상을 입고 배에는 기이한 그림까지 수놓은 여자가 위청수를 공격하려다 되레 위청수에게 죽임을 당한 겁니다. 여옥 아가씨가 위청수를 처음 만났을 때 그는 중상을 입은 상태였죠. 그렇다면…… 제 추측으로는 위청수가 당시 이 여자와 결투를 벌이다가 둘 다 중상을 입은 것이 아닌가 합니다."

전운비가 고개를 끄덕였다. "그럴 수도 있겠군요."

기춘란이 어금니를 꽉 물었다. "그렇다면 그놈은 제가 살기 위해 내 딸에게 접근한 거로군. 제 목숨을 구하고 이 여자에게서 벗어나기 위해!"

방다병이 속으로 한마디 덧붙였다. '그뿐만 아니라 여옥과 결혼하면 어마어마한 재산도 손에 넣을 수 있죠. 왜 그렇게 사람을 쉽게 믿으셨습니까? 참 딱하십니다.'

하지만 이연화는 고개를 저었다. "이 그림이 의미하는 걸 알아내지 못하면 이 여자가 누군지도 알 수 없고, 위청수가 어째서 그런 모험까지 하면서 이 여자를 죽이고 인피를 도려내 그 그림을 종이에 옮겨 그렸는지도 알 수 없습니다……"

모두의 눈이 휘둥그레졌다. "종이에 옮겨 그렸다고?"

"아." 이연화가 그제야 생각났다는 듯 말했다. "신방에 있는 벼루와 붓을 사용한 흔적이 있었습니다. 신부가 신방에서 글씨를 쓰거나 그림을 그리지 않았다면 위청수가 썼겠죠……"

기춘란의 얼굴이 일그러졌다. "이 그림에 놀라운 비밀이 숨겨져 있는 것 같군. 이 선생, 그놈이 내 딸을 속이고 감히 우리집에서 이런 끔찍한 짓을 저질렀으니 그놈을 잡지 못하면 우리 집안 체면이 어찌되겠소?"

"옳은 말씀입니다. 방 공자가 그림에 숨겨진 단서를 찾았을지 모르겠습니다."

방다병은 화들짝 놀라 애먼 자신을 끌어들여 골탕 먹이려는 이연화에게 속으로 욕을 퍼부었다. '자기가 못하는 걸 친구에게 뒤집어씌우려는 고약한 심보라니! 내가 신도 아닌데 그 괴이한 그림이 무슨 뜻인지 어떻게 알아?' 방다병은 일단 머뭇머뭇 상황을 모면했다. "그건…… 곰곰이 생각해보겠습니다."

기춘란이 감격하며 고맙다고 인사치레를 한 뒤 전운비에게 방다병과 이연화가 쉬도록 계화당桂花堂으로 안내하라고 일렀다.

## 4. 그림에 감춰진 비밀

　그렇게 해서 방다병과 이연화는 기춘란의 저택에서 이틀을 묵
게 되었다. 붉은 초 속에서 찾아낸 여자 시신은 전운비가 오작을
불러다 자세히 검시하게 했다. 뜻밖에도 젊은 여자가 아니라 마흔
대여섯 살쯤 되는 중년이었고, 가슴의 관통상이 치명상이었다. 여
자를 찌른 흉기가 무엇인지는 정확히 알 수 없지만 송곳처럼 아주
뾰족하고 기다란 형태였다. 뱃가죽이 도려내진 것 외에 오른팔도
잘려 있었다. 왼쪽 팔에는 작은 은상자가 묶여 있고, 그 속에 주황
빛과 갈색빛이 도는 가루와 가느다란 은바늘 세 개가 들어 있었다.
　전운비는 그 상자가 암기라는 건 금세 알아보았지만, 암기가 왜
그리 복잡하게 생겼는지는 이해할 수 없었다. 하지만 색을 띤 이상
한 가루가 위험해 보여서 상자 뚜껑을 얼른 닫았다.
　신의 이연화를 곁에 두고도 전운비는 그 가루가 어떤 독인지 물
어보지 않고 상자를 제자리로 돌려놓았다.
　그 이틀 동안 기춘란은 감히 방다병과 이연화를 방해할 수 없었
다. 그림에 숨겨진 비밀을 알아냈는지 물어보고 싶을 때마다 행여
방다병의 집중력을 흐뜨릴까 하인을 시켜 계화당 뜰 앞에 멀찌감
치 서서 슬쩍 보고 오라고 시켰을 뿐이다.
　방다병과 이연화는 우선 휘황찬란한 계화당에서 실컷 잠을 잤
다. 이튿날 아침에는 일어나자마자 산해진미로 배를 가득 채우고,
늘어지게 잠을 자다 해질녘에 일어나 저녁밥을 먹었다. 밥을 먹다
가 방다병이 눈을 번쩍 뜨고 물었다. "그림의 비밀을 알아냈어?"

마지막 남은 닭다리를 뜯던 이연화가 고깃점을 입에 잔뜩 넣고 씹으며 되물었다. "뭐라고?"

"흥!" 방다병이 세차게 콧방귀를 뀌고는 비딱한 시선으로 이연화를 위아래로 훑어보았다. "내가 널 잘 알지. 그 그림의 수수께끼를 이미 풀지 않았으면 이렇게 많이 먹을 리가 없어."

이연화가 입에 반쯤 넣고 뜯던 닭다리를 꺼내 점잖게 내려놓고 소매 속에서 손수건을 꺼내 입을 닦은 뒤 진지한 표정으로 말했다. "살아 있는 사람은 배가 고플 때도 있고 고프지 않을 때도 있으며, 술지게미와 산해진미는 차이가 있도다. 배가 고프고 산해진미가 앞에 있는데 많이 먹어 배를 채우는 것은 자연스러운 일이 아닌가……"

이연화의 말이 다 끝나기도 전에 방다병이 코웃음을 쳤다. "얼어죽을 이연화가 하는 말은 절대 못 믿지! 어서 말해! 음, 지금 말하면 오늘 저녁에 술 살게."

이연화가 말했다. "술 좋아하지도 않는걸."

방다병이 눈을 흡떴다. "그럼 원하는 게 뭐야?"

이연화가 잠시 생각하다가 느릿느릿 말했다. "네가 한 달 동안 많이 먹고 살을 열 근 찌운다면 그림의 비밀을 알려주지."

"열 근?" 방다병이 소리를 꽥 질렀다. 열 근이나 살이 찌면 흰옷이 어울리겠는가? 병약하고 가녀린데다 희고 곱상한 미모는 뭇 여인들의 마음을 사로잡는 방다병의 무기였다! 하지만 내일까지도 수수께끼를 풀지 못하면 근심공자 방다병의 체면이 뭐가 되겠는가? 양쪽을 저울질하던 방다병이 눈을 질끈 감고 결심했다. "다섯 근은 어때?"

이연화가 딱 잘라 말했다. "열 근!"

방다병이 손가락을 펼쳤다. "다섯 근!"

이연화는 물러서지 않았다. "열 근!"

방다병도 질 수 없었다. "다섯 근!"

이연화가 미간을 찡그리며 한참 생각하다가 못 이기는 척 말했다. "다섯 근 닷 냥."

방다병이 활짝 웃었다. "좋아…… 그림에 담긴 비밀이 뭔지 어서 말해봐!"

이연화가 오른손에 들고 있던 닭뼈로 계화당의 흰 벽에 그림을 그리더니 신이 난 얼굴로 말했다. "이건 산이야. 그렇지?"

"그건 누가 봐도 산이지. 그래서 어쨌다는 거야?"

이연화가 방금 그린 그림 옆에 다른 그림을 그리고 천천히 말했다. "이 두 개를 이어놓으면 뭐처럼 보여?"

"화산華山!"

이연화가 빙긋 웃었다. "그렇지. 화산."

"아!" 방다병이 탄성을 내뱉었다. "그럼, 그림 여덟 개가 각각 글자인 거야?"

"여덟 글자인 건 맞지만 학식이 깊어야만 읽을 수 있지. 너 어릴 적에 대전* 읽어봤어?"

방다병은 순간 말문이 막혔다. "그게, 그러니까……" 어릴 적

---

* 옛 한자 서체. 갑골문을 기반으로 만들어 복잡한 수식이 많은 것이 특징이다.

부친에게 엄격한 교육을 받았지만 천성적으로 공부를 싫어했던 방다병은 글공부도 건성으로 했다. 하지만 얼어죽을 이연화에게 그런 고백을 할 순 없었다.

이연화가 어련하겠느냐는 표정으로 방다병을 쓰윽 보고는 딱하다는 듯 고개를 저었다. "이 두 글자는 '화산'이고, 이 그림은……" 이연화가 첫 줄 네번째 그림을 가리켰다 "네가 대전을 읽을 줄 안다면 이게 '아래 하ㅑ'라는 걸 알겠지. 무지개처럼 구부러진 선은 하늘을 의미하고, 그 아래 점은 하늘 아래. 그러니까 '아래 하'가 되는 거야."

166

방다병이 마른 웃음을 웃었다. "그렇구나. 다른 그림은? 이 글자가 '하'라면 달걀 껍데기 속에 닭이 있는 건 '새알 단蛋'이겠지?"

이연화가 유감스럽다는 듯 고개를 저었다. "아니야. 달걀 껍데기 속에 닭이 있는 건 대전이 아니야. 어릴 때 글공부는 열심히 하지 않았더라도 아버지께 고사 속 이야기는 들어봤겠지. '금오부일金烏負日' 알아?"

방다병은 왈칵 부아가 치밀었다. '이 얼어죽을 이연화가 보자보자 하니까 이젠 우리 아버지 흉내까지 내려고 해?' 하지만 방다병은 '금오부일'을 들어본 적이 없으므로 하는 수 없이 굳은 표정으로 물었다. "그게 뭔데?"

이연화가 자상한 투로 그 내용을 들려줬다. "『산해경』 대황동경大荒東經편에 이르기를, '탕곡湯谷 위에 부목扶木이라는 큰 나무가 있고 그 나무에 태양이 여러 개 있다. 태양 하나가 가라앉으면 또다른 태양이 떠오르며 교대로 오르락내리락하는데 모두 까마귀 등에 실려 있다'고 했어. 이것을 금오부일 전설이라고 해. 『회남자』 정신情神편에도 '일중유능오日中有陵烏'라는 이야기가……"

방다병이 더 참지 못하고 버럭 성을 냈다. "내가 제일 싫어하는 인간이 본 공자 앞에서 배운 척하는 놈이야!"

이연화가 태연하게 말했다. "옛 사람들은 태양 안에 까마귀가 있다고 생각했다는 얘기야."

방다병이 계속 씩씩거렸다. "그래서 뭐가 어쨌다고?"

"뭐가 어쨌다는 게 아니라, '능오'는 다리가 셋 달린 새인데 어떤 이들은 까마귀라고 하고 어떤 이들은 아니라고 해."

"아, 복잡해……" 방다병이 얼굴을 팍 찡그리다가 그제야 깨닫고는 물었다. "그럼 이게 '해 일日' 자야?"

"넌 역시 똑똑해."

"그럼 도끼에서 피가 떨어지는 이건 무슨 글자야?" 방다병은 이연화에게 자식 취급을 받는 듯해 몹시 언짢았다. "이건 '칼 도刀'가 아니라 '칼날 인刃'이고 살인이라는 뜻이겠지."

이연화가 안타까운 표정으로 말했다. "이 글자가 제일 쉬운데." 그러고는 닭뼈로 벽에다가 도끼에서 피가 떨어지는 그림을 그렸다. "자, 날 따라서 써봐. 먼저 가로획을 긋고 삐침 획을 그은 다음, 다시 파임 획을 내려긋고, 다시 작게 삐침 획을 그린 뒤에, 점을 찍어……"

방다병이 이연화를 따라 그리자 '술戌'이 되었다. 방다병의 어리둥절한 눈을 보고 이연화가 씨익 웃었다. "어때? 비슷해 보여?"

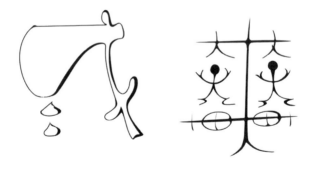

방다병이 그림과 '술' 자를 번갈아 보며 내키지 않는 표정으로 말했다. "비슷하긴 한데 그림에는 핏방울이 두 개 있잖아."

이연화가 '술' 자 안에 원을 하나 그리고는 히죽 웃었다. "이건 어때?"

그걸 보고 방다병의 입이 떡 벌어졌다. "함鹹!"

이연화가 고개를 끄덕였다. "이건 '함'이야. 함은 술에서 나왔어. 무기용 도끼의 형태로 처음에는 살인이라는 뜻이 있었지."

방다병이 나지막이 중얼거렸다. "이연화, 이런 것까지 다 알아내다니…… 그런데 왜 멀쩡한 글자를 놔두고 이렇게 이상한 방식으로 수를 놓았을까? 무슨 의도일까?"

이연화가 가볍게 웃었다. "그야 물론 아무나 알아볼 수 없게 하려는 거지."

"수를 놓은 사람이 누군지는 모르지만 위청수가 아닌 건 분명해. 위청수가 이 비밀을 풀었다면 굳이 사람을 죽여 피부를 도려내고 종이에 옮겨 그렸을 리 없잖아. 그 자리에서 읽어냈겠지."

이연화는 여전히 미소를 짓고 방다병이 또 물었다. "그럼 이 두 사람은 뭐야?"

이연화가 벽에 또 그림을 그렸다. "이 글자는 간단해. 사람 둘에 바퀴 둘. 그럼 뭐겠어?"

"사람 둘에 바퀴 둘?"

이연화가 한숨을 내쉬고 차근차근 설명했다. "사람과 바퀴가 있는 물건이 뭐가 있을까?"

"마차?"

"말이 없고 사람만 있다면?"

"연거輦車*."

이연화가 그 그림을 가리켰다. "바로 그거잖아. 사람 둘에 바퀴 둘. 수레 하나."

방다병은 그래도 알아듣지 못하고 한참을 생각하다가 문득 깨달았다. "수레 연輦?"

그제야 겨우 생각해내는 방다병을 보고 이연화가 또 한숨을 쉬었다. "그래, 연."

"화산하華山下, 함일연咸日輦이라…… 아무 의미도 없잖아. 이게 무슨 뜻이야?" 방다병이 미심쩍은 눈으로 이연화를 보았다. "네가 잘못 생각한 거 아니야?"

이연화가 닭뼈로 벽을 두드렸다. "아직 두 글자가 남았잖아. 이 수수께끼는 푸는 데 오래 걸렸어."

방다병이 씩씩거리며 말했다. "너도 오래 고민할 때가 있구나."

"병처럼 생긴 이 물건은 아무리 봐도 뭔지 모르겠더라고. 그런데 마지막 이 글자가 뭔지 깨닫고 나서야 알았지."

---

* 사람이 직접 끄는 수레.

이연화가 마지막 글자를 벽에 그렸다. "이건 깃대고, 술이 매달려 있어. 옛날에는 이런 깃발로 풍향을 측정했지. 시각이 표시된 규표圭表*의 판에 드리운 깃대의 그림자를 보고 지금이 몇 시진인지 알았던 거야."

방다병이 어리둥절한 표정으로 고개를 주억거렸다. "응."

이연화가 이번에는 정말 딱하다는 눈빛으로 방다병을 보았다. "그래서 이 장대를 꽂는 위치가 중요해. 이 글자는 '가운데 중中'이고, 특정한 지점을 의미해."

방다병은 여전히 오리무중이었다. "음⋯⋯"

"옛날에는 '중'이 세로획 위아래에 점을 두 개씩 찍은 형태였어. 아마 내 추측이 맞을 거야."

방다병이 믿을 수 없다는 듯 이연화를 보며 생각에 잠겼다가 말했다. "그렇다면, 이 일곱 글자는 '화산하華山下, 함일연중咸日輦中'이겠구나. 그럼 어서 화산으로 가자."

"하지만 여긴 서주야. 화산까지 칠백 리도 넘어. 화산에 비밀이 있다면 그 여자와 위청수가 서주에는 왜 왔을까?"

"그걸 내가 어떻게 알아?"

"서주에 옥화산玉華山이 있잖아."

방다병이 그제야 활짝 웃었다. "그 여자가 옥화산에 가려고 했구나. 그럼 병 그림은 '옥玉'자겠네."

"그런 것 같아. '옥'자는 옛날에 예기禮器**를 뜻했고, 직접 본

---

* 방위, 절기, 시각을 측정하던 천문 관측 기구.

적은 없지만 책에 나온 설명을 보면 예기가 이 병과 모양이 비슷했던 것 같아."

"정리해보면 이 여덟 글자는 '옥화산하, 함일연중'이네. 그럼 옥화산으로 가자."

"그런데 함일연중은 뭘까?" 이연화가 곁눈질로 방다병을 흘긋 보았다. "함일연이 뭔 줄 알아?"

방다병이 또다시 멍한 표정을 짓자 이연화가 웃었다. "그러니까 조바심 내지 말고 이곳에서의 시간을 느긋하게 즐겨. 잠도 푹 자고 맛있는 것도 많이 먹으면서 심신을 다스려야 옥화산 밑에 가서 함일연중이 대체 뭐길래 사람을 죽이고 인피까지 도려내게 만들었는지 알아낼 수 있지."

방다병이 술을 한 잔 가득 따라 한입에 털어넣었다. "위청수가 기춘란의 사위 자리도 마다하고 첫날밤에 도망친 걸 보면 엄청나게 사악한 물건인 게 틀림없어."

이연화도 술을 한 모금 홀짝이면서 불쑥 말했다. "네가 한 달 안에 다섯 근 닷 냥을 살찌우기 싫다면 다른 걸로 바꿔줄 수도 있어……"

방다병이 반색했다. "뭐든 말해! 다 할게!"

이연화가 신이 난 표정으로 그림을 그리느라 기름 범벅이 된 흰 벽을 가리키며 작게 하품을 했다. "여길 깨끗이 닦아. 난 이만 잘게."

---

** 제례에 쓰는 그릇.

여유작작 신발을 벗고 침대로 올라간 이연화는 손만 뻗어 탁자에 있는 차를 가져다 흡족하게 마시고는 이불에 몸을 파묻고 잠을 청했다.

방다병이 기름이 번들번들한 벽을 멍하니 보다가 욕을 쏟아내려는 순간 이연화가 불쑥 입을 열었다. "참, 내일 기춘란이 물어보면 그림의 비밀을 잘 설명해주렴……"

방다병이 뭐라고 대꾸하기도 전에 이연화가 또 말했다. "오늘 술을 얼마나 마셨지?"

방다병이 대답했다. "석 냥."

벌써 잠에 곯아떨어진 듯 더는 이연화의 목소리가 들려오지 않았다.

방다병은 벽을 보며 깊은 한숨을 게워냈다. 화르르 타올랐던 노기가 이연화의 천연덕스러운 질문 공세에 막혀 저절로 누그러져버렸다. 더는 화도 나지 않아 하는 수 없이 걸레를 찾다가 벽을 닦기 시작했다. 달 밝고 별빛 성긴데 까마귀와 까치는 남쪽으로 날아가는* 아름다운 밤에, 천천히 벽을 닦았다.

이튿날 아침, 방다병이 거만한 표정으로 기춘란에게 그림에 숨겨진 뜻을 들려줬고, 기춘란은 기뻐하며 감탄했다. 그러고는 곧바로 전운비를 시켜 방다병과 이연화를 데리고 옥화산으로 가게 했다.

---

* 조조(曹操)의 시 「단가행(短歌行)」 중 한 구절.

# 5. 함일연

옥화산은 서주에서 제일 높은 산으로 '기묘하고도 고즈넉하며, 수려하고도 험하다'고 해서 '기奇, 유幽, 수秀, 험險'을 모두 갖춘 산이라고 불렸다. 각종 기암괴석으로 유명하고, 깊은 산속에 수많은 도관이 자리한 도가의 성지이기도 했다. 하지만 인피 그림에서 '옥화산 밑'이라고 했으므로 세 사람은 산밑을 살펴보기로 했다. 하지만 산밑을 몇 바퀴나 돌아도 잡초와 들꽃만 아름답게 어우러져 자라고 있을 뿐 기이하게 생긴 바위는 보이지 않았다.

아무 수확이 없자 실망한 방다병이 이연화의 추측이 엉터리라며 면박을 주려는데 멀지 않은 곳에서 누군가의 목소리가 들렸다. "바로 여기로군. 어룡우마방의 함일연이 바로 여기서 사라졌어."

"어랏?" 귀에 익은 그 목소리에 방다병이 사방을 둘러보며 소리가 난 곳을 보니 뜻밖에도 곽평천이 서 있었다. 곽평천과 부형양이 통 좁은 옷을 입고 허리에 검을 찬 채 산자락의 풀밭을 가리키고 있었다. 방다병이 낸 소리에 곽평천이 고개를 홱 돌리며 낮은 소리로 외쳤다. "누구냐?"

방다병이 빠른 걸음으로 다가가며 외쳤다. "평천 형님!" 방다병은 새롭게 부흥한 사고문에 함께한 후로 '곽 대협'을 '평천 형님'이라고 부르기 시작했다. 사고문의 사람은 모두 방다병의 형이고 아우였다.

깜짝 놀란 곽평천의 얼굴에 금세 희색이 번졌다. "방 공자!"

부형양도 놀라 멈칫했다가 외쳤다. "이연화 선생님!"

그 젊고 유능한 군사軍師를 별로 만나고 싶지 않았던 이연화가 어색한 미소로 응대했다. "부 군사가 여긴 웬일인가?"

부형양이 전운비를 위아래로 훑어보며 이연화에게 물었다. "이 선생님은 무슨 일로 오셨습니까?"

전운비가 대신 짧게 대답하자 부형양이 빙긋 웃었다. "방 공자가 그 수놓은 인피의 비밀을 풀었다니 총기가 대단하십니다. 저희도 함일연 사건 때문에 이 먼길을 찾아왔습니다."

몇 달 전, 불피백석의 백천원이 관리하는 백여든여덟 개 감옥 중 제4감옥이 어룡우마방의 습격을 받은 사건이 있었다. 감옥에 있던 죄인 사십 명이 어룡우마방에 들어갔고, 누가 발설했는지 소문이 퍼져나가 강호에 한바탕 소란이 일었다. 어룡우마방 문하의 함일연이 근래 강호에 가끔씩 나타나 기이한 독을 쓰는데, 그 독에 중독되면 환각이 보이고 정신이 나가 함일연이 시키는 대로 했다. 그래서 강호 사람들은 '함일연'이라는 말만 들어도 맹수를 만난 듯 두려움에 떨었다. 부형양이 사고문을 이끌고 사건을 조사하던 중 함일연을 추격해 옥화산 밑까지 왔다가 때마침 방다병 일행과 마주친 것이다.

"함일연이 강호에 해를 끼치고 있는데도 그게 무엇인지 모른단 말입니까?" 전운비가 생각에 잠겼다가 물었다. "가벼운 수레가 아닐까요?"

부형양이 큰 소리로 웃었다. "맞소. 두 사람이 끄는 가벼운 수레요. 사방에 푸른 비단을 드리워 그 안에 누가 타고 있는지 보이지 않는데, 길이 막히거나 뭔가를 도모할 때는 수레에서 가루를 날려 사람들을 해칩니다."

전운비가 말했다. "가루라고요? 혹시 적갈색 가루인가요?"

곽평천이 차분히 답했다. "그렇소! 설마 그게 무슨 독인지 알아낸 것이오?"

전운비의 풀어헤친 머리칼이 산바람에 가볍게 나부끼고 그의 입술 사이로 짧은 웃음소리가 흘러나왔다. "그 독은……" 말수도 적고 거의 웃지 않는 전운비의 웃음소리에 방다병이 놀라는데 전운비가 이연화에게 시선을 던졌다. "저보다 이 선생님께서 더 잘 아실 겁니다."

방다병은 또 한번 놀랐다. 의술이라고는 눈곱만치도 모르는 이연화가 그게 무슨 독인지 어떻게 안단 말인가? 그런데 이연화가 헛기침을 하며 입을 열었다. "그건 말린 독버섯 가루지. 코로 흡입하거나 입을 통해 삼키면 환각을 일으켜 미치광이처럼 행동하게 되고, 오래 중독되면 아주 무서운 일이 벌어질 수 있다네."

부형양이 이연화의 눈을 똑바로 응시하며 물었다. "해독약이 있나요?"

이연화가 답했다. "머리에 금침을 놓으면 해독할 수도 있지만 모든 사람에게 효과가 있는 건 아니어서, 사실상 해독약이 없다고 봐야지."

방다병은 이 상황이 아리송하기만 했다. 몇 달 안 보는 사이에 이연화가 의서를 달달 외우기라도 한 걸까? 어떻게 의술을 알고 있지?

부형양이 소매를 세게 한 번 펄럭이고는 하늘을 올려다보았다.

"그렇다면 함일연과 그 독버섯을 없애지 못하면 강호 전체가 위험에 빠지겠군요!"

이연화가 마른 웃음을 웃었다. "꼭 그런 건 아니지. 그 독버섯은 중원에서는 나지 않고 동북부의 추운 삼나무 숲에서만 자라네. 게다가 아주 희귀하지. 그러니 중원으로 가져가 대량으로 사용하기는 힘들어."

부형양이 눈썹을 들썩였다. "무슨 일이 있어도 함일연을 없애버려야겠습니다!"

방다병이 궁금증을 참지 못하고 이연화에게 물었다. "넌 그걸다 어떻게 알아……"

이연화가 정색했다. "죽은 이도 살려내는 절대 신의가 어떻게 그걸 모를 수 있겠어?"

방다병은 어이가 없어 말문이 막혔다.

곽평천이 푸른 숲과 맑은 계곡이 어우러진 경치를 휘 둘러보았다. "아까 저희가 함일연을 추격해 여기까지 왔는데 갑자기 사라졌습니다. 이 근처에 어룡우마방의 근거지로 통하는 문이 있을 겁니다."

"우리가 수적으로 열세인데다 일단 위치는 알아뒀으니 호걸들을 더 데리고 다시 오겠습니다. 어룡우마방을 만나 그들 방주의 부하가 이런 짓을 하고 있는데 대체 의도가 뭔지 물어봐야겠습니다!" 부형양이 차가운 투로 말했다. "오늘은 여기서 돌아가지요. 전형께서 독가루를 가진 여자의 시신을 찾았다면 혹 우리도 그 시신을 볼 수 있겠습니까? 기씨 가문에서 우리를 문전박대하진 않겠죠?"

전운비가 담담하게 답했다. "부 군사께서 보시겠다는데 제가 달리 어쩌겠습니까. 함께 가시지요."

부형양이 큰 소리로 웃음을 터뜨렸다. "제가 늘 이렇게 밉상입니다. 하하하."

일행은 천천히 걸어 기씨 집안의 신선부로 향했다. 일이 리쯤 갔을까. 갑자기 이연화가 걸음을 멈췄고 이어 부형양과 곽평천, 전운비가 동시에 홱 뒤돌더니 경공술로 재빨리 오던 길을 돌아가 몸을 숨겼다.

"응? 어어……" 방다병은 영문을 모르고 가만히 서 있다가 문득 깨달았다. 조금 전 그들은 함일연이 종적을 감춘 곳에서 대화를 나누었다. 만약 그곳 어딘가에 문이 있다면 그 안의 사람들이 대화를 엿들었을 것이고, 그들이 떠난 뒤 문에서 나와 그들의 뒷모습을 살피고 있을 것이다. 그래서 똑똑한 부형양과 강호에서 잔뼈가 굵은 곽평천, 전운비가 약속이나 한 것처럼 재빨리 오던 길로 되돌아간 것이다. 회마창回馬槍* 전술이었다.

이연화가 그들의 뒷모습을 보며 흡족한 미소를 짓자 방다병이 노려보며 물었다. "왜 웃어?"

"아무것도 아니야. 젊고 유능하고 무공도 강한 부 군사를 보니 그냥 기분이 좋아서."

방다병이 코웃음을 쳤다. "하지만 내가 보기에 부형양은 널 별

---

* 갑자기 말머리를 돌려 추격자를 찌르는 창법.

로 좋아하지 않는 거 같던데?"

"아, 그게……"

방다병이 의기양양하게 말했다. "의술은 쥐뿔도 모르는 돌팔이인 너보다 도량 넓고 똑똑한 본 공자가 사고문에 훨씬 중요한 인물이기 때문이지."

이연화가 존경을 담은 표정으로 맞장구를 치며 연신 고개를 끄덕였다.

벌써 오시가 지나 태양이 서서히 서쪽으로 기울고 옥화산 골짜기의 녹음이 검푸른 빛을 띠기 시작했다. 태양 아래로 한층 따뜻한 색이 내려앉은 세상과 그 위로 펼쳐진 푸른 하늘과 흰 구름을 보노라니 절로 가슴이 탁 트였다. 방다병과 이연화가 잠시 경치를 즐기는 사이에 부형양 등이 돌아왔다. 세 사람 외에 곽평천의 겨드랑이에 낀 채 끌려오는 사람도 하나 있었다.

방다병이 깜짝 놀라 달려가 자세히 보니 곱상하게 생긴 남자였다. 위청수를 한 번도 본 적은 없지만 그가 바로 강호 제일의 미남자 위청수라는 걸 대번에 확신할 수 있었다.

"위청수?" 이연화와 방다병이 동시에 물었다.

곽평천이 씨익 웃고는 겨드랑이에 끼고 있던 사람을 번쩍 높이 들어 올렸다가 바닥에 내동댕이쳤다. "어룡우마방의 근거지는 찾지 못했지만 바위 뒤에 숨어 있던 놈을 잡았죠. 전형 말로는 이자가 독가루를 지닌 여자를 죽였다고 하더군요. 이제 속시원히 물어보십시오."

위청수를 붙잡은 것만으로도 크게 한시름 놓았는지 줄곧 굳어 있던 전운비의 표정이 훨씬 부드러워졌다.

"몸에 함일연이라고 수놓은 여자를 네가 죽였지?" 부형양이 허리를 숙여 위청수를 내려다보며 물었다.

아혈을 짚힌 위청수는 눈만 크게 뜰 뿐 말을 하지 못했다.

부형양이 부드럽게 말했다. "묻는 말에 고분고분 대답하겠다면 기회를 한번 주마. 아니면 단칼에 숨통을 끊어버리겠어." 말끔한 외모에 화려한 옷차림을 한 부형양의 입에서 나온 말이라 그런지 하나도 거칠게 느껴지지 않고 오히려 유쾌하게 들렸다.

위청수가 고개를 주억거리자 부형양이 혈도를 눌러 풀어주며 매섭게 물었다. "그 여자는 누구냐?"

"그 여자는, 제 처입니다……" 위청수가 가랑가랑한 쉰 목소리로 말했다.

모두 놀라 서로 얼굴만 쳐다보았다. 특히 방다병은 벌어진 입을 다물 수 없었다. "그 나이 많은 여자가, 네 처라고?"

위청수가 고개를 끄덕이며 힘없이 말했다. "그 여자의 이름은 유청양劉靑陽입니다. 제가 열여덟 살 되던 해에 사부님이 돌아가신 뒤 그 여자가 저를 보살펴줬습니다. 그 여자가 마흔한 살이라는 것도 모른 채 혼인했습니다."

곽평천은 속으로 생각했다. '이놈의 사부를 내 손으로 죽였지. 그건 그렇고 어떻게 자기가 혼인한 여자의 나이도 모르는 놈이 다 있지?' 이상하기도 하고 우습기도 했다. 방다병이 물었다. "이미 처가 있는 놈이 내 친척 누이를 속이고 혼인을 또 해?"

"공자님의 친척 누이가 누군지……"

방다병이 빽 소리를 질렀다. "기춘란의 딸 기여옥이 바로 내 친척 누이다! 왜 여옥을 속였느냐!"

위청수가 처량한 표정을 지었다. "진심으로 여옥과 혼인하고 싶었습니다. 청양이 없었다면, 청양이 내게 독을 쓰지 않았다면……" 위청수가 곱상한 얼굴을 흉측하게 일그러뜨리며 고통에 몸부림치더니 잠시 후 숨을 헐떡이며 말을 이었다. "청양이 내게 독을 쓰는 바람에 저는 매일 그 버섯을 먹어야만 했습니다…… 그 버섯이 없으면 살 수 없었습니다. 그날 청양과 헤어지며 둘 다 중상을 입었는데 여옥이 저를 구해줬습니다. 처음에는 여옥의 집안에 엄청난 재산이 있으니 유청양에게서 벗어날 수 있을 줄 알았습니다. 그 재산이면 뭐든 살 수 있으리라 생각했죠. 하지만 제 생각이 틀렸습니다. 그 버섯은 청양에게서만 구할 수 있었습니다. 청양은 제가 버섯을 사 오라고 보낸 사람의 뒤를 밟아 신선부에 있는 저를 찾아내서는 함께 돌아가자고 협박했습니다. 그 여자가 절대로 포기할 리 없다는 걸 알고 있었지만 또다시 그 여자와 살 순 없었습니다. 그래서……" 위청수가 전운비를 올려다보며 떨리는 목소리로 말했다. "내가 여옥과 혼인하면 틀림없이 청양이 나타날 거라 생각했습니다. 그래서 신부로 위장하고 유청양을 죽였습니다."

전운비는 그의 말에 조금도 동요하지 않고 싸늘하게 말했다. "네가 정말 양심이 있다면 어떻게 네 처의 인피를 도려내고 사랑하는 여자의 침대 옆에 시신을 놓아둘 수 있단 말이냐?"

전운비의 말이 정곡을 찌르자 위청수의 얼굴이 굳었다. 방다병은 하마터면 이 유약하고 무능한 남자의 말에 넘어갈 뻔했지만 이 자가 생각보다 훨씬 비루하고 파렴치한 위인이라는 걸 알았다. "어째서 네 처의 인피를 도려냈느냐?"

위청수는 이를 악물 뿐 아무 대답도 하지 않았다.

부형양이 웃으며 말했다. "내가 대신 대답해주지. 넌 하책 중의 하책으로 유청양을 죽이기로 했지만, 사람을 죽인 뒤 태연히 기씨 집안의 사위가 될 순 없다는 걸 알았다. 그래서 돈과 버섯을 최대한 손에 넣어야 했지. 유청양이 버섯을 어디에 숨겼는지는 모르지만, 몸에 수놓인 그림이 그곳과 관계가 있다는 걸 넌 알고 있었다. 그래서 유청양을 죽이고, 배에 있는 그림을 손에 넣어야 했어. 그 그림을 베껴놓으면 유청양의 금고를 천천히 찾을 수 있고, 또 기씨 집안 사람들의 관심을 다른 데로 돌려 초 안에 숨긴 시신이 발견되는 시간을 늦출 수 있을 테니 그 틈에 도망칠 생각이었지. 안 그래?"

"흥." 위청수가 코웃음을 치고는 사람들을 휘 둘러보았다. "난 한 발…… 늦게 왔을 뿐이다. 너희가 유청양의 돈과 버섯을 찾아냈지?"

방다병의 눈이 커졌다. "돈이라니?"

위청수도 놀란 표정이었다. "유청양은 돈이 많았어! 금화가 산더미처럼 쌓여 있었다고! 말린 버섯도 한 상자 가득 담겨 있었고! 그걸 찾지 못했다고? 그럼 그 인피는?"

방다병이 위청수에게 발길질을 했다. "미쳤군! 네가 유청양의 금고를 봤어?"

위청수가 고개를 세차게 끄덕였다. "말린 버섯이…… 얼마나 많았는데……"

부형양이 물었다. "대체 유청양의 정체가 무엇이냐? 금고와 버섯은 어디서 난 거고?"

위청수가 멍한 표정으로 생각에 잠겼다가 갑자기 웃음을 터뜨렸다. "하하하…… 원래는 유씨가 아니라 왕王씨고, 몇 대손인지는 모르지만 전대 황조 황제의 손녀라고 했지. 한번은 실성해서 자신이 각려초 엄마라고도 했어. 하하하…… 그 여자도 나처럼 미쳤어. 하하하하……"

부형양의 얼굴이 천천히 굳어졌다. "각려초의 엄마?"

방다병은 곽평천과 서로 멀뚱히 얼굴만 쳐다보다가 웃음을 터뜨렸다. "네가 요녀 각려초의 계부로구나! 하하하……"

전운비가 피식 웃었다. "만약 유청양이 각려초의 친모라면 어째서 배에 그림까지 수놓고 함일연을 타고 다니며 각려초를 위해 몸바쳐 싸우겠느냐?"

위청수가 이를 악물고 뇌까렸다. "각려초가 유청양에게 금고를 주고 몸에 그림을 수놓았다고 했어. 그림의 비밀을 풀면 엄마라고 부르겠다고 했다더군! 어룡우마방 사람들이 우리 눈을 가린 채 어디론가 데려가서 그 금고를 보여준 적이 있지. 금고 안에 금화, 금벽돌, 비취, 호박이 산더미처럼 쌓여 있었어…… 또 버섯도……" 위청수의 입가에서 하얀 거품이 버글거리기 시작하고 눈동자에 초점이 사라졌다. 위청수가 어눌한 발음으로 신음하듯 중얼거렸다. "버섯…… 버…… 섯……"

부형양이 담담하게 말했다. "각려초의 친모라? 친모조차 해치다니 각려초는 정말 악독하기 그지없네요. 하지만 위청수의 말대로 각려초가 일부러 유청양에게 고통을 주려 했다면 함일연에 단서를 남겨놓았을 겁니다. 옥화산에서 함일연을 찾아내야만 이 일을 해결할 수 있겠군요."

옆에서 말없이 듣던 이연화가 완전히 의식을 잃은 위청수를 내려다보며 한숨을 내쉬고는 뭐라고 중얼거렸다. 부형양이 물었다. "뭐라고 하셨습니까?"

이연화는 깜짝 놀라 두리번거리다가 부형양이 자신에게 한 질문이라는 걸 알고 대답했다. "위청수가 똑똑한 사람이라고 했네……"

부형양이 이연화를 한참 응시하다가 고개를 젖히며 큰 소리로 웃었다. "이 선생님 말씀이 맞습니다. 위청수가 그림의 비밀을 어떻게 풀었을까요? 어떻게 여길 찾아왔을까요? 누군가 일부러 가르쳐준 게 틀림없습니다. 누군가 그림의 비밀을 위청수에게 알려주고 여기로 가라고 했다면, 함일연의 비밀과 그곳의 문이 어디에 있는지도 더 조사할 필요가 없겠군요." 부형양은 의식을 잃은 위청수를 발로 힘껏 차 전운비에게 넘겼다. "이놈은 전형에게 맡기겠소. 평천, 갑시다!"

누군가 위청수에게 그림에 숨겨진 비밀을 알려줬다면, 위청수는 적이 보낸 미끼이고, 위청수의 입에서 나온 말도 쓸모없는 단서일 것이다. 그 배후가 누군지는 몰라도 사고문이 신출귀몰하는 함일연을 잡는 데 집중하거나 옥화산 밑에서 한눈을 팔길 바란다면, 그건 다른 곳에서 더 큰일을 꾸민다는 뜻일 수 있다. 그런 성동격

서 전략을 흔히 보았으므로 부형양이 서둘러 떠난 것이다.

이연화는 부형양의 뒷모습을 바라보며 한숨을 내쉬었다. "위청수가 정말 똑똑할 수 있다는 생각을 왜 하지 못할까? 아니면 금고를 지키는 어룡우마방의 미녀가 부 군사의 재주를 흠모해 몰래 도우려 했을 수도 있잖아?"

전운비도 부형양의 뒷모습을 보며 빙긋 웃었다. "가끔은 젊은이의 객기도 좋지요." 그러더니 이연화를 흘긋 보고는 말했다. "선생님은 지금이 더 좋으십니다."

이연화가 또 한숨을 내쉬며 나직이 말했다. "전 대협도 그렇소. 머리를 묶는다면 더 좋을 거요."

전운비는 그 말에 아무 대답하지 않고 위청수를 들어올려 어깨에 둘러메고는 이연화를 등진 채 말했다. "저녁에 술 한잔 어떠십니까?"

방다병이 냉큼 대답했다. "좋네! 좋고말고!"

전운비의 입가에 엷은 미소가 번졌다. "그럼 오늘밤 유운각流雲閣에 술상을 준비해놓겠습니다."

그날 밤 유운각에서 전운비가 잔뜩 취하자 방다병은 그에게 이상이의 풍모가 얼마나 훌륭했는지 얘기해달라고 졸랐다. 하지만 어째선지 전운비는 이상이의 무예가 자기보다 훨씬 훌륭했다는 것 외에는 아무 얘기도 하지 않아 방다병을 실망시켰다. 이연화는 열 잔째 마셨을 때 이미 취해 술항아리를 끌어안은 채 화단 옆에서 곯아떨어졌다. 이연화는 원래 주량이 형편없었다.

제11장

용
왕
관

# 1. 대나무 숲의 불빛

눈을 들어 아득하게 푸른 산을 바라보니 대나무 숲이 시야를 가득 채웠다. 깊은 가을, 온 산과 들판에는 푸른 녹음에 단풍이 반점처럼 섞여 있고 곳곳에 거미줄이 있었다.

이 산의 이름은 청죽산靑竹山이었다. 산밑으로 녹수綠水라는 강이 흘렀으며, 서주에서 막부산幕阜山으로 갈 때 반드시 지나야 하는 길목이었다.

준마 세 필이 울창한 대숲 사이 오솔길을 천천히 지나고 있었다. 어제 내린 비로 오솔길이 축축하게 젖어 걸음을 옮기기가 힘든지 말들이 콧김을 흥흥 내뿜으며 가다 서다를 반복하더니 얼마 못 가 더 나아가기를 거부했다.

"안개가 너무 짙어……" 흰옷을 입고 말 등에 앉은 사람이 중얼거렸다. "짙은 안개가 제일 싫어."

금방이라도 비가 쏟아질 것처럼 사방이 축축했다.

또다른 말에는 푸른 옷을 입은 키 큰 사람이 타고 있었다. 선이 또렷한 눈썹과 미간에서 영민함이 느껴졌다. "근방 십 리 안에는 민가가 없습니다. 말을 버리고 걸어가면 해지기 전에 도착할 수 있을지도 모릅니다."

"걸어서?" 흰옷을 입은 사람은 안개에 축축해진 옷이 몸에 들러붙어 앙상한 뼈가 그대로 드러나는 바람에 평소보다 훨씬 더 말라 보였다. 바로 근심공자 방다병이었다. 그가 헛웃음을 지었다. "말을 버릴 순 있지만 그래도 마을까지 가다가 해가 저물 거야. 앞에 강이 있어서 그걸 건너려면 역시 내일까지 기다려야 할 테고. 우선 적당한 곳에 가서 비를 피한 뒤 내일 날이 개면 서둘러 떠나도록 하지. 그게 더 빠를지도 몰라."

푸른 옷의 남자가 아무 대꾸도 하지 않고, 말을 타고 있는 또 한 사람에게 시선을 옮겼다. 그 사람은 이미 말에서 내려 대숲에서 풀을 뽑아 조심스럽게 말에게 먹여주고 있었다. 그러다가 문득 자신을 주시하는 시선을 느끼고는 본능적으로 스스로를 위아래로 훑어보다가 푸른 옷 남자의 눈빛이 무슨 뜻인지 깨닫고 얼른 대답했다. "비를 피했다가 갑시다. 그것도 좋겠소."

말에게 풀을 먹이고 있는 사람은 방다병의 오랜 친구 이연화이고, 푸른 옷의 남자는 머리를 빗어올린 전운비였다. 수놓은 인피 사건 후 함일연은 돌연 강호에서 종적을 감췄지만 어룡우마방의 기세는 수그러들 줄 몰랐다. 최근에도 강호를 뒤흔든 큰 사건이 있었다. 백천원의 백여든여덟 개 감옥 중 이번에는 제5감옥이 습격당했다. 그 바람에 막부산 지하 감옥에 있던 마두魔頭* 다섯 명이 탈출했다. 그중 한 사람은 '천외마성天外魔星'이라는 별명을 가졌는데, 소문에 따르면 피부가 몹시 검고 부리부리한 눈에, 어깨가 남들보다 세 촌은 더 넓고 키도 일 척은 더 크며, 치아가 유난히 흰 것이 특징이라고 했다. 이십여 년 전 강호를 누비며 숱한 살인을 저질렀던 그가 이제 비록 늙긴 했으나 죽지 않고 강호로 다시 나왔으니 이번에는 또 사람을 몇이나 죽일지 알 수 없었다. 그 괴물이 탈출했다는 소문에 강호 전체가 두려움에 떨고, 백천원의 신뢰도 크게 실추되었다.

방다병, 이연화, 전운비는 기한불의 청으로 최근 감옥이 잇따라 습격당한 원인을 알아보기 위해 막부산 지하 감옥을 둘러보러 가는 길이었다.

백여든여덟 개 감옥의 위치를 아는 사람은 오직 불피백석 네 사람뿐이었다. 이들 넷 중에 첩자가 있지 않고서야 어떻게 어룡우마방이 지하 감옥의 위치를 그렇게 빨리 알 수 있으며, 작은 단서 하나 남기지 않고 죄수들을 탈출시킬 수 있을까?

불피백석 기한불에게 부탁을 받았다는 사실에 방다병은 며칠 동안 의기양양해서 으스대고 다녔다. 기한불의 서신에는 방다병, 이연화, 전운비 세 사람이 함께 조사해달라고 쓰여 있었지만, 방 공자는 자신의 이름을 제일 앞에 쓴 것으로 보아 기 대협이 가장 의지하는 건 바로 방 공자 자신이며 다른 두 사람은 길동무일 뿐이라고 확신했다. '선배님이 나를 그토록 중히 여기는 걸 여태 모르

---

\* 악의 무리 중 우두머리.

고 있었다니 참으로 면목이 없네. 하하하……'

하지만 서주에서 막부산으로 가려면 산맥 두 개를 넘고 강 몇 줄기를 건너야 하는데다 가는 길이 황량하고 척박하니 호방하던 방다병은 기세가 점점 사그라지고 표정이 어두워졌다. 청죽산을 지날 무렵에는 마침내 인내심이 한계에 다다라 길을 재촉하고 싶은 생각이 싹 사라졌다. 오늘은 기한불이 직접 찾아와 목을 친다고 해도 한 발짝도 더 옮기고 싶지 않았다.

이연화와 방다병이 비를 피했다가 내일 다시 떠나자고 했으므로 세 사람은 일단 말을 끌고 골짜기를 빠져나와 절벽 아래에 비를 피할 수 있는 동굴이 있는지 찾아보기로 했다. 방다병은 전운비가 못마땅해할 거라고 생각했다. 한달음에 천 리씩 달려서 하루빨리 막부산에 가고 싶을 테니 말이다. 하지만 전운비는 정말로 개의치 않는 듯 두 사람의 뜻에 따라 앞장서서 동굴을 찾기 시작했다.

청죽산은 산세가 완만해 절벽이 없었다. 멀리서 볼 때는 절벽같으나 가까이 가보면 경사진 언덕이었다. 세 사람은 대숲을 돌고 또 돌았지만 아무리 사방을 둘러보아도 키가 제각각인 대나무만 시야를 채울 뿐이었다. 오늘이 며칠인지도 알 수 없고, 짙게 깔린 안개 때문에 동서남북이 어딘지 방향 감각도 사라졌다.

세 바퀴를 돌고 나니 옷과 신발이 흠뻑 젖었다. 이연화가 세번째 미끄러진 뒤 쿨럭이며 말했다. "보아하니 동굴 같은 건 없는 듯한 데. 우리가 길을 잃은 것 같아……"

앞에 가던 전운비도 가볍게 헛기침을 하자 방다병이 본능적으로 반박했다. "길을 잃었다니? 본 공자는 여섯 살 이후로 한 번도 길을 잃은 적이 없어. 만리 사막에서도 방향을 찾을 수 있지."

세 사람은 이미 열 걸음 앞도 볼 수 없을 만큼 자욱한 안개에 둘러싸여 있었다. 이연화가 눈을 빛내며 방다병에게 물었다. "그래? 그럼 여기가 어디야?"

방다병은 사례가 들려 잠시 켁켁거린 뒤 뻔뻔한 표정으로 말했다. "여긴 만리 사막이 아니잖아."

"우리가 아까 있던 곳에서 삼사 리 정도 떨어진 곳 같습니다. 날도 저물고 비를 피할 곳도 없네요. 우리 셋 다 무예를 연마한 사람들이니 그냥 여기서 쉬는 게 어떻겠습니까?" 전운비는 그렇게 말하고는 진흙과 잡초가 뒤섞인 땅에 털썩 앉더니 가부좌를 틀고 눈을 감았다.

이연화와 방다병이 서로 얼굴만 쳐다보는데 전운비의 정수리에서 하얀 김이 모락모락 피어올랐다. 체내 호흡을 순환시켜 피부를 통해 숨을 내쉬고 있는 것이다. 여전히 부슬비가 내리고 안개가 자욱한데도 흠뻑 젖은 그의 푸른 옷이 서서히 마르기 시작했다. 하지만 방다병은 조금도 그를 칭찬해줄 기분이 아니어서 전운비가 깔고 앉은 질퍽한 진흙 바닥만 응시했다.

이연화는 말 세 필을 옆에 있는 대나무에 묶어놓았다. 머리를 숙이고 풀을 뜯어먹는 말들의 모습은 한가로워 보였다.

방다병이 고개를 들어 이연화에게 시선을 던졌다. "술 있어?"

"술?" 말을 묶어놓고 주위를 둘러보던 이연화가 방다병의 말에 깜짝 놀라 되물었다. "나한테 술이 있을 리가 있어?"

"이런 고약한 날씨에 술이라도 한 모금 마시면 몸이 뜨끈해질 텐데." 방다병이 고개를 절레절레 저었다. "푸른 산, 푸른 물, 안개비 자욱하구나. 무엇으로 이 근심 풀고. 오직 술이 있을 뿐이라네.*"

이연화가 한숨을 내쉬었다. "내가 조 아무개라면 아마 화가 났을 거야……" 방다병은 발끈해서 따지려 들다가 뭔가를 발견하고는 오른쪽 대숲에 시선을 고정했다.

"왜 그래?" 이연화가 방다병의 시선을 따라가봤지만 어둡기만 할 뿐 아무것도 보이지 않았다.

하지만 방다병은 시선을 거두지 못하고 한참을 쳐다보다가 중얼거렸다. "이상하네. 불빛을 본 것 같았는데……"

"불빛이라고?" 이연화도 그쪽에 시선을 고정했다. 잠시 후 자욱한 안개 사이로 누르스름한 빛이 불꽃처럼 희미하게 반짝였다. "저게 뭐지?"

"모르겠어. 설마 도깨비불인가?" 방다병은 그렇게 말해놓고 헛웃음을 지었다. "비가 오는데……" 비가 내리는데 어떻게 불이 꺼지지 않을 수 있느냐는 뜻이었다.

이연화는 고개를 저었다. 안개가 너무 자욱해서 그게 뭔지 분간할 수 없었다. 전운비는 여전히 그 자리에 미동 없이 앉아 있었다.

그때 방다병이 말도 없이 성큼 걸음을 내디며 불빛이 있는 쪽으로 향하더니 서서히 사라졌다. 이연화가 깜짝 놀라 방다병의 뒷모습을 보다가 가부좌를 튼 전운비에게 시선을 옮겼다. 따라갈지 말지 망설이는데 방다병이 금세 돌아왔다.

---

* 조조의 시 「단가행」 중 한 구절.

"뭔가 있어?" 이연화가 물었다.

방다병이 우쭐대며 불빛이 있는 쪽을 가리켰다. "저기 집이 하나 있어."

"집이 있다고?" 이연화가 고개를 들어 하늘을 올려다보았다. 날은 저물었지만 아직 땅거미가 완전히 내려앉기 전이었다. "아까는 못 봤는데."

"우리는 비탈길로 내려왔고, 저 집은 대숲 깊숙한 곳에 있어서 못 봤을 거야. 창으로 불빛이 새어나오는 걸 보면 사람이 사는 게 분명해." 비를 맞으며 밤을 지새지 않아도 된다는 생각에 방다병은 기분이 좋아졌다. 집주인이 허락하든 말든 방 공자가 들어가서 쉬겠다면 쉬는 것이다. 차 한잔 마시는 김에 밥도 먹으면 금상첨화일 것이다.

"숲 깊은 곳에서 살고 있다면, 속세를 떠나 은둔한 고수이거나 고상한 문인이겠네." 이연화가 대나무에 묶어놓았던 말고삐를 천천히 풀었다. "네가 추위를 많이 타니까……"

이연화의 말이 다 끝나기도 전에 방다병이 버럭 화를 냈다. "누가 추위를 탄다는 거야? 물에 빠진 생쥐 꼴로 간신히 숨만 쉬고 있는 네가 불쌍해서 쉬었다 가자고 한 거지. 너만 아니었으면 본 공자는 이런 날씨에도 하루에 백 리는 너끈히 달린다고!"

방다병이 갑자기 화를 내자 이연화는 얼른 말을 돌렸다. "그래…… 전 대협이 아직 호흡을 고르는 중이니 넌 여기 있어. 내가 가서 보고 올게."

"주인에게 따끈한 차와 술을 내어 손님 맞을 준비를 해놓으라고

해." 방다병은 속으로 신이 났다. "집에서 하룻밤 묵어가도 되는지 물어보고. 돈은 후하게 치를 테니." 방 공자는 어떤 상황에서도 절대로 남에게 공짜 신세를 지지 않았다.

"응." 이연화는 말을 끌고 몇 걸음 가다가 다시 고개를 돌려 말했다. "서쪽 가까운 곳에서 물소리가 들려. 강이 있는 것 같아."

"강? 무슨 강?" 방다병의 미간에 주름이 잡혔다.

"무슨 강이긴…… 그냥 강이지." 이연화가 잠시 생각하다가 점잖게 말했다. "십수 년 전 청죽산 아래 무미하無眉河에서 그…… 이상이와 무매자無梅子 동방청총東方靑塚이 결투를 벌였는데."

이연화의 말이 끝나기도 전에 방다병이 무릎을 탁 치며 반색했다. "옳지! 내가 왜 그걸 잊었지? 그 동방청총이 정통 기문술로 유명하고, 화초 기르는 걸 좋아하잖아. 매화 한 그루 때문에 여기서 이상이와 결투를 벌였고. 교喬 낭자가 매화를 좋아하는데, 사고문이 적비성을 찾아가던 중 청죽산을 지나다 동방청총의 매화 동산에 희귀한 매화나무가 있는 걸 봤지. 그 매화가 몹시 아름다워 이상이가 동방청총에게 가지를 꺾을 수 있게 해달라고 청했어. 꽃이 열일곱 송이 이상 달려 있는 것으로 말이야. 그때 사고문에 여협이 열일곱 명 있었기 때문이지. 동방청총이 허락하지 않아 두 사람이 매화 동산에서 결투를 벌였고, 동방청총이 크게 패했어. 이상이가 매화 가지를 꺾어 떠난 뒤 동방청총이 결투에서 패한 분을 삭이지 못해 매화 동산에 불을 질렀다는 소문이 있었고. 그후로는 어떻게 됐는지 모르겠네. 정의를 위한 결투는 아니었지만 그 일이 알려지면서 강호의 여인들이 이상이에게 반해 사고문의 노비라도 되고 싶어했지. 이상이에게 매화 한 송이 받으면 죽어도 여한이 없을 거라면서. 하하하……"

이연화가 방다병을 흘긋 보고 한숨을 내쉬었다. "나중에 네게 딸이 생기면 그런 위험한 사위는 절대로 얻지 마. 어쨌든 그 매화 동산이 무미하 기슭에 있었는데 강이 여기서 가깝다면……"

방다병이 반색했다. "본 공자가 주위를 한번 둘러봐야겠군. 그 희귀한 매화나무가 죽지 않고 살아 있을지도 모르잖아. 아니면 매화 동산이 있던 터라도 볼 수 있겠지. 전운비도 아마 그 사건을 알 거야. 얼어죽을 이연화, 넌 어서 저 집에 가봐. 내가 매화를 꺾어 와서 구경시켜줄게."

"알았어!" 이연화는 고개를 끄덕이고는 말을 끌고 천천히 안갯속으로 들어갔다. 이연화에게 고삐를 잡힌 말 세 마리가 조용히 발자국을 남기며 고분고분 따라갔다.

상이태검 이상이를 동경해온 방다병은 '매화결투'의 장소가 바로 근처에 있다는 걸 알고 흥분을 감추지 못했다.


## 2. 살인의 집


짙은 안개가 시야를 가렸다.

이연화는 온몸이 축축하게 젖고 신발은 진흙 범벅이 되어 초라하기 짝이 없는 행색이었다. 어슴푸레한 빛 사이로 그의 얼굴은 반듯한 눈과 눈썹이 우아해 보였지만 창백한 탓에 기개는 느껴지지 않았다.

말 세 마리가 얌전히 이연화의 뒤를 따랐다. 얼마 가지 않아서 집이 나타났다.

동쪽으로 창이 난 이층 방에서 불빛이 새어나오고 있었다. 정원은 넓지 않지만 유리 유약을 바른 푸른 기와로 꾸며져 있고 그 정교한 조각에서는 다른 데서 흔히 볼 수 없는 기품이 느껴졌다. 이층 창으로 새어나오는 노란 불빛에 선명하게 대비되어 정원은 더 어둡게 보였다. 이연화가 헛기침을 한 번 하고 점잖게 문을 두드렸다. "길을 지나던 나그네입니다. 날이 추워서 그런데, 실례지만 하룻밤 묵어가도 되겠습니까?"

안에서 노인의 쉰 목소리가 들려왔다. "청죽산은 안개가 차고 비가 많은 곳이라 밖에 오래 있으면 병이 나지요. 누추하지만 객방이 많아서 묵어가는 나그네들도 많으니 들어오시오, 쿨럭쿨럭…… 노구에 병이 들어 맞이하러 나가지는 못하니 이해해주시오."

이연화가 문을 밀고 들어갔다. 문이 열리며 찰캉 하는 소리가 나서 보니 문 안쪽에 비파쇄琵琶鎖*가 잠기지 않은 채 걸려 있었다. 주인의 고상한 멋을 보여주듯 반질반질 광나게 닦인 구리 비파쇄가 달빛을 받아 반짝이고 그 위에 아주 가는 선으로 글자 몇 개가 새겨진 게 보였다.

안에서 등불 심지를 돋우었는지 불빛이 흔들리다가 더 환해지고 어려 보이는 소녀가 밖으로 얼굴을 쏙 내밀었다. "할아버지, 서

---

* 비파 모양으로 만든 자물쇠.

생이에요."

열두세 살밖에 안 되어 보이는 소녀였다. 이연화가 바라보며 살짝 미소 짓자 소녀가 혀를 날름 내밀며 장난기 가득한 표정을 지었다. "누구세요? 어디서 오셨어요?"

이연화가 점잖게 대꾸했다. "성은 이고, 동쪽에서 왔는데 무미하를 건너 서북쪽으로 가는 중이란다."

소녀가 들어오라는 손짓을 했다. "추우니 얼른 들어오세요."

이연화가 웃으며 고개를 끄덕였다. "그래, 무척 춥구나. 옷이 다 젖었는데 집안에 혹시 화로가 있니?" 이연화는 얼른 안으로 들어갔다. 역시 집안은 따뜻했다. 겹옷을 입은 노인이 지팡이를 짚고 비틀거리며 나왔다.

"이맘때가 제일 습하고 춥다오. 동쪽에 객방이 있으니 그곳에서 하룻밤 묵어가시오."

이연화가 문밖을 가리키며 물었다. "제 친구 둘이 곧 도착할 텐데 함께 신세를 져도 되겠습니까?"

노인은 체구가 퉁퉁한데 뺨은 홀쭉해 병색이 역력했다. 노인이 쿨럭거리며 대답했다. "타지에서는 모든 게 불편하지. 밖에 비도 오니 함께 묵어가시오."

"선뜻 허락해주셔서 감사합니다." 이연화가 기뻐하며 노인이 알려준 객방으로 가다가 문득 걸음을 멈추고 고개를 돌려 소녀에게도 감사인사를 했다. "하룻밤 묵어가게 해줘서 고맙소, 낭자."

눈동자를 또릿또릿 굴리며 이연화에게서 시선을 떼지 않고 있던 소녀가 '낭자'라는 말에 까르르 웃음을 터뜨렸다.

이연화는 재차 인사한 뒤 객방으로 향했다.

객방 안으로 들어가 일단 등잔불부터 켰다.

불빛이 점점 밝아지며 사방을 비추자 평범한 객방의 모습이 눈에 들어왔다. 큰 침대 외에는 아무것도 없고, 등잔조차 벽 선반에 놓여 있었다. 침대 위에도 깨끗한 요와 이불이 깔려 있을 뿐 그 외에는 아무것도 없었다.

겉옷을 벗으니 옷자락에서 물이 뚝뚝 떨어졌다. 반쯤 젖은 속바지를 입고 이불 속으로 기어들어가자마자 눈이 스르르 감겼다.

차 한 잔 마실 시간쯤 지났을까, 쿵쿵 대문을 두드리는 소리가 나더니 누군가 크게 외치는 소리가 들렸다. "계십니까?"

이연화가 비몽사몽으로 대답하고 여전히 몽롱한 채 객방에서 나왔다.

정원을 가로질러 나가는 동안 뼛속으로 파고드는 시린 바람에 반쯤 정신이 들었다. 대문을 열자 방다병과 전운비가 서 있었다.

방다병이 다짜고짜 눈을 부라리며 이연화의 멱살을 잡아채고 기세등등하게 외쳤다. "네가 일부러 그 얘기를 꺼내서 날 골탕 먹이려는 건 줄 진작 알았지. 역시나 전 대협에게 물으니 이상이와 동방청총의 결투 장소가 무미하 기슭인 건 맞지만 산자락 끝이라 무미하에서는 한참 떨어져 있다던데!" 방다병이 이연화의 멱살을 쥔 채 들어올려 흔들었다. "네 놈의 거짓말 때문에 본 공자와 전 대협이 대나무뿐인 황량한 고개를 몇 번이나 오르내렸는 줄 알아? 그렇게 시간을 벌어놓고 이 집이 진짜인지 가짜인지 확인하려고 했지? 얼어죽을 이연화! 본 공자는 무슨 일이 있어도 너와 동고동

락해왔거늘, 감히 날 따돌리려 하다니! 어림없어!"

이연화가 정색했다. "그런 게 아니야. 이상이와 동방청총의 일은 너무 오래전이라 어디서 결투를 했는지는 이상이 본인도 정확히 기억 못할 텐데 나도 헷갈리는 게 당연하잖아. 어쨌든 여기 주인장께서 나그네들이 묵도록 덕을 베푸는 사람이니 얼마나 다행이야. 객방도 다 준비되어 있더라고. 내가 뭐하러 둘이서 황량한 산을 돌아다니도록 하겠어? 그…… 그 사람처럼……"

방다병은 화가 누그러지지 않았다. "그 사람? 그 사람이 누군데? 똑바로 말해! 누굴 얘기하는 거야?"

이연화가 기침을 했다. "그 홍불야분紅拂夜奔*의 이정李靖처럼……"

방다병이 목청을 높였다. "홍불?"

"쉿, 비유하자면 그렇다는 얘기야. 목소리 좀 낮춰. 노인장에게 쫓겨나기 전에."

하지만 방다병의 기세는 조금도 수그러들지 않았다. "노인장이라고? 본 공자가 문밖에서 한참 기다렸지만 귀신 하나 안 나오던데? 주인장이 있는데 왜 네가 나와서 문을 열어?"

"그게…… 거동이 불편한 노인하고 어린 소녀가 이런 산속에 살면서 밤에 찾아오는 나그네들을 위해 객방을 일고여덟 개나 준비해놓고 있어. 이렇게 훌륭한 인격을 가진 분이니까 네가 문을 두

---

* 당나라 개국공신 이정을 주인공으로 한 민간설화. 수나라 말엽 이정이 세상을 평정하겠다는 꿈을 꾸며 기생 홍불과 야반도주해 천하를 떠돌던 내용이다.

드려도 열어주지 않는 게 당연하지."

아직 화가 풀리지 않은 방다병은 이연화의 뜻 모를 말에 골똘히 생각에 잠겼다가 얼굴이 붉으락푸르락했다.

전운비가 조용히 끼어들었다. "뭔가 수상합니다. 조심하는 게 좋겠어요."

집안은 적막했고 아까 이연화를 맞이했던 노인과 소녀는 보이지 않았다. 불은 이미 꺼지고 아무 소리도 들리지 않았다.

"야, 이연화, 아무도 없고 쥐죽은듯 조용하잖아. 숨소리조차 안 들리는데? 정말 사람을 봤어?" 방다병이 숨을 죽이고 가만히 귀를 기울이다가 미심쩍다는 표정으로 말했다. "인기척이 전혀 없어. 정말 노인이 있었어?"

이연화가 정색했다. "물론이지. 그것도 여러 명이나."

"여…… 여러 명 있었다고?" 방다병은 방금 이연화가 뜬금없이 자신을 '홍불'에 비유했던 것도 잊어버렸다. "어디?"

이연화는 그 노인이 걸어나왔던 곳을 가리켰다. "저기." 이어 그 소녀가 들어간 곳도 가리켰다. "그리고 저기."

전운비가 숨소리를 낮추고 검자루에 손을 댄 채 조용히 그 두 방으로 가까이 다가갔다.

이연화가 한숨을 쉬었다. "왼쪽 방에서 두 사람이 죽었고, 오른쪽 방에서도 두 사람이 죽었어."

방다병이 순식간에 심각한 표정을 하고는 그 방으로 뛰어들어 가려는데 이연화가 붙잡았다. "잠깐. 독이 있어."

"독이 있다고? 그런데 네 사람이 죽었다는 건 어떻게 알아? 독이 있다는 건 또 어떻게 알고?"

이연화가 쓸쓸하게 웃었다. "난 아무것도 몰라. 내가 아는 건 이곳이 너무 이상하다는 것뿐이야. 만약 이게 함정이라면 너무 눈에 띄어. 등 굽은 노인과 어린 소녀가 어떻게 이런 깊은 산속에서 오랫동안 살 수 있지? 여긴 밭도 없고, 물고기를 잡을 수 있는 호수도 없고, 마을과도 수십 리 떨어져 있어. 설령 집에 보물창고가 있고 돈이 많다 해도 쌀을 여기까지 메고 올 수 있겠어? 깊은 밤에 찾아온 낯선 사람을 그리 반갑게 맞이한 건 더 수상하지. 누구든 이 집에 들어오길 기다리고 있었다고 해석할 수밖에 없어."

"그다음엔 어떻게 됐습니까?" 항상 필요한 말만 하는 전운비가 단도직입적으로 물었다.

"그다음엔 방안으로 들어갔지만 이상한 걸 발견하지 못했소. 양쪽 방에 있는 세번째, 네번째 사람의 미세한 숨소리가 들린 것 외엔." 이연화가 한숨을 쉬었다. "하지만 내가 누운 뒤 차 한 잔 마실 시간도 지나지 않아 양쪽 방에서 네 사람의 숨소리가 갑자기 멈췄소. 아무 인기척도 없었고, 출입한 사람도 전혀 없는데, 멀쩡하던 네 사람의 숨소리가 갑자기 멈췄소. 그 짧은 시간에 그렇게 소리없이 사람을 죽일 수 있다면, 십중팔구 맹독일 거요."

"말도 안 돼! 멀쩡히 자기 집에 있던 사람들이 한밤중에 갑자기 독살당했다고? 손님인 너는 멀쩡하고? 이치에 맞지 않아. 게다가 넌 아무것도 보지 못하고 그저 추측한 거잖아⋯⋯" 방다병이 고개를 세차게 내저었다. "말이 안 돼. 불가능해. 너한테 객방을 내주고 해치지도 않은 사람들인데 왜 그런 소리를 하는 거야?"

"아마 아까 내가 본 둘은…… 이 집의 진짜 주인이 아니었을 거야. 집이 너무 깨끗해. 평소에 누군가 이곳을 잘 관리하는 사람이 있을 거야. 대문에 비파쇄가 걸려 있는 걸 보면 주인은 기관을 좋아하는 사람일 거야…… 기관을 아주 잘 아는 사람일 수도 있고…… 내가 만난 둘은 이 집에 갇혀서 빠져나가지 못하는 사람들이었겠지. 그래서 제 발로 함정에 걸어들어온 나그네를 보고 어떻게 해서든 머물게 하려고 했을 거야."

"이 집에 갇혔다고? 집안에 아무것도 없는데 멀쩡히 살아 있는 사람을 어떻게 가둬? 두 발 달린 사람이 어디든 못 가겠어?"

그때 전운비가 방다병의 말을 끊고 끼어들었다. "그 두 사람은 이미 죽었습니다."

방다병이 소스라치게 놀라는데 전운비가 검집으로 왼쪽 객방의 미닫이문을 천천히 열었다. 등 굽은 노인이 의자에 앉아 초점 없는 눈동자로 대들보를 올려다보고 있었다. 이미 숨이 끊어진 지 한참 된 것 같았다.

방다병이 찬 숨을 들이마셨다. 방안을 둘러보았지만 별로 이상한 점은 없었다. 딱 하나, 의자에 앉아 있는 노인 말고 시신이 한 구 더 있었다.

반백의 머리에 무명옷을 입은 맨발의 시신이었다. 어디서나 볼 수 있는 평범한 촌민이었는데, 그 역시 노인이었다.

그 시신은 벽에 기대어 앉아 있었다. 의자에 앉아 있는 노인의 고상한 옷차림과 큰 차이가 있는 것으로 보아 일행은 아닌 듯했다.

역시 이 집에 갇혀 있던 나그네 중 한 사람일까?

세 사람은 서로의 얼굴을 쳐다보았다. 강호를 숱하게 누빈 그들이지만 눈앞의 광경에 그저 아연하기만 했다. 이상한 냄새도 나지 않았다. 멀쩡하던 노인이 그저 잠시 잠든 것만 같았다. 모든 것이 불가사의할 만큼 고요했다.

전운비가 숨을 죽이고 다른 객방 문도 검집으로 살짝 열었다. 방안에 역시 두 사람이 있었다. 한 사람은 서른 살쯤 되어 보이는 아름다운 여인이고, 또 한 사람은 천진해 보이는 아이였다. 그들 역시 작은 숨결조차 느껴지지 않았다.

방다병은 정신이 아득했다. 순간 이 집안의 모든 문이 끔찍해 보였다. "귀, 귀신이라도 있는 걸까……"

전운비는 고개를 저으며 소녀의 시신을 응시했다. 소녀는 머리를 동남쪽으로 향한 채 엎드려 있었다. 전운비가 검집으로 문을 조금 더 열자 문 옆에 있던 찬장이 옆으로 두 척가량 밀려나며 벽에 있던 작고 검은 점이 나타났다.

"공기 구멍……" 방다병이 중얼거렸다. "이 공기 구멍을 통해 독기를 주입해서 순식간에 두 사람을 죽인 걸까? 맙소사, 설마 온 집안에 기관이 설치되어 있는 건가?"

세 사람은 사방을 둘러보았다. 깨끗하고 텅 빈 정원은 그간 그들이 만났던 그 어떤 적보다 예측하기 어려웠다.

이연화가 한 걸음 물러나며 천천히 말했다. "여기서 빠져나갈 수 있는지 시험해보자……"

생각에 잠긴 듯 방다병은 고개를 끄덕이다 가로젓기를 반복했다. 뭔가를 더 말하려던 이연화가 갑자기 몸을 날려 단숨에 문 앞까지 물러났다.

전운비가 물었다. "뭔가 발견하셨습니까?"

"독 안개." 이연화가 화절자火折子*에 불을 붙인 뒤 몸을 돌려 문 밖의 짙은 안개를 비춰보며 나직이 말했다. "이 사람들은 안개 때문에 방에 들어온 거로군……"

불빛을 비추자 자욱한 안개 색깔이 차츰 변했다. 흰 안개 사이로 기이한 푸른색이 나타났다.

"독 안개?" 방다병과 전운비의 안색이 변했다. 안개 속을 오랫동안 걸어온 그들이지만 이상한 점을 느끼지 못했다. "이 안개에 독이 섞여 있다고?"

이연화는 짙은 안개를 한참 응시하다가 갑자기 손수건을 꺼내 허공에 던졌다. 그러고는 소매로 얼굴을 가리고 안개 속으로 들어가 손수건을 주워 돌아왔다. 흰 손수건은 잠깐 사이에 푹 젖고 미세한 구멍이 서너 개쯤 뚫려 있었다. 그사이에 삭아버린 것이다.

방다병은 온몸의 잔털이 곤두섰다. 이 안개가 폐 속으로 들어가면 순식간에 오장육부에 구멍이 뚫리는 거 아닐까? "독이 이렇게 강한데 안개를 한참 동안 들이마신 우리는 왜 멀쩡하지?"

"이 근처에 수증기에 녹는 맹독이 있는 것 같아." 이연화가 말했다. "안개 농도가 어느 정도 이상이어야 독이 섞이는 거지. 우린 운이 좋아서 무사히 여기까지 온 거야."

전운비가 말했다. "여기서 하룻밤을 버틸 수 있다면 날이 밝고

---

* 입으로 불어서 불을 붙이는 작은 횃불.

안개가 옅어진 뒤 나가면 되겠군요."

전운비의 말에 이연화가 고개를 끄덕이고는 한숨을 내쉬었다.

방다병이 말했다. "여기서 죽은 사람들도 그렇게 생각했겠지만 독 안개가 들어오기도 전에 숨이 끊겼어. 이 안의 공기가 바깥의 독 안개보다 나은 것 같지 않아……"

전운비가 담담하게 말했다. "살인을 위해 지어진 집이라니, 집 주인의 취미가 악독하군요."

"맞아. 누구든 상관없이 이 집에서 죽기만 하면 그만인 거야." 방다병이 부득부득 이를 갈며 화를 냈다. "세상에 그런 살인마가 다 있다니! 강호에 오래 몸담은 본 공자도 이렇게 이상한 곳은 처음이야."

전운비가 말했다. "이런 곳이 또 있었습니다."

"어디?" 방다병의 눈이 휘둥그레졌다. "본 공자는 못 들어봤는데."

전운비가 답했다. "홀륜옥忽圇屋이요."

홀륜옥은 과거 금원맹의 제일가는 기관 기술자 아만살阿蠻薩이 만든 집이었다. 총 백아흔아홉 개의 기관이 설치되어 그 집에 들어가서 살아나온 사람이 한 명도 없었다. 중독되어 죽고, 칼에 베여 죽고, 불타 죽고, 침에 찔려 죽고, 허리가 잘려 죽고, 기름에 튀겨 죽고…… 상상을 초월하는 온갖 살인 방법이 동원되었다.

하지만 겉보기에는 황금과 보석으로 화려하게 장식된데다 이역의 신비한 분위기를 풍기는 누각이었다. 홀륜옥은 금원맹 총단에 있었는데, 십일 년 전 이상이와 초자금이 부숴버린 후로 강호에서 자취를 감췄다.

전운비가 방다병에게 간략히 설명해줬다. 훌륭옥의 명성을 들어본 적이 없는 방다병은 자신이 십일 년 전 강호에 들어오지 않았던 것을 아쉬워하며 말수 적은 전운비를 원망했다. 전운비의 머릿속에 든 수많은 이야기를 끄집어내 자기 머릿속으로 옮긴 뒤 다시 직접 풀어놓는 편이 훨씬 나을 것 같았다.

이연화가 한숨을 쉬었다. "그 얘기는 나중에 다시 하고, 지금 집으로 들어가지 않으면 안개가 몰려올 테니 어서 가자."

그 말에 방다병은 냉큼 집안으로 들어갔다. 세 사람은 대청에 잠깐 서 있다가 약속이나 한 듯 이연화가 잠들었던 객방으로 들어갔다.

이연화가 잠시 생각에 잠겼다가 다시 밖으로 나가 대문을 닫고 돌아와 객방 문도 닫았다. 그렇게 하면 보이지 않는 독 안개를 막을 수 있다는 듯이.

그걸 보고 전운비가 요와 이불을 뜯어 문틈을 틀어막기 시작하자, 방다병은 만약 정말로 방안에 맹독이 있는데 문틈을 막으면 더 빨리 죽는 게 아니냐고 물었다.

그리 크지 않은 방에 남자 셋이 들어가 있으니 편히 앉을 자리조차 없었다. 이연화가 잠시 생각하다가 침대를 뜯기 시작했다.

방다병은 침대 뒤에 독기가 새어들어오는 공기 구멍이 있을까 봐 겁이 나서 서둘러 이연화를 도왔다.

전운비가 검을 뽑아들었다. "두 분은 잠깐 옆으로 비키세요."

이연화가 방다병을 끌고 구석으로 비키자마자 번뜩이는 검광이 허공을 휘휘 가르더니 요란한 소리와 함께 침대 하나가 금세 나무 토막들로 가지런히 잘렸다.

이연화가 감탄했다. "훌륭한 검법이오."

방다병은 콧방귀를 뀌었다. 검으로 장작을 팼을 뿐인데 뭐가 그리 대단해? 얼어죽을 이연화는 제 검법이 형편없으니 그게 대단해 보이겠지.

침대가 사라지자 벽이 드러났지만 공기 구멍은 없었다. 전운비가 경계를 늦추지 않고 검으로 방안 곳곳을 두드려봤지만 역시 이상한 점을 발견할 수 없었다. 여느 방과 다를 게 없어 보였다.

이대로 아무 일 없이 밤을 보낼 수 있을까? 전운비가 미심쩍은 시선으로 벽을 응시하는 동안 방다병은 장작으로 변한 침대 토막에서 눈을 떼지 않았다. 그 방에서 뭔가 쳐다볼 거라고는 침대뿐이었다. 그때 방다병이 갑자기 비명을 질렀다. "개, 개미!"

전운비가 고개를 홱 돌려 쳐다보니 부서진 나무토막 틈에서 무수한 검은 점들이 기어나오고 있었다. 개미떼였다. 나무 속이 비었고 그 빈 공간이 개미집이었는데 전운비가 침대를 부수는 바람에 놀란 개미들이 일제히 기어나오는 것이다.

평범한 개미가 아니었다. 손톱 절반만한 크기로 보통 개미보다 적어도 열 배는 크고, 앞발 한 쌍이 주홍색이었다. 까만 몸통에 달린 주홍색 앞발을 움직이는 모습이 섬뜩했다. 방다병은 줄지어 끝없이 기어나오는 개미들을 아연실색한 표정으로 쳐다보았다. 그것들이 몸으로 기어올라오는 상상만 해도 소름이 끼쳤다.

셀 수 없이 많은 개미들이 계속해서 기어나왔다. 세 사람 모두 강호의 고수였지만 개미 잡는 일은 무예 실력과 별로 관계가 없었다. 손바닥으로 때려서 개미를 잡는 건 무예의 고수나 하수나 마찬가지였다. 세 사람은 약속이나 한 듯 손으로 개미를 때려잡기 시작했다. 처음에 방다병은 부용구절장芙蓉九切掌, 능파십팔박凌波十八拍 같은 초식을 썼지만 이연화가 손바닥을 한 번 내려쳐서 두세 마리씩 잡는 걸 보고 양손으로 탁탁탁 때려잡았다.

침대가 별로 크지 않았고, 개미 기관을 설계한 주인도 이 좁은 객방에 세 사람이나 들어올 줄은 예상하지 못했는지 한 시진도 안되어 개미를 대부분 때려잡을 수 있었다. 운좋게 살아남은 개미들은 수가 적어 크게 위협적이지 않았다.

방다병은 이마의 땀을 닦으며 한숨을 내쉬었다. 개미를 죽이는 게 사람을 죽이는 것보다 더 힘든 것 같았다. 그런데 전운비와 이연화는 별로 홀가분해 보이지 않았다. "왜 그래? 개미한테 물렸어?"

전운비가 이연화를 흘긋 보았다. "어떻게 생각하세요?"

이연화가 한숨을 내쉬었다. "이 소리."

겨우 개미떼를 박멸하고 한숨 돌리나 했는데 쿵 하는 둔중한 소리가 들렸다. 뭔가 묵직한 것이 바닥을 딛는지 그 진동에 벽까지 미세하게 흔들렸다. 방다병은 놀라 눈이 휘둥그레졌다. 쿵, 쿵. 소리가 점점 가까워졌다. 묵직한 뭔가가 뒤뜰에서 천천히 다가오고 있었다. 사람 발소리는 아니지만 정체를 짐작할 수 없었다. 더 섬뜩한 건, 숨소리가 나지 않는다는 사실이었다!

사람도 아니고, 동물도 아니었다!

그렇다면 설마……

쿵! 고막을 울리는 커다란 소리에 세 사람은 일제히 벽에 바짝 붙었다. 한쪽 벽이 와르르 무너지고 사람인지 짐승인지 알 수 없는 괴물이 방안으로 훅 들어왔다. 순간적으로 서늘한 빛이 번쩍이더니 정체를 알 수 없는 그것의 몸에서 칼도 아니고 검도 아닌 뭔가가 여섯 개나 뻗어나왔다. 슉슉슉, 슉슉슉. 여섯 차례 날카로운 소리가 허공을 가른 뒤, 여섯 개의 칼날이 모두 벽에 박혔다. 이연화와 전운비는 몸을 훅 솟구쳐 피하고, 방다병은 바닥으로 굴러 부상을 피할 수 있었다.

문밖에서 불이 번쩍였다. 벽을 부순 건 사람도 짐승도 아니고 거대하고 기괴하게 생긴 철창이었다. 철창에 발이 달려 저절로 달려든 건 아니었다. 객방의 침대가 부서진 일과 어떤 관련이 있는지는 모르겠지만, 뒤뜰 가산假山 위에 있던 철창이 비탈을 따라 굴러 떨어진 것이다. 철창은 워낙 무겁고 벽은 이상하리만치 얇았으므로 벽이 무너질 수밖에 없었다.

철창에 수많은 기관과 암기가 설치되어 있는 것이 분명했다. 벽에 부딪힌 철창에서 칼날 여섯 개가 발사되어 세 사람이 황급히 피했지만, 공중으로 몸을 솟구쳐 피했던 두 사람이 착지하기도 전에 이번에는 수십 개의 서늘한 빛이 발사되었다. 전운비가 허공에서 검을 뽑아 휘두르자 날카로운 금속성과 함께 수십 개의 섬광이 차례로 바닥에 떨어졌다.

방다병이 철창 옆으로 굴러가 옥 단적을 뽑아들고 철창을 세게 내려쳤는데 땅 하는 소리만 크게 울릴 뿐 작은 흔적조차 생기지 않았다. 확실히 기이한 물건이었다.

철창을 내려친 방다병이 심상치 않은 예감에 곧장 다시 굴러 멀리 떨어지자마자 철창을 덮고 있던 철판이 사방으로 날아가고 두 번째 철판이 나타났다. 철판 위에는 이리 이빨처럼 뾰족한 칼날이 한 겹 둘러져 있었다. 사방으로 날아간 철판도 무척 날카로워 방다병의 머리 위로 스치고 지나가 픽 하는 소리와 함께 벽에 깊숙이 박혔다. 간발의 차이로 피한 방다병은 안도의 한숨을 내쉬기도 전에 갑자기 다리가 욱신거렸다. 그는 몸을 돌려 앉아 종아리를 짚었다.

이연화와 전운비가 동시에 고개를 돌렸다. 조금 전 전운비의 검에 막혀 바닥에 떨어진 검은 암기가 방다병이 바닥을 구를 때 그의 다리에 박힌 것이다. 방다병의 다리에서 피가 철철 흘렀다.

전운비가 서둘러 다가가 검 끝으로 암기를 빼내더니 안색이 어두워졌다. "말하시면 안 됩니다. 독이 있습니다!"

바로 그 순간 방다병은 다리가 얼얼해지는 걸 느꼈다. 가슴이 철렁 내려앉았다. 수년간 강호를 누비면서도 큰 고비를 겪지 않았는데 설마 오늘 여기서……

"등!" 이연화의 다급한 외침이 터져나왔다. 전운비가 무슨 일인지 알아차리기도 전에 먹먹한 통증이 등을 파고들더니 뭔가가 가슴을 뚫고 나왔다. 전운비는 고개를 숙여 가슴을 뚫고 나온 화살을 보고는 고개를 돌려 이연화를 보았다. "밖에……"

눈앞에서 전운비가 화살에 가슴을 관통당하는 장면을 본 방다병은 꿈을 꾸는 듯 멍해졌다.

이연화가 전운비에게 빠르게 달려와 그의 등을 뚫고 들어간 화살을 뭔가로 부러뜨렸다. 그리고 전운비를 방금 자신이 서 있던 구석으로 옮겼다.

전운비가 뭐라고 말하려고 했지만 이연화가 엷은 미소를 지으며 고개를 젓고 말하지 말라는 손짓을 했다.

전운비가 입을 다물자 이연화는 부러진 화살을 뽑고 혈도를 짚은 뒤 그를 똑바로 눕혔다.

전운비는 움직이지 말라는 이연화의 입 모양을 보고 고개를 끄덕였다. 정원에는 아무도 없었지만 누군가 정원 밖에 숨어 소리가 나는 쪽으로 활을 쏘고 있다는 걸 짐작으로 알았다.

기이한 철창, 신비한 궁수, 네 구의 시신, 짙은 독 안개……

이 정원에서 오늘밤 무슨 일이 벌어진 걸까?

의도적으로 설계된 걸까, 공교로운 우연일까?

불피백석을 겨냥한 함정에 빠진 걸까, 아니면 누군가의 놀이에 잘못 뛰어든 걸까?

방다병은 이미 전신이 마비되어 꼼짝도 할 수 없었다. 머리까지 마비된 것 같은 기분을 느끼며 미동도 없이 이리의 이빨을 두른 듯한 철창만 응시하고 있었다. 이연화는 말없이 방안에 서 있고, 전운비는 중상을 입고 바닥에 누워 있었다.

그 순간, 푸르스름한 독 안개가 부서진 벽을 통해 천천히 흘러들어왔다.

## 3. 구멍을 내다

이연화가 손을 뻗어 방다병의 눈을 가렸다. 방다병은 등의 혈자리가 저릿해지는 것을 느끼면서 정신을 잃었다.

전운비는 중상을 입고 쓰러졌고 방다병도 의식을 잃었다. 스며드는 독 안개를 발견한 이연화는 방다병의 장포를 벗긴 뒤 멈춘 철창을 조심스럽게 에돌아갔다. 이어 침대를 잘라낸 나무토막을 주워 장포로 감싸고 벽에 난 구멍을 틀어막았다. 몸을 돌리니 그의 뒤로 일 척도 떨어지지 않은 곳에 철창이 있었다. 누구든 철창을 건드리면 무사하지 못할 터였다.

전운비는 의식이 있었다. 화살이 폐엽을 관통했지만 이연화가 혈도를 짚어 피를 밖으로 흘러나가게 했기에 폐 안에 피가 고이지 않아 치명상은 면했다. 검을 뽑고 일어나 죽기로 싸운다면 평소 공력의 팔 할은 발휘할 수 있을 듯했지만 이연화가 누워 있으라고 했으므로 가만히 있었다.

전운비에게는 젊은 시절 존경했던 한 사람이 있었다. 십수 년이 흘렀지만 전운비의 눈에 그는 예전 그대로였다.

그래서 그가 시키는 대로 했다.

그가 하라는 대로 따르는 것은 본능이었다.

전운비가 '그가 하라는 대로 따르는 것은 본능'이었던 시절을 회상하고 있을 때, 이연화는 날카로운 이빨을 번뜩이는 괴물을 보며 고민했다. 그 안에 설치된 수많은 기관은 미세한 진동이나 자극만으로 격발될 수 있지만 날카롭게 솟은 칼날 때문에 어디부터 손을 대야 할지 난감했다. 가시 돋친 의자처럼 생긴 이 물건을 보고 있자니 저도 모르게 웃음이 터졌다.

어떻게 하지?

밖에서 흘러들어온 독 안개에 방다병의 장포가 축축해졌다. 값비싼 옷감인데다 방다병의 집안에서 천방지축인 그의 성격을 잘 아는지라 명주실에 금실을 섞어 짠 비단으로 옷을 지어 장포가 갑옷처럼 튼튼했기 때문에 독 안개에 닿아도 금방 삭아버리지 않고 천천히 젖은 것이다. 외부의 수증기는 방안으로 스며들지 못하고 장포 자락을 따라 천천히 흘러내렸다. 방울방울 떨어진 독물이 바닥에 고였다.

한참 생각에 잠겼던 이연화가 갑자기 엎드려 바닥에 귀를 대고 소리를 듣더니 바닥을 쓰다듬었다. 바닥에 깔린 것은 평범한 벽돌이었다. 그는 몸을 돌려 방다병이 차고 있던 검을 빼냈다. '이아爾雅'라는 검이었다. 방다병은 오랫동안 그걸 지니고 강호를 누볐지만 장검이 촌스럽다며 요즘은 검 대신 옥 단적을 들고 다녔다. 이연화가 옥 단적을 불어보라고 온갖 방법으로 꼬드겼지만 방다병은 한 번도 부는 걸 보여준 적이 없었다.

그러나 이번에 기한불이 서신을 보내 도움을 청하자 방다병은 슬그머니 자신의 검을 허리춤에 차고 길을 나섰다. 오래전 사고문이 검술로 이름을 날린데다 지금의 문주 초자금도 검으로 천하를 제패했다는 사실을 의식한 것이다.

'이아'는 방씨 가문에서 특별히 거금을 들여 만들어준 것으로, 얇고 가벼웠으며 진주와 백옥으로 화려하게 장식한 검자루가 방다병과 썩 잘 어울렸다. 이연화는 검을 가볍게 뽑아들고는 아무런 소리도 내지 않고 곧장 가볍게 바닥을 갈랐다.

검 끝이 아주 쉽게 바닥을 뚫고 들어가자 전운비가 놀란 얼굴을 했다. 그 예리함이 강호의 이름난 다른 검들보다 결코 뒤지지 않는데 지금껏 그 검에 대해 들어본 적이 없었다. 이연화가 검으로 바닥에 길이 이 척, 너비 이 척의 사각형을 그렸다. 검은 바닥을 이 척도 넘게 뚫고 들어갔다. 정말 보기 드문 보검이었건만 이연화는 그 검을 톱처럼 쓰고 있었다. 바닥 벽돌을 네모지게 칼질한 이연화가 방다병을 안아 전운비 옆에 내려놓더니 벽을 향해 이아를 휙 던진 뒤 방금 잘라낸 벽돌을 손으로 눌렀다.

이아의 검날이 찰캉 소리를 내며 벽에 박히는 순간, 쉭 하고 활 쏘는 소리도 들려왔다. 과연 정원 밖에 있는 사람이 방안의 소리를 듣고 쏜 화살이 이아가 박힌 벽에 정확히 날아와 꽂혔다. 벽이 미세하게 떨리고 바닥도 가볍게 흔들렸다. 이어 철에서 펑 하는 소리가 나더니 수십 개의 검은 칼날이 발사되었다.

이연화는 여전히 바닥에 손을 짚고 있었다. 칼질한 벽돌이 수십 근 아니 백 근은 족히 넘을 것 같은데 그가 점경黏勁*을 이용해 벽돌을 가뿐히 들어올리자 그 자리에 커다란 구멍이 생겨났다. 철창이 검은 칼날을 발사하며 다시 앞으로 굴러왔다가 이연화가 파낸 구멍으로 쿵 굴러떨어지더니 우당탕탕 요란한 소리를 내며 점점 멀어졌다.

---

* 체내의 기를 이용해 사람이나 사물을 들러붙게 하는 힘.

이연화가 벽돌과 황토를 점경을 이용해 잘라냈던 옆으로 돌려 철창에서 발사된 날을 막아내자, 정원 밖 궁수가 수상한 낌새를 눈치채고 화살 세 발을 연달아 발사했다. 화살이 차례로 날아와 벽에 박혔지만 활시위 당기는 소리는 거기서 멈추지 않았다. 이제는 소리를 듣고 활을 쏘는 것이 아니라 방을 향해 무자비하게 화살을 난사했다. 방안에 누가 있든 고슴도치로 만들어버릴 기세였다.

길이 이 척, 너비 이 척의 벽돌판으로는 맹렬히 날아오는 화살을 다 막아낼 수 없었다. 이연화가 재빨리 바닥에 난 구멍을 들여다보니 조금 전 떨어진 철창은 어디로 갔는지 보이지 않았다. 쏟아지는 화살 때문에 그 밑에 뭐가 있는지 더 살펴볼 겨를도 없이 이연화는 방다병을 잡아끌고 구멍 아래로 뛰어내렸다. 전운비도 상처 입은 가슴을 손으로 움켜쥐고 뒤따라 뛰어내렸다. 바닥은 그리 깊지 않다. 전운비의 발이 바닥에 닿기 전 누군가 그의 등허리를 살짝 미는 느낌이 들더니 등을 통해 들어온 뜨거운 기운이 온몸으로 퍼져나갔다. 전운비가 착지해 몸을 똑바로 하고 섰다. "그러실 필요 없습니다."

그의 착지를 도운 것은 이연화였다. 구멍 아래는 천연 동굴이었다. 머리 위 구멍을 통해 들어온 희미한 빛에 의지해 살펴보니 사방이 축축한데 양쪽으로 몇 개의 통로가 뻗어 있었다. 그들이 선 곳은 주요 통로인 듯 곧게 쭉 뻗어 있었다. 괴물 같은 철창이 통로를 따라 굴러떨어지며 사방으로 발사된 암기가 벽에 빽빽히 박힌 모습이 보였다.

전운비가 미간을 찡그렸다. "이건…… 석회동굴인가요?"

산세가 수려하고 물이 기세 좋게 흐르는 곳에서는 석회동굴을 흔히 볼 수 있었다. 청죽산은 비록 야트막한 구릉에 시내가 조금 흐를 뿐이지만 그래도 산은 산이니 석회동굴이 있는 게 그리 이상한 일은 아니었다. 이연화가 한숨을 내쉬었다. "음, 석회동굴이군. 문제는 이곳이 보물이 감춰진 석회동굴이라는 거야……"

전운비가 의아한 표정으로 물었다. "보물이 감춰져 있다고요? 무슨 보물이요?"

이연화가 방다병의 몸을 여기저기 눌렀다. 그의 몸에 퍼진 독을 빼내려는 건지, 아니면 그에게 목숨을 살리는 비방이 있을지 찾아보는 건지 알 수 없었다. "전 대협."

전운비가 재빨리 말했다. "전운비라고 불러주십시오."

이연화가 그를 향해 웃었다. "밖에서 우릴 향해 날아온 화살들…… 조금 이상하지 않소? 우리가 방에 들어가고도 죽지 않자 화가 나 우릴 죽이지 않으면 안 될 것 같은 기세로 날아들었소."

전운비가 고개를 주억거렸다. "그렇습니다. 사람이 쏜 게 아니라 기관에서 발사된 듯합니다."

이연화도 고개를 끄덕였다. "그렇소. 아무리 활을 잘 쏜다 해도 그렇게 강한 내력으로 열 발도 넘게 연달아 쏘는 건 불가능하지. 그것도 똑같은 힘으로 말이오. 게다가 그 화살들은 벽을 뚫고 들어와서도 사람을 해칠 만큼 강했소. 사람의 힘으로 쏜 것이라면 이삼십 년 동안 연마한 실력일 거요."

전운비가 피식 웃었다. "사람이 쏜 화살이었다면 저는 이미 죽었을 겁니다."

이연화가 또 고개를 끄덕였다. "밖에서 누군가 엄청난 기관을 가지고 화살을 쏜 것 같소. 그런데 독 안개도 두려워하지 않는 사람이 방에 들어오지 못하고 화살만 쏜 건 무슨 이유일까?"

전운비가 가만히 말했다. "당연히 들어올 수 없었겠지요."

이연화가 진지한 표정으로 말을 받았다. "그렇소. 우리가 개미를 죽일 때와 철창에서 암기가 발사될 때 시끄러운 소리가 나자 화살을 쏘지 못했소. 귀가 어두운 사람인 것 같소. 중상을 입었거나 무예에 능하지 못하다는 뜻일 거요."

전운비가 웃음을 터뜨렸다. "무예는 능하지 못하지만 기관에는 정통한 사람이군요."

이연화도 웃음을 터뜨렸다. "그렇소. 어느 각도에서 쏘아야 화살이 벽을 뚫을 수 있는지 잘 알고 있지. 이 집에서 죽은 네 사람은 독 안개를 두려워했지만 기관에 대해서는 알지 못한 것 같소. 그렇다면……"

"그렇다면 밖에 있는 사람이 이 집의 진짜 주인일 가능성이 크겠군요." 전운비가 쓴웃음을 지었다. "집주인이면서 왜 밖에 있을까요?"

"여기서 죽은 네 사람에게 어떤 문제가 있었겠지." 이연화가 한숨을 내쉬었다. "우리가 운 나쁘게 그들 네 사람과 거의 같은 시점에 이 집에 오게 된 거고……"

두 사람은 잠시 서로 얼굴만 쳐다보았다. 그러다 전운비가 물었다. "그런데 그게 보물과 무슨 상관이 있습니까?"

"양쪽 방에서 죽은 네 사람은 동행으로 보이지 않았소. 동행이 아닌 사람들을 같은 날 같은 곳에 모이게 하는 일이 몇 가지 있지. 첫째는 회합, 둘째는 원수 찾기, 셋째는 먹고 마시며 즐기기, 넷째는 보물찾기……" 이연화가 사방을 둘러보다가 씁쓸하게 웃었다. "이중에 무엇인 것 같소?"

전운비는 선뜻 대답하지 못했다. "아마……"

"수상한 점이 아주 많소. 이 사건은……" 이연화가 여기까지 말했을 때 왼쪽 통로에서 얼굴 하나가 불쑥 튀어나왔다.

창백하고 뼈만 앙상한데다 눈가가 거무스름한 기괴한 얼굴이 새된 비명을 지르며 그들을 덮쳤다. 이연화가 비틀거리며 달려드는 그를 밀쳐내야 할지 부축해야 할지 망설일 때 그는 이미 방다병 앞으로 고꾸라졌다. 바닥에 엎어진 그 사람은 눈을 들어 앞을 보더니 또다시 비명을 질러대며 비틀비틀 왼쪽 통로로 도망쳤다.

전운비가 아연실색한 표정으로 서 있는데 이연화가 방다병을 보며 말했다. "피골이 상접한 네 얼굴에 언젠가는 사람들이 놀라 자빠질 거라고 했지? 우리를 뜯어먹으러 나왔던 사람도 널 보고 놀라서 도망치는 거 봐."

"도망치고 싶은 건 나야. 몸이 안 움직여서 그렇지." 정신이 혼미한 채 바닥에 누워 있던 방다병이 힘없이 대꾸했다. "여기가 어디야?"

이연화가 허리를 숙여 방다병을 향해 친절하게 말했다. "귀신 동굴."

방다병은 바닥에 널브러진 몸을 일으킬 생각이 조금도 없었다. "내가 왜 여기 있어?"

이연화가 머리 위를 가리켰다. "바닥에 구멍을 냈는데 그 밑으로 동굴이 있어서 뛰어내렸지."

방다병이 쿨럭쿨럭 기침을 했다. "어떻게 네가 바닥에 구멍을 낼 때마다 그 밑에 뭐가 있는 거야?"

가까스로 일어나 앉은 방다병이 몸을 여기저기 더듬어봤다. 마비는 거의 풀렸다. 자세히 보니 부상당한 다리에서 흘러나온 검붉은 핏자국이 손바닥만하게 남아 있었다. 누군가 그의 기혈을 순환시켜 체내의 독혈을 밖으로 배출시킨 것이다. 스스로 기혈을 순환시켜보니 내식에는 큰 손상이 없었다. 방다병은 속으로 흐뭇해하며 원기를 손상하지 않고 기혈을 순환시켜 독혈을 빼낼 수 있는 공력을 가진 사람은 그들 셋 중 전운비뿐일 거라고 짐작했다. 화살을 맞아 부상당한 몸으로 그 정도 공력을 낼 수 있다니 과연 왕년에 이상이와 결투를 벌일 만한 고수라고 인정했다. 방다병은 자신의 사지가 멀쩡히 붙어 있고 피부도 온전한 것을 확인한 뒤 비틀거리며 일어났다. "이제 어쩔 거야?"

"석회동굴이라 갈래길이 많습니다. 다른 갈래길에는 사람도 있고요." 전운비의 말은 늘 짧고 명료했다. "이상한 곳입니다."

방다병이 의아한 표정을 지었다. "무슨 소린지 모르겠네."

이연화가 찬찬히 설명했다. "기관으로 가득찬 그 집과 독 안개가 바로 이 석회동굴 위에 있었어. 이 동굴에 보물이 있는 것 같아. 보물을 찾으려는 사람들이 여기로 모여든 거고. 집주인은 우리도 보물을 훔치러 온 걸로 오인했겠지……"

방다병이 이연화의 말을 자르고 끼어들었다. "보물을 찾으러 왔다고? 우리집에 금은보화가 그득하게 쌓였는데 그깟 보물 따위 누가 탐낸다고 앞뒤 재지도 않고 사람을 죽이려고 해? 이렇게 황당할 데가 있나!"

"이 동굴에 사람이 많은 것 같아." 이연화가 주변 소리에 귀를 곤두세웠다. 통로 몇 곳에서 사람 소리가 들렸고 멀리서 시끌시끌한 소리도 가느다랗게 들려왔다. "문제는…… 보물만이 아닐 수도 있어."

피를 많이 흘린 전운비는 눈앞이 흐리고 약간 어지러웠다. 비틀거리는 전운비를 방다병이 얼른 부축했지만 방다병 역시 다리가 온전치 못한 터라 함께 비틀거렸다.

이연화가 주위를 둘러보며 중얼거렸다. "우선…… 누울 곳을 찾는 게 급선무인데, 아쉽게도 여기는 아귀들 소굴이야. 먹을 물이라도 있으면 다행인데, 일단 이쪽으로……" 이연화가 양쪽으로 전운비와 방다병을 부축해 세 사람은 천천히 걷기 시작했다.

사방으로 어지럽게 통로가 뚫린 동굴에서는 출구를 찾으려 해도 자꾸만 더 깊이 들어가는 것 같았다. 세 사람은 주위를 몇 바퀴 돌아본 뒤 크지도 작지도 않은 굴을 찾아 간신히 몸을 숨겼다.

사방으로 이어진 통로마다 사람이 적지 않았다. 무얼 찾아 여기까지 왔는지 몰라도 일부는 굶주리다 미쳐버린 듯했고, 기이하게 생긴 기관이 당장이라도 사람을 죽일 듯 머리 꼭대기에 매달려 있었다. 이게 다 어찌된 영문인지는 일단 제쳐두고 지금은 부상을 살피는 게 급선무였다.

다섯 사람쯤 들어갈 만한 굴이었다. 가슴에 부상을 입은 전운비는 앉자마자 눈을 감고 말없이 정신을 가다듬었지만, 방다병은 영취루英翠樓, 설옥방雪玉舫, 홍강일지춘다루洪江一枝春茶樓 등 산해진미 타령을 시작해 밀즙송계蜜汁松鷄와 부용향설탕芙蓉香雪湯을 지나 공작 다리구이와 잠자리튀김까지 이어갔다. 방다병의 넋두리를 말없이 듣던 이연화가 더 참지 못하고 한숨을 내쉬며 탄식했다. "나도 배 고프다고 말하고 싶었는데 이젠 배가 고프지 않네."

방다병이 코웃음을 쳤다. "너는 배가 고프면 곤륜산의 지렁이도 먹으면서 잠자리가 어때서? 내가 모를 줄 알아? 재작년에 네가 곤륜산에서 길을 잃었을 때 천지사방이 새하얀 눈밭에 지렁이 몇 마리 말고는 아무것도 없었지. 그때 너도 허겁지겁 그 지렁이를 먹었잖아."

이연화가 정색했다. "그건 동충하초였어……" 그러고는 방다병의 다친 다리를 보며 물었다. "걸을 수 있겠어?"

방다병은 아직도 다리에 힘이 들어가지 않았지만 이연화에게 약한 모습을 보이기 싫었다. 한 발로 뛰어도 그보다 빨리 뛸 수 있을 것 같은 오기가 발동해 냉큼 대답했다. "걸을 수 있고말고!"

이연화가 전운비를 가리켰다. "전 대협은 부상이 심하고 여긴 위험해. 걸을 수 있으면 전 대협에게 먹일 물을 좀 구해 와."

방다병은 어이가 없어서 자기 코를 가리켰다. "내가? 나 혼자서 구해 오라고?"

"굶주린 광인들이 널 보면 도망칠 테니 네가 가야지."

방다병의 눈이 화등잔만해졌다. "그럼 넌?"

이연화가 여전히 진지한 표정으로 말했다. "난 여기 앉아서 쉬어야겠어."

말문이 막힌 방다병에게 이연화가 말했다. "빨리 구해 와. 출혈이 너무 심해서 전 대협이 탈수될 수도 있어."

두 번이나 '전 대협'을 핑계로 내세우니 방다병은 잔뜩 부아가 난 눈초리로 이연화를 쏘아본 뒤 비틀거리며 은신처를 나섰다.

방다병이 자리를 뜨자마자 이연화가 손끝으로 전운비의 가슴을 눌렀다. 그 순간 전운비가 눈을 번쩍 뜨며 이연화의 손을 붙잡고 담담히 말했다. "그러실 필요 없습니다."

이연화가 부드러운 목소리로 말했다. "억지로 버티지 말게. 적잖은 나이에 혼인도 안 했으니 자기 몸은 스스로 돌봐야지." 그러고는 전운비의 가슴 몇 군데를 손으로 누르자 양주만의 내경內勁*이 이연화의 손끝을 타고 전운비의 기맥으로 스며들어갔다. 피를 많이 흘렸지만 원기는 흩어지지 않았으므로 가슴과 등의 상처는 금세 아물었다.

전운비가 팔짱을 끼고 있던 팔을 풀었다. 고마워하는 기색은 조금도 없이 잠시 후 그가 말했다. "대협의 공력이……"

이연화가 빙그레 웃었다. "자네가 지금 일어나 나와 결투를 벌이면 당연히 내가 지겠지."

전운비가 고개를 저으며 말수가 적은 그답지 않게 사정을 캐물었다. "그때 동해에서 입은 부상 때문입니까?"

"그 때문만은 아니네."

---

* 체내 기의 흐름을 통해 만들어지는 힘.

전운비는 더 묻지 않고 한숨을 토해내고는 검자루를 향해 손을 뻗었다. 그런데 검자루가 있어야 할 자리에 아무것도 없었다.

바로 그때 멀지 않은 곳에서 소리가 났다. 둘은 숨죽이고 소리에 귀를 기울였다. 쇠가 바닥에 끌리는 소리가 어렴풋이 들리더니 뒤이어 바퀴 소리가 들렸다. 수레바퀴가 지나가는 것 같았다. 그리 멀지 않은 통로에서 들려오는 듯했는데 바닥에 끌리는 쇳소리는 아주 작았다. 소리가 멎은 뒤 전운비가 나직하게 말했다. "쇠사슬입니다."

이연화가 고개를 끄덕였다. 쇠사슬을 끌고 가는 소리가 분명했다. 이 기괴한 석회동굴 속에 누가 쇠사슬로 묶여 있는 걸까?

쇠사슬 끌리는 소리가 지나간 뒤 동굴 입구에서 빛이 번쩍이더니 중의만 걸쳐 더 깡말라 보이는 방다병이 주둥이가 곧고 뚜껑에 동그란 손잡이가 달린 항아리를 품에 안고 무사히 돌아왔다. 이연화가 얼른 항아리를 열어보니 맑은 물이 담겨 있었다. 심한 출혈에 갈증이 심했던 전운비가 사양하지 않고 항아리를 양손으로 받쳐든 채 물을 마시기 시작했다.

방다병이 머쓱한 표정으로 전운비를 쳐다보자 이연화가 한숨을 내쉬었다. "죽은 사람의 항아리를 어디서 주워온 거야?"

이연화의 말에 전운비는 사레가 들릴 것 같았지만 계속해서 물을 마셨다.

방다병이 억지웃음을 지었다. "어떻게 알았어?"

이연화가 항아리를 툭 쳤다. "이런 걸 장군관將軍罐이라고 하지. 유골분을 담는 항아리. 설마 여기가 무덤인가?"

방다병이 어깨를 으쓱이며 밖을 가리켰다. "왔던 길을 되돌아가는데 아무도 없길래 네가 구멍을 낸 곳까지 갔지. 그 무시무시한 철창이 굴러떨어진 곳에서는 사람이 살아남지 못했을 것 같아서 철창이 굴러내려온 길을 따라 거슬러올라간 거야."

이연화가 흐뭇한 미소를 지었다. "점점 똑똑해지는구나."

방다병이 득의만면해 바닥의 평평한 돌에 자리를 잡고 앉아 거만하게 다리를 꼬았다. "그 길 끝에 호수가 있더라고. 물 담을 그릇을 찾던 중에 호숫가에 이런 항아리가 잔뜩 쌓여 있는 걸 보고 그중 하나를 비워 물을 담아 왔지."

그 말에 이연화가 깜짝 놀랐다. "호숫가에 이런 항아리가 쌓여 있다고?"

방다병이 고개를 끄덕였다. "담처럼 높이 쌓여 있어."

전운비가 물 마시기를 멈추고 낮은 목소리로 물었다. "이 항아리에 유골이 들어 있었단 말입니까?"

방다병은 그 질문에 되레 놀랐다. "유골 항아리에 유골이 들어 있는 게 당연하지. 본 공자가 일부러 유골함을 골라 물을 담아 온 것도 아니고. 유골분은 물에 버리고 깨끗이 씻은 거야……"

이연화가 미간을 찡그렸다. "땅속에 유골 항아리가 쌓여 있다니. 어쩌면…… 진짜 여기가 무덤일 수도 있겠네."

방다병이 머리를 긁적였다. "무덤이라고? 바닥이 전부 물이던데 물웅덩이에 무덤을 만드는 사람도 있어?"

"그거야 모르지. 아무튼 여긴 죽은 사람도 많지만 산 사람도 많이 들어오는 것 같아……" 그렇게 중얼거린 이연화는 바닥에 털썩 드러누웠다. "날이 저물었으니 일단 한숨 자자."

방다병이 신이 나서 냉큼 옆에 누웠다. "본 공자도 오늘은 너무 피곤해."

전운비는 눈을 감고 가부좌를 틀고 앉았다. 대숲에서 길을 잃었을 때부터 계산해보니 시간이 너무 늦었다. 벌써 이경에 가까웠다. 이 석회동굴이 보물동굴이든 무덤이든 간에 내일 다시 생각해보기로 했다.

이연화와 방다병은 이내 잠이 들었지만 전운비는 쉬이 잠을 청할 수 없었다. 검을 지니고 있지 않은데다 조금 전에 들려온 그 기괴한 쇠사슬 소리 때문에 긴장을 풀 수 없었다. 오랫동안 기씨 집안에 기거하면서 곳곳에 위험이 도사린 환경에 익숙해진 그였건만 지금 상황에는 적응되지 않았다.

주위가 이상하리만치 고요했다. 석회동굴의 이 구석은 철저히 버려진 듯 작은 소리 하나 들리지 않았다. 내내 긴장하던 전운비는 그의 몸에 주입된 양주만의 진력에 가슴과 등이 따뜻하고 편안해져 잠시 잠들고 말았다. 그러다 문득 눈을 떠보니 이연화와 방다병은 아직 잠들어 있었다. 쓴웃음이 나왔다. 이토록 위험한 상황에서도 태평하게 잠잘 수 있다는 것이 신기했다.

얼마 정도 시간이 흐른 뒤 방다병이 늘어지게 하품을 하며 눈도 뜨지 않고 굼뜨게 주위를 더듬다 옷이 손에 잡히지 않자 눈을 번쩍 떴다. 어제 기절한 후부터 자신의 장포가 보이지 않았다는 것을 그제야 깨달았다.

방다병이 마구 흔들어 깨우자 이연화가 벌떡 일어나 한참 동안 그를 멍하니 보다가 눈을 껌벅거렸다. "왜 그래?"

방다병이 웅얼웅얼 물었다. "내 옷은?"

이연화는 엉겁결에 고개를 저었다. "못 봤어. 네 옷을 내가 어떻게 알아……" 순간 방다병의 그 값비싼 옷으로 문틈을 막았던 것이 생각나 재빨리 입을 꾹 다물었다.

방다병이 그 표정을 보고 벌컥 화를 냈다. "본 공자의 옷은 어디로 갔느냐?"

이연화가 헛웃음을 웃었다. "독 안개 속으로 던져버렸어."

방다병이 노발대발했다. "그럼 이 아침에 난 뭘 입으라고?"

"어차피 땅속이라 어두컴컴한데 뭘 입든 똑같잖아."

방다병이 냉소했다. "옳거니, 지당하신 말씀. 뭘 입든 똑같으니 네 옷을 내놔!"

이연화가 옷소매를 꽉 쥐었다. "이게 무슨 볼썽사나운 짓이야? 체통을 지켜야지."

방다병은 머리끝까지 화가 치밀었다. "네가 내 옷을 벗기면 영웅호걸이고, 내가 그러면 체통머리 없는 짓이야? 내가 낡아빠진 그 옷이 탐나서 이래? 본 공자가 네 옷을 입어주는 걸 영광으로 알아야지!"

둘이 옷 때문에 옥신각신하는 동안 전운비는 못 본 척하고 청력을 모아 주위의 동정을 살피는 데만 집중했다.

이연화가 요리조리 피하며 잡히지 않자 방다병이 이연화의 발을 걸어 넘어뜨린 뒤 의기양양하게 두 팔로 그를 누르고 옷을 잡아당겼다.

이연화가 다급히 외쳤다. "잠깐! 새 옷 줄게!"

그 말에 방다병은 물론 전운비도 뜻밖이라는 표정을 지었다. 어젯밤 분명 세 사람 모두 갖고 있던 보따리를 말 위에 실어놓았는데 여기에 어떻게 새 옷이 있단 말인가? 방다병이 의아한 표정으로 물었다. "새 옷이 있어? 어디?"

가까스로 방다병의 팔을 풀고 빠져나온 이연화는 머리와 얼굴이 온통 흙먼지로 뒤범벅되어 눈앞이 핑 돌았다. 이연화가 머리를 흔들어 털며 말했다. "아…… 모든 옷은 원래 다 새 옷이었잖아……"

방다병이 배뚜름한 시선으로 이연화를 흘겨보았다. "그래서, 옷이 어디 있어?"

이연화가 품에서 작은 꾸러미를 꺼냈다. 방다병이 미간을 잔뜩 찡그린 채 꾸러미를 응시했다. 저렇게 작은 꾸러미에 옷이 있다고?

하지만 전운비는 그 꾸러미를 보는 순간 한 가지 생각이 뇌리를 스쳤다. '혹시?'

이연화가 꾸러미를 펼치자 방다병의 눈앞이 환해졌다. 눈처럼 희고 보드라운 물건이 비단처럼 은은한 진줏빛 광채를 띠었고, 방금까지 둥글게 뭉쳐져 있었는데도 주름 하나 없었다.

방다병이 그게 무엇인지 알아채기도 전에 전운비의 입에서 나지막한 탄성이 터져나왔다. "영주贏珠!"

영주? 방다병도 어렴풋이 들어본 적이 있었다. "영주?"

전운비가 잠시 후 말했다. "영주갑이군요."

영주갑? 방다병은 뒤통수를 한 대 얻어맞은 듯 머릿속이 웅 하고 울리며 멍해졌다. "영…… 영주갑이라고?"

전운비가 고개를 끄덕였다. "그렇습니다."

영주갑. 백 년 전 소주蘇州의 비단 장인이 황제에게 진상한 공물로 특별한 거미줄을 짜서 만든 비단이다. 신비롭게도 검으로 베어도 잘리지 않는다고 했다. 쥐면 한 움큼도 되지 않을 만큼 얇지만 몸에 걸치면 여름에는 물처럼 시원하고 겨울에는 햇볕처럼 따뜻해 그걸 입은 사람은 만수무강할 수 있다고 했다. 영주갑은 당시 변방을 지키던 진변대장군鎭邊大將軍 소정蕭政에게 호신내갑護身內甲으로 하사되었는데 나중에 도읍으로 돌아간 소정은 영주갑을 자기 집 보물창고에 보관해뒀다. 훗날 황제가 붕어하면 배장품으로 바칠 생각이었으나, 어느 깊은 밤 대장군 저택의 삼엄한 경비 속에서도 영주갑이 감쪽같이 사라졌고 범인을 끝내 찾지 못했다. 그후 수십 년이 흐른 뒤 의홍루倚紅樓에서 열린 진보연珍寶宴에서 영주갑이 모습을 드러내며 천하의 여덟번째 보물로 다시 세상에 등장했지만, 금원맹이 진보연에 난입해 아수라장이 되었고 그때 영주갑도 적비성의 손에 들어갔다가 이후 금원맹이 와해되면서 영주갑은 다시 세상에서 자취를 감췄다.

그런데 그 물건을 이연화가 갖고 있는 것이다. 한참 멍하게 있던 방다병이 입을 열었다. "얼어죽을 이연화, 이걸 어떻게 네가 갖고 있어?"

전운비도 묻고 싶었다. 적비성의 물건이 어떻게 이연화에게 있단 말인가? 자신을 뚫어져라 보는 두 쌍의 눈동자를 번갈아보며 이연화가 난처한 듯 웃었다. "그게, 그러니까……"

"흥, 허튼수작 부릴 생각 말고 빨리 말해! 이거 어디서 났어?"

이연화가 계속 억지웃음을 지으며 말했다. "말해도 안 믿을까봐 그러지."

방다병이 짜증스러운 투로 말했다. "일단 말하기나 해. 이 물건을 네가 갖고 있다는 사실 자체가 워낙 기괴해서 네가 무슨 얘기를 해도 믿지 못할 것 같지만."

"바다에서 주웠어." 이연화가 진지한 표정으로 말했다. "햇볕이 따사롭고 물결도 잔잔하던 어느 날, 바다에서 배를 타고 한가롭게 쉬는데 천주머니 하나가 배 옆에 둥둥 떠 있길래 건져올렸지. 하늘에 맹세코 사실이야. 이게 정말로 바다에서 둥둥 떠다니고 있었어……"

방다병의 입이 떡 벌어졌다. "바다에서? 이상이와 적비성이 결투를 벌여서 금원맹의 배가 침몰했을 때 네가 근처에서 배를 타고 있었단 말이야?"

"음, 그게……"

이연화가 대꾸하지 못하고 머뭇거리자 전운비가 상황을 파악하고 웃음을 터뜨렸다. "자만심 넘치는 적비성이 영주갑을 입지 않고 곁에 두고만 있었나봅니다. 이상이가 금원맹의 배를 침몰시켰을 때 배에 있던 물건이 모두 물에 떠내려갔고 그걸 이 선생님이 우연히 주웠군요?"

방다병은 전운비의 웃는 모습을 처음 봐 깜짝 놀랐다.

이연화가 고개를 끄덕이며 감탄하는 눈빛으로 전운비를 보았다. "바로 그렇게 된 일이오. 아무튼 네가 입어. 어차피 내 옷도 아니니까 너 가져."

방다병은 그 화려하고 보드라운 옷을 보며 어쩐지 뒷덜미가 오싹했다.

전운비가 담담하게 말했다. "영주갑은 검으로 찔러도 뚫리지 않습니다. 부상을 당하셨으니 입으시는 게 좋겠습니다."

방다병은 평소답지 않게 난처한 표정으로 영주갑을 툭툭 털더니 어색하게 몸에 걸쳤다. 자신이 늘 입는 희고 화려한 도포와 별반 다르지 않았지만 어쩐지 바늘 옷을 입은 듯 불편했다.

이연화가 흐뭇한 눈빛으로 방다병을 보았다. 얼떨결에 공짜 옷을 얻고도 떨떠름하기만 한 방다병은 이연화의 그 '흐뭇한' 얼굴을 보자 더 부아가 치밀었다. "영주갑을 갖고 있다는 얘긴 한 번도 안 했잖아."

이연화가 정색했다. "네가 물어봤다면 얘기했겠지."

방다병이 이연화의 코를 찌를 듯 삿대질을 하며 한바탕 욕을 퍼부으려는데 흰 소맷자락이 덩달아 펄럭였다. 방다병은 목구멍까지 치밀었던 욕을 도로 삼켰다.

펄럭이는 이 흰 소맷자락을 어디서 본 듯한 기분이 들었다.

바람처럼 물처럼 손에 잡힐 듯 말 듯 나부끼는 옷자락을…… 어디서 봤더라.

방다병이 조용히 생각에 잠기는 사이 이연화가 전운비에게 고개를 돌렸다. "전 대협, 다친 데는 좀 어떻소?"

"양주揚州……" 전운비는 고개를 끄덕이며 입을 열다가 순간 멈칫했다. 그러고는 잠시 후 태연하게 말을 이었다. "과연 훌륭하십니다. 말끔히 나은 듯합니다."

이연화가 흐뭇한 미소를 지었다. "그래도 안정을 취하는 것이 좋겠소. 가급적 결투는 피하시오."

전운비가 대답 대신 물었다. "제 검은 어디에 있습니까?"

이연화가 말했다. "너무 무거워서 버렸소."

전운비가 양 눈썹을 움찔거렸다. 그는 곧 이연화를 가만히 응시하며 말했다. "앞으로 제 숨이 끊어지기 전에는 제 검을 거두지 마십시오."

이연화는 아무 말도 못하고 당황한 눈빛으로 전운비를 보았다.

전운비의 눈동자에 차올랐던 분노는 이미 사라졌으나 쓸쓸함이 그 자리를 채웠다. "미련 없이 검을 버리는 이도 있지만, 일평생 저버리지 않는 이도 있습니다. 사람마다 신념이 다른 법이지요."

이연화가 멍한 표정으로 고개를 끄덕였다. "내가 잘못했소."

멍하니 소맷자락을 보며 생각에 잠겨 있던 방다병은 그제야 현실로 돌아왔다. "얼어죽을 이연화. 저 위의 구멍으로 다시 나갈 수 있어? 이 동굴은 너무 수상해서 여기서 다른 출구를 찾긴 힘들 거 같아. 날이 밝아 독 안개도 사라졌을 테니 나가도 괜찮지 않을까?"

"그렇네. 네 말이 맞아. 밖으로 나가자."

이연화가 웬일로 순순히 동의하자 방다병은 되레 어리둥절했다. 전운비도 반대하지 않았으므로 세 사람은 주섬주섬 일어나 어제 도망쳐온 길을 천천히 거슬러올라갔다.

통로는 여전히 고요했다. 어제는 황급히 도망치느라 잘 몰랐지만 이제 보니 통로 안이 조금 밝아 보였다. 날이 밝기도 했지만 동

굴 깊숙한 곳에 횃불이 있는 것 같았다. 어제 뛰어내린 구멍 밑에
도착했는데 역시나 아무도 없었다. 이연화가 고개를 들어 위를 올
려다보았지만 어슴푸레한 빛만 보일 뿐 그 위에 뭐가 있는지 알 수
없었다. 방다병이 영주갑을 걸친 몸을 훌쩍 솟구쳐 올라가려는데
이연화가 재빨리 붙잡았다. "잠깐."

방다병이 의아한 눈빛으로 돌아보자 이연화가 나직이 말했다.
"왜 구멍을 막지 않았을까……"

전운비도 의아했다. 적이 지하 동굴로 뛰어내리고 하룻밤이 지
났는데 추격도 하지 않고 구멍도 막지 않았다. 왜일까? 위에 매복
한 이들이 있는 걸까? 이연화가 사방을 둘러보았다. 어슴푸레한
빛 너머 석회동굴 위쪽으로 울퉁불퉁한 그림자가 가득한 것 같았
다. 화절자를 밝혀 동굴 벽을 비춰봤다.

횃불에 비친 동굴 벽 위로 그림자가 선명하게 드러난 순간 방다
병은 입을 다물 수가 없었다. 그건 빈틈없이 빽빽이 자라난 버섯이
었다. 보드라운 버섯머리가 어젯밤에 만든 구멍 위까지 다닥다닥
자라 있었다. 하룻밤 사이 수많은 버섯이 자라난 것이다.

이연화가 긴 한숨을 내쉬었다. "버섯이었구나……"

동굴 벽에 촘촘히 붙어 있는 버섯을 보며 방다병이 이해할 수
없다는 표정을 지었다. "동굴 속에서 자라는 버섯이라니."

전운비가 미간을 찡그리고 버섯을 살펴보다가 말했다. "바람이
통하는 곳에 자라는 버섯입니다. 구멍이 있는 곳마다 통풍구에 가
까워질수록 더 무성하게 자라지요. 그런데 이것들이 여기 자라난
게 우연인지, 어떤 독 때문인지 모르겠습니다."

"구멍으로 올라가면 안 돼." 이연화가 그렇게 말하며 방다병과 전운비를 잡아끌었다. "어서 가자. 여기 오래 있으면 안 돼. 버섯에 독이 있어."

방다병과 전운비도 놀라 이연화와 함께 서둘러 그곳을 벗어났다. 어제 철창이 굴러내려간 길을 따라 걷다가 방다병이 물을 발견한 호숫가에 도착했다.

꽤 깊은 지하 호수였다. 물이 검게 보이지만 실은 맑았다.

호수 동쪽에 수많은 장군관이 쌓여 있었다. 항아리마다 각각 유골이 담겨 있다면 호숫가에 천 구가 넘는 시신이 쌓여 있는 셈이었다. 황토층을 인위적으로 파서 만든 계단식 바닥에 장군관이 층층이 가지런히 놓여 있었다.

계단은 모두 아홉 층이었고, 각 층마다 항아리 백아흔아홉 개가 나란히 놓여 있었으며, 한 층에만 항아리 하나가 부족했는데 방다병이 물을 담아 온 그 항아리가 빠진 자리였다. 총 천칠백아흔한 개의 항아리였다. 항아리 위에 고운 흙먼지가 내려앉은 것으로 보아 항아리들을 놓은 뒤 누가 만지거나 옮긴 적은 없는 듯했다. 석회동굴이지만 통풍구가 여러 개라 먼지가 날아와 쌓인 것으로 보였다.

수많은 암기를 발사한 기이한 철창이 바로 이 호숫가에 조용히 멈춰 서 있고, 암기에서 발사된 검은 칼날과 짧은 화살과 독침이 바닥에 빼곡히 박혀 있었다.

방다병이 머리를 긁적였다. "이렇게 넓은 곳에 사람이 하나도 없다니 이상하네. 유골이 천 구도 넘게 있으면 중요한 곳일 텐데 어떻게 지키는 사람이 하나도 없지?"

"철창 때문에 사람들이 도망친 건 아닌 거 같아." 이연화가 천천히 다가가 기괴한 철창을 유심히 살폈다. "이렇게 많은 암기를 발사했는데 통로에는 시신도 핏자국도 없어. 어젯밤 이게 굴러떨어질 때도 여기에 사람이 없었다는 뜻이야."

전운비가 사방을 둘러보았다. "어젯밤 우리가 찾은 저쪽 굴에는 독버섯 때문에 사람이 없었던 거라면, 이쪽에 사람이 없는 이유도 독 때문일까요?"

"음." 이연화는 철창에 시선을 고정한 채 생각에 잠겼다.

그제야 철창의 생김새를 정확히 볼 수 있었다.

자세히 보니 의자를 닮은 형태였다. 철창으로 보였던 건 의자 위에 우산처럼 생긴 가림판이 있고 좌우에 바퀴 같은 것이 두 개씩 달렸기 때문이었다. 그런데 여느 바퀴와 달리 팔각형 형태로, 하나는 크고 하나는 작았다. 모두 강철로 만들어졌고 사방에 구멍이 나 있는데, 방다병이 휘두른 옥 단적에 맞아 철갑이 부서지면서 이리 이빨 같은 칼날이 밖으로 드러나 있었다. 동굴로 떨어질 때 강한 충격을 받아 비틀어진 의자 틈으로 칸칸이 각종 암기가 가득찬 틀이 보였다.

"얼어죽을 이연화, 조심해!" 방다병이 별안간 소리를 지르며 달려들어 이연화를 확 밀쳤다. 전운비가 한 팔을 휘두른 순간 첨벙 하고 요란한 소리가 들렸다. 이연화가 고개를 들어보니 뭔가가 시커먼 물속으로 떨어져 깊숙이 가라앉고 있었다.

"저게 뭐야?" 방다병이 고함을 질렀다.

이연화가 말했다. "뱀."

전운비가 숨을 깊이 들이마셨다. "뱀떼입니다."

조금 전 물속으로 뛰어든 형체가 출렁이는 수면 아래서 한 바퀴 빙 돌아 다시 헤엄쳐 오더니 검은 그림자들이 물위로 천천히 떠올랐다. 수면이 반짝이며 쉬쉬 소리가 났다.

정말로 뱀이었다. 그것도 사람 허벅지만큼 굵은 구렁이였다.

동굴 벽에는 독버섯이 자라고 물속에는 구렁이떼가 있었다. 셋은 약속이나 한 듯 구렁이떼를 피해 바닥을 차고 휙 뛰어올라 항아리 무더기 뒤로 몸을 날렸다.

항아리 무더기 뒤에는 뜻밖에도 커다란 구덩이가 있었다. 구덩이 곳곳에서는 등불이 번쩍였다. 항아리 뒤에 흙무더기가 있으리라 예상했는데 십수 장 깊이의 거대한 구덩이가 나타난 것이다. 예상치 못한 상황에 세 사람은 숨을 훅 내쉬며 몸을 다시 날렸다. 방다병은 소매깃을 펄럭이며 동굴 벽을 딛고 성큼성큼 달려 아홉 바퀴를 돈 뒤 사뿐히 착지했다. 가슴에 부상을 입은 전운비는 한 손으로 가슴을 누르고 왼손바닥으로 동굴 벽을 탁 치더니 물 찬 제비처럼 몸을 날려 반대쪽 벽으로 옮겨갔다가 다시 벽을 탁 치고 이쪽 벽으로 돌아왔다. 그렇게 양쪽 동굴 벽 사이를 세 번 왕복한 뒤 착지했다.

두 사람이 바닥에 착지하자 무기 부딪히는 둔탁한 소리가 났다. 자세히 보니 번뜩이는 무기 십수 자루가 군중 틈에 서 있는 한 사람을 향하고 있었다. 그 때문에 방금 두 사람이 구사한 현란한 경공법을 아무도 보지 못했다.

난데없이 군중 속으로 뛰어내린 사람은 물론 이연화였다. 가운데 서 있는 이연화를 향해 무기가 쉭쉭 소리를 내며 다가왔다. 예리한 명검부터 대나무 몽둥이에 쇠갈고리까지 종류도 각양각색이었다. 이연화는 얼어붙은 듯 우뚝 서 있었다. 거대한 구덩이 밑바닥에는 적지 않은 사람들이 있었다. 대머리인 사람, 상투를 틀어올린 사람, 비단옷을 입은 사람, 누더기를 입은 사람 등 행색은 제각각이었지만 모두 스무 살 안팎의 청년들로 보였다. 그토록 다양한 청년들을 어떻게 모았는지 신기할 따름이었다.

"흥! 어젯밤에 또 한 놈 왔다고 들었지." 구덩이 속, 준수한 용모에 금관을 쓰고 흰옷을 입은 청년이 차가운 목소리로 말했다. "자람당紫嵐堂을 통과하다니 대단하군."

어두운 얼굴로 고금古琴*을 안고 있는 검은 옷의 서생이 침울한 목소리로 말했다. "또 한 놈이 제 발로 죽으러 왔군."

이연화는 입을 떡 벌리고 눈앞의 수많은 청년들을 둘러보았다. 다들 이곳에 모여 있었기에 지금까지 지나오는 길에 아무도 없었던 것이다. 무슨 상황인지 파악하기도 전에 한 사람이 이연화의 눈에 들어왔다.

이연화는 저도 모르게 탄식을 내뱉었다.

---

* 일곱 개의 줄로 된 중국 현악기.

## 4. 구덩이

방다병과 전운비도 어느새 자신들을 겨눈 칼끝을 마주하고 있었다. 청년들이 세 사람을 한 귀퉁이로 몰았다. 금관에 흰옷을 입은 청년이 싸늘한 투로 물었다. "어디서 기밀을 얻었느냐?"

기밀을 얻다니? 방다병은 어리둥절했다. 그저 하룻밤 묵을 곳을 찾아 수상한 집에 들어왔다가 독 안개에 갇혀 사투를 벌이던 중 지하 동굴로 떨어졌을 뿐인데, 여기가 무슨 기밀을 얻어야만 들어올 수 있는 곳이란 말인가?

"이보시오…… 형씨……" 이연화가 조심스럽게 입을 열다가 청년을 흘긋 보고는 얼른 말을 바꿨다. "소협…… 우린 우연히 옥화산 밑을 지나다 이 무덤에 보물이 묻혀 있다는 소문을 들었을 뿐이오."

"소문이 그렇게나 퍼졌다니. 그 여자, 친구들이 점점 늘어나고 있군. 많아도 너무 많아." 흰옷의 청년이 냉소를 지었다. "세 사람이 아무리 뛰어난 경공법을 구사한다 해도 한 사람은 거꾸로 처박은 무 같고, 한 사람은 뒤뚱뒤뚱 벽을 뛰어다니고, 또 한 사람은 다 죽어가는 꼴인데 그 재주로 용왕관龍王棺을 손에 넣겠다고?"

용왕관? 방다병은 처음 듣는 얘기였고, 전운비도 들어본 적 없다는 의미로 고개를 살짝 저었다. 이연화가 말했다. "그 진귀한 보물이 비록……"

청년이 이연화를 겨누고 있던 길고 뾰족한 장검을 거뒀다. "재주는 변변치 못해도 솔직하긴 하군. 이름이 무엇이냐?"

이연화가 청년의 손에 들린 검에서 시선을 떼지 못한 채 대답했다. "난 이씨요."

"음." 흰옷 청년이 고개를 들자 옆에 있던 청년들이 비밀 지령이라도 받은 듯 철컹철컹 소리와 함께 무기를 거뒀다.

흰옷 청년이 잠시 생각하다가 말했다. "옥화산 밑에서 소문을 들었다면 필시 그 여자도 봤겠지?"

그 여자라니? 방다병은 이번에도 청년이 무슨 말을 하는지 알아들을 수 없었다. 전운비도 그 여자가 누군지 모르겠다는 듯 미간을 찡그렸지만 이연화는 빙그레 웃으며 말했다. "그렇소. 그렇게 아름다운 미인은 난생처음 봤소."

"나도, 당신도, 여기 있는 사람들 모두 그 여자가 보냈지. 도대체 뭘 어쩌려는 건지 모르겠어……" 그렇게 중얼거리는 청년의 미간에 한 가닥 슬픔이 스쳤다. 성을 내며 위협하던 기세등등한 모습은 사라지고 풀죽은 표정에서 앳된 티가 났다.

이연화가 다독이듯 말했다. "걱정할 것 없소. 그 여자가 무슨 생각인지는 모르지만 이렇게 많은 사람을 여기로 보낸 이유가 있을 테니."

이연화의 말을 멍하니 듣던 청년이 별안간 화를 냈다. "네깟 놈이 뭐라고 그 여자가 자기 생각을 네게 알려주겠느냐?"

이연화가 말문이 막혀 아무 말도 하지 못하고 있는데 누군가 웃으며 말했다. "각 낭자가 용왕관이 표시된 보물지도를 주고 우릴 여기로 보냈잖소. 누구든 용왕관을 여는 자에게 그 안에 든 보물을 주고 각 낭자와 하룻밤을 보낼 수 있게 해준다는 걸 보니 이런 방법으로 자기에게 어울리는 짝을 고르려는 것 같소이다. 백 소협은 무예도 출중하고 명문가 출신이니 우리 중에 제일 돋보이는데 이런 선생을 신경쓸 필요가 있겠소?"

흰옷 청년이 콧방귀를 뀌었다. 생각해보니 자기 앞에 있는 이 '선생'은 대협은커녕 '소협'이라고 부르기도 민망한 꼬락서니였다. 무예는 형편없고 나이도 많은데다 행색마저 초라해 자신과 견줄 만한 구석이 하나도 없었다. 화가 조금 누그러진 흰옷 청년이 몸을 돌려 그를 향해 말했다. "가賈형은 인중용봉人中龍鳳처럼 출중한 분이지만 그 여자를 실제로 본 적은 없을 겁니다. 저는 봤습니다 ……" 청년의 등이 가늘게 떨렸다.

이연화가 마른 웃음을 지으며 '가형'을 응시했다. 깃털부채를 들고 푸른 두건을 쓴 기품 있는 모습의 청년은 바로 사고문을 새로 일으킨 젊고 유능한 군사 부형양이었다.

부형양은 귀공자 차림으로 사람들 틈에 서 있었다. 고귀한 분위기를 풍기는 부형양은 온몸이 진흙투성이에 봉두난발인 이연화와 비교하면 가히 인중용봉이라 할 만했다.

말쑥하게 의관을 빼입은 부형양의 모습에 방다병은 부아가 치밀었다. 지금 사고문을 움직이는 돈의 대부분은 방다병이 사고문의 부흥을 위해 쾌척한 것이었다. 내 주머니를 떠난 돈은 내 것이 아니라고들 하지만 멋들어지게 차려입은 부형양 앞에서 얼어죽을 영주갑을 두른 자신의 처지가 마음 편할 리 없었다.

전운비는 아무 말도 하지 않았다. 서른 살 넘은 나이에 부상까지 입어 더욱 초췌해 보였기에 다들 그를 방다병의 하인일 거라 짐작했을 뿐 각 낭자와의 하룻밤을 쟁취하기 위해 온 사람이라고 생각하지 않았다. 전운비도 가형이 부형양이라는 걸 대번에 알아챘지만 그에게 두 번 다시 눈길을 주지 않았다.

부형양이 손을 휙 젓자 무슨 방법을 썼는지 몰라도 구덩이에 있던 청년들이 일제히 공손한 표정으로 그의 말을 기다렸다. "놀랄 것들 없네. 각 낭자가 우리에게만 부탁했겠나? 다른 이들에게도 부탁했겠지. 사람이 많을수록 용왕관을 찾기도 수월하겠지. 용왕관을 찾아낸 뒤 무예로 우열을 가려 최후의 승자가 보물을 갖도록 하지."

흰옷 청년은 고개를 끄덕였지만 검은 옷 서생은 콧방귀를 뀌었고, 이상한 옷을 입고 뒤에 서 있는 청년들은 묵묵히 듣기만 했다.

부형양이 소매를 들어올리며 방다병을 향해 웃었다. "제가 소개하겠습니다. 이쪽은 단벽일도문斷壁一刀門의 소주少主 백소白超 소협이고 그 뒤에 있는 열다섯 명은 단벽일도문의 고수들입니다."

방다병은 건성으로 고개를 끄덕였다. 단벽일도문에 대해서는 방다병도 들어본 적이 있다. 오래전부터 강호에서 신비한 소문만 돌던 문파로, 특히 그들이 가진 '출수出岫'라는 검이 강호제일검으로 유명했다.

부형양이 이번에는 방다병을 가리키며 백소를 향해 미소 지었다. "이분은 방씨 가문의 근심공자 방다병 공자입니다."

그 말에 백소의 낯빛이 싹 변하고 뒤에 있는 청년들도 일제히 숨죽였다. 방씨 가문이라면 모르는 사람이 없을 정도로 지체 높은 명문가 아닌가. 가문의 주인인 방이우는 조정을 쥐락펴락하는 권세가로, 강호의 문파 중 감히 그들과 비견될 이가 없었다.

자신을 향한 시선에 일제히 질투와 미움이 담기자 방다병은 근엄한 표정을 지으며 헛기침을 했다. 조금 전까지는 백소가 하늘 높은 줄 모르고 콧대를 세웠지만 지금은 방다병의 콧대가 더 높아졌다. 흥! 감히 본 공자와 가문을 겨루시겠다? 강호 제일의 미남 귀공자는 바로 이 몸이란 말이다. 너 따위가 어디서 감히?

비록 머리는 흐트러졌지만 방다병의 옷차림은 멋스럽고 기품이 흘렀으며 오랫동안 미남 귀공자를 자처하며 연습해온 몸짓에서는 고상함이 풍겼다. 방다병이 제대로 자세를 잡고 옥 단적을 들자 성숙한 남자의 품위가 주위를 압도했다.

아직 앳된 백소는 이에 비교가 되지 않았다. 백소가 굳은 표정으로 물었다. "가형께서 방 공자를 어떻게 아시오?"

"솔직히 말씀드리겠소. 전에 방 공자와 바둑을 둔 적이 있소." 부형양이 빙그레 웃었다. "방 공자의 바둑 실력에 감탄했지요."

방다병은 부형양의 형편없는 바둑 실력을 떠올리며 속으로 으쓱했다. "과찬이시오. 아, 그리고 난 우연히 소문을 듣고 호기심에 온 것이지 누구와의 하룻밤을 위해 온 것이 아니오." 이 정도 임기응변은 방다병에게 식은 죽 먹기였다. 이연화와 부형양이 말하는 용왕관이 뭔지는 모르겠지만 헛소리를 꾸며내는 데는 아무런 문제가 되지 않았다.

방다병의 말에 백소의 표정이 살짝 풀리는 걸 보니 백소는 각 낭자에게 단단히 매료된 모양이었다. 방다병은 각 낭자가 각려초일 거라고 넘겨짚었다. 사람 잡아먹는 마녀와 하룻밤을 보내려 하다니 백소가 미쳐도 단단히 미쳤다고 생각했다. 하지만 각려초가 사람을 잡아먹는다는 사실이 아직 강호에 알려지지 않았으므로 백소는 모를 수도 있다. 각려초를 갈구하는 백소의 눈빛을 보며 방다병은 속으로 쾌재를 불렀다.

부형양이 말했다. "오해도 풀린 듯하니 이제 힘을 합쳐 용왕관을 찾아봅시다."

백소는 방다병을 노려보던 시선을 거두고 호위무사 열다섯 명을 데리고 동쪽으로 가고, 검은 옷의 서생은 서쪽으로 갔다. 남은 이들 중 까까머리 청년 셋은 남쪽으로 향하고, 도관道冠*을 쓴 두 청년은 북쪽으로 향했으며, 이상한 옷을 입은 청년들도 각각 흩어졌다. 사방에서 땅 파는 소리가 요란하게 울리기 시작했다. 다들 각자의 무기로 흙을 파냈다. 보아하니 십수 장 깊이의 이 구덩이도 그들의 힘으로 직접 파낸 게 틀림없었다.

방다병이 넋을 놓고 그들을 쳐다보았다. 청년들은 열심히 땅을 파낸 뒤 구덩이 위로 흙을 날라 옆에 쌓았다. 그렇게 파고 쌓기를 수없이 반복해서 이 구덩이를 십수 장 깊이로 파들어간 것이다.

이연화가 감탄을 금치 못하며 부형양에게 물었다. "부 군사가 저들에게 구덩이를 파라고 했는가?"

부형양이 깃털부채를 한번 흔들고는 히죽 웃었다. "동굴 통로를 휘젓고 다니다가 독버섯에 중독돼 죽거나 서로 싸우다 만신창이가 되는 것보다야 낫지 않습니까?"

---

\* 도사가 쓰는 두건.

이연화가 사방을 둘러보았다. "이 위치를 고른 이유라도?"

부형양이 바닥을 가리켰다. "이 동굴에서 바닥이 젖지 않고 토층이 두터운 곳은 여기뿐이니 뭔가를 묻는다면 이곳밖에 없을 겁니다."

"음…… 일리가 있군." 이연화는 거대한 구덩이를 천천히 둘러보았다. 동굴 천장에 매달린 수정석이 횃불에 비쳐 별처럼 반짝였다. 한참 뒤 이연화가 물었다. "통로에서 몸에 쇠사슬을 매달거나 바퀴 달린 의자를 탄 사람을 보았나?"

부형양이 미간을 찡그리며 고개를 저었다. "저희는 수로를 통해 들어왔습니다. 물속에서 뱀떼를 만나 격투를 벌이긴 했지만 그런 사람은 보지 못했습니다."

이연화가 나지막이 물었다. "그렇군. 이 동굴 위에 자람당이라는 정원이 있다는 걸 백 소협은 어떻게 알았지?"

"백소는 각려초가 직접 불러온 사람입니다. 지도를 주면서 여기로 가서 용왕관을 찾아달라는 청을 받았다고 들었습니다. 저는 길에서 함일연을 타고 가는 이들을 붙잡아 구석九石산장의 가영풍賈迎風에게 전달하려던 지도를 빼앗았고요. 그래서 가영풍의 이름을 사칭해 여기로 온 겁니다. 다른 사람들은 대부분 각려초에게 초대장을 받고 왔습니다. 용왕관을 찾아내는 사람은 각려초와 하룻밤을 보내게 해준다는 얘기를 듣고 왔다고들 합니다. 제가 그들을 이끌고 여기로 들어왔습니다. 원래는 자람당을 통해 들어오려고 했지만 기관이 설치되어 있는데다 주인이 보이지 않아 세 차례 시도 끝에 실패하고 수로를 통해 들어왔습니다."

"각려초의 초대장이라고?" 방다병이 놀라서 물었다. "수상해. 요녀가 이렇게 많은 사람을 골라 이런 이상한 곳에 모아놓고 땅을 파게 한 건 결코 좋은 일이 아니야. 이 사람들 전부 귀신에게 홀린 거 아니야? 아무리 어룡우마방의 방주에게 초청을 받았다 해도 어찌 이렇게나 몰려올 수 있지?"

부형양이 낭랑한 소리로 웃었다. "어떻게 감히 거부할 수 있겠습니까?"

방다병은 또 깜짝 놀랐다. 만약 각려초가 부형양에게도 초대장을 보냈다면 그 역시 달려왔을 거라는 뜻이 아닌가. 아니, 적당한 차림으로 오지 않고 귀공자처럼 제대로 차려입고 달려왔을 것이다. 어쩌면 각려초가 강호의 미남인 부형양을 초청하지 않자 가영풍의 초대장을 빼앗아 제 발로 달려온 걸지도 모른다.

그때 이연화가 불쑥 말했다. "각 방주의 미모가 훌륭하긴 하지. 미인의 초대장을 받고 온 게 뭐 그리 이상한 일이라고."

미인의 초대장을 받았다한들 남의 집 땅 밑에 거대한 구덩이를 파고 있는데 그게 뭐가 이상하냐고? 방다병이 이연화에게 눈을 흘기고는 부형양에게 물었다. "그럼 여기서 땅만 팠는가? 다른 건 하나도 안 하고?"

부형양이 고개를 끄덕였다. "여긴 위험합니다. 앞장서서 들여보낸 몇 사람이 동굴 벽에 자라난 독버섯을 건드렸다가 실성했습니다. 물속에 뱀도 있고요. 굳이 자람당 주인과 결투를 벌일 필요도 없으니 용왕관을 찾으려고 땅만 팠습니다. 어제 대협들께서 구멍을 내 기관이 굴러떨어질 때 굉음이 울리는 걸 우리도 들었습니다."

부형양의 말투는 태연했지만 방다병은 안색이 변했다. "자람당 주인과 결투를 벌이지 않았다고? 그럼 자람당에서 죽은 사람들은 누구지?"

부형양이 놀라며 반문했다. "자람당에서 사람이 죽었습니까?"

전운비가 담담히 답했다. "그렇소."

짧게 대꾸한 전운비와 달리 방다병은 어젯밤 일을 자세히 얘기했다. "어제 해질녘에 청죽산에 도착했는데 안개가 자욱하게 끼었더군. 그런데 대숲 사이로 불빛이 보이지 않겠나?" 방다병이 머리 위를 가리켰다. "하룻밤 묵어가려고 자람당에 들어왔는데 산 사람은 하나도 없고 죽은 사람만 넷이 있더군."

부형양의 안색이 변했다. "죽은 사람이라고요? 이 동굴로 들어오려면 자람당을 거쳐야 해서 저희도 이틀 전에 그곳에 들어가려고 했습니다. 주인이 출입을 막아 들어가지 못했지만 그때 다른 사람은 보지 못했습니다."

방다병의 설명이 이어졌다. "차림새, 나이, 몸집이 모두 다른 네 사람이 죽어 있었네. 얼어죽······ 이연화가 들어갔을 때는 살아 있었는데 얼마 되지 않아 쥐도 새도 모르게 다 죽었다는군."

부형양이 무거운 목소리로 말했다. "어제 자람당에 잠입했을 때는 주인이 저희를 들어가지 못하게 막긴 했어도 죽이려 하진 않았습니다. 어제 들어갔으면 저희도 죽은목숨이었겠군요. 그 네 사람도 용왕관을 찾으러 온 것이라면 자람당 주인이 죽지 않았을 겁니다. 여기 살면서 이미 많은 사람들을 봤을 테니까요. 그렇다면 그 사람들을 왜 죽였을까요?"

방다병이 부형양에게 눈을 흘겼다. 그들을 왜 죽였는지 자신이 어찌 알겠는가?

"여하튼, 조금 있으니까 바깥에 독 안개가 자욱하게 끼어 객방으로 들어갔지. 그랬는데 침대 속에서 개미가 줄지어 기어나오더니 이어서 암기를 발사하는 괴물체가 벽을 뚫고 들어왔어. 자람당 주인까지 밖에서 계속 화살을 쏘아대는 바람에 그걸 피하려고 바닥에 구멍을 냈는데 그길로 굴러떨어졌고." 그뒤에 일어난 일들은 너무도 괴이해서 방다병의 달변으로도 자세히 설명할 수 없었다. 방다병이 긴 한숨을 내쉬었다. "죽은 이들은 자네들과 일행이 아니었군. 게다가 용왕관을 찾으러 온 것도 아니란 말이지?"

"자람당 주인은 우리가 그들 넷과 한패인 줄 알고 활을 쏜 거야." 이연화가 말했다. "그 넷이 무슨 행동을 했는지 몰라도 그 주인이 자람당에서 쫓겨난 바람에 화가 나 우리까지 죽여버리려 했겠지. 그들과 한패라고 생각했으니."

방다병이 코웃음을 쳤다. "흥! 용기 있으면 가서 이 말이 맞는지 물어보고 와봐."

부형양이 고개를 끄덕였다. "맞습니다. 저희가 모르는 사이 자람당에서 큰일이 벌어진 게 분명합니다."

전운비가 천천히 말했다. "주인이 살아 있으니 우리가 그들과 한패가 아니라는 사실을 밝히면 자람당에서 무슨 일이 있었는지 들어볼 수 있을 겁니다."

부형양이 낮은 목소리로 말했다. "용왕관과는 관련없는 일일 겁니다. 자람당에서 변고가 일어나는 동안 이 동굴에서는 아무 일도 없었으니까요."

전운비가 고개를 끄덕이자 부형양이 말했다. "의심받지 않게 우리도 땅을 파는 게 좋겠습니다."

이연화는 어느새 한쪽 구석에서 땅을 파고 있었다. 무슨 생각에 잠겼는지 말없이 땅을 파기만 했다. 방다병도 용왕관이 어떻게 생긴 물건인지 궁금해 땅을 파기 시작했다. 신기한 물건이 나오길 기대했지만 파도 파도 흙뿐이었다.

한참 땅을 파던 이연화가 혼잣말처럼 중얼거렸다. "용왕관이 어떻게 생겼을까……"

그때 갑자기 백소의 외침이 들렸다. "누구냐!"

땅을 파던 청년들 모두 우뚝 멈춰 머리 위에서 나는 소리에 귀를 기울였다. 바닥에 쇠사슬을 가볍게 끌며 천천히 지나가는 소리였다. 찰캉찰캉 동쪽에서 왔다가 서쪽으로 멀어지는 소리가 또렷하게 들렸다.

고개를 들어 위를 보았지만 동굴 천장에서 반짝이는 수정석 외에는 아무것도 보이지 않았다.

잠시 후 찰캉찰캉 쇠사슬 끌리는 소리가 이번에는 서쪽에서 왔다가 아주 천천히 동쪽으로 사라졌다.

청년들은 놀란 표정으로 서로 얼굴만 쳐다보았다. 이틀 동안 그 자리에서 땅을 팠지만 지금껏 누구도 그 소리를 들은 적이 없었다. 동굴 속에 다른 사람이 있단 말인가? 누군가 쇠사슬을 끌고 다니는 걸까? 적일까, 동지일까? 왜 모습을 드러내지 않는 걸까?

쇠사슬 끌리는 소리가 천천히 멀어졌다. 뭐라도 보였다면 피 끓는 청년들이 당장 칼을 뽑아들고 올라가 결판을 냈겠지만 아무것도 보이지 않았다.

괴이한 쇳소리와 함께 섬뜩한 기운이 거대한 구덩이 전체를 휘감았다.

용왕관이 묻혔다는 이 석회동굴에 정녕 아무것도 없단 말인가?

백소가 고개를 돌리자 유삼을 입은 까까머리 청년이 낮은 목소리로 말했다. "제가 올라가 살펴보겠습니다."

"잠깐!" 부형양이 외쳤다.

"저는 죽음이 두렵지 않습니다." 까까머리 청년이 말했다.

"소리가 멀리 사라졌으니 한번 기다려보세." 부형양이 말했다.

까까머리 청년은 조금 주저하다가 고개를 끄덕였다.

이연화가 손에 묻은 흙을 툭툭 떨었다. 다른 이들은 불안한 표정으로 건성건성 땅을 파면서 어디서 무슨 소리가 들리지 않는지 신경을 곤두세웠다. 그 모습을 가만히 보던 이연화가 부형양에게 물었다. "용왕관이 어떤 물건인가?"

부형양이 놀란 표정으로 물었다. "모르십니까?"

이연화가 겸연쩍은 표정을 지었다. "모르네."

부형양이 답했다. "용왕관은 진변대장군 소정의 관입니다. 소정이 변방을 수비할 때 황제에게 많은 선물을 하사받았지요."

방다병이 자기 몸에 걸친 옷을 획 내려다보았다. 부형양이 계속해서 말했다. "소정의 영주갑을 도둑맞은 일은 아시지요?"

이연화가 고개를 끄덕이자 부형양이 웃었다. "그때 영주갑만 도둑맞은 게 아니었습니다. 영주갑은 진보연에서 다시 모습을 보였다가 적비성에게 빼앗기는 바람에 유명해졌을 뿐이지요. 영주갑은 소정이 도둑맞은 아홉 가지 보물 중 하나였습니다. 나머지 여덟 가지 보물이 무엇이었는지는 오랜 세월이 흐르며 잊혔습니다. 실은 그 아홉 가지 보물과 함께 사라진 물건이 하나 더 있었지요. 바로 소정 자신이 죽으면 들어가기 위해 준비해놓았던 관입니다."

방다병도 용왕관에 대해 들어본 적이 없었기에 의아한 표정으로 물었다. "관이라고? 남의 관을 훔치는 사람도 있나?"

부형양이 고개를 끄덕였다. "변방을 수비하는 소정은 일찍부터 자기 관을 준비해뒀습니다. 황양목으로 만들었다는 것만 알려졌을 뿐 도둑이 그걸 어떻게 훔쳐갔는지는 아무도 모릅니다."

방다병은 여전히 의아했다. "보물을 손에 넣으면 그만이지 무거운 관은 뭐하러 훔쳐갔을까?"

부형양이 빙그레 웃었다. "그후 십 년이 흐른 뒤 소정은 변방에서 전사했습니다. 무산巫山 출신으로 빈한하고 친족도 없는지라 조정에서 소정의 시신을 도읍으로 옮겨 후하게 장례를 치러주려 했는데 시신을 운반하던 도중에 사라졌다고 합니다."

방다병이 깜짝 놀라 외쳤다. "시신도 도둑맞았군!"

부형양이 크게 웃으며 말을 이었다. "아하, 그렇습니다. 보물을 도둑맞고 십 년 뒤에 시신까지 도둑맞았지요. 관을 훔친 사람과 시신을 훔친 사람이 동일인일 가능성이 큽니다. 소정이 도읍에 묻히는 걸 원치 않는 사람이 있었던 것 같습니다. 그래서 일찌감치 그의 관도 훔쳐갔겠지요."

방다병이 쓴웃음을 지었다. "그게…… 친구일까, 원수일까?"

부형양의 입가에서 웃음기가 사그라졌다. "보물을 훔친 사람은 오래전에 죽었겠지만 용왕관은 아직 남아 있습니다. 영주갑 외에 나머지 여덟 가지 보물이 무엇인지도 모르고요. 이 사람들이 전부 각려초의 미모를 탐해서 여기 온 줄 아십니까? 용왕관 속에 든 보물이면 성 하나를 사고도 남을 겁니다."

이때 이연화가 입을 열었다. "각려초가 준 지도에는 여기에 용왕관이 묻혔다고 표시됐단 말이지? 하지만 여긴 물웅덩이가 있는데……" 이연화는 고개를 저었다. "부 공자, 땅을 너무 깊게 판 것 같네. 누가 위에서 흙을 무너뜨리면 우린 살아남지 못할 거야."

부형양이 깃털부채를 흔들었다. "대비해놓았습니다. 흙을 올려다 쌓을 때 단단히 다져놓으라고 일렀습니다. 흙더미가 돌처럼 단단해서 절대 무너지지 않을 겁니다."

이연화는 그 말에 대꾸하지 않고 생각에 잠겼다가 또 물었다. "독버섯을 건드렸다가 실성한 사람들은 어디 있지?"

부형양은 예상치 못한 질문에 머뭇거리다가 대답했다. "실종됐습니다."

이연화가 깜짝 놀라 되물었다. "한 사람도 돌아오지 않았다고?"

"네." 부형양이 눈동자를 번뜩이며 이연화를 응시했다. "짚이는 게 있으십니까?"

이연화는 부형양의 눈빛에서 섬뜩함을 느끼며 동쪽을 가리켰다. "여기로 들어올 때 사람을 보았네."

부형양이 이글거리는 시선을 이연화에게 고정한 채 말했다. "죽지는 않았군요. 잘됐습니다."

잘됐다고? 이연화가 한숨을 내쉬는 사이 전운비가 대화에 끼어들었다. "길을 살펴보라고 그들을 먼저 들여보냈소?"

부형양은 부인하지 않았다. "하하, 그게 잘못됐소?"

옆에서 듣고 있던 방다병은 놀라 안색이 변했다.

부형양이 태연히 말을 이었다. "사방에 위험이 도사린 곳이오. 각려초가 초대장을 보냈다고는 하나 어찌 이곳에 무방비로 들어올 수 있겠소? 재물과 미인에 눈이 멀어 여기까지 왔다면 정신이 바로 박힌 인간들이 아닐 텐데, 그들을 시험삼아 들여보내면 안 될 이유가 있소?"

방다병이 노한 얼굴로 입을 열었다. "부 군사! 사람 목숨을 한낱 풀뿌리처럼 대하는군! 정신 나간 인간들이라 해도 그들을 위험 속으로 내던지다니 말이 되나? 무슨 개도 아니고. 설령 개 한 마리도 엄연한 생명이거늘 어찌 그들을 시험삼아 들여보내나!"

부형양은 아랑곳하지 않았다. "덕분에 안전한 길이 적어도 하나는 있다는 걸 지금 알게 됐잖습니까?"

방다병은 말문이 막혔지만 부형양은 여전히 당당했다. "제 얘기가 언짢다면 헛소리로 생각하셔도 좋습니다. 열다섯 명을 보냈는데 그중 한 명만 보셨다니 나머지 열넷은 어디 있을까요? 십중팔구는 길을 잃었겠지요." 부형양이 고개를 젖히며 크게 웃었다.

방다병과 전운비는 서로 얼굴만 쳐다보았다. 열다섯 명을 보냈다는데 그들이 지나온 통로에서는 그렇게 많은 사람을 보지 못했기 때문이다.

독버섯은 동굴 천장의 바람이 통하는 곳에서만 자라고, 뱀떼는 물속에만 있었다.

그 열네 명에게…… 무슨 일이 생긴 걸까?

방다병이 놀란 마음을 가라앉히기도 전에 찰캉찰캉 쇠사슬 끌리는 소리가 다시 들려왔다.


## 5. 기어가는 쇠사슬


구덩이 밑바닥이 다시 쥐죽은듯 고요해졌다. 방금 전 위로 올라가보겠다던 까까머리 청년이 벌떡 일어나더니 구덩이 벽을 타고 기어오르기 시작했다. 과연 남소림南少林의 구좌청풍九座聽風 신법을 구사하는 걸 보니 승려가 분명했다.

까까머리 청년이 구덩이 위로 올라가보니 긴 쇠사슬만 바닥에서 천천히 끌려가고 있었다.

쇠사슬을 끌고 가는 사람은 보이지 않았다.

까까머리 청년이 유령처럼 바닥을 기는 쇠사슬을 보고 있다가 칼로 힘껏 내려쳤지만 쇠사슬에는 칼자국 하나 남지 않았다. 쇠사슬은 아무 타격도 받지 않고 계속 기어가기만 했다. 동쪽에서 서쪽으로 갔다가 또 서쪽에서 동쪽으로 가더니 이상한 통로 속으로 사라졌다. 청년은 어리둥절한 표정으로 구덩이로 내려와 백소와 부형양에게 자기가 본 걸 얘기했다.

"사람은 없고 쇠사슬뿐이더란 말인가?" 부형양이 깜짝 놀라며 말했다.

까까머리 청년이 고개를 끄덕였다.

방다병도 어리둥절했다. "쇠사슬뿐이었다고?"

"쇠사슬?" 이연화는 고개를 들며 중얼거리고는 흔들리는 불빛을 응시했다. 구덩이 벽에 꽂힌 횃불이 활활 타오르며 사람들의 얼굴을 붉게 비췄다. 찰캉거리는 쇠사슬 소리를 따라 멀리서 바퀴 소리가 어렴풋이 들렸다. 바퀴 달린 의자 같은 것이 움직이는 듯한데 무슨 소리인지 정확히 알 수 없었다.

바로 그때 챙 하는 소리가 나더니 한쪽 구석에 있던 백소의 부하가 환호성을 질렀다. "공자님! 찾았어요! 제가 찾았어요! 용왕관이에요!"

그러자 사람들이 그쪽으로 몰려들어 미친듯이 벽을 파기 시작했다. 제각각 가지고 있는 무기로 그 단단한 물건을 내려쳤다. 모두들 자기가 제일 먼저 용왕관을 열어 보물과 각려초를 차지하겠다는 일념뿐이었다. 희푸른 검광이 숱하게 허공을 가르며 벽으로 날아가 꽂혔다. 청년들이 내뿜는 후끈한 열기에 보는 사람까지 온몸의 피가 끓어올랐다.

"멈추시오!"

누군가가 번쩍이는 검광 속으로 뛰어들며 다급히 외쳤다. "부수면 안 되네!"

이 긴박한 순간에 누가 갑자기 뛰어들자 모두 깜짝 놀랐지만 검을 휘두르던 손은 미처 멈추지 못했다. 뛰어든 사람이 날아오는 수십 개의 검에 난도질당하려는 찰나 어디선가 세 사람이 뛰어들었다. 그와 동시에 챙챙챙 소리와 비명이 뒤섞이며 청년들이 들고 있던 검 수십 자루가 사방으로 날아가 구덩이 벽에 꽂혔다.

백소의 가늘고 긴 검은 아직 그의 손에 있었다. 그러나 자신의 검이 가로막혔다는 사실이 치욕스러워 앞을 막고 선 그자를 무섭게 노려보았다. 맹렬한 노기가 온몸을 화르르 태워버릴 기세였다.

사람들 앞으로 뛰어들며 멈추라고 외친 건 이연화였다.

이연화에게 달려드는 검을 막은 세 사람은 방다병, 전운비, 부형양이었다. 이연화가 갑자기 청년들 앞으로 뛰어들자 세 사람 역시 영문도 모른 채 본능적으로 뛰어들어 날아오는 검을 쳐낸 것이다. 검을 모두 막아낸 뒤 그 셋도 놀란 눈으로 이연화를 보았다.

진흙 사이로 드러난 이상한 물체 앞을 막아선 이연화는 사람들이 보는 가운데 그 옆의 흙을 조심스럽게 한 덩이씩 파냈다.

물체가 점점 모습을 드러냈다. 흔들리는 불빛 아래로 보이는 그것은 관이 아니라 쇠사슬이었다.

쇠사슬?

모두 영문을 몰라 서로 얼굴만 쳐다보는데 이연화가 바닥에서 검 하나를 집어들더니 쇠사슬 옆을 좀더 파냈다. 챙. 검이 단단한 뭔가에 부딪혔다. 쇠사슬 옆에 철판이 있었다.

"이건……" 부형양도 다른 검을 집어들고 철판 옆의 흙을 파냈다. 붉은 불빛 사이로 커다란 철판이 드러났다. 철판 앞에는 쇠몽둥이 열두 개가 나란히 박혀 있었다. 마치 요괴를 가둔 뒤 철판으로 막아 봉인해둔 듯한 모양새였다.

이 십수 장 깊이의 지하에 묻힌 철판을 백소가 망연한 표정으로 바라보았다. "이게 뭐지?"

"하하, 뭔지 모르겠지만 용왕관은 아니오." 부형양은 그렇게 대답한 뒤 이연화를 보며 조용히 미소 지었다. 조금 전 이연화가 앞을 가로막았을 때 당황했던 표정은 어느샌가 사라지고 없었다. "이게 용왕관이 아니란 걸 어떻게 아셨습니까? 이걸 부수면 안 된다는 건 또 어떻게 아셨고요?" 부형양은 쥐를 잡은 고양이의 눈빛을 하고 그렇게 물었다. 쥐는 이미 도망칠 곳이 없었다.

이연화는 목을 움츠렸다. 많은 사람이 자신을 쳐다보고 있으니 부인할 수도 없어서 마른 웃음을 지으며 말했다. "이곳엔 용왕관이…… 없네."

백소의 안색이 확 바뀌었다. "용왕관이 어디 있는 줄 안단 말이오? 당신……"

그의 말이 끝나기도 전에 철판 뒤에서 쾅 소리가 나더니 바위처럼 튼튼한 철판 표면이 주먹만큼 불룩 튀어나왔다. 곧바로 사자가 포효하는 듯한 소리가 철판을 타고 흘러나왔다. 마치 지옥에서 들려오는 듯 으르렁거리는 음울한 소리가 공기를 흔들었다. 백소는 숨을 훅 들이마시며 입을 다물었다. 다들 머리부터 발끝까지 소름이 돋았다. 철판 뒤에 살아 있는 뭔가가 있다. 요괴나 괴물일까?

철판을 두들기는 소리가 계속 울리면서 불룩한 흔적이 점점 커졌다. 다들 어찌할 바를 모른 채 서로 쳐다보기만 했다. 아무리 단단한 철판이라도 이대로 가면 뚫릴 텐데, 이를 어쩐단 말인가?

"가형! 저 안에 있는 게 뭡니까?"

백소가 물었지만 부형양도 아무 대답 하지 못했다. 그가 어찌 알겠는가? 으르렁거리는 소리가 점점 커지자 담력 센 부형향도 등줄기가 서늘했다. 어떤 괴물이 철판을 뚫고 뛰쳐나올지 모르는 일촉즉발의 상황에 현기증이 날 지경이었다.

철판 앞에 있던 이연화가 멀찍이 물러나 부형양 뒤로 가서 작게 외쳤다. "가형! 구덩이 위로 올라가 쇠사슬을 잡아당기시오! 어서!"

부형양은 이유도 모른 채 앞뒤 생각하지 않고 몸을 훅 솟구쳐 위로 올라갔다. 이연화도 뒤따라 올라갔다. 구덩이 위에선 여전히 쇠사슬이 기어다니고 있었다. 이연화가 쇠사슬을 잡고 반대쪽으로 힘껏 잡아당기자 부형양도 도왔다. 잠시 후 바퀴 소리가 들리고 멀리서 자갈 몇 개가 굴러오더니 거대한 물체가 굉음을 내며 통로에서 빠르게 굴러나와 구덩이로 떨어졌다!

거대한 물체가 떨어지며 거센 바람이 일었다. 이렇게 거대한 물체가 덮쳤으니 아래에는 살아남은 사람이 없을 것이다. 부형양이 사색이 되어 황급히 내려다보니 거대한 쇠공이 쇠사슬에 묶여 허공에 매달려 있었다. 바닥에 있는 청년들도 사색이 되었다. 큰 쇠공이 머리 위로 떨어지는데 놀라지 않을 수 있겠는가.

부형양은 온몸이 땀으로 흥건하게 젖었다. 심장은 미친듯이 뛰었다. 쇠사슬을 쥔 두 손이 부들부들 떨렸다. 이연화가 구덩이 아래를 향해 외쳤다. "가형의 명령이오! 또 철판을 두드리거든 곧장 파묻어버리시오!"

파묻어버리라고? 다들 어리둥절해했다. 허공에 매달린 쇠공으로 어떻게 땅속에 있는 철판을 파묻으란 말인가?

그때 철판 뒤에서 괴상한 웃음소리가 들렸다. "큭큭큭큭, 비공자毗公子, 이번에도 네가 이긴 셈 치지. 네 손에 잡혔으니 이 염제백왕炎帝白王의 이름에 부끄럽진 않군…… 큭큭큭큭. 하지만 언젠가는 여길 나가서 네 거죽을 벗기고 뼈를 바스러뜨리고 머리는 불길에 던져 자글자글 구워줄 테다."

광적이고 사악한 저주에 모두 경악을 금치 못했다. 백소는 '염제백왕'이라는 이름을 듣자마자 얼굴에 핏기가 싹 가시고 다리가 후들거렸다. 방다병도 놀라 얼굴이 굳었다. 전운비는 바닥에 있던 검 한 자루를 집어들어 경계 태세를 갖추고 온몸의 신경을 곤두세웠다.

염제백왕은 금원맹의 세 왕 중 한 사람으로, 적비성과 우열을 가리기 힘든 고수였다. 사고문이 금원맹을 처음 공격해 일전을 벌일 때 이상이와 초자금의 협공에 패배한 뒤 행방불명되었다. 그런 그가 이곳에 갇혀 있다니. 그는 악마 중의 악마였다. 그가 감금을 풀고 탈출한다면 여기 있는 사람 누구도 살아서 나갈 수 없을 것이다. 하지만 그가 말한 '비공자'가 누군지는 아무도 알지 못했다. 염제백왕을 십수 년 동안 땅속에 가둬놓았다면 비공자도 필시 엄청난 고수이리라 짐작할 뿐이었다.

부형양의 옷이 식은땀에 축축하게 젖었다. 염제백왕이라…… 십수 장 깊이의 구덩이, 그 속에 파묻힌 철판 뒤에 갇힌 사람이 염제백왕이라니. 이연화가 말리지 않고 모두 힘을 합쳐 철판을 쪼갰다면 어떻게 되었을지 상상만 해도 끔찍했다. 부형양이 고개를 들어 이연화를 보았다. 이연화는 구덩이 입구 가장자리에 엎드려 쇠공을 내려다보고 있다가 바닥을 향해 외쳤다. "쇠공을 여시오!"

밑에 있는 사람들이 당황해 우왕좌왕했다. 머리 위에 매달려 흔들리는 거대한 쇠공을 어떻게 연단 말인가. 바로 그때 염제백왕의 미치광이 같은 웃음소리가 철판을 타고 흘러나왔다. 이윽고 철판이 쩍 갈라지고 그 틈 사이로 불빛이 새어나왔다.

상황이 급박해지자 전운비가 검을 뽑아들고 훌쩍 몸을 날려 허공에 매달린 쇠공을 향해 검을 휘둘렀다. 검이 닿는 순간 쇠공이 쩍 벌어지며 안에 있던 흙이 와르르 쏟아져 철판을 완전히 파묻어버렸다. 전운비가 흙더미 위로 뛰어내리자 방다병도 재빨리 흙더미로 올라가며 소리쳤다. "흙을 단단히 다져! 빠져나오지 못하게 막으라고!"

사람들이 일제히 달려들어 무기로 두드리고 발로 밟아 흙을 바위처럼 단단히 다졌다. 흙더미 밑에서 철판 두드리는 소리가 먹먹하게 비어져나왔지만 철판뿐 아니라 단단한 흙더미까지 뚫고 나오는 건 불가능했다.

모두의 이마에 식은땀이 흘렀다.

구덩이 입구 가장자리에 엎드려 있던 이연화가 일어나 옷에 묻은 흙을 툭툭 떨었다. 여전히 쇠사슬을 손에 꼭 쥐고 있던 부형양이 입가를 씰룩이며 물었다. "염제백왕이 갇혀 있는 걸 어떻게 아셨습니까? 쇠사슬을 잡아당기면 흙이 든 쇠공이 끌려온다는 건 어떻게 아셨고요? 또……"

이연화가 몸을 돌리며 빙긋 웃었다. "나도 몰랐네."

부형양의 한쪽 미간이 올라갔다. "몰랐다고요?"

이연화가 겸연쩍은 표정으로 말했다. "땅속에 염제백왕이 갇힌 것도 몰랐고, 쇠사슬을 당기면 저렇게 큰 쇠공이 끌려온다는 것도 몰랐네. 쇠공에 흙이 가득차 있다는 건 더욱 몰랐고……"

부형양이 코웃음을 쳤다. "흥! 거짓말 마십쇼! 그러면 어째서 철판을 부수지 못하게 하셨습니까?"

이연화가 부드러운 투로 말했다 "용왕관이 땅속에 파묻혀 있지 않다는 걸 알았으니까."

부형양은 잠시 생각에 잠겼다가 미소를 지었다. "이 대협은 과연 낭중지추이십니다. 이 부형양은 그저 탄복하며 겸허하게 가르침을 구합니다."

"과찬이네. 면구하군. 나는 판에 끼지 않은 사람이라 잘 볼 수 있었을 뿐이네." 이연화가 손사래를 치며 쑥스러워했다.

"판이라. 이 판은 각려초가 짠 것이죠. 용왕관을 찾아달라는 핑계로 각지의 소협들을 여기로 불러모은 것이 미남자를 고르려거나 청년들에게 결투를 벌이게 하려는 의도가 아니었다면, 무엇 때문이었겠습니까?"

이연화가 헛기침을 했다. "부 소…… 부 군사……" 이연화는 부형양이 '소협'보다 '군사'로 불리는 걸 더 좋아할 거라고 짐작했다. 과연 부형양의 표정이 한결 누그러졌다. 이연화가 말을 이었다. "요즘 불피백석의 백여든여덟 개 감옥이 습격당한 일 때문에 사고문이 어수선할 테지. 간교한 악당들이 대거 탈출했다는 소문이 자자하더군. 감옥 습격 사건의 배후에 각 방주가 있고, 그 일 때문에 백천원이 비난을 받고 있고."

"그렇습니다." 부형양도 그 일을 잘 알고 있지만 이연화가 왜 갑자기 그 얘기를 꺼내는지 어리둥절했다.

"어룡우마방이 감옥을 습격한 건 분명한 의도가 있어."

"그렇겠지요. 그런데 그게 용왕관과 무슨 관계가 있습니까?"

이연화의 말투가 더욱 부드러워졌다. "각려초가 용왕관을 찾아 달라며 이곳 지도가 그려진 초대장을 소협들에게 보냈다고?"

부형양이 고개를 끄덕이자 이연화가 말을 이어갔다. "나는 숲에서 길을 잃고 헤매다가 우연히 여기로 들어왔고."

이연화가 무슨 얘기를 하려는지 짐작할 수 없어 부형양은 미간을 찡그렸다. "그렇습니다."

"자람당 주인은 자네 같은 건장한 청년들이 찾아왔을 때 공격하지 않고 피했지만, 우리 셋이 들어갔을 때는 죽이려고 집요하게 공격했네. 왜 그랬을까?"

"자람당에서 변고가 발생했고 세 분이 그 적들과 한패라고 오해했겠지요."

이연화가 미소를 지었다. "음…… 두 가지 의문이 있네. 첫째, 자람당 주인은 그대들이 용왕관을 찾으러 온 건 개의치 않았지만 자람당을 통해 동굴로 들어가는 건 허락하지 않았네. 둘째, 그대들이 다른 통로로 동굴에 들어간 뒤 주인은 누군가에게 공격받아 자람당에서 쫓겨났네. 왜 그랬을까?"

두뇌 회전이 빠른 부형양이 말했다. "그 두 가지 일이 연관되어 있다면, 자람당 주인이 우리를 방해하지 못하도록 누군가가 막으려 했겠군요."

"그렇지. 자람당 곳곳에 기관이 설치되어 있네. 여기는 인적이 드문 산속이고, 용왕관이 묻혀 있다고 알려진 동굴 외엔 아무것도 없어. 자람당 주인은 하필 왜 여기서 살고 있었을까? 동굴 위에 집을 지은 건 우연일 수 없어. 자람당 주인은 이 동굴을 지키는 사람이었을 가능성이 크네."

부형양이 고개를 저었다. "아닙니다. 자람당 주인이 용왕관을 지켰다면 용왕관을 찾으러 온 저희를 왜 막지 않았겠습니까?"

"용왕관을 지키는 게 아니었기 때문이지."

이연화의 말에 부형양의 눈동자가 반짝였다. 자신이 뭘 잘못 생각하고 있었는지 깨달은 것이다. 지금껏 각려초가 파놓은 함정에 빠져 진실을 제대로 보지 못했다.

부형향이 큰 소리로 웃음을 터뜨렸다. "하하하! 그랬군요! 각려초는 과연 명불허전입니다. 제가 각려초를 얕봤습니다. 제가 졌습니다! 하하하……"

부형양을 응시하는 이연화의 눈빛에 놀라움이 스쳤다.

부형양이 이내 웃음기를 거두고 정색했다. "음…… 하지만 자람당 주인이 그저 동굴을 지키는 사람이었다 해도, 이 선생님께선 용왕관이 여기 없다는 걸 어떻게 아셨습니까?"

이연화는 순간 말문이 턱 막혀 하마터면 사레가 들릴 뻔했다. 이 젊은 군사가 호탕하게 웃기에 모든 걸 다 깨달은 줄 알았는데, 실은…… 아무것도 깨닫지 못한 것이었다. 이연화가 다시 차분히 설명했다. "용왕관은…… 이 일과 아무런 관계도 없네. 생각해보게. 주인장이 동굴을 지켰던 건 동굴 속에 뭔가 있다는 뜻이지. 그 위에 집을 짓고 살면서까지 지킬 만한 가치가 있는. 그런데 각려초가 소협들에게 이곳의 지도를 보내며 관을 찾아달라고 했어. 시기적으로 어룡우마방과 백천원의 대결이 가장 치열했을 때지. 한쪽은 감옥을 부수기 위해 싸우고 한쪽은 감옥을 지키기 위해 싸웠어. 백천원은 줄곧 어룡우마방의 행적을 주시했네. 거기에 부 군사의 공로도 있었겠지. 그러니까……" 이연화가 기대감 섞인 눈빛으로 부형양을 응시했다.

부형양이 곰곰이 생각하다가 물었다. "그러니까, 뭐죠?"

이연화가 말없이 부형양을 쳐다보기만 하자 부형양이 기다리다 재차 물었다. "그러니까, 뭐예요?"

이연화는 그제야 짧은 탄식을 내뱉고는 다시 말을 이었다. "각려초가 용왕관을 찾아달라고 청년들을 부른 건 동굴 속에 묻힌 뭔가를 파내주길 바라서였네. 자람당 주인이 청년들을 막지 않은 건 그가 청년들에게 악의가 없었기 때문이야. 그는 용왕관이 어디 있는지 알고 있었으니까. 그런데 자네들이 아무데나 마구 땅을 파자 그가 막으려 했지. 그게 바로 주인장이 누군가에게 공격당한 이유라네. 용왕관이 이곳에 없는데도 각려초는 여길 파도록 지시했고. 이곳에 뭐가 묻혀 있었지?" 이연화는 짧게 한숨을 내쉬고는 말을 이었다. "어룡우마방의 진정한 목적은 백여든여덟 개 감옥을 습격하는 것이네. 미남자를 간택하려는 게 아니라……"

"여기 묻힌 게 용왕관이 아니라 백천원의 백여든여덟 개 감옥 중 하나라는 말씀이십니까?"

"처음에는 그저 짐작이었지만 동굴 밑에 염제백왕이 있는 걸 보니 어쩌면 정말……" 이연화가 말끝을 흐렸다.

부형양의 표정이 한층 심각해졌다. "그게 사실이라면 자람당 주인은 백천원 사람이겠군요. 우리 사고문의 적이 아닌 동지이며 단벽일도문의 동맹이고요. 그래서 우릴 공격하지 않은 거로군요. 각려초는 사람들을 속여 동굴을 파게 해서 염제백왕을 탈출시키려 했고요. 만약 각려초의 계획이 성공하고 우리가 설령 살아서 나가더라도 백천원은 우리에게 죄를 묻기 어려웠겠죠. 자람당 주인이 감옥을 지키기 위해 우릴 공격이라도 했다면 백천원은 강호의 다른 문파에게 큰 원한을 샀을 거고요. 각려초에겐 일석이조의 계략이군요. 실패하더라도 손해볼 것도 없고요."

이연화가 말했다. "부 군사는 과연 똑똑하군."

갑자기 끼어든 칭찬에 부형양은 잠시 생각이 끊겼다가 다시 말을 이었다. "자람당 주인이 여길 지키고 있었다는 건 그렇다 쳐도, 쇠사슬을 당기면 염제백왕의 탈출을 막을 수 있다는 건 어떻게 아셨습니까?"

"어젯밤부터 바퀴와 쇠사슬 소리가 계속 들렸네. 자람당 주인은 기관에 능통한 사람이야. 혼자 감옥을 지키려면 필시 기관을 썼겠지. 지금까지 그는 우리가 자람당에서 죽은 자들과 한패라고 알고 있을걸세. 감옥을 습격하러 왔다고 생각했겠지. 그런데 이상하게도 그는 아무런 움직임이 없는 듯하고 홀연히 쇳소리만 났어. 그래서 쇠사슬과 바퀴가 감옥을 지키는 중요한 기관일 거라고 추측했네…… 그래도 그렇게 큰 쇠공이 굴러나올 줄은 나도 몰랐어." 이연화가 멋쩍게 웃었다.

부형양이 미간을 찡그렸다. "그럼 쇠공 안에 흙이 든 건 어찌 아셨습니까?"

이연화가 바닥을 가리켰다. "구덩이 깊이가 열 장도 넘네. 그중 다섯 장은 파낸 흙을 올려다 쌓은 것이고, 실제로 파낸 깊이는 일고여덟 장이지. 땅속에는 전부 흙뿐이었어. 돌도 거의 섞여 있지 않았고 벌레도 없고 토질도 아주 고르더군. 원래 여기 있던 것이 아니라 염제백왕을 땅속에 가둔 다음 쏟아부어 덮은 흙이라는 뜻일테지. 애초에 흙을 어떻게 옮겨왔을까? 쇠사슬 끝에 매달려 나온 쇠공 속이 꽉 찼다면 그게 떨어졌을 때 두 가지 가능성이 있었네. 첫째, 쇠공이 떨어지며 철판을 부수고 염제백왕을 눌러버린다. 둘째, 철판이 부서지고 쇠사슬이 끊어지며 염제백왕이 탈출한다. 쇠사슬이 기관일 거라 추측한 게 맞아떨어졌으니 또 한번 도박을 한 걸세. 그 쇠공이 흙을 운반하는 수단일 거라고 예상했지. 구불구불한 통로에서 잘 굴러가도록 공의 형태로 만들었을 테고, 공 안에 흙을 채워 유사시에 지하 감옥을 파묻게 했으리라 추측했네. 그리고 두번째 도박도 성공했지." 이연화가 미소 지었다.

말없이 듣던 부형양이 손에 쥔 쇠사슬을 툭 내던지고는 미소를 지었다. "정말 운이 좋으시군요." 그러고는 고개를 젖히더니 목청 높여 외쳤다. "비공자, 다 들으셨지요? 이제 나오십시오! 저, 사고문의 부형양은 선생께 아무런 악의가 없습니다. 선생께 드릴 말씀이 많으니 모습을 보여주십시오!"

그의 외침도 도박이었다. 백소를 비롯한 청년들이 또 한번 경악했다. 풍류객 가영풍이 사고문의 군사였단 말인가! 지금껏 요행으로 난관을 뚫고 여기까지 들어온 게 아니었다. 그런데 부형양도 각려초의 초대장을 받았다면 어째서 남의 신분을 사칭한 것이며, 땅속에 묻힌 것이 염제백왕이라면 용왕관은 또 어디에 있단 말인가?

또다시 쇳소리가 가늘게 들리기 시작하더니 쇠공에 달린 쇠사슬이 천천히 움직이며 바퀴 소리가 들렸다. 쇠사슬이 움직이며 바퀴 달린 의자가 천천히 다가왔다. 의자에는 검은 옷을 입은 서생이 앉아 있었다. 멀리서 봐도 눈매가 또렷한 미남이었다. 나이는 많아 보였지만 말끔한 인상이었다. 남자는 헛기침으로 목청을 고른 뒤 천천히 입을 열었다. "자고로 재주 있는 영웅은 대개 젊은이라고 했지. 젊은이, 자네 추측이 맞았네. 역시, 하하, 운이 좋군……"

이연화가 온화한 눈빛으로 그를 보았다. "선배님, 부상은 어떠십니까?"

비공자가 웃었다. "내가 부상 입은 것도 아는가?"

이연화가 말했다. "선배님께서 벽을 부수고 저희를 공격하는 데 쓴 철기가 함일연의 잔해이지요? 그 네 사람은 함일연을 갖고 있었기에 자람당으로 들어갈 수 있었겠지요. 함일연의 수레바퀴가 검을 맞고 움직일 수 없게 됐을 겁니다. 선배님께서 '검주팔방劍走八方'이라는 검술로 함일연의 두 바퀴를 한꺼번에 팔각형으로 깎아 버렸으니까요. 종횡으로 뻗치는 선배님의 검기가 놀랍습니다. 몹시 격렬한 결투였겠지요."

비공자는 조금 놀랐지만 말없이 미소를 지었다.

이연화가 말을 이었다. "함일연은 부서졌지만 선배님도 중상을 입어 자람당 밖으로 나갈 수밖에 없었지요. 때마침 밖에 안개가 자욱해 안개에 독을 뿌려 악당 넷을 방안에 가뒀는데, 바로 그때 저희 셋이 우연히 자람당에 들어가자 선배님은 저희가 그들과 한패인 줄 알고 공격한 겁니다. 선배님은 기관을 써서 악당 넷을 독살했으나, 저희가 묵은 객방은 동굴 입구를 막기 위해 따로 지은 방이어서 벽돌이 아니라 진흙을 다져 벽을 쌓았기에 독 안개가 스며들 구멍이 없었지요. 저희는 운좋게 목숨을 부지했습니다. 선배님께선 저희가 그 방에 동굴 입구가 있다는 사실을 안다고 오해했던 것 같습니다. 그래서 감옥을 지키기 위해 정원의 가산 위로 함일연을 밀고 올라가 기관을 모두 작동시킨 뒤 방을 향해 밀었습니다. 저희가 함일연의 공격도 피하자 강노強弩로 활을 쐈지만 결과적으로는 저희를 이 동굴로 몰아넣게 된 것이고요." 여기까지 말한 이연화가 비공자에게 고개 숙여 절했다. "모두 오해로 인한 일이었습니다. 홀로 감옥을 지키기 위해 피 흘려 싸우신 선배님께 경의를 바칩니다."

비공자가 이연화에게 웃어 보인 뒤 헛기침을 했다. "후생가외를 실감하네. 과연 유능한 후배로군." 그러고는 부형양을 흘끔 보았다. "이곳은 제6감옥이네. 동굴 속에 절대고수 아홉 명이 갇혀 있고 염제백왕은 그중 하나지. 클클…… 다들 무공이 막강해서 지하 쇠감옥에 가두고 흙으로 덮을 수밖에 없었네. 그렇게 하지 않으면 탈출하고 말 테니까. 지하 감옥은 몇 장 깊이의 땅속에 묻혀 있지만 음식과 물을 들여보내는 통풍구가 있다네. 통풍구가 좁아서 빠져나올 순 없지. 십수 년 동안 아무 일도 없이 평온했는데, 클클…… 자네들이 처음으로 감옥을 부술 뻔했어."

부형양의 입꼬리가 올라갔다. "어째서 그들의 무공을 폐공시키지 않았습니까? 그랬다면 무슨 재주를 써도 빠져나올 수 없을 텐데요."

"지하 감옥은 할일도 없고 밤낮의 구분도 없으니 무공을 연마하기에 최적의 환경이라네. 그들을 감옥에 가둘 때 대부분 폐공시키거나 경맥을 막아놓았지만 십수 년간 수련해 과거의 무공을 회복한 거지." 비공자가 긴 한숨을 내쉬었다. "백여든여덟 개 감옥은 절대로 열려선 안 되네. 열리는 날엔 천하가 어지러워질 걸세." 그의 단호한 말투에서 기개와 결의가 느껴졌다.

이연화가 고개를 끄덕였다. 부형양도 천천히 고개를 주억거리다 뭔가를 떠올리고는 물었다. "제6감옥이 이런 곳에 있고, 선생님 혼자 지키고 계신데 각려초가 이 비밀을 어떻게 알았을까요?"

비공자가 말했다. "누구든…… 간절히 바라면 아무리 불가능해 보이는 일도 결국 가능해지지. 그건 전혀 이상한 일이 아니야."

부형양이 미간을 찡그렸다. "무슨 말씀이신지 모르겠습니다."

"각려초가 십수 년간 줄곧 정보를 수집했다면 강호의 어떤 지역이 수상한지 알았겠지. 바로 여기처럼 말이야…… 이곳의 비밀이 언젠간 새어나갈 줄 처음부터 예상했다네. 대숲에 이렇게 튼튼한 집이 있는 것도 예사롭지 않은데, 나 혼자 살면서 양식과 물건은 열 사람 몫을 소비하고 있으니 말이야…… 또 막부산은……" 비공자가 빙긋 웃으며 천천히 말을 이었다. "막부산에는 죄수가 다섯 명뿐이었지만 그중 천외마성은 쌀밥이 아니라 팥을 주식으로 먹는다네. 그러니 쉽게 의심받을 수 있지. 감옥에 갇힌 자들에 대해 잘 안다면 지하 감옥의 위치를 찾는 건 그리 어렵지 않을 거야."

부형양이 답했다. "하하하, 그렇군요. 한데 그렇다 해도 각려초가 백여든여덟 개 감옥의 지도까지 갖고 있는 건 아무래도 이상합니다."

비공자가 고개를 끄덕이다 이연화를 올려다보았다. "하지만 내 마음속에 있는 지도는 영원히 누설될 수 없을 거야."

이연화도 미소를 지었다. "제 마음속에 있는 지도도 영원히 누설될 수 없을 겁니다."

비공자가 빙그레 웃었다. "독버섯을 건드린 청년들은 자람당에서 쉬고 있네. 한 시진 후면 산밑에서 그들을 데려갈 수 있을 거야." 말을 끝낸 그는 무슨 기관을 썼는지 의자에 실린 채 쇠사슬에 끌려 천천히 자리를 떴다.

부형양은 가늘게 뜬 눈으로 검은 옷을 입은 비공자의 뒷모습이 점점 멀어지는 것을 지켜보았다. "강호에서 비공자에 대해 들어본 적이 없습니다. 진짜 이름이 아닐 겁니다. 얼굴에는 인피 가면을 쓰고 체형을 들키지 않으려 의자에서 일어나지 않는 겁니다."

이연화가 부드럽게 말했다. "저토록 훌륭한 분이 십 년 넘게 홀로 감옥을 지키다니…… 얼마나 외로웠을까."

의아한 표정을 짓는 부형양에게 이연화가 말했다. "저런 분을 의심하면 못쓰네."

평소의 부형양 같으면 그런 말을 듣고 발끈했겠지만 이번에는 왠지 모르게 마음이 처량해졌다.

비공자의 목소리에서는 세월이 전혀 느껴지지 않았다. 십여 년

전 천하의 재주를 가진 젊은이가 청죽산에 스스로를 가둔 채 오직
강호를 위해 죄수 아홉 명을 지키기 시작했다. 십수 년 세월이 흘
러 이제는 세상에서 비공자의 이름도 잊히고 말았다. 깊은 산속에
절묘한 기관과 절세의 검술을 가진 이가 있다는 사실도, 강호의 정
의를 위해 자기 일생을 송두리째 내던진 사람이 있다는 사실도 세
상은 알지 못한다.

물불 가리지 않고 뛰어들기는 쉬워도 고독하게 자리를 지키는
건 쉬운 일이 아니다.

비공자의 멀어지는 뒷모습을 응시하는 이연화의 눈에 존경의
빛이 차올랐다.


## 6. 용왕관

염제백왕은 다시 깊은 땅속에 묻혔다.

부형양이 사람들을 시켜 구덩이를 다시 흙으로 덮어 악마를 땅
속에 단단히 가뒀다.

가영풍이 실은 부형양임을 알게 된 백소는 그에게 은자 수십만
냥이라도 떼인 사람처럼 표정이 어두워졌다. 다른 사람들은 부 군
사의 총명함을 직접 지켜본 뒤 각려초에 대한 생각을 버리고 감히
아무런 불만도 입에 올리지 못했다. 유일하게 예외인 사람은 방다
병이었다. 방다병이 부형양에게 물었다. "여기 묻힌 것이 강호의
악마라면 보물이 담긴 용왕관은 어디에 있을까?"

그러자 청년들이 눈을 반짝이며 일제히 부형양을 쳐다보았다.

부형양은 난처했다. 용왕관의 위치를 자신이 어떻게 안단 말인가? 이연화는 용왕관이 땅속에 묻혀 있지 않고 지하 감옥과도 아무 관계가 없다고 했는데, 그렇다면 대체 어디에 있을까?

다행히 부형양의 마음을 읽은 이연화가 점잖은 미소를 지으며 말했다. "용왕관은 땅 밑이 아니라 저기 있지." 그러고는 손가락으로 머리 위를 가리켰다.

사람들이 고개를 들어 머리 위를 올려다보았지만 관 비슷한 것도 보이지 않았다. 방다병이 벌컥 성을 냈다. "용왕관이 하늘에 떠 있다고? 머리 위에 아무것도 없는데 누굴 속이려고!"

이연화가 태연하게 헛기침을 했다. "무산에 가봤어?"

방다병이 미간을 찡그리며 되물었다. "뭐라고?"

이연화가 차분히 말했다. "진변대장군 소정이 무산 사람이었어."

"그게 무슨 헛소……" 평소 성질대로 말을 내뱉던 방다병은 눈앞의 사람들이 자기를 점잖은 '방 공자'로 여기고 있음을 퍼뜩 떠올리고는 말투를 바꾸었다. "본 공자가 무산에 갈 때 너도 같이 갔는데 설마 그걸 잊어버렸느냐?"

이연화가 민망한 표정을 지었다. "아, 그랬지…… 요즘 기억력이 좋지 않아서. 소정이 무산 사람이고, 그의 관은 황양목으로 만들었다고 했지. 황양목은 아주 느리게 자라는 나무라 그걸로 사람 하나가 들어갈 만한 관을 만드는 건 거의 불가능해. 그러니까……" 이연화가 빙긋 웃었다. "소정 장군의 관은 사람들이 상상하는 것처럼 정교한 조각으로 화려하게 꾸민 커다란 관이 아니라

보잘것없는 목함일 가능성이 크지."

"목함이라고요? 어떤 목함이요?" 청년들이 이구동성으로 되물었다.

이연화가 팔을 벌려 폭 일 척, 길이 이 척 정도 되는 상자를 허공에 그려 보였다. "무산에는 명망 높은 귀족이 죽으면 관을 절벽에 매달아 현관장懸棺葬을 지내는 풍습이 있다네."

방다병이 그제야 떠올리고는 외쳤다. "현관!"

이연화가 미소 지었다. "맞아. 작은 목함처럼 생긴 관이지. 황양목으로 현관을 만들면 천년이 지나도 유골이 썩지 않는다고 했어." 이연화가 다시 고개를 젖혀 위를 쳐다보았다. "용왕관이 현관이라면 땅속에 묻혀 있을 리 없지."

그게 바로 이연화가 용왕관이 땅속에 없다고 말한 이유였다. 부형양은 약이 올라 어금니가 시큰거리는 기분이었다. 용왕관이 현관이라는 걸 알면서도 말해주지 않고 모두가 눈먼 파리처럼 허겁지겁 구덩이를 파도록 내버려두다니 얼마나 가증스러운가!

용왕관이 어딘가에 매달려 있을 거란 말에 청년들이 앞다퉈 기어올라 이곳저곳을 샅샅이 뒤지기 시작했다.

이연화가 느긋한 표정으로 방다병을 보았다. "보물, 찾을 거야?"

방다병이 콧방귀를 뀌었다. "흥! 보물은 우리집에도 그득히 쌓여 있거든. 난 지금 당장 옷을 갈아입고 이 죽은 사람 옷은 네게 돌려주고 싶은 마음뿐이야. 죽은 사람 관이 어디 있든 나랑 무슨 상관이야."

이연화가 방다병의 귀에 대고 속삭였다. "비공자는 용왕관이 어디 있는지 알 거야. 각 방주와 하룻밤을 보내고 싶으면 내가 비공자를 소개해줄게……"

방다병이 펄쩍 뛰었다. "난 아직 죽고 싶은 마음 없거든! 재수없는 소리 하지 마! 퉤퉤!"

그 옆에서 전운비는 보물찾기에 혈안이 된 사람들의 웅성거림을 들으며 동굴 천장에 매달린 반짝이는 수정석을 올려다보고 긴 한숨을 내쉬었다. 그는 기춘란의 정원에서 본 별빛과 꽃이 더 그리웠다.

모진 풍파가 몰아치는 강호에 홀로 있지만 다행히 그는 외롭지 않았다.

동굴 밖으로 나온 세 사람은 밤에도 쉬지 않고 달려 막부산으로 향했다. 하지만 막부산 밑에 있는 기한불은 이미 천외마성을 찾아내 결전을 벌인 뒤였다. 기한불은 천외마성의 코를 베고 그를 다시 감옥에 가뒀다. 방다병은 절세의 결투를 직접 보지 못했다는 사실이 못내 한스러웠다.

제12장

식
수
촌

# 1. 해골호수

농익은 저녁놀이 서쪽으로 내려앉고 동쪽 하늘부터 짙푸른 장막이 드리울 무렵이었다. 기암괴석은 숲처럼 우뚝 서 있고 활짝 핀 꽃은 미인처럼 요염했다. 수백 길 높이의 국화산菊花山은 겨울에는 봉우리에 하얗게 눈이 덮이지만 초여름인 지금은 녹음이 점점 짙어지며 굽이굽이 절경이 펼쳐졌고, 가을이 되면 온 산에 노란 국화가 만개해 화려함의 극치를 이룰 터였다. 하지만 아쉽게도 인적이 드물고 민가도 없는데다 국화산이라는 이름을 들어본 사람도 거의 없으니 아무리 뛰어난 비경이라 해도 그걸 감상하는 이가 없었다.

푸른 옷을 입고 옆구리에 검을 찬 육검지陸劍池가 국화산에서 발길 닿는 대로 걷고 있었다. 무당파 백목 도장의 두번째 제자로, 십여 년의 고된 수련 끝에 하산한 지 몇 달 되지 않았지만 사부의 명성 덕분에 강호에 이름이 알려진 그였다. 내일은 팔황혼원호八荒混元湖에서 곤륜파의 '건곤여의수乾坤如意手' 금유도金有道와 결투를 벌일 예정이었다. 그의 걸음이라면 눈앞의 비경을 감상하며 천천히 걸어도 내일 오시에는 팔황혼원호에 충분히 도착할 수 있었다. 그래서 느긋한 마음으로 가벼이 걸음을 옮겼다.

푸른 초목이 산등성이를 뒤덮고 정상에는 맑은 호수가 자리잡고 있었다. 호수 한쪽 가장자리는 절벽과 맞닿아 커다란 바위 몇 개가 막아주지 않았다면 아마 호수는 폭포가 되었을 것이다. 호숫가에 다다르자 바닥이 들여다보일 만큼 맑은 물이 찰랑이고 물안개가 자욱했다. 물에 손을 담그자 시원한 기운이 손끝을 타고 올라왔다. 육검지는 목을 축이려 두 손을 모아 물을 떴다.

그때 작은 돌멩이 하나가 뒤에서 데구루루 굴러왔다. 흠칫 놀라 몸을 돌려보니 바위틈에서 누군가 고개를 내밀었다가 육검지의 서늘한 눈빛에 놀란 듯 다시 바위 뒤로 모습을 감췄다.

"이보시오, 대협……"

가난한 서생인 듯 행색은 남루하나 점잖은 인상을 풍기는 상대를 보고 육검지는 조금 안심했다. "저는 육검지라고 합니다만, 대협은 누구신지요? 이런 절경을 함께 보는 것도 인연입니다."

상대는 다시 바위틈으로 머리를 내밀고는 얼른 고개를 끄덕이며 말했다. "그렇지요. 절경을 함께 보는 것도 인연이지요. 그런데 그 물은 마시지 않는 게……"

육검지가 어리둥절한 표정으로 호수를 흘긋 돌아보았다. 이토록 맑은 물을 왜 마시지 말라는 걸까? "왜 그러십니까? 물에 뭐라도……"

상대가 바위틈에서 천천히 일어났다. 잿빛 도포는 낡아 군데군데 기운 자국이 있지만 더럽지는 않았고, 초라한 옷차림과 달리 사람은 매우 고상해 보였다. 상대가 말했다. "물속에…… 해골이 아주 많습니다……"

"해골이라고요?" 육검지가 아연실색했다. 민가도 없는 산인데 수많은 해골이 어디서 왔단 말인가? 물속을 다시 유심히 들여다보았지만 투명한 물결 아래에는 자갈만 깔려 있을 뿐 해골은 보이지 않았다.

의아해하는 육검지를 보고 상대가 물속을 가리켰다. "사람들이 죽었어요…… 엄청 많이……"

육검지가 더욱 의아해하며 호숫가로 바짝 다가가 호수 밑바닥을 들여다보았지만 맑고 투명한 물속에 해골 같은 건 없었다. 문득 상대가 가리킨 것이 호수 속이 아닐 수도 있다는 생각이 들어 수면으로 시선을 옮겼다가 소스라치게 놀랐다. 그리 넓지 않은 수면 위로 셀 수 없이 많은 해골 머리가 비치고 있는 것이 아닌가. 반짝이는 물결을 따라 수많은 해골 눈이 섬뜩한 빛을 내는 광경이 지옥에서 뒤엉켜 몸부림치는 아귀들의 모습 같았다.

"이게 어디서 비친 거지……" 육검지가 고개를 들어 사방을 둘러보았다. 호숫가에 큰 바위 여러 개가 우뚝 솟아 있고 바위마다 울퉁불퉁한 무늬가 새겨진 게 어렴풋하게 보였다. 바위에 크고 작은 구멍들이 뚫려 있는데 그 구멍들이 호수에 비치며 기괴한 형태로 보인 것이다.

"천혜의 비경이 우연히 만들어낸 기이한 모습이었군." 육검지가 안도의 한숨을 쉬었다. "저, 대협은 성씨가 어떻게 되십니까?

바위가 해골처럼 보이는 것이니 놀랄 것 없습니다. 보기 드문 비경이로군요."

잿빛 도포 차림의 남자가 긴 한숨을 내쉬었다. 하지만 안도의 한숨이 아니었다. 남자가 조금 전보다 더 떨리는 목소리로 말했다. "저는 이…… 그게……"

육검지가 반갑게 말했다. "이극애? 이형이시군요. 만나서 반갑습니다."

잿빛 도포 차림의 남자가 사레들린 듯 몇 번 기침을 했다. "아, 네, 반갑습니다. 그런데……" 그러더니 잠깐 머뭇거리다가 무슨 생각이 났는지 혀끝까지 나왔던 말을 도로 삼키고 다른 말을 했다. "곧 해가 질 것 같습니다."

육검지가 빙그레 웃었다. "그렇군요. 날이 저물고 있네요. 이형은 무림 사람이 아닌 모양입니다. 날이 저무는데 여기서 뭘 하고 계십니까?"

이극애가 여전히 호숫가의 바위와 수면 사이에 시선을 둔 채 겸연쩍게 대답했다. "국수를 해 먹으려고 공심채 몇 줄기를 뽑으러 왔다가 길을 잃었습니다……"

육검지가 말했다. "그러셨군요. 저와 함께 내려가시지요."

이극애는 흔쾌히 그러자고 했다. 두 사람은 땅거미가 완전히 내려앉기 전에 산에서 내려왔다. 이형은 이사온 지 얼마 되지 않았으며 산에서 그리 멀지 않은 마을에서 살고 있다고 했다. 마침 하룻밤 묵을 곳을 찾던 육검지도 함께 마을로 향했다.

국화산 아래에 열 채 남짓한 민가가 모인 외진 마을이 있었다.

산자락의 지세가 완만한 곳에 들국화와 잡초가 무성하게 자라고 민가 주위로 커다란 나무가 있을 뿐, 마을 안팎으로 논밭은 하나도 없었다. 골짜기가 깊고 토질이 농사짓기에 적합하지는 않았지만 마을을 둘러싼 훌륭한 경치가 눈길을 사로잡았다.

육검지와 이극애가 마을로 들어섰다. 이곳 사람들은 날이 저물면 바로 잠자리에 들었기에 인적이 거의 없었다. 얼굴이 까무잡잡한 장난꾸러기 둘이 집 앞에 앉아 흙장난을 하다가 마을로 들어오는 두 사람을 보고 화들짝 놀라 집으로 뛰어들어갔다.

진흙으로 벽을 쌓아올린 집 옆으로 이층짜리 목조 누각이 우뚝 솟아 있었다. 바람에 흔들릴 듯 생생한 연꽃 문양이 누각을 빙 둘러 조각된 것을 보고 육검지는 내심 놀랐다. 이 누각은……

누각에서 시선을 떼지 못하는 육검지를 보고 이극애가 얼른 말했다. "제 집이 아닙니다."

육검지가 문 앞에 서서 누각 기둥에 새겨진 문양을 손으로 쓰다듬었다. "그 유명한 길상문연화루가 아닙니까? 무림 최고의 신의 이연화 선생의 집이지요. 그러고 보니 이형이 이 선생과 성씨가 같은데 혹시……"

이극애가 놀란 듯 고개를 저었다. "저는 의술에 대해 아무것도 모릅니다. 저는 신의가 아니고 이 집도 제 것이 아니지요. 저는, 음…… 이연화 선생의 먼 친척입니다. 동향 사촌의 이웃이지요. 이연화 선생은 이 근처 산에서 진귀한 약재를 찾아 단약을 만드는 중입니다. 이연화 선생의 신비한 의술은 잘 아시지요? 낮에는 사람이지만 밤에는 귀신이 된다는 소문도 있더군요. 가끔은 뱀 요괴, 여자 귀신, 나무와 바위에 깃든 정괴精怪*를 알아보기도 한다지요……"

육검지가 껄껄 웃었다. "소문은 사실보다 과장될 때가 많지요. 이연화 선생이 산에서 단약을 만드는 동안 이형께서 이 집에서 지내시는군요. 무림 사람이라면 누구나 한 번쯤 이 신비한 누각을 보고 싶어하지요. 이연화 선생과 오래 알고 지내셨습니까?"

이극애가 연신 고개를 저었다. "잘 아는 사이는 아닙니다…… 그저 여기 살고 있을 뿐이지요." 그러고는 누각 안을 가리키며 물었다. "들어가보시겠습니까?"

육검지가 미소 지었다. "주인도 안 계신데 예의가 아니지요. 이 마을에서 하룻밤 묵으려면 어디로 가야 합니까?"

이극애가 주위를 둘러보았다. "저도 이사온 지 며칠 되지 않은 데다 줄곧 누각 안에서 혼자 밥을 지어 먹어서 잘 모릅니다. 마을 동쪽에…… 객잔이 하나 있는 것 같지만 이 마을 사람들은 객잔에서 밥을 먹지 않습니다. 이 깊은 산속에 찾아오는 사람도 거의 없을 테고요."

"괜찮습니다. 이형께서 같이 가주실 수 있겠습니까?"

이극애는 흔쾌히 그러겠다고 했다.

---

* 사람에게 괴이한 일을 일으키는 귀신.

## 2. 시신 없는 객잔

마을 동쪽으로 연못이 하나 있고 그 옆에 자그마한 검은 집 한 채가 있었다. 진흙으로 지은 다른 집들과 달리 검은 벽돌로 벽을 쌓고 유리 유약을 바른 녹색 호두와虎頭瓦*를 얹었으며 자단목 대문에는 팔괘도八卦圖가 새겨져 있었다.

날이 저물어 컴컴했지만 육검지의 눈에는 문 위에 두껍게 쌓인 먼지가 또렷하게 보였다.

"문을 닫은 지 오래된 것 같습니다. 그런데 이상한 객잔이로군요." 강호에 발을 들인 지 얼마 되지 않은 육검지였지만 문에 팔괘를 새긴 객잔은 처음 보았다. 검은 벽돌을 쌓고 녹색 호두와를 얹어 튼튼하고 화려하게 건물을 지어놓고 어째서 문을 닫았을까? 애초에 인적이 극히 드물고 민가도 몇 채 없는 이곳에 왜 큰돈을 들여 이토록 호화로운 객잔을 지었을까?

"오랫동안 비어 있었던 것 같군요." 이극애가 문을 똑똑 두드렸다. 살짝 두드렸을 뿐인데 뜻밖에도 문이 흔들렸다. 잠겨 있지 않았던 것이다.

"안에서 소리가 납니다." 육검지가 문을 슬쩍 밀어 열자 어슴푸레한 달빛 사이로 쥐들이 찍찍거리며 재빨리 구석으로 숨었다. 어두운 대청에 묵직해 보이는 나무 탁자와 의자가 놓여 있었다. 과거 북적북적했을 모습을 어렵지 않게 상상할 수 있었다.

---

* 호랑이 얼굴을 새긴 와당.

그때 어디선가 대나무를 두드리는 듯한 청명한 소리가 들렸다. 육검지가 고개를 홱 들어 둘러보니 객잔 천장에 세 촌 길이의 죽판* 이 열 개 남짓 매달려 있었다. 문이 열리며 일으킨 미풍에 죽판들 이 흔들리며 서로 부딪힌 것이다. 각각의 죽판마다 다른 필체로 같 은 글자가 쓰여 있었다. 바로 '귀鬼'였다.

열린 대문 사이로 밤바람이 소슬하게 불어들어와 탁자와 의자 에 두껍게 쌓였던 먼지가 날아올랐다. 이극애와 육검지는 몸을 타 고 올라오는 으스스한 한기를 느끼며 서로 시선을 마주쳤다.

문에 걸린 낡은 주렴이 천천히 흔들릴 때마다 문 너머 벽에 있 는 검은 얼룩이 보였다.

마른 핏자국일까? 육검지가 검자루를 힘주어 잡고 천천히 안으 로 들어갔다.

이극애가 뒤에서 속삭였다. "육대협, 날이 밝으면 다시 오는 게……"

"쉿." 육검지가 조용히 하라는 신호를 보내고는 청각을 곤두세 웠다. 넓은 객잔에 뭔가 기척이 있었지만 무엇인지 알 수 없었다. 아주 미세한 움직임이었다. 객잔 어딘가에서 무거운 물건을 옮기 는 듯도, 오래된 옷장이나 침대가 삐걱거리는 소리 같기도 했다. 육검지가 검자루를 손에 쥔 채 조심스럽게 발을 내디뎠다. 고양이 처럼 살금살금 대청을 가로지른 뒤 바람에 흔들리는 주렴을 검자 루로 살짝 들어올렸다.

---

\* 대쪽 두 개를 엮고 손가락 사이에 끼워 흔들어서 소리를 내는 악기.

이극애는 내키지 않는지 잠시 망설이다가 한숨을 내쉬고 육검지를 따라갔다.

객잔 후원으로 통하는 회랑 벽 위에 검은 얼룩 수십 개가 흩뿌려져 있었다. 핏자국 같았는데, 혈액이 담긴 어떤 물체를 벽을 향해 던진 것처럼 보였다.

검술의 고수인 육검지는 피가 흩어진 흔적이 짧고 어지러우니 검으로 벤 건 아니리라 짐작했다. 순간적으로 빠르게 흩어진 듯한 형상을 보아하니 이것이 정말 핏자국이라면 이 피의 주인은 살아남지 못했을 것이다. 이 수상한 객잔에서 무슨 일이 있었던 걸까?

이극애가 벽으로 다가갔다. "이게 뭘까요?"

"이건……" 육검지가 자세히 살펴보았다. 핏자국으로 보이는 얼룩 사이에 딱딱한 갈색 덩어리가 붙어 있었는데 한참을 들여다보아도 뭔지 알 수 없었다.

이극애가 중얼거리듯 말했다. "뭔가 찢어진 조각 같습니다."

육검지가 고개를 끄덕였다. "한데 무엇의 조각인지 모르겠군요."

이극애가 이상하다는 듯 육검지를 흘긋 보더니 뭔가 말을 하려다 삼키고 한숨을 내쉬었다. "이 얼룩이 무엇이든, 회랑에는 아무것도 없군요."

회랑은 텅 비어 있었다. 벽에 묻은 얼룩 수십 개를 제외하고는 아무것도 없었다.

육검지가 앞장섰다. 회랑을 지나자 아주 넓은 정원이 나타났다. 정원에 들어서자 커다란 그림자가 그들을 덮쳤다. 정원에 서 있는 커다란 고목 두 그루였다. 나뭇가지 사이로 내려온 은은한 달빛이 거대한 거미줄처럼 두 사람을 감쌌다. 고목 옆에는 우물이 있고 우물 위에 온전한 두레박이 매달려 있었다. 정원에 문 여덟 개, 위층에 문 네 개, 총 열두 개의 객방이 있는데 위층 네번째 문이 반쯤 열려 있었다. 오래전부터 그 상태였던 듯했다.

"이상하군요…… 인적도 드문 이곳에 왜 이런 객잔이 있을까요? 열두 개의 객방에, 아래에 푸른 벽돌이 깔리고 청기와로 꾸며진 정원이라니, 우연일 수 없습니다." 육검지가 이해할 수 없다는 표정으로 말했다.

이극애가 말했다. "몇 년 전에는 마을에 사람이 많이 살아서 지금보다 열 배는 더 번화했을 수도 있지요."

육검지가 고개를 저었다. "만약 그렇다면 그 많은 사람이 지금은 다 어디로 갔을까요? 객잔은 사람의 왕래가 많아야 하는데 이렇게 깊은 산속에 많은 사람이 찾아올 리도 없고요."

이극애가 말을 받았다. "그때는 이곳을 왕래하는 사람이 많았을 수도 있지요……"

육검지가 또 고개를 저었다. 그는 여전히 이 객잔의 모든 것이 괴이하기만 했다. "내일 마을 사람들에게 물어봐야겠습니다."

정원을 한 바퀴 빙 돌아봤지만 별다른 점은 보이지 않았다. 첫번째 문 앞에 도착해 검자루로 밀자 문이 천천히 열리며 텁텁한 곰팡이 냄새가 훅 밀려나왔다. 창문은 반쯤 가려져 있고 비단 장막이 바닥까지 끌리게 내려와 있었으며, 탁자와 의자 위에 먼지가 켜켜이 쌓여 있었다.

이극애는 객방 안을 들여다보고 멈칫했지만 육검지는 성큼 들어가 방안의 기이한 광경을 둘러보았다. 무공의 고수인 그도 온몸이 오싹해지며 잔털이 곤두섰다.

쓰러진 의자는 침대 앞에 나뒹굴고, 대들보 한쪽 끝에는 단단히 매듭이 지어진 회색 천이 길게 매달려 있었다. 육검지가 천을 잡아당겨봤다. 그 상태로 오래 방치되었을 텐데도 천은 조금도 삭지 않고 튼튼했다. 뒤따라 들어온 이극애가 대들보를 올려다보았다. 육검지가 휙 뛰어올라 대들보에 묶인 천을 풀었다. 묶인 자국이 남아있었다. 회색 천에 무거운 물건이 매달려 있었다는 뜻이다. 설마 이 방에서 사람이 목을 매달렸을까? 육검지가 다시 훌쩍 뛰어내렸다. 여전히 의구심이 가득한 표정이었다.

이극애가 회색 천을 가만히 들여다보았다. 먼지투성이지만 좀먹은 흔적이 없고 원래 흰색이었던 듯했다. 가장자리를 보니 비단 치맛자락을 잘라낸 것 같았다. 정말로 이 방에서 누군가 목을 매죽었다면 시신은 어디에 있을까? 누군가 그 시신을 거뒀다면 어째서 천과 의자는 그대로 두었을까?

주위를 둘러보니 탁자 위 문진 밑에 쪽지가 깔려 있었다. 육검지가 화절자를 밝혀 종이를 비추니 어렴풋이 글자가 보였다. '밤…… 네번째 방에 출몰하는 귀신이 창문으로 소첩을 훔쳐보니…… 섬뜩하고 무섭습니다…… 낭군께 오직 바라옵건대……'

"유서나 일기인 것 같습니다." 예상치 못한 상황에 당황했는지 육검지의 미간이 불룩 솟아올랐다. "여인이 목을 맨 것 같습니다. 돌아오지 않는 남편을 기다리고 있었던 것 같군요."

이극애가 고개를 끄덕였다. "여기서 끔찍한 일이 있었던 것 같습니다. 목을 매 자결하지 않으면 안 될 정도로."

육검지가 낮은 소리로 말했다. "죽은 여인도 귀신을 봤다고 하고, 대청에 매달린 죽판에도 '귀' 자가 쓰여 있는데 그게 무슨 뜻일까요?"

이극애가 눈을 크게 뜨며 되물었다. "귀신이면 귀신이지 다른 게 있겠습니까?"

육검지가 머뭇거리며 말했다. "하지만…… 귀신이 있다는 걸 믿을 수가……"

이극애가 한숨을 내쉬었다. "열두 개 객방을 다 둘러보면 뭔가 알 수도 있겠지요."

육검지가 고개를 끄덕이고는 두번째 객방으로 향했다.

두번째 객방은 휑했다. 침대가 있었던 흔적은 있지만 침대는 보이지 않았고 문 옆의 화장 거울 아래에 구리 대야가 놓여 있었다. 몇 안 되는 세간에 먼지가 쌓였지만 잘 정리된 상태였다. 다만 구리 대야 바닥에 뭔가 검게 가라앉은 자국이 보였다.

이극애가 말했다. "이것도…… 피일까요?"

육검지가 고개를 저었다. "너무 오래돼서 알아볼 수가 없군요."

방안에 그 외의 별다른 물건은 없었다. 두번째 방을 나가 세번째 방으로 들어갔다. 세번째 방은 벽이 깨끗했다. 아무도 묵지 않은 빈방이었던 듯했다. 창에 발린 꽤 질 좋은 창호지에 구멍이 뚫려 바람이 비집고 들어왔는데, 방안에서 구멍을 뚫은 모양이었다. 이곳은 다른 방보다 먼지가 더 두껍게 쌓여 한층 을씨년스러워 보였다.

정원에서 보았을 때 정중앙에 있는 네번째 방은 문이 반쯤 열려 있었다. 문에는 얼룩이 점점이 찍혔다. 역시 핏자국 같은 검은색 얼룩이었다.

담력 센 육검지도 등줄기가 선득했지만 문을 활짝 열어젖혔다.

"악!" 이극애가 짧은 비명과 함께 고개를 잔뜩 움츠리며 육검지 뒤로 숨었다. "저게 뭡니까?"

육검지도 놀라서 우뚝 멈췄다. 검자루를 쥔 손바닥에서 식은땀이 배어나와 축축했다. 한참 멍하니 있던 육검지가 겨우 입을 열었다. "사람입니다……"

이극애가 육검지의 등뒤에 숨은 채 말했다. "사람이 저렇게 하얗다고요?"

육검자가 말했다. "사람이 벽에 기대어 있다가 검은 뭔가가 벽에 뿌려진 뒤 사람은 사라지고 흔적만 남은 것이지요."

탁자와 의자가 쓰러져 나뒹굴고 온 방이 전쟁을 치른 듯 아수라장인 가운데 문을 마주한 벽 위 하얗게 남은 사람의 형상이 유난히 도드라져 보였다. 그 주위로 흩뿌려진 검은 얼룩이 벽의 절반을 덮고 있었다.

육검지가 방안으로 들어갔다. 바닥에는 부서진 나무 파편이 잔뜩 깔렸고 검은 도롱이 두 개가 떨어져 있는데 마치 바닥에 엎드린 괴이한 짐승 같았다. 그중 하나는 아주 길고 구멍이 많이 뚫려 있었다. 육검지는 가슴이 철렁 내려앉았다. 나무가 이렇게 산산조각 날 정도면 엄청난 충격이 있었을 것이다. 이 방 주인이 대단한 고수였거나, 이 방에 쳐들어온 사람이 엄청난 힘의 소유자였을 것이다. 이 방 주인은 누구였을까?

방안을 둘러보던 이극애가 바닥에서 뭔가를 주웠다. 육검지가 화절자에 불을 붙여 자세히 보니 향로인데 깊이 파인 흔적이 있었다. 곧고 가늘게 파인 형태로 보아 저절로 쪼개진 것은 아니었다.

"단도 자국일까요, 장검 자국일까요?"

이극애의 질문에 육검지가 향로를 가만히 들여다보다 답했다. "장검으로 벤 자국입니다. 구리 향로를 벨 정도면 무공이 약한 자는 아니었을 겁니다. 이 정도 고수가 여기서 죽었다면 이 객잔에 심상치 않은 비밀이 감춰져 있을 것 같군요."

이극애가 가볍게 웃었다. "만약 육 대협 정도의 고수라면 어떤 검을 써야 향로를 벨 수 있겠습니까?"

육검지가 껄껄 웃더니 향로를 노려보며 검을 확 뽑았다. 번쩍이는 검광이 허공을 가르며 이극애가 들고 있던 향로를 향해 내리꽂혔다. 이극애가 깜짝 놀라 비명을 지르며 향로를 손에서 떨어뜨렸지만 육검지의 빠른 검이 향로를 댕강 그었다. 향로가 땅에 떨어지기 전, 육검지가 번개 같은 속도로 낚아챘다. 향로 위에 검자국이 또 하나 생겼다. 원래 있던 검자국과 같은 방향으로 나란히 그어졌지만 반 푼 정도 깊고 세 촌 정도 길었다.

"이곳 주인의 무공은 저와 비슷했던 것 같습니다." 육검지가 가벼운 탄식을 내뱉었다. 온 힘을 다해 검을 휘둘렀지만 구리 향로가 워낙 단단했다. 돌화로였다면 아마 두 동강이 났을 것이다.

이극애가 고개를 저었다. "그의 검자국이 육 대협 것보다 짧은 건 검이 파고든 각도가 더 작았다는 뜻이지요. 검을 휘두를 때 화로가 허공에 뜬 상태가 아니라 어딘가에 기대어 있었던 겁니다. 검을 휘두른 방법이 다르면 결과도 달라지지요."

육검지는 가만히 고개를 끄덕였지만 속으로는 크게 놀랐다. 검술의 이치에 이 정도로 능통하다면 허랑하게 강호를 떠도는 평범한 서생은 아닐 터였다. 이연화의 친척이라더니 이극애 역시 은둔한 협객인 걸까?

이극애는 고개를 돌리다가 형형한 눈빛으로 자신을 응시하고 있는 육검지를 보고 자기 몸을 이리저리 살피며 의아한 표정으로 물었다. "왜 그러십니까?"

육검지가 눈빛을 거두며 빙그레 웃었다. "아무것도 아닙니다."

다른 데로 시선을 옮기던 육검지는 창밖으로 하얀 뭔가가 휙 지나가는 걸 보고 반사적으로 외쳤다. "밖에 누구냐!"

이극애도 얼른 고개를 돌려 쳐다보니 창밖에서 하얀 물체가 흔들리며 끼익 날카로운 소리가 났다.

육검지의 검광이 번뜩이는 순간 검화劍花*가 연꽃처럼 피어나며 뚫린 창문을 향해 날아가 창밖에 있는 하얀 물체를 덮쳤다.

이극애가 재빨리 달려가 창밖을 보니 정원에서 웬 물체가 외마디 비명을 지르며 가늘고 흰 그림자를 휘두르고 있었다. 검과 옥이 부딪히며 땅 하는 소리가 나더니 흰 물체에서 비명이 터져나왔다. "깍!"

괴상한 비명이 잦아들기도 전에 육검지의 검광이 또 한번 폭발

---

* 검을 휘두르는 궤적을 따라 꽃이 피어나듯 번뜩이는 검광을 일컫는 말.

할 듯한 기세로 날아가자 흰 물체는 더이상 비명도 지르지 못했다. 육검지가 검화 세 개를 모두 거둬들였지만 아직 후초後招가 열 초식쯤 남아 있었다. 땅땅땅, 맑은 울림과 함께 흰 물체가 후초 열 초식을 모두 막아냈다.

육검지는 의아했다. 흰옷 요괴는 분명 무공으로 검화를 막아냈다. 귀신도 무공을 연마한단 말인가? 귀신의 손에 들린 무기는 옥단적이 틀림없었다. 육검지가 잠시 멈칫한 틈에 흰옷 요괴가 가쁜 숨을 토해내며 버럭 외쳤다. "얼어죽을 이연화! 이 미친놈아! 이 요괴 자식!"

육검지가 깜짝 놀라 검을 거뒀다. "누구⋯⋯"

해골처럼 깡마른 몸에 비단옷과 옥대를 두르고 옥 단적을 손에 든 흰옷 요괴가 밖에서 씩씩대며 창문 앞에 선 이극애를 향해 사나운 기세로 욕을 퍼부었다. "이 먼 곳까지 천 리 길을 달려오게 만들어놓고 무당파 고수를 시켜 날 죽이려 해? 날 죽이고 재물을 빼앗을 셈이냐?"

이극애가 난처한 표정으로 대꾸했다. "목매달아 죽은 귀신인 줄 알았잖아⋯⋯"

흰옷 요괴가 분기탱천해서 악을 썼다. "누굴 보고 목매달아 죽은 귀신이라는 거야? 잘생기고 기품이 넘쳐 강호의 미남 중 열 손가락 안에 드는 본 공자에게 목매달아 죽은 귀신이라니! 네놈이야말로 빌어먹을 대두귀*다!"

---

* 중국 민간설화에 등장하는 귀신.

그 말에 육검지가 귀신의 신분을 알아차렸다. "근심공자! 방씨 가문의 큰 공자이신 방다병 공자이시군요! 어쩐지⋯⋯" 육검지는 뒤이어 나오려던 말을 꿀꺽 삼키고 속으로 생각했다. 기괴하리만 치 깡말랐으니 요괴로 오인할 만하군.

방다병이 눈을 부라리며 이극애를 노려보았다. "이런 괴상한 곳에 숨어서 뭘 하는 거야? 저 사람은 또 누구야? 새로 데려온⋯⋯"

이극애가 재빨리 그의 말을 잘랐다. "오해야. 오해. 이분은 무당파 고수인데 길에서 우연히 만났어. 초면인데도 오랜 벗처럼 친근해 길동무가 됐을 뿐이지 널 해치려고 일부러 부른 건 아니야."

방다병이 놀란 눈으로 육검지를 획 쳐다보았다. "그쪽은⋯⋯"

육검지가 양손을 모으고 예를 갖추며 말했다. "저는 육검지라고 합니다. 무당파 백목 도장이 제 사부이십니다."

방다병이 고개를 끄덕였다. "백목의 제자라고요? 무당 제자의 무공은 과연 명불허전이로군."

흰옷 요괴가 명문가의 공자라는 걸 알고 나자 육검지의 말투가 정중해졌다. "방 공자께서도 이형, 아니, 이극애 공자의 벗이십니까?"

"이형? 이극애? 아⋯⋯ 그렇네. 이연화는 어디로 갔는지 모르겠군. 나는 그 절세의 신의 이연화를 찾아왔는데 집에 흔적은 없고 그, 그 뭐더라⋯⋯"

방다병이 이극애를 획 째려보자 그가 말을 받았다. "이연화의 동향 사촌 이웃이지요."

방다병이 고개를 끄덕였다. "그렇지. 나는 이쪽에 있는 이형과는 별로 친한 사이가 아니네."

이극애가 재빨리 고개를 끄덕였다. "네, 그렇지요."

육검지가 물었다. "방 공자는 여길 어떻게 찾으셨습니까?"

방다병이 아직 화가 가시지 않은 목소리로 말했다. "민가가 스무 채 남짓한 작은 마을이라 한 집 한 집 들어가 물어오다보니 이제야 여기까지 왔네." 그러고는 이극애를 노려보며 물었다. "두 분은 이 깊은 밤에 여자 귀신을 찾고 계셨소?"

"우린 식사를 하러 왔습니다. 그런데 객잔 문이 열려 있고 방마다 귀신이 나타난 듯 이상한 흔적이 있더군요."

이극애의 말에 방다병이 콧방귀를 뀌었다. "원래는 귀신이 없는 곳이나 대두귀가 왔으니 귀신이 있긴 한 셈이군요. 나는 들어오면서 아무것도 못 봤소."

이극애가 정색했다. "원래 귀신은 범부의 눈으로 아무렇게나 볼 수 있는 게 아니랍니다……"

"아, 그럼 선생은 보셨소?"

"저도…… 못 봤지요."

육검지가 끼어들었다. "아마 방 공자는 자세히 살펴보지 않으셨을 텐데, 객잔에 이상한 흔적이 많습니다. 오래전 이곳에서 참극이 벌어졌던 것 같습니다."

방다병이 주위를 두리번거렸다. "참극이라고?"

육검지가 손에 있던 향로를 들어올려 보였다. "여기서 결투가 벌어지고 방에 있던 사람들이 갑자기 사라진 것 같습니다."

방대병이 말했다. "이기든 지든 결투가 끝나면 떠나야지. 결투

가 끝나고도 거기 앉아서 밥을 먹겠나? 이연화라면 그럴 지 몰라
도……"

이극애가 말했다. "하지만 여긴 객잔이잖습니까. 사람들이 한꺼
번에 사라진 게 아니라면 어떻게 흔적들이 남았겠습니까? 남녀노
소를 불문하고 무림의 고수든 강호의 백성이든 객잔에 있던 사람
들이 한날한시에 모조리 죽은 게 아니라면 말이지요."

방다병의 입이 떡 벌어졌다. "누가…… 그렇게 한꺼번에 많은
사람을 죽일 수 있단 말이오? 시신은? 사람이 죽었으면 시신이 있
을 거 아니오?"

"시신이 없어요." 이극애가 말했다.

육검지가 고개를 끄덕였다. "방을 전부 살펴보면 무슨 일이 있
었는지 알 수 있을지도 모릅니다."

방다병이 머뭇거렸다. "음…… 꼭 봐야겠나?"

이극애가 방다병을 힐끔거리며 은근슬쩍 물었다. "방 공자는 귀
신을 무서워하십니까?"

방다병은 순간 사레가 들렸다. "쿨럭쿨럭, 육 대협, 앞장서시게.
같이 방을 둘러보지."

육검지가 빙긋 웃고는 검을 들고 다음 방으로 향했다. 음산하고
섬뜩한 곳이지만 무당파 제자로서 일찍부터 도교를 접하고 수련을
해온 터라 무섭지는 않았다.

방다병과 이극애가 그 뒤를 따랐다. 육검지가 몇 걸음 앞서가자
방다병이 이극애를 툭 치며 나지막이 말했다. "빌어먹을 이연화,
멀쩡한 천하제일 신의는 관두고 '이극애'는 또 뭐야?"

이극애가 작게 헛기침을 했다. "그게…… 내 이름을 말하기도 전에 육 대협이 먼저 '이극애'라고 들어서 나도 어쩔 수 없었어. 육 대협이 상상하는 신의가 어떤 모습인지 모르기도 하고."

방다병이 눈을 부릅떴다. "네가 의술의 '의' 자도 모르는 돌팔이라는 걸 들킬까봐 두렵구나?"

이연화가 한숨을 내쉬며 자기 행색을 내려다보고는 목소리를 한껏 낮추어 물었다. "세상에 악귀가 있다고 믿어?"

방다병이 고개를 저었다. "아니."

"나도 원래 안 믿었어. 그런데 이 객잔은 너무 이상해. 시신이 있어야 하는 곳에 시신이 하나도 없어. 아마……"

방다병은 다리가 후들거리고 온몸의 잔털이 곤두서는 걸 느꼈다. "여기 시신이 있었어야 한다고?"

이연화가 말했다. "그냥 내 직감이야. 사람 죽은 냄새가 나."

"사람 죽은 냄새?" 방다병은 어리둥절했다. 이연화를 오랫동안 알고 지냈지만 이런 뜬금없는 소리는 처음이었다.

"응. 많은 사람이 죽은 냄새, 게다가……" 주위를 두리번거리던 이연화가 걸음을 멈추고 동쪽 회랑의 빈틈으로 밖을 내다보았다. "정신 똑바로 차리고 조심해. 이 객잔에 다른 뭔가가 있는 거 같아. 우릴 따라오고 있어."

방다병의 얼굴이 하얗게 질렸다. "그게 뭔데?"

이연화가 고개를 저었다. "나도 몰라. 걸음은 가볍지만 몸집은 커다란 뭔가가 있어. 키가 큰 건지 공중에 떠다니는 건지 모르지만, 어쨌든 우리보다 머리 두 개는 커."

방다병은 뒷덜미를 덮치는 한기를 마른 웃음으로 떨쳐보려고 애썼다. "하하, 그게 사람이야? 들을수록 귀신 같은데. 그런데 그건 어떻게 알았어?"

이연화가 한숨을 내쉬었다. "너나 육 대협처럼 용감하고 집중력 좋고 경계심 없는 사람들은 밖에서 나는 다른 소리에 주의를 기울이지 않겠지. 밖에 있는 나무에 스치는 바람 소리 들려?"

방다병이 고개를 끄덕였다. "당연하지."

이연화가 눈을 크게 떴다. "지금 우리는 나무 맞은편에 있잖아. 그런데 이렇게 소리가 요란한 바람이 왜 여기까지는 불어오지 않을까? 나뭇잎이 다 떨어진 고목이라 잎사귀가 바람을 막은 것도 아닐 텐데 말이야."

방다병의 입이 점점 벌어졌다. "그건……"

이연화가 말했다. "뜸들이지 말고 말해봐."

방다병이 쓴웃음을 지었다. "뭔가 바람을 막고 있겠지."

이연화가 한숨을 내쉬었다. "바로 그거야. 잎사귀도 없이 앙상한 나무에서 이쪽으로 바람이 부는데 우리는 바람을 느낄 수 없어. 그렇다면 나무 위, 모퉁이, 회랑의 빈틈, 창문까지. 이어진 일직선 위에 바람을 막는 뭔가가 있다는 뜻이지. 그게 뭔지는 모르지만 좋은 건 아닐 거야."

두 사람이 소곤거리는 동안 앞서가던 육검지는 위층 첫번째 객방 앞에 도착했다. 문에 달린 커다란 자물쇠를 잡고 흔들자 찌걱찌걱 부서지는 소리가 났다. 삭아버린 자물쇠를 부수고 문을 밀었지만 이상하게도 열리지 않았다.

방다병이 옥 단적으로 창문을 부수고 안을 들여다보았다. "침대로 문을 막아놨네. 이리 와서 보시오."

육검지가 검자루를 휘둘러 창문을 더 부쉈다. 세 사람은 함께 방안을 들여다보았다.

찢어진 부적이 잔뜩 흩어져 있고 창문마다 나무판을 가로질러 박아놓았다. 팔괘 일고여덟 개가 매달린 대들보와 두 개의 불단 위에 놓인 수많은 불상들의 모습이 보였다. 그중에는 처음 보는 이상한 모습의 불상도 있었다. 그렇게 많은 불상을 모셔놓고 문과 창을 안에서 빈틈없이 막아놨는데 방안에는 아무도 없었다. 안에 있던 사람이 어떻게 나갔을지 의문이었다.

세 사람은 창을 넘어 들어갔다. 육검지가 말했다. "뭔가가 들어오지 못하게 막은 것 같습니다."

이연화가 바닥에서 찢어진 부적을 주웠다. "여기도 '귀' 자가 빼곡히 적혀 있네요."

방다병이 화절자에 불을 붙여 자세히 보니 반쯤 찢겨나간 부적에 크고 작은 '귀' 자가 십여 개 적혀 있었다. 부적의 형태가 이상해 어느 문파의 부적인지는 알 수 없었다.

육검지가 방안을 둘러본 뒤 가볍게 발을 구르자 텅텅 울리는 소리가 났다. "바닥에 비밀 통로가 있는 것 같습니다."

이연화와 방다병이 바닥에 흩어진 부적 조각을 치우자 네모난 입구가 드러났다. 한 사람이 겨우 들어갈 수 있는 크기였다.

두 사람이 나무판을 들어올려보니 과연 컴컴한 통로가 나타났다. 방다병이 화절자를 던져넣자 순식간에 불길이 화르르 치솟았다. "아!" 순간 세 사람은 모두 놀라 뒤로 물러났다.


## 3. 귀신 그림자


지하 공간에도 부적이 덕지덕지 붙어 있어서 화절자를 던지자 불길이 확 번졌던 것이다. 하지만 부적보다 더 섬뜩한 건 그곳이 비밀 통로가 아니라 한 사람이 겨우 들어갈 만큼 좁은 밀실이라는 점이었다. 밀실 안에 간시干尸* 한 구가 목이 뒤로 젖혀진 채 앉아 있었다. 손가락과 발가락까지 썩지 않고 바싹 마른 채 뼈에 붙어 있었지만 머리는 없었다. 괴력에 머리통을 뽑힌 듯 갈가리 뜯긴 상처만 목에 남아 있었다.

방다병이 기함했다. "이건, 이건……"

이번에는 육검지도 경악을 금치 못했다. "어떻게 이럴 수가!"

이연화가 가볍게 헛기침을 했다. "누가 머리를 잡아 뜯었군요. 찢긴 상처를 보아하니 보통 힘이 아닙니다."

방다병은 위아랫니가 시큰해질 만큼 겁에 질렸다. "이렇게 힘센 사람이 있다니. 어떻게 나무판을 통과해서 목을 뜯어갈 수 있지?"

"뭔가 이상합니다." 머리 없는 간시를 자세히 살피던 육검지가 말했다. 간시의 옷매무새가 흐트러짐 없이 단정했다. 흙투성이지만 핏자국이 거의 없고 목이 뜯겨나간 자리도 선명했다. 그가 낮은

---

* 시신이 부패하지 않고 수분이 완전히 말라 보존된 미라.

소리로 말을 이었다. "죽은 뒤에…… 목이 뜯긴 것 같습니다."

"죽은 뒤에 목이 뜯겼다니…… 어떻게 하면 사람의 목이 이렇게 종잇장처럼 가닥가닥 찢어질 수 있죠?"

이연화의 말에 육검지가 깨달은 듯 외쳤다. "그렇네요! 죽은 직후가 아니라 죽은 지 한참 지나서 간시가 된 뒤에 목을 뜯어낸 겁니다. 그래서 종잇장처럼 찢긴 흔적이 남은 것이죠. 누가 머리 없는 간시를 여기에 숨겨놨을까요? 이 간시는 또 누구고요?"

이연화가 말했다. "아래층 그 여인처럼 악귀를 견디지 못하고 밀실에 숨어서 자결했을 수도 있지요. 산속이라 건조하고 자결할 때 먹은 독약 때문에 시신이 썩지 않고 간시가 됐을 겁니다."

방다병이 고개를 저었다. "말도 안 되는 소리요! 독약을 먹고 자결했다고 어떻게 단정하시오? 자결하는 방법이 얼마나 많은데. 목을 매거나 강에 뛰어들거나 칼로 목을 그을 수도 있고, 아니면 식음을 전폐하고 굶어죽거나 쥐새끼를 삼키고 역겨워서 죽었을지도 모르잖소?"

이연화가 헛웃음을 웃었다. "그건……"

육검지가 간시를 손끝으로 만져보며 나직이 말했다. "외상은 보이지 않는군요. 설령 이미 간시가 되었다 해도 사람의 머리통을 뜯어낸다는 건 웬만한 힘으로는 안 될 겁니다. 대체 누가 시신에서 머리통을 떼어내고 몸통은 이 밀실에 두었을까요? 여기에 어떻게 들어왔다가 또 어떻게 나간 거고요?"

"설마 정말 귀신이?" 방다병의 목소리가 떨렸다. "불길한 곳이니 어서 나갑시다…… 어랏?"

방다병이 말을 멈추고 몸을 홱 돌려 조금 전 자신이 부순 창문을 보았다. 육검지도 방다병을 따라 시선을 옮겼다. 칠흑처럼 어두운 창밖으로는 비스듬히 내려앉은 달빛이 고목을 비출 뿐 그 외에 아무것도 보이지 않았다. 방다병의 시야 가장자리로 창밖에서 뭔가 획 지나갔지만 그게 뭔지는 제대로 보지 못했다.

이연화가 창가로 다가가 회랑 바닥을 살폈다. 세 사람의 발자국만 찍혀 있을 줄 알았던 바닥에는 두껍게 쌓인 먼지 위로 발자국들이 어지럽게 찍혀 있었다. 새로 생긴 것도 있고 생긴 지 오래된 것도 있었다. 누군가 회랑을 뛰어다닌 것 같기도 했다. 하지만 방금 무엇이 지나갔는지는 알 수 없었다.

"빨리 나가자니까. 어서 객방을 다 둘러보고 돌아가서 잠이나 잡시다." 방다병이 재촉했다.

세 사람은 다시 창문을 넘어 밖으로 나왔다. 나머지 세 객방에는 모두 탁자와 의자가 쓰러져 있고 벽과 바닥에 검은 얼룩이 잔뜩 묻어 있었다. 그게 핏자국이라면 그곳에서 끔찍한 살육이 벌어졌다는 뜻이겠지만 역시 시신은 한 구도 없었다.

아래층으로 내려와 왼쪽에 있는 방 네 개를 둘러보았다. 첫번째 방에는 빈 술항아리가 가득 쌓여 있고, 두번째 방에는 침대와 탁자와 의자를 놓았던 흔적만 남았고 이불과 침대 장막인 듯한 천이 바닥에 버려져 있었다.

밤하늘에 성글게 뜬 별이 굳게 닫힌 객방 문들을 어슴푸레하게 비췄다. 평온해 보였던 나무가 소리 없이 비틀어지며 소용돌이치는 것 같고, 벽에 비친 사람 그림자도 별안간 기이하게 보였다. 내

딛는 발걸음이 점점 조심스러워지며 발소리가 작아졌다. 사박사박 숨죽인 발소리에 그들 세 사람이 객잔 귀신으로 보일 정도였다. 깊은 밤 폐허가 된 객잔을 살금살금 걷는 그들이 귀신과 뭐가 다르단 말인가?

쥐죽은듯 고요한 객잔에서 육검지가 세번째 객방 문을 여는 순간 위에서 뭔가 턱 떨어지는 바람에 모두 소스라치게 놀라 뒤로 물러났다. 하마터면 육검지의 신발 위로 떨어질 뻔한 그것의 정체를 눈치챈 방다병이 새된 비명을 내질렀다. "손! 손이 잘렸어!"

몸통에서 뜯겨져나온 손이었다. 아까 보았던 검은 핏자국이나 간시와 달리 그 손은 아직 썩기 전이었고, 뜯긴 자리에 살점과 피가 생생히 뒤섞여 있었다.

육검지가 흠칫 몸을 떨며 고개를 들어 올려다보니 문에 핏자국이 낭자하고 문틀에 구멍이 네 개 뚫려 있었다. 네 손가락이 문틀을 뚫고 들어간 채 박혔던 자리였다. 육검지가 문을 열지 않았다면 계속 그대로 박혀 있었을 것이다.

이연화가 방안으로 들어갔다. 문 안쪽에 어지러운 핏자국이 묻어 있었다. 바닥에는 피를 닦아낸 듯한 흔적과 함께 검붉은 핏자국이 넓게 번져 있었다. 갈기갈기 찢긴 천 조각까지 섬뜩한 광경에 온몸이 선득했다.

한 발만 들어서고 다른 한 발은 내디딜지 말지 망설이던 방다병은 눈앞에 펼쳐진 광경에 얼굴이 하얗게 질렸다. "이건⋯⋯"

이연화가 몸을 숙여 바닥에 떨어진 손을 천천히 뒤집었다. 손은 아직 부패하지 않았지만 바닥에 흘린 핏자국은 말라 있었다.

방다병이 겨우 숨을 고른 뒤 떨리는 목소리로 말했다. "어릴 적 아버지를 따라 사냥하러 갔다가 맹수가 사람을 잡아먹은 자리를 본 적이 있는데 그때와 비슷하군. 그 표범이……"

방다병이 거기서 말을 멈추자 육검지가 물었다. "표범이 어쨌습니까?"

방다병이 넋이 나간 얼굴로 말을 이었다. "그 표범이 커다란 나무 아래서 대여섯 살짜리 아이를 뜯어먹었지. 그 커다란 나무가 온통 피칠갑이 되어서는, 여우와 이리가 주위를 어슬렁거리고 까마귀떼도 상공을 맴돌았는데, 그 광경은 정말이지……"

"어쩌면 이 객잔의 귀신은 사람을 잡아먹는 맹수일 수도 있겠군요." 바닥의 핏자국을 한참 살피던 이연화가 방안을 빙 둘러보았다. 방안에 물건이라고는 보따리 두 개와 옷가지 몇 벌이 전부였다. "평범한 사건은 아닙니다. 손가락으로 문틀을 뚫을 수 있다면 이 손의 주인은 틀림없이 무림의 고수였을 텐데 그런 사람도 피하지 못했다니…… 게다가 무공으로 단련된 손을 뜯어낸 걸 보면 상대는 아주 위험한 놈이 분명하군요."

"말씀하시는 걸 들으니 이형도 비범한 인물은 아니시군요. 과연 이연화 선생의 친구십니다."

"아, 뭐." 이연화는 자신을 칭찬하는 육검지의 말을 대충 얼버무려 넘기고 하던 얘기를 계속했다. "사람들이 한날한시에 죽은 게 아니라 오랜 기간에 걸쳐 차례로 죽은 듯하네요."

육검지가 고개를 끄덕였다. "그런 듯합니다. 조금 전 방에 있던 간시는 죽은 지 꽤 된 것 같고, 이 손은 잘린 지 닷새를 넘지 않은 것 같습니다."

"이 손을 보면 사람 죽이는 귀신이 아직도 있는 듯한데, 우리도 이 객잔에 들어왔으니 어쩌면……" 이연화가 한숨을 내쉬었다. "귀신이 우릴 계속 지켜보고 있을지 모르지요. 그렇다면 우리도 화를 면치 못할 겁니다."

방다병은 온몸의 잔털이 곤두섰다. "벽을 뚫고 소리도 없이 사람을 죽인 것 같군. 그 정도 괴력이라면 천하제일의 고수도 막아내지 못할 텐데, 우리는 어쩐단 말이오?"

"도망쳤다가 날이 밝으면 다시 오지요." 이연화가 말했다. "난 귀신도 무섭고 죽는 것도 무서워요."

평소였다면 이런 이연화를 방다병이 실컷 놀렸겠지만 지금은 그도 마찬가지 심정이었다. 육검지도 동의해 세 사람 모두 방에서 나와 객잔의 대문으로 향했다.

"이런 얘기 들어보셨습니까?" 이연화가 뜬금없이 물었다. "두 남자가 깊은 밤 주루酒樓에서 술을 마시는데 술집 주인이 하는 말이, 당태종이 얼마 전 양귀비에게 자결을 명했다는 겁니다. 두 남자는 수백 년 전 일이 아니냐며 주인을 놀렸지요. 그러고는 거나하게 취해서 돌아갔는데 그중 한 남자가 다음날 가보니 주루가 있던 자리에 폐허만 덩그러니 있었다지요."

방다병이 코웃음을 쳤다. "흥. 재미없는 얘기로군요. 그게 뭐 대수라고. 귀신을 본 거겠죠."

이연화가 말을 이어갔다. "그래서 이 남자가 기겁하고 같이 술을 마신 친구를 찾아갔는데 친구의 집에 아무도 없었습니다. 하는

수 없이 어제 왔던 길을 되돌아가며 친구를 찾는데, 어젯밤 그 둘
이 지나왔던 좁은 오솔길에 사람들이 모여 웅성거리더랍니다. 그
리로 다가가서 보니 머리에 구멍이 뚫린 시신이 바닥에 누워 있는
데 그게 바로 어제 같이 술을 마신 친구였습니다. 옆에 있던 구경
꾼이 말하기를 그가 어제 해질녘에 강도를 당해 죽었다고 하더랍
니다."

육검지는 허무맹랑한 얘기라는 듯 피식 웃는데 방다병이 물었
다. "그래서 어떻게 됐소?"

이연화가 말했다. "구경꾼이 또 말하기를, 그보다 먼저 죽은 사
람은 강도에게 머리를 베여 더 참혹하게 죽었다고 했지요. 앞으로
더 가보니 머리 잘린 시신이 누워 있는데 그게 바로 자신이었답니
다."

"우리 셋이 이미 귀신일 수도 있다는 얘기요?" 방다병이 이연화
를 노려보았다. 이 귀신 들린 듯한 객잔에서 빠져나가기도 전에 귀
신 얘기로 사람을 겁주다니.

이연화가 얼른 손을 내저었다. "그게 아니라, 그냥 문득 생각이
나서요."

육검지는 그 얘기에 별로 신경쓰지 않고 검을 들고 앞장서서 걸
었다. 대청으로 통하는 회랑으로 접어드는데 깜깜한 어둠 속에서
눈동자 두 개가 번쩍 나타났다. 괴상하리만치 작고 섬광이 번뜩이
는 눈동자였다. 육검지는 온몸에 소름이 돋았지만 큰 소리로 기합
을 외치며 검을 휘둘렀다. 분명 검광이 어둠을 갈랐지만 검끝에는
아무것도 닿지 않았다. 그 순간 머리 위에서 손 하나가 불쑥 뻗어

나와 육검지의 뒷덜미에 닿았다.

곧이어 퍽 하는 소리가 들리더니 그 손은 허공으로 다시 돌아갔다. 육검지는 죽다 살아난 기분이었다. 온몸에서 식은땀이 나고 심장이 터질 듯 뛰었다. 뒤에서 누가 육검지를 부축해 몇 걸음 뒤로 물러났다.

방다병이 외쳤다. "저게 뭐야?"

육검지는 연거푸 숨을 가다듬었다. 좀처럼 진정되지 않는 가운데 방다병의 외침을 듣고서야 자신을 부축한 사람이 이극애라는 걸 알았다. 육검지가 떨리는 목소리로 말했다. "이형이 절 구하셨군요……"

육검지를 부축하던 이연화가 가볍게 웃었다. 세상 물정 모르고 어수룩해 보였던 서생이 이런 상황에서 육검지 자신을 구해주다니, 이제 어떤 귀신이 나와도 두렵지 않을 것 같았다.

이연화가 말했다. "아…… 손 하나만 봤는데 그게 뭘까요? 그놈 얼굴을 봤어요?"

육검지가 고개를 저었다. "눈만 봤습니다. 얼굴도 없었어요. 회랑은 텅 비어서…… 아무것도 없었습니다."

이연화가 캄캄한 회랑을 살펴보았다. "눈을 봤다고요? 아무것도 없는데…… 설마 우리 머리 위에 거꾸로 매달려 있는 걸까요?"

육검지는 어떻게 된 일인지 갈피를 잡지 못하다가 이연화의 물음을 듣고 깨달았다. 조금 전 육검지가 본 것은 거꾸로 매달린 두 눈이었다. 그래서 검을 휘둘러도 아무것도 없었던 것이다.

방다병이 턱을 쓰다듬으며 말했다. "너무 깜깜해서 본 공자는 아무것도 못 봤는데. 두 사람이 몇 번 휘청이다가 갑자기 뒷걸음질 친 것밖에는."

"회랑에 뭔가 있어요." 이연화가 말했다. "화절자 있습니까?"

그 말에 육검지가 화절자에 불을 켜자 이연화가 품에서 손수건을 꺼내 불을 붙인 뒤 회랑을 향해 던졌다. 회랑은 아무것도 없이 텅 비어 있었다. 육검지와 이연화가 서로 눈을 마주친 뒤 동시에 회랑 천장으로 시선을 옮겼다. 회랑 위쪽에 채광과 통풍을 위한 창이 나 있었다. 그리 크지는 않지만 한 사람이 통과하기에 충분한 크기였다.

"저 창을 통해 바깥쪽으로 나가면 나무와 담을 탈 수 있고, 안쪽으로 가면 객방으로 들어갈 수 있지요. 어디로 가든 눈에 띄지 않을 수 있어요." 이연화가 한숨을 쉬었다. "하, 한데 놈이 지붕에 엎드려 있다가 우리가 회랑을 지나갈 때 별안간 창으로 튀어나오면 어쩌지요?"

육검지가 검을 다시 손에 쥐었다. 처음에는 회랑 지붕 위로 올라가려 했지만 조금 전 목덜미에 닿았던 그 물컹하면서도 차가운 손이 떠오르자 등줄기가 선득하고 손바닥에서 식은땀이 배어나왔다. 어려서부터 무공을 연마하며 규율에 따라 살아온 그는 세상에 사람인지 귀신인지 짐승인지도 알 수 없는 기괴한 것이 있으리라고 생각해본 적이 없었다.

방다병이 어이가 없다는 듯 웃었다. "그럼 여기서 날이 밝을 때까지 멀뚱멀뚱 기다리자는 말이오?"

이연화가 눈을 크게 떴다. "그럼 무공이 제일 센 사람이 지붕에 올라가 살펴봅시다. 방 공자가 올라가시지요."

방다병이 고개를 세차게 저었다. "어릴 적부터 단련을 게을리해 제 무공은 별 볼 일 없습니다. 저렇게 높은 데 올라가면 현기증이 나요. 어이쿠, 보기만 해도 어질어질하군요."

이연화가 한숨을 쉬었다. "저는 보기만 해도 어지러운 정도는 아니지만……"

바로 그때 육검지가 놀라 "아!" 하고 외친 한 마디가 두 사람의 대화를 끊었다. 회랑 쪽을 보니 불덩이 하나가 대청에서 회랑을 건너 점점 다가오고 있었다. 세 사람이 서로 시선을 마주쳤다. 또다른 요괴일까? 발소리가 묵직한 걸 보면 무공의 고수는 아닌 듯했다. 불덩이는 세 사람 앞에서 멈췄다. 한 손에는 지팡이를, 한 손에는 횃불을 든 노인이었다. 노인이 쇳소리 섞인 목소리로 말했다. "누구시오? 귀신 집에서 뭣들 하고 있소?"

"그게……" 이연화가 말했다. "저희는 본래 밥을 먹으러 왔는데, 이렇게 컴컴하고 쥐가 돌아다니는 걸 보니 문 닫은 지 오래된 객잔인 모양이네요."

노인이 깊은 한숨을 내쉬었다. "이 마을 사람들은 발길도 하지 않는 귀신 집이라오. 여기서 무고하게 죽은 사람이 한둘이 아니외다. 어서 나가시오. 멀리서 온 나그네들 같은데 시장하면 우리집에서 한술 뜨고 가시겠소?"

이연화가 선뜻 그러겠다고 대답하고 세 사람은 노인의 뒤를 따랐다. 회랑을 지나 대청으로 가보니 젊은이 둘이 횃불을 들고 서 있었다. 두 젊은이는 세 사람에게서 눈을 떼지 못하고 위아래로 훑어보았다.

"이쪽으로 오시오." 노인이 앞장서서 걸었다.

노인의 오른손이 방다병의 시선에 들어왔다. 손가락 두 개가 없었다. 이어 두 젊은이를 차례로 훑어보았다. 둘 다 왜소한 체구에 피부가 검은 편인데, 얼굴은 스무서너 살쯤 되어 보이지만 몸집은 열서너 살 소년으로 착각할 만큼 발육 상태가 좋지 않았다. 방다병은 이상하다고 생각하며 조용히 노인을 따라갔다.

육검지는 회랑 지붕에서 튀어나온 괴물체가 아무 일도 없었던 듯 조용해진 것이 못내 미심쩍었다. 설마 환영이라도 본 걸까? 어둠 속에서 빛나던 두 눈동자를 떠올리며 이극애를 흘긋 보니 그는 이리저리 돌아다니는 쥐들을 눈으로 좇고 있었다. 무슨 생각을 하는지 알 수가 없었다. 저 사람이 괴물체를 막아낸 걸까? 힘이 엄청난 괴물과 맞붙고도 아무렇지 않다면, 그는 대체 어떤 사람인 걸까?

노인은 객잔을 나가 마을 동쪽에 있는 집으로 세 사람을 데리고 갔다. 다른 집들보다 넓고 컸지만 안으로 들어가보니 변변한 가구 하나 없이 휑뎅그렁했는데 삼나무 의자 몇 개가 눈에 띄었다. 상서로운 문양이 조각되어 얼핏 보아도 값비싼 물건 같았다. 노인은 세 사람에게 의자를 권하고 몇 마디 나누었다. 노인은 이 마을이 석石씨들이 모여 사는 석수촌石壽村이고 본인이 마을 촌장인데 조상 대대로 이곳에 터를 잡고 살아왔다고 했다. 밤중에 갑자기 객잔에서 이상한 소리가 나기에 젊은이들을 데리고 나갔던 길이었다고 덧붙였다.

방다병이 물었다. "어르신, 석수촌이 대대로 이렇게 작은 마을

이었으면 어찌 저리도 큰 객잔이 있나요? 오는 손님이 있었습니까? 장사가 안 돼 문을 닫을 법도 하네요."

촌장이 한숨을 내쉬며 흰 수염을 쓸어내렸다. "석수촌은 작은 마을이지만 뒷산에 시원한 샘이 있다오. 샘물이 달고 시원해 좋은 술의 재료로 쓰였지요. 유장옥양玉腸玉醸이라고 들어보셨소?"

방다병은 고개를 끄덕이고 이연화는 고개를 저었다. 육검지가 말했다. "유장옥양이라면 천금을 줘도 구하기 어렵다는 귀한 술이 아닙니까? 그 유명한 술이 여기서 만들어졌다는 말씀입니까?"

촌장이 고개를 끄덕였다. "그렇소. 십 년 전만 해도 타지인들이 우리 마을로 몰려와 술을 빚었소. 마을 주위의 숲을 다 베어내고 술을 빚을 곡식과 과일을 심었지요. 여긴 높은 산이라 곡식과 과일이 자라지 못하는데도 말이오. 그 때문에 숲이 황폐해졌소."

"그럼…… 들판에 가득 자라는 그 국화들이……"

이연화의 말에 촌장의 얼굴에 노기가 차올랐다. "우리 산에는 원래 그런 노란 국화가 자라지 않았소. 전부 타지 사람들이 중원에서 가져와 심은 것이오. 숲을 없앤 자리에 국화가 무성하게 자라니 더이상 나무가 자라지 못했다오. 나무가 사라지자 짐승도 떠났소. 석수촌 사람들에게 사냥은 생존 수단이었소. 십 년 전 두 사람이 굶어죽었는데 그게 다 타지 사람들 탓이오."

이연화와 방다병이 어찌할 바를 모르고 서로 얼굴만 쳐다보았다. 그러다 방다병이 가볍게 헛기침을 하고 말했다. "그건…… 제가 사죄드리겠습니다. 비록 제 잘못은 아니지만 중원 사람들의 만행으로 마을에 큰 재앙이 닥쳤다니 부끄럽습니다. 어찌 그런 짓을 했는지."

촌장이 고개를 저었다. "다행히 그들이 심은 작물들이 자라지 못해 얼마 가지 않아 모두 떠났소. 와서 샘물을 퍼 가는 사람들도 있었는데 그 물을 어디로 가져갔는지는 우리도 모르오. 무슨 연유인지 샘물을 퍼 가려는 사람도 차츰 줄어들어 요근래에는 외지인의 출입이 거의 없었소. 조상 대대로 산속에 살며 밖으로 나간 적이 없으니 바깥세상에서 무슨 일이 있는지 우리는 모른다오."

육검지가 밝아진 얼굴로 말했다. "유장옥양을 빚는 비법이 전수되지 못해 이제는 그 술을 빚을 수 있는 사람이 없습니다. 덕분에 석수촌이 지금까지 평온하게 지켜진 것 같습니다."

방다병은 연방 고개를 끄덕이고 이연화도 그제야 영문을 좀 알 것 같은 얼굴을 했다. "그랬군요."

그때 한 사람이 김이 모락모락 나는 음식을 가지고 들어왔다. 고기와 채소로 소담하게 차린 음식이었다. 고기는 홍소육紅燒肉*이지만, 둥글게 고부라진 푸른 채소는 처음 보는 것이었다.

각지를 두루 다니며 수많은 주루에서 술을 마신 방다병도 이런 채소는 본 적이 없었다. "이게 무슨 채소입니까? 참 신기하게 생겼네요."

촌장이 젓가락으로 채소를 집어 입에 넣었다. "고산에서 흔히 자라는 푸성귀인데 중원에서는 아마 보기 힘들 것이오. 맛이 아주 좋아요."

---

* 고기를 간장, 향신료 등과 함께 오래 끓여 조린 음식.

방다병도 한입 집어 먹어보니 독특한 맛이 아주 일품이었다. 안 그래도 출출하던 차에 식욕이 확 돌았다.

육검지도 먹어보니 맛이 괜찮았다.

이연화가 젓가락을 들고 어떤 걸 먼저 먹을까 고민하자 촌장이 홍소육을 가리켰다. "고산에 사는 나귀의 고기인데 들어보시오. 여기서도 구하기 힘든 고기라오."

"그렇군요." 이연화가 젓가락으로 나귀고기를 집었다가 갑자기 도로 내려놓았다. "음, 고산에서도 보기 힘든 나귀라면 먼 곳에서 살다가 길을 잃고 여기까지 왔을 텐데 그 가련한 나귀의 고기를 어찌 먹겠습니까? 차마 먹을 수 없습니다. 아미타불…… 요즘 부처님을 믿기 시작해 각지의 절에 가서 불공을 드리고 있답니다."

방다병은 갑자기 사레가 들려 켁켁거렸다. 얼어죽을 이연화의 말은 순전히 헛소리였다. 요즘 둘이서 절에 가기는 했지만 술안주로 먹으려고 절에서 기르는 토끼를 훔치러 갔던 것이지 언제 무슨 불공을 드렸단 말인가?

고기를 먹으려던 육검지도 이극애의 말을 듣고 조금 망설이더니 젓가락을 채소로 옮겼다. 측은지심을 얘기하는 사람 옆에서 고기를 먹으면 자신이 너무 비정해 보일 것 같았다.

방다병도 나귀고기를 맛보고 싶은 생각이 간절했지만 두 사람이 먹지 않는데 혼자 게걸스럽게 먹기가 민망해 슬며시 젓가락을 멈췄다.

촌장이 한숨을 내쉬고는 고기를 한 점 집어 천천히 씹었다. 잠시 후 주식과 술이 나왔다. 밥이 아니라 굵은 국수였다. 외진 산골짜기라 쌀은 한 톨도 보이지 않았다. 하지만 술은 무척 훌륭했다. 과연 이곳 샘물로 술을 빚으면 좋은 향과 맛이 나는 모양이었다.

방다병이 술을 마시며 칭찬하자 촌장이 계속 술을 권하는 바람에 얼마 안 가서 술기운이 거나하게 돌았다. 세 사람이 배불리 식사를 마치자 촌장은 그들을 위해 객방을 내주고, 사람을 불러 내일 날이 밝은 뒤 산에서 내려가는 길을 안내해주라고 일렀다.


## 4. 혼비백산

달도 서쪽으로 기울어 달빛조차 사라진 깊은 밤, 촌장의 계속된 권유에 못 이겨 술을 제법 마신 세 사람이 객방에 몸을 누였다.

방다병은 금세 코를 골며 잠들었지만 육검지는 노곤하면서도 쉬이 잠이 오지 않았다. 객잔에서 본 머리 잘린 간시, 회랑의 눈동자, 머리 위에서 튀어나왔던 손이 아직도 눈앞에 생생했다. 이극애가 조금만 늦었다면 머리 뜯긴 간시처럼 그 손에 머리를 뽑혔을지도 모른다. 석수촌 사람들은 그 객잔에 괴물체가 있다는 걸 모르는 걸까?

결국 육검지는 눈을 뜬 채 누워만 있었다. 걱정하는 기색 하나 없이 태연하게 코를 골며 잠든 이연화를 잠시 쳐다보다가 긴 한숨을 내쉬고 다시 눈을 감았다. 떨쳐낼 수 없는 이 불안감은 강호에서 경험이 적은 탓에서 오는 노파심일까? 아무리 그래도 옆의 두 사람처럼 태평하게 잠들 수 없었다.

안개가 짙어지는 듯 밖이 더욱 어두워졌다. 안개가 자욱해질수록 풀잎에 매달린 이슬이 무거워지다가 툭 떨어졌다. 육검지는 조용히 누워 밖에서 나는 모든 소리에 청각을 곤두세웠다. 조금 멀리서 벌레 소리, 새소리, 쥐들이 지나가는 소리가 들리고, 더 멀리서는 인기척이 들렸는데 일찍 일어난 사냥꾼인지 아니면 다른 무엇인지 알 수 없었다.

점점 정신이 또렷해지며 모든 신경이 밖에서 나는 소리로 쏠렸다. 그때였다. 침대 끝에서 손 하나가 뻗어나와 육검지의 가슴을 지그시 눌렀다. 육검지는 소스라치게 놀라 눈을 번쩍 떴다. 심장이 밖으로 튀어나올 것 같았다. 눈앞의 광경에 숨이 턱 막히고 입이 벌어졌지만 비명조차 나오지 않았다.

다른 무엇도 없이 침대 밑에서부터 뻗어나온 손이 그의 가슴을 누르고 있었다. 그런데…… 사람 손이라면 이렇게 길 수도 없고, 이토록 기괴한 형태로 구부러지는 건 더욱 불가능했다. 담력이 크다고 자부해온 육검지도 지금 이 순간 느끼는 두려움은 필부와 다르지 않았다. 차라리 죽는 게 나을 만큼의 끔찍한 공포였다. 바로 그때 침대 밑에서 또 뭔가 와락 튀어나왔고 육검지는 비명을 내지르고는 혼절했다.

그 소리에 방다병이 잠에서 깨어 벌떡 일어나 앉았다. 사람인지 아닌지 알 수 없는, 온몸이 얼룩점으로 뒤덮인 형체가 육검지 위에 엎드려 있다가 방다병이 일어나는 것을 보고 몸을 홱 돌려 방다병을 덮쳤다. 번개같이 빨랐지만 그 어떤 소리도 나지 않았다. 방다병은 꿈을 꾸는 듯한 착각 속에 본능적으로 비명을 지르며 옥 단적을 휘둘렀다. 퍽 하는 둔탁한 소리와 함께 거대한 힘이 방다병의 가슴팍을 타격했다. 눈앞이 아득해지고 숨이 막혀 죽을 것 같았다. 곧 숨이 넘어갈 것 같은 그 순간 시야 가장자리로 흰 그림자가 펄럭였다. 이런 제길, 누군 지금 숨이 넘어가는 와중인데 누군 백의검객 놀음을 하다니! 속으로 욕을 뇌까리며 방다병 또한 정신을 잃었다.

어둡고 을씨년스러운 객방에서 한 사람이 도포를 벗자 눈처럼 흰옷이 드러났다. 그는 방다병을 덮친 형체를 조용히 응시했다. 사지가 길고 눈처럼 새하얀 살갗 위로 피와 살점이 엉긴 반점이 가득했다. 온몸에 거북 등딱지 같은 핏자국이 없었다면 키가 크고 후리후리한 남자의 벌거벗은 몸처럼 보일 것 같았다. 그것의 커다란 머리가 옆에 서 있는 흰옷 남자를 향해 돌아갔다. 눈이 너무 작고 입이 너무 큰 것만 빼면 이목구비가 반듯한 편이었다. 그것이 낮은 소리로 으르렁거리다가 흰옷 남자를 향해 와락 달려들었다.

흰옷 남자가 몸을 휙 피했지만 그 형체도 놀랄 만큼 빠른데다 방향을 자유자재로 바꿨다. 거미줄 위를 돌아다니는 거미처럼 몸놀림이 민첩했다. 한번 방향을 틀자마자 손을 휙 뻗어 흰옷 남자의 머리를 움켜쥐려 했지만 흰옷 남자도 그에 못지않게 빨랐다. 흰옷 남자가 가볍게 몸을 숙여 그것의 겨드랑이 사이로 빠져나가 등을 한 대 때린 뒤 밖으로 도망쳤다. 그 형체도 괴성을 지르며 남자의 뒤를 쫓아갔다. 번개처럼 빨랐지만 흰옷 남자를 쉬이 따라잡을 순 없었다. 흰옷 남자가 촌장의 방으로 뛰어들어가자 그것도 뒤따라 들어갔다.

어둠이 점점 걷히고 동쪽 하늘이 희붐하게 밝아오는 그때, 촌장의 방에서 하늘을 뒤흔드는 굉음이 울렸다. 나뭇가지와 돌조각이 날아가고 검기가 허공을 가르는가 싶더니 지붕이 와르르 무너져내리며 먼지가 부옇게 피어올랐다. 굉음이 잦아들고 먼지가 내려앉은 뒤 모든 것이 생명을 잃은 듯 사방이 고요해졌다. 기괴하고 요망한 것들이 일시에 고요해지며 자취를 감췄다.

시간이 얼마나 흘렀을까, 방다병이 천천히 눈을 떴다. 가슴이 꽉 막힌 듯 답답하고 머리는 깨질 것 같았다. 말할 수 없이 고통스러워 일어나 앉기도 힘들었다. 옆을 보니 육검지가 초췌한 얼굴로 넋이 나간 듯 앉아 있었다.

방다병이 기침을 터뜨리며 쉰 목소리로 물었다. "무슨 일이 있었던 건가? 이연화는 어디 있어?"

육검지가 무슨 소리냐는 표정으로 방다병을 쳐다보았다. "이연화라고요?"

방다병은 더이상 이연화의 놀음에 장단을 맞춰주고 싶지 않아 메마른 목소리로 짜증스럽게 말했다. "당연히 이연화지. 길상문연화루에 사는 사람이 이연화가 아니고 누구겠나? 이연화는 어디로 갔나?"

육검지는 여전히 이해할 수 없다는 표정으로 고개를 돌려 방 한쪽을 보았다. 그의 시선이 가닿은 곳에 잿빛 옷을 입은 이연화가 미동도 없이 꼬꾸라져 있었다. "저 사람이 이연화라고요?"

얼어죽을 이연화가 괴물에게 숨통이 끊어지지 않은 걸 보고 방다병은 안도의 한숨을 내쉬었다. "그럼 저 사람이 이연화의 동향 사촌의 이웃이라는 얘기를 정말로 믿었다고? 동향 사촌의 이웃이 어떻게 친척이야? 저놈의 헛소리를 믿는 멍청한 사람은 세상에 육대협뿐일 걸세. 저놈이 하는 헛소리를 한마디라도 믿으면 십 년 동안 재수없을 거라고!" 방다병이 잔뜩 부아가 치민 얼굴로 말을 쏟아부었다.

육검지는 머리가 어질했다. 괴물을 본 충격에서 벗어나지도 못했는데 더 큰 충격이 머리를 때렸다. 길상문연화루에 사는 사람이 당연히 이연화지 그럼 누구겠는가. 앞뒤가 맞지 않는 그런 거짓말을 어떻게 믿었던 걸까? 육검지는 자신이 이렇게 변변찮은 사람이라는 게 믿기지 않았다. 죽음을 두려워하고 귀신도 무서워하는 겁쟁이인 것도 모자라 훌륭한 사람을 옆에 두고도 알아보지 못했다니! 육검지는 세상 모르고 잠든 이연화를 다시 찬찬히 뜯어보았다. 줏대 없고 겁많은 이 사람이 천하의 신의인 줄 누가 알아본단 말인가? 혼란스러웠다. 강호무림은 무당산에서 상상하던 것과 완전히 딴판이었다.

"얼어죽을 이연화!" 방다병이 침대에서 뛰어내려 이연화가 자고 있는 침대를 발로 걷어찼다. "자는 척하는 거 모를 줄 알아? 빨리 일어나!"

하지만 이연화는 꼼짝 않고 누운 채 눈만 가늘게 뜨고는 겁에 질린 목소리로 말했다. "요괴가 아직도 있으면 어쩌려고 그래?"

방다병이 버럭 성을 냈다. "해가 중천에 떠서 네 엉덩이를 비추는데 요괴가 진작 도망갔지 아직 있겠어? 어젯밤 요괴가 튀어나왔을 때는 어디 처박혀서 도와주지도 않았어?"

이연화가 정색했다. "어젯밤에 네가 혼절하고 나서 내가 용감히 귀신도 울고 갈 절세검법을 보여줬는걸? 내가 다섯 길 밖에서 요괴 머리를 단칼에 베어 두 사람의 목숨을 살렸다고."

방다병이 콧방귀를 뀌었다. "네 무공이 절세검법이면 본 공자의 무공은 천하제일이다! 널 믿느니 역병 걸린 얼간이 돼지를 믿지!"

이연화가 투덜거렸다. "역병 걸린 돼지인데 얼간이가 무슨 소용이야? 진즉에 죽었을 텐데……"

방다병은 화가 머리끝까지 치밀었다. "이연화!"

"왜 불러!" 이연화도 지지 않고 맞받아친 뒤 육검지에게 시선을 옮겨 부드럽게 미소 지으며 말했다. "어젯밤 요괴가 어찌나 끔찍하던지 나도 모르게 정신을 잃는 바람에 아무것도 기억나질 않는군요. 그후에 요괴가 어떻게 됐습니까?"

육검지의 얼굴에 난처한 빛이 떠올랐다. "저는……"

그도 어젯밤에 놀라서 혼절했고 아직도 놀란 가슴이 진정되지 않은 상태였다. 다행히 방다병이 대신 말을 받아줬다. "어젯밤 그놈이 육 대협을 먼저 공격하고 그다음에 날 덮쳤어. 그놈에게 맞아서 혼절하면서 흰옷 입은 사람을 얼핏 본 것만 기억나. 어디선가 나타난 백의대협이 우릴 구해준 것 같아. 너도 흰옷 입은 검객 봤어?"

이연화가 고개를 저었다. "난 육 대협의 침대 밑에서 손이 튀어나오는 걸 보고 기절해서 아무것도 못 봤어."

그때 객방 문이 열리고 촌장이 청년 둘과 함께 맑은 물을 들고 들어왔다. 그들 역시 엄청난 충격을 받은 듯 안색이 창백했다. "세

분 무탈하시오?"

방다병이 의아한 표정으로 물었다. "혹시 촌장께서 우릴 구하셨습니까?"

촌장이 쉰 목소리로 말했다. "어젯밤에는…… 정말 죽을 뻔했소. 갑자기 한 괴물이랑 흰옷 차림에 복면을 한 젊은이가 내 방으로 뛰어들어왔는데 무슨 영문인지 집이 와르르 무너졌소. 새벽에 이리로 건너와보니 세 분은 정신을 잃은 채 침대에 쓰러져 있고 창문에 큰 구멍이 나 있더이다. 괴물과 흰옷 젊은이가 이 방에도 왔었나보오." 촌장이 콜록콜록 기침을 몇 번 했다. "우리 석수촌에 팔 긴 괴물에 관한 오랜 전설이 있소. 이 근처 숲속에 아주 재빠르고 엄청난 힘을 가진 괴물이 산다는 이야기지요. 원래는 깊은 산속에 숨어 살았는데 근래 들어 먹잇감이 부족한지 종종 마을로 내려온다고 하오."

방다병이 믿을 수 없다는 표정을 지었다. "우리가 재수없게도 그 괴물의 습격을 받았다는 말씀이십니까? 어제 저녁을 먹을 때는 왜 그런 얘기를 해주지 않으셨습니까? 이 마을의 수상한 객잔에서 많은 사람이 죽었는데 촌장께서 모르실 리가 있습니까? 어르신은 그 괴물이 마을을 휘젓고 다니는 것도, 객잔에서 사람을 죽인 것도 알고 계셨지요? 그런데도 우리에게 말해주지 않으셨습니다."

촌장이 갑자기 눈물을 흘렸다. "괴물이 있다는 건 우리 마을의 수치요. 마을에서 신명을 제대로 모시지 못해 하늘에서 천벌을 내리신 것인데 어찌 그걸 남에게 말할 수 있겠소……"

방다병은 좀더 다그치려 했지만 노인의 눈물을 보고 마음이 약해져 입을 꾹 다물었다.

하지만 육검지는 촌장이 말한 흰옷 검객의 정체가 궁금했다. "어젯밤 정말로 흰옷을 입은 검객이 도와줬습니까? 지금 어디 있습니까?"

"지붕이 무너진 뒤 그 젊은이와 괴물 모두 숲으로 달려갔소. 하늘이 내린 기인奇人이었소. 그런 신선 같은 사람이 어디서 나타나서 괴물과 대결을 벌였는지. 괴물은 온몸이 딱딱한 껍데기로 뒤덮여 칼도 창도 뚫지 못한다오. 게다가 번개처럼 빨라서 그것과 싸울 수 있다면 보통 사람은 아닐 거요."

방다병은 가슴팍에 아직도 남아 있는 뭉근한 통증을 느끼며 한숨을 내쉬었다. 비범한 내공을 지닌 천하의 고수가 아니면 이렇게 엄청난 힘을 가진 괴물과 감히 맞붙을 수 없을 것이다. 그런 생각이 들자 내심 풀이 죽었다. 자신이 평생을 단련해도 괴물의 타고난 힘을 이길 수 없다면 무공을 단련한들 무슨 소용이란 말인가? 어젯밤 얼핏 보았던 그 흰 그림자와 촌장이 보았다는 복면의 백의검객은 누굴까? 고수 중의 고수가 아니면 그런 괴물과 맞서 싸울 수 없을 것이다.

이연화가 침대에서 천천히 일어나 한숨을 쉬었다. "어젯밤 정말 숨이 멎을 만큼 놀랐는데, 백의검객이 요괴를 쫓아갔다면 이제 별 문제는 없겠군요. 나가서 걸으며 바람 좀 쐬어야겠습니다."

방다병이 고개를 끄덕였다. "나도 바람 좀 쐬어야겠어." 사실 바람을 쐬겠다는 건 핑계이고 가슴 통증만 좀 가시면 이 꺼림칙한 곳에서 멀리 도망쳐야겠다는 생각뿐이었다.

육검지는 아무 생각 없이 두 사람을 따라 고개를 끄덕였다.

촌장이 동쪽을 가리켰다. "저쪽으로 가면 산을 내려갈 수 있소. 내려가서 동쪽으로 십 리쯤 가면 우두산牛頭山이 나올 거요. 거기서 채두곡菜頭谷을 지나면 아자하阿妓河라는 강이 나오는데 그 강을 따라가면 되오."

이연화가 고개를 끄덕였다. 세 사람은 국수로 요기를 하고 세수를 한 뒤 천천히 객방을 나섰다.

세 사람의 떠나는 뒷모습을 보며 촌장이 한숨을 내쉬자 옆에 있던 두 청년이 눈을 번뜩이며 물었다. "저들을 그냥 보내요?"

촌장이 고개를 저었다. "누군가 몰래 저들을 지키는 듯해. 안 될 것 같으니 그냥 보내자. 어차피 그 일은…… 저들도 모르니까. 아무것도 모르는 타지인들이야."

두 젊은이의 목구멍에서 짐승의 으르렁거림 같은 나직한 소리가 비어져나왔다. "오랫동안 마을에……"

촌장이 차갑게 말했다. "조만간 나타날 게다."


## 5. 무덤 없는 땅

이연화 일행은 천천히 걸어 석수촌 옆 숲으로 향했다. 방다병은 조용한 곳에서 운기조식運氣調息*을 하고 싶은 마음이 간절했지만,

---

* 호흡으로 기를 생성하고 기의 흐름을 조절하는 것.

육검지는 백의검객에 대한 의문이 머리를 떠나지 않았다. 골똘히 생각에 잠겼던 육검지가 말했다. "강호에 흰 천으로 복면을 하고 무공이 막강한 젊은 협객이 있다는 소문은 들은 적이 없는 것 같습니다. 어젯밤 그 백의검객은 누구였을까요? 계속 우리 뒤를 따라다닌 걸까요?"

방다병이 콧방귀를 뀌었다. "흰옷을 입은 협객은 강호에 쇠털만큼 많지. 흰옷 입고 얼굴만 가리면 누구나 백의검객인데 그가 선배 고수인지 삼류 건달인지 누가 알겠는가?"

이연화는 주위를 두리번거렸다. 풍경을 감상한다기보다 보물이라도 찾는 듯한 표정이었다. 하지만 사방에는 아직 꽃을 피우지 않은 파릇파릇한 국화와 잡초, 나무 몇 그루 뿐이었다. 산길을 따라 한참을 걷다 이연화가 중얼거렸다. "이상해……"

방다병이 물었다. "뭐가 이상해? 백의검객이 어디로 갔는지 이상하다는 거야?"

이연화가 사방을 둘러본 뒤 미심쩍다는 듯 말했다. "이 산에 자라는 거라고는 국화, 잡초, 열매가 열리지 않는 나무뿐인데 마을 사람들은 농사도 짓지 않고 돼지도 기르지 않아. 이상해……"

방다병이 미간을 찡그렸다. "사냥을 한다고 하지 않았어? 무슨 생각을 하는 거야?"

이연화가 말했다. "이렇게 멀리 오도록 짐승이라고는 들쥐밖에 못 봤어. 설마 들쥐 사냥을 해서 먹고살겠어?"

이번에는 방다병도 말문이 막혔다. "뭐, 우리가 운이 나빠서 다른 짐승을 못 봤을 수도 있지."

이연화가 한숨을 쉬었다. "국화를 먹고사는 짐승이 있을 거 같아? 이 국화들은 줄기가 굵고 뻣뻣한데다 솜털까지 돋아서 소나 염소의 먹이가 될 수 없어. 여긴 고산이라 황소는 올라오지 못하고, 염소떼가 산다면 흔적이나 냄새라도 있을 텐데 아무 냄새도 나지 않아. 나무들은 열매를 맺지 못하니 원숭이가 살 수도 없고 멧돼지는 더욱 살 수 없지."

육검지가 숨을 깊이 들이마셔보니 과연 풀냄새밖에 나지 않았다. "이런 곳에 사냥감이 있을 리 없죠."

이연화가 고개를 끄덕였다. "그럼 마을 사람들은 뭘 먹고 살까요?"

방다병과 육검지가 서로를 멀뚱히 쳐다보았다. 육검지가 말했다. "채소와 국수 아니면 고산에 사는 나귀를 먹겠죠."

이연화가 또 한숨을 쉬었다. "어제저녁에도 말했듯이 나귀는 고산에서 살기 어렵고 나귀 서식지는 여기서 아주 멀리 있어요. 날개가 달려서 날아온다 해도 오는 길에 굶어죽을 겁니다."

방다병이 말했다. "그럼 촌장이 우릴 속였단 말이야? 그게 나귀 고기가 아니면 무슨 고기였던 거야?"

이연화가 잠시 방다병을 노려보며 말했다. "그건 나도 모르지. 하지만 마을에서 소나 염소, 돼지를 기르는 것도 못 봤고, 숲에서 멧돼지도 나귀도 못 봤어. 온통 국화뿐이고 먹을 수 있는 채소도 거의 없었어. 이렇게 척박한 땅에 민가가 몇십 채나 있는 게 이상하지 않아?"

육검지가 고개를 갸우뚱하며 말했다. "다른 데서 양식을 사다

먹는 게 아닐까요?"

이연화가 천천히 말했다. "하지만 촌장은 마을 사람들이 통 밖에 나가지 않는다고 했어요. 그리고 이상한 점이 또 있습니다……"

방다병이 끼어들었다. "뭐가 또 이상해?"

"중원 사람들을 미워하면서도 우리에게 잘해줬어. 우리가 중원 사람처럼 보이지 않았던 걸까?"

방다병이 아무 대꾸하지 못하자 이연화가 말을 이었다. "옛말에 아무 이유 없이 잘해줄 때는 조심하라고 했어. 촌장은 마을에 괴물이 있는 걸 알면서도 말하지 않았어. 그리고 우리가 객잔을 그렇게 조용히 살펴봤는데 거기에 우리가 있다는 걸 어떻게 알았을까? 게다가 채소, 고기, 술까지 곁들여 상을 차려줬어. 그 마을 사람들은 한밤중에 손님이 와도 금세 상을 차려줄 수 있도록 항상 준비해놓는단 말이야?"

육검지가 눈을 크게 떴다. 그게 바로 어제부터 그의 가슴을 짓누르던 알 수 없는 불안의 원인이었다. "맞습니다! 그 노인이 수상합니다."

방다병이 미간을 찡그렸다. "본 공자도 그 노인이 의심스럽지만, 그게 그 고기와 무슨 상관이야?"

이연화가 한숨을 쉬었다. "객잔에서 본 잘린 손 기억하지?"

육검지와 방다병이 고개를 끄덕이자 이연화가 말했다. "그 객잔에서 사람이 여럿 죽었지만 시신은 전혀 없고 잘린 손만 하나 있었어. 게다가 죽은 지 얼마 안 되어 보였지?"

방다병은 소름이 끼쳤다. "무슨 얘기를 하려는 거야?"

이연화가 나직하게 말했다. "그러니까 여기서 내가 본 것 중 먹을 수 있는 고기는 들쥐 아니면, 시신이었다는 거야……"

방다병의 입이 떡 벌어지고 육검지는 구역질이 날 것 같았다. "뭐라고요?"

이연화가 유감스럽다는 표정으로 두 사람을 보았다. "두 사람이 그 고기를 먹었다면 인육의 맛을 알 수 있었을 텐데."

방다병이 말했다. "퉤퉤퉤! 백주대낮에 무슨 헛소리야? 그게 인육인 줄 네가 어떻게 알아?"

육검지가 생각에 잠겼다가 천천히 말했다. "솥에 넣고 삶은 시신을 직접 보지 않는 한, 그건 믿을 수 없습니다."

이연화가 나지막이 한숨을 쉬었다. "돼지를 한 마리 잡았다 칩시다. 솥에 넣고 삶은 고기 외에 나머지 부분이 없을 수 있습니까?"

방다병이 떨리는 목소리로 되물었다. "너…… 설마 먹고 남은 뼈와 인육을 찾으려는 건 아니겠지?"

이연화가 정색했다. "그건 아니야. 인육에 관한 건 나중에 다시 얘기하자."

방다병이 어리둥절한 표정으로 물었다. "그럼 뭘 찾으려고?"

"집." 이연화가 말했다. "이 마을에 다른 집들이 많을 거야."

육검지가 미심쩍다는 듯 물었다. "집이라뇨? 무슨 집이요?"

이연화가 사방에 펼쳐진 국화를 둘러보며 말했다. "정말로 중원 사람들이 몰려와 나무를 베고 곡식을 심어 술을 빚었다면 집도 지었을 겁니다. 술을 사러 오는 상인들만 객잔에 묵었겠죠. 숲을 이렇게 다 베어내는 건 몇 달 만에 할 수 있는 일이 아닙니다. 인력도 많이 필요하고요. 그러니까 이 마을에 중원 사람들이 지은 집이 더 있을 겁니다."

방다병과 육검지가 사방을 둘러보았지만 잡초와 국화, 몇 안 되는 나무뿐이었다. 집이 어디에 있단 말인가? "중원 사람들이 지은 집이 없다면 그 늙은이의 말이 다 헛소리인 거야! 제길! 본 공자가 그런 늙은이한테 깜빡 속아넘어갔다니!"

육검지도 뭔가 이상하다고 생각했다. 집이 어디에 있는지는 몰라도 숲을 벌목하고 평지로 만든 뒤 원래 고산에서 자라지 않는 국화를 일부러 심어놓은 건 분명해 보였다.

국화 덤불을 가만히 보고 있던 이연화가 말했다. "중원 사람들이 자기들 집 근처에 국화를 심었을 거야……" 그러고는 국화가 제일 무성하게 자란 곳으로 가서 손으로 덤불을 헤치고 땅을 유심히 살펴보았다. 발로 바닥을 살살 비비자 국화 덤불 밑에 있던 고운 모래와 부드러운 흙 사이로 검은 재가 드러났다.

"불을 질렀군요……" 육검지가 중얼거렸다. "중원 사람들이 지은 집을 모조리 불태운 겁니다. 열매 맺지 못하는 과실수와 곡식까지 전부. 그래서 이 산이 황폐해진 겁니다."

이연화가 발에 좀더 힘을 주어 바닥을 비비자 잿더미 밑에서 푸른 벽돌 몇 개가 나왔다. 부서진 집의 잔해였다. "석수촌은 다른 지역과 교류가 없어 진흙을 불에 구워 만드는 푸른 벽돌로 집을 짓지 않지요. 고산지대는 나무가 빨리 자라지 않기 때문에 나무를 심어도 언제 자라서 숲이 될지 알 수 없으니 집을 불태운 자리에 국화를 심은 겁니다. 중원 사람들이 여길 민둥산으로 만들었다는 게 사실인 듯하네요. 그러다 술 빚는 비법이 전수되지 않아 사람들이 떠났다……" 이연화는 잠시 말을 멈췄다가 다시 이었다. "저는 그렇게 생각하지 않습니다."

그의 갑작스러운 말에 육검지와 방다병은 어리둥절했다. 방다병이 물었다. "왜?"

이연화가 말했다. "산을 벌목해 곡식을 심고 술을 빚으면 돈을 벌 수 있는데, 영리하고 계산 빠른 중원 사람들이 그런 비법을 그리 쉽게 잃어버렸겠어? 보배처럼 다뤘겠지…… 설사 정말로 유장 옥양 양조 비법이 전수되지 못했더라도 석수촌의 샘물만 있으면 어떤 술을 빚어도 큰돈을 벌 수 있었을 거야. 진귀한 샘물을 발견해놓고 쉽게 포기했을까?"

이연화가 국화가 핀 길을 따라 걸었다. 서른 걸음쯤 가보니 흙 사이로 또 푸른 벽돌이 드러났다. 벽돌집이 줄지어 있었던 것이다. 보아하니 한두 채가 아닌 듯했다. 이연화가 푸른 벽돌 옆에 서서 짧은 한숨을 내쉬었다. "객잔의 기괴한 흔적들과 불탄 집들을 보면 확실히 이곳에서 끔찍한 학살이 벌어진 것 같아. 그후 중원 사람들 집에 불을 질렀겠지. 그러니까……" 이연화가 고개를 들어 방다병을 보았다.

방다병은 온몸의 잔털이 곤두서는 걸 느꼈다. "무슨 말을 하려는 거야……"

이연화가 차근차근 설명했다. "술 빚는 비법이 전수되지 못해서 사람들이 떠난 게 아니라, 숲을 벌목해 곡식을 심고 샘물을 훔쳐가는 중원 사람들을 미워한 석수촌 사람들이 그들을 몰살시켜서 유장옥양의 비법이 전수되지 못했을 거란 말이지." 이연화가 눈을 가늘게 뜨고 저멀리 마을을 흘긋 쳐다보았다. "호랑이 두 마리가 싸우면 결국 그중 한 마리가 다른 한 마리를 물어 죽이는 것처럼."

육검지의 낯빛이 창백해졌다. "하지만 객잔에서 구리 화로의 검 자국이나 문틀에 꽂혀 있던 손을 보면 죽은 이들 중에 무림의 고수도 있었던 것 같습니다. 석수촌에는 주민이 많지 않고 무공을 할 줄 아는 이도 없는데 어떻게 그 많은 사람을 몰살할 수 있죠? 게다가 한 이도 도망가지 못했으니 바깥세상에 알려지지도 않은 게 아닐까요?"

이연화가 말했다. "석수촌 사람들에게는 아주 끔찍하고 잔인한 방법이 있었으니까요."

"그 방법이 뭔데?" 방다병은 묻자마자 스스로 답을 찾았다. "그 얼룩 괴물? 설마 촌장이 그 괴물을 조종해서 사람들을 죽였다는 거야?"

이연화가 고개를 저었다. "아니. 촌장이 그 괴물을 조종했다면 촌장 집이 부서지지는 않았겠지. 적어도 백의검객의 검기가 그 집 대들보를 덮칠 때 괴물이 막아줬을 거야. 오히려 괴물이 도망가면서 다른 쪽 벽을 무너뜨리는 바람에 집이 완전히 부서졌지. 그놈은 누구의 조종도 받지 않아."

방다병은 의아했다. 백의검객이 촌장 집을 어떻게 무너뜨렸는지 이연화가 어떻게 알지? 집이 완전히 부서졌다는 건 또 어떻게 알고? "네가 그걸 어떻게……" 방다병이 말을 꺼내기가 무섭게 이연화가 말을 잘랐다. "점박이 괴물 얘기는 일단 제쳐두고, 국화산 정상이 이 근처니 올라가서 살펴보자."

육검지는 이제 이연화의 말이라면 뭐든 다 믿었으므로 세 사람은 국화산 정상으로 향했다.

국화산 정상도 경치가 장관이었다. 원래 이곳에서 나지 않는 국화가 무성하게 자라 있고, 지난밤 촌장이 그들에게 대접했던 푸성귀도 드문드문 눈에 띄었지만 그리 많지는 않았다. 뻣뻣한 줄기에 솜털이 촘촘히 돋은 국화 덤불이 산 정상을 뒤덮고 있었다. 고산이라 선선한데다 햇빛이 그대로 내리쬐어 일찍 핀 국화도 있었는데 흔히 볼 수 있는 국화보다 꽃봉오리가 훨씬 크고 색깔도 흰 편이었다.

정상에 올라선 육검지는 퍼뜩 뭔가가 떠올랐다. "이 신의님, 어제 이 호숫가에 계셨던 게 우연이 아니었죠? 이곳에 비밀이 있음을 진즉에 아셨던 거죠?"

이연화가 고개를 저었다. "어제 국수에 넣을 푸성귀를 뜯으러 산에 올라왔는데 정상에 다다를 때까지 낯익은 푸성귀가 눈에 띄질 않더군요. 산 정상에 독수리만 날아다니기에 구경하다가 깜빡 잠이 들었답니다."

세 사람이 호숫가에 서서 주위를 둘러보았지만 눈길 닿는 곳은 온통 국화뿐이었다. 멀리 보이는 석수촌에 드문드문 있는 민가 몇 채를 제외하면 황량하면서도 아름다운 경치였다. 방다병과 육검지가 이해할 수 없다는 표정으로 이연화를 보았다. 이연화가 아까부터 뭔가를 뚫어져라 응시하고 있었기 때문이다.

"역시 없어……" 이연화가 중얼거렸다.

방다병도 이연화의 시선을 따라 휘 둘러본 뒤 덩달아 고개를 저었다. "역시 아무것도 없어……"

육검지가 미간을 찡그리며 물었다. "뭐가 없단 말입니까?"

방다병이 하늘을 향해 눈을 흘겼다. "아무것도 없으면 아무것도 없는 거지. 그럼 육 대협 눈에는 뭐가 보이기라도 한단 말인가?"

육검지가 고개를 젓자 방다병이 눈을 치떴다. "육 대협도 아무것도 발견하지 못했고, 내 눈에도 아무것도 안 보인단 말이지. 얼어죽을 이연화도 '역시 없어'라고 했으니 아무것도 발견하지 못했을 테고."

육검지가 난감한 표정으로 이연화를 보았다. "이 신의님……"

"잠깐, 잠깐, 잠깐." 이연화가 연신 고개를 내저었다. "저는 신의가 아닙니다. '이형'이나 '형씨', '어이, 친구' 뭐 그렇게 부르세요. 예의를 갖춰서 부르고 싶으면 '선생'이나 '귀하'라고 부르시고, 아니면 '아이阿李'나 '아련阿蓮', '아화阿花'라고 불러도 됩니다. 신의라는 호칭만 아니면 어떻게 부르든 괜찮습니다."

육검지는 난처함에 이마에서 진땀이 났다. 어떻게 이연화를 '아이' '아련' '아화' 같은 체통 없는 호칭으로 부를 수 있단 말인가? 과연 이연화는 인격도 비범한 모양이었다.

방다병이 헛기침을 하며 진지한 투로 물었다. "얼어죽을 이연화, 산꼭대기엔 왜 올라오자고 한 거야?"

이연화가 대답했다. "석수촌에 없는 게 있어."

방다병이 미간을 찡그렸다. "없는 게 있다고? 돈?"

이연화가 말했다. "돈도…… 없긴 하겠지. 하지만……"

방다병이 벌컥 짜증을 냈다. "민가가 스무 채도 안 되는 가난한 마을에 없는 게 한두 가지야? 미인도 없고, 좋은 술도 없고, 산해진미는 더더욱 없지. 제대로 있는 게 하나도 없는데 네가 뭘 찾는지 어떻게 알아?"

육검지가 불쑥 말했다. "무덤!"

무덤? 방다병이 놀라 사방을 둘러보니 석수촌을 둘러싼 수십 개 구릉이 온통 국화로 뒤덮여 있고 정말로 무덤은 하나도 보이지 않았다.

이연화가 말했다. "석수촌 사람들이 대대손손 여기서 살았다면 조상의 묘가 있어야 하는데 마을 주위에 무덤이 하나도 없어. 아니, 작은 묘비조차도 없어. 이상하지 않아? 무덤이 없는 이유는 둘 중 하나일 거야. 이 마을에서 죽은 사람이 한 명도 없거나, 죽은 사람을 땅에 묻지 않거나."

방다병이 말했다. "어떻게 죽은 사람이 없을 수 있어? 사람은 결국 다 죽지."

육검지가 고개를 끄덕였다. "객잔에도 죽은 사람의 시신이 하나도 없었죠. 시신을 수습했다면, 석수촌의 장례 풍습이 아무리 기이해도 중원 사람들을 땅에 매장했을 겁니다."

이연화가 말했다. "그럼 죽은 사람들은 다 어디로 갔을까요?"

방다병과 육검지는 서로 얼굴만 쳐다보았다. 방다병이 주저하며 입을 열었다. "설마…… 석수촌 사람들이 먹었을 거란 얘기를 하고 싶은 거야?"

대답 없는 이연화 대신 육검지가 뭔가를 떠올리고는 말했다. "서북부 고산 지역에 그런 풍습이 있다고 들었습니다. 땅이 척박하고 양식이 귀한데다 어떤 마을은 조상 대대로 한 번도 고산을 벗어난 적이 없답니다. 그래서 부모가 죽으면 자식들이 그 시신을 먹는다고요."

방다병은 찬물을 뒤집어쓴 듯 온몸이 오싹했다. "무슨 그런 풍습이 다 있어?"

이연화가 가벼운 한숨을 내쉬었다. "저 호수에 거꾸로 비친 그림자 봤어?"

방다병이 말했다. "물론이지. 해골이 거꾸로 비친 그림자 같아서 기괴하기 짝이 없던데."

이연화가 절벽과 맞닿은 호수 쪽으로 가더니 물의 흐름을 막고 있는 바위를 가볍게 두들겼다. 울퉁불퉁한 바위 표면을 손으로 세게 두들기자 딱 소리가 나며 바위가 세 조각으로 갈라졌다.

이연화가 바위의 갈라진 틈을 들여다보는데 옆에 있던 방다병은 이미 뒷덜미가 선득했다. 그 사이로 해골이 보였기 때문이다. 설마 이 바위 속에 해골이 감춰져 있다고? 어떻게 그럴 수가? 이연화가 바위를 가볍게 두들기자 텅텅 속이 비어 울리는 소리가 났다. 이연화가 나직이 말했다. "이건 도토陶土*야."

바위가 아닌 도토라면, 누군가 해골을 진흙 속에 넣고 불에 구웠다는 뜻이다. 왜 그랬을까? 사라진 시신들은 정말로 인육이 되

---

* 도자기를 구울 때 쓰는 진흙.

어 먹히거나 불태워졌을까? 아니면 조장鳥葬이나 수장을 한 걸까? 방다병은 온갖 기괴한 장면들이 떠올라 저도 모르게 긴 한숨을 쉬며 하늘을 올려다보았다. 과연 독수리들이 상공을 맴돌고 있었다. 방다병이 말했다. "독수리가 내려앉는 곳에는 반드시 시신이 있다고 했지. 한번 가볼까?"

망연한 시선으로 도토 속 해골을 응시하던 육검지가 고개를 끄덕였다. "가봅시다."

세 사람은 독수리 그림자를 따라 산을 내려와 석수촌 아래 깊은 골짜기로 들어갔다. 졸졸 흐르는 시냇물 옆으로 독수리들이 둥글게 모여 있었다. 몸집이 제각각인 독수리들이 사람이 다가오는 걸 보고 재빨리 하늘로 날아올라서는 머리 위에서 빙빙 돌았다.

방다병이 역겹다는 표정으로 소매를 휘둘렀다. 독수리가 파리처럼 우글우글 모여 있는 광경은 난생처음이었다.

시냇가로 다가가던 육검지가 우뚝 걸음을 멈추고 가늘게 몸을 떨었다. 얕은 물속에 뼈다귀가 수북이 쌓여 있었다. 뼈의 굵기는 다르지만 모두 한두 촌 길이로 짧게 잘린 채였다. 빼곡히 쌓인 백골 위로 맑은 시냇물이 흐르고 그 위에 파리와 모기가 어지럽게 날아다니는, 실로 형언하기 힘든 섬뜩한 광경이었다.

"이게 다 인골입니까?" 육검지가 창백한 얼굴로 물었다.

그것이 전부 인골이라면 시신이 적어도 백 구는 넘을 것 같았다. 이연화가 물속에서 뼈 한 토막을 건져올려 한참 들여다보았다. "이건 손가락뼈지요?"

방다병은 온몸의 잔털이 곤두섰다. "어떻게 그걸 만져?" 그러면서 가까이 다가가 살펴보니 두 마디 길이의 손가락뼈였다. 길이와 관절 모습으로 볼 때 사람의 것이 분명했다.

이연화가 고개를 들어 독수리떼가 맴도는 하늘을 올려다보며 가만히 탄식했다. 육검지는 가슴이 철렁 내려앉았다. 시냇물 너머 독수리들이 머물렀던 자리에서 피와 살점이 반쯤 썩어 엉긴 뼛조각들이 옅은 악취를 풍기고 있었다.

"그 채소가 섞여 있어. 살도 채소도 전부 익은 상태고." 방다병이 나직이 말했다.

육검지는 등줄기가 선득해졌다. 이연화가 바위 옆에 우두커니 선 채 머리 위를 맴도는 독수리떼를 올려다보다가 또 한번 탄식했다.

방다병이 그런 이연화를 향해 불같이 성을 냈다. "얼어죽을 이연화! 넌 어제 산을 올라오다가 이걸 이미 본 거지? 그러고는 오늘 일부러 우리에게 보여준 거야. 일부러! 날 골탕 먹이려고! 내 눈으로 이런 걸…… 보게 만들다니……"

육검지는 익은 살점들을 보며 알 수 없는 처량한 감정이 차올라 고개를 돌려 무심하게 흘러가는 시냇물을 보았다. 맑은 물 밑에 깔린 뼛조각들을 보자 눈시울이 시큰해지고 가슴이 몹시 쓰렸다.

이연화가 방다병에게 시선을 돌려 가만히 미소를 지었다. "사람은 결국 다 죽잖아……"

"그래도 다 이렇게 비참하게 죽진 않아." 방다병이 큰 소리로 말했다. "사람이 죽으면 자손들이 잘 모셔서 향도 사르고 지전紙錢도 태워줘야지 어떻게 이럴 수 있어? 어떻게 제 부모를 먹어?"

"저마다 풍습이 다를 뿐이지. 만약 죽는 사람이 기꺼이 그걸 바랐다면 부모의 지극한 사랑이라고 볼 수도 있지 않겠어? 인육을 먹는 풍습은 오래전부터 있었어. 끔찍한 건 식인 자체가 아니라 식인을 아무렇지 않게 여기고 일부러 사람을 죽여 인육을 먹는 것이지. 그건 짐승과 다를 바가 없어……" 이연화가 천천히 말을 이었다. "석수촌은 인적이 드물고 땅이 척박해 인육을 먹는 관습이 생긴 거야. 중원 사람들을 학살한 뒤 그들의 시신을 양식삼아 먹었다면 석수촌에 제 발로 들어온 우리도 그들에게는 사냥감으로 보였겠지. 그래서 우리가 객잔에 들어간 걸 그들이 알아챈 거고."

"그러니까 촌장이 일부러 우리에게 잘해주고 좋은 술을 먹였다는 거지? 술을 먹여 취하게 만든 뒤에 우리를 그 점박이 괴물의 방에 데려다놓고 죽기를 기다린 거야." 방다병이 미간을 한껏 찡그렸다. "이게 네가 하려는 얘기지?"

이연화가 고개를 끄덕였다. "맞아. 하지만 그보다 더 중요한 이유가 있어. 우리가 객잔에 들어갔기 때문에 죽여서 입막음을 하려고 한 거야."

육검지가 차분해진 표정으로 말했다. "객잔에서 죽은 사람들은 모두 그 점박이 괴물에게 당했을 겁니다. 촌장이 그 괴물을 조종할 수 없다면 객잔의 살인 사건은 촌장의 소행이 아닐 텐데 어째서 우릴 죽여 입막음을 하려고 했을까요?"

이연화가 말했다. "그건…… 우리가 그 점박이 괴물의 모습을 정확히 봤다고 판단했기 때문입니다. 우릴 죽이려던 계획을 포기한 것은 첫째, 신선 같은 백의검객이 우리를 몰래 보호한다고 생각했기 때문이고, 둘째, 우리가 그 점박이 괴물의 생김새를 똑똑히 보지 못했다는 걸 알았기 때문이죠."


## 6. 점박이 괴물


"점박이 괴물의 생김새라고?" 방다병의 미간이 또 한번 찡그려졌다. "그거야 잘 봤지. 온몸에 핏자국 같은 반점이 있고 사지가 길고 자유자재로 구부러지는데다 놀라울 만큼 빠르고 힘센 괴물체였어. 사람 같기도 하고, 아닌 것 같기도 하고 괴상했지."

이연화의 눈이 커졌다. "얼굴도 봤어?"

방다병이 입을 우물거렸다. "아마…… 봤을걸. 기억이 안 나서 그렇지."

이연화가 육검지에게 시선을 옮기자 그가 핏기 없는 얼굴을 가로저었다. 그도 괴물체와 두 번이나 마주쳤지만 너무 놀란 탓에 얼굴을 제대로 보지 못했다.

이연화가 아쉬운 표정을 지으며 천천히 말했다. "그러니까 촌장은 우리가 객잔에서 참극이 발생했다는 걸 추측만 할 뿐 자세한 진실은 모른다는 점을 눈치챘던 거야. 촌장이 진짜 감추려던 진실은 석수촌 사람들이 중원 사람들을 몰살한 사건이 아닐 거야. 촌장에게는 그게 마을을 지켜낸 업적일 테니까. 촌장이 감추려고 한 건 점박이 괴물의 비밀이었어."

"점박이 괴물에게 무슨 비밀이 있는데?" 방다병이 이해할 수 없다는 투로 말했다. "산속에 사는 괴물이 아니란 말이야?"

이연화가 눈을 크게 떴다. "물론이지."

육검지도 어리둥절했다. "산속에 사는 짐승이 아니라면, 그게 뭐죠?"

방다병이 이연화를 흘겨보았다. "설마 귀신이나 강시는 아니겠지? 오래 묵은 거미가 변신한 요괴도 아니고?"

이연화가 천천히 말했다. "강시라고 해도 완전히 틀린 건 아니야……"

"강시라고요?" 육검지는 자신이 그 괴물과 두 번 대면했다는 생각에 온몸의 잔털이 곤두섰다. 자신이 귀신을 이토록 무서워한다는 사실을 이번에 처음 알았다.

방다병이 코웃음을 쳤다. "헛소리하네! 본 공자가 강호에서 죽을 고비를 숱하게 넘기며 무덤에 한두 번 들어가봤는 줄 알아? 심지어 황릉도 들어가봤어! 세상에 정말로 강시가 있다면 본 공자는 이미 수십 번도 더 죽었을 거야. 그 괴물은 분명히 살아 있었어. 사람처럼 생긴 괴물이 분명해. 원숭이나 성성이*의 이종異種이라든가."

이연화가 헛기침을 했다. "무덤에서 수십 번이나 죽을 고비를 넘기셨다고요? 어이쿠, 제가 몰라뵙고 실례했습니다."

방다병도 헛기침을 했다. "수십 번까지는 아니어도 수차례는 넘겼지."

"산 것이든 죽은 것이든 반쯤 산 것이든, 그 괴물은 객잔에서부

---

* 오랑우탄.

터 우릴 따라다녔어. 처음에는 희랑에서, 두번째는 객방에서 연달아 육 대협을 덮쳤어……" 이연화가 육검지를 보았다. "그놈을 유인하는 보물이라도 갖고 있습니까?"

"보물이요? 가진 것이라곤 청강검青鋼劍 하나뿐입니다." 육검지가 소맷자락을 펄럭여 보였다.

이연화가 그런 육검지의 얼굴을 빤히 처다보았다. "그놈은 분명히 육 대협을 집요하게 따라왔어요……"

육검지가 놀라 고개를 저었다. "그럴 리 없어요. 저는 오랫동안 무당산을 벗어난 적이 없고 강호에 들어온 지도 몇 달 안 됩니다. 무당산에 그런 괴물이 있을 리도 없고요."

이연화가 오른쪽을 슬쩍 가리켰다. 방다병과 육검지도 그쪽으로 고개를 돌렸다. 숲속에서 어떤 그림자가 그들 세 사람을 주시하고 있었다. 형형하게 번뜩이는 눈동자는, 객잔에서 본 그 점박이 괴물의 것이 틀림없었다. 또 그들을 따라온 것이다. 아무런 기척도 나지 않아 방다병과 육검지는 전혀 눈치채지 못했다. 이연화가 손을 흔들었지만 그것은 꼼짝도 하지 않았다.

방다병은 대낮이므로 그것이 요괴나 귀신이라 해도 힘을 쓸 수 없을 거라 생각하고 용기를 내 손을 흔들었다. 하지만 역시 그것은 미동도 하지 않았다.

육검지가 천천히 손을 들어 그것을 향해 흔들자 놈이 몸을 일으켰다. 나뭇가지 위에 엎드려 있다가 갑자기 일어나는 바람에 나뭇가지가 그 반동으로 놈을 후려쳐 놈은 뒤로 쿵 떨어졌다.

육검지는 놀라서 입을 다물지 못했지만 이연화는 빙그레 웃었다. 방다병은 웃음이 나오면서도 해괴한 모습에 아연실색했다.
"뭐 저런…… 멍청한 요괴가 다 있어?"

육검지 옆에 서 있던 이연화가 갑자기 손바닥을 뒤집어 육검지
손목의 맥소를 꽉 쥐더니 점박이 괴물이 떨어진 곳으로 천천히 다
가갔다. 육검지는 미처 피할 틈도 없이 맥소를 잡힌 채 꼼짝없이
끌려갔다. 방다병이 두 사람을 따라가며 외쳤다. "어이, 왜 그래?
뭐하려고? 힘이 엄청난 놈인데……"

이연화가 육검지의 손목을 쥔 채 점박이 괴물이 떨어진 곳까지
갔다. 육검지는 저도 모르게 이연화 뒤로 몸을 숨겼다. 점박이 괴
물은 떨어지면서 꽤 큰 충격을 받은 듯 여전히 바닥에 쓰러져 있었
다. 온몸 가득한 핏빛 무늬가 환한 햇빛 아래서 더욱 징그럽고 섬
뜩해 보였다.

놈이 갑자기 고개를 홱 돌리자 육검지의 몸이 바들바들 떨렸지
만 이연화에게 손목이 붙잡혀 한 걸음도 도망칠 수 없었다. 하는
수 없이 놈의 얼굴을 흘긋 쳐다본 육검지는 눈이 휘둥그레지며 너
무 놀라 얼굴에서 핏기가 싹 가셨다. "너, 너는!"

이연화는 그제야 육검지의 손을 놓아줬다. 방다병이 육검지 뒤
에 바짝 따라와 기웃거렸다. "왜 그래?"

놈이 육검지를 노려보다가 갑자기 포효하며 번개처럼 솟구치더
니 육검지의 가슴팍을 향해 돌진했다. 그 기세 그대로 타격하면 육
검지는 가슴이 터져 즉사할 것이다.

다행히 이연화와 방다병이 동시에 벽공장劈空掌을 쏘아 그놈을
막아냈다.

놈은 안 되겠다 싶었는지 몸을 획 돌려 숲으로 도망쳐 금세 자취를 감췄다.

"얼어죽을 이연화. 어쩐지 우릴 데리고 온 산을 돌아다니더니 저 요괴를 유인해낼 수작이었구나! 우릴 속여서 백골을 보여준 것도 모자라서!" 방다병은 순간 너무 흥분해서 어젯밤 부상을 입은 가슴이 다 욱신거렸다. "윽…… 저게 사람 얼굴이야?"

조금 전 괴물이 고개를 돌리는 순간 방다병도 놈의 얼굴을 똑똑히 보았다.

이연화가 빙긋 웃으며 육검지에게 물었다. "저게 누굽니까?"

육검지가 얼굴이 하얗게 질린 채 몸을 가누지도 못하고 휘청거리자 방다병이 얼른 부축했다. 방다병은 이 무당파 대협의 배짱이 너무 약하다고 생각했다. 어젯밤에도 점박이 괴물에게 놀라 기절하더니 오늘 또 이 모양이라니. 육검지의 사형 양추악楊秋岳은 장문掌門의 금검을 훔쳐다 팔고 과부와 사통을 하고도 당당했는데 말이다. 무당파 백목 도장이 어떻게 가르쳤는지 몰라도 양추악에 비하면 육검지는 그야말로 소심한 겁쟁이였다.

그때 육검지가 떨리는 목소리로 말했다. "금유도, 금유도입니다…… 그가 어쩌다 저런 괴물이 됐는지……"

방다병이 소스라치게 놀라 몸을 파르르 떨었다. "저 점박이 괴물이 곤륜파의 건곤여의수 금유도라고?"

육검지가 고개를 끄덕였다. "우리 둘이 팔황혼원호에서 만나 결투를 벌이기로 했는데, 어떻게 저런 괴물이 됐죠? 설마 금유도의 손이……"

이연화가 안타깝다는 표정을 지었다. "어쩐지 손이 길고 뼈가 없는 것처럼 괴상하게 구부러지더라니 말입니다. 건곤여의수 금유도는 어릴 적 양손 뼈가 바스러진 적이 있다고 들었어요. 명의에게 치료받아 완치된 후 손마디가 자유자재로 구부러져서 특별히 단련한 끝에 그 유명한 건곤여의수를 완성시켰다고요."

육검지가 고개를 끄덕였다. "하지만 머리를 다 밀고 벌거벗은 모습이라니. 눈썹도 없었어요."

방다병의 미간이 일그러졌다. "천하의 건곤여의수가 어떻게 점박이 괴물이 됐지? 꼭 짐승 같았어. 육 대협만 알아볼 뿐 다른 건 하나도 모르는 거 같아."

이연화가 중얼거렸다. "병에…… 걸린 것 같아."

육검지가 반문했다. "병이요?"

"석수촌 사람들이 중원 사람들을 몰살한 방법일 겁니다. 산 정상에 있는 도토 해골석도 그렇게 만들어졌을 거예요."

이연화는 기괴한 살인 사건을 숱하게 보았고, 사건을 해결할 때마다 기뻐했지만 이번만은 얼굴에 웃음기가 하나도 없었다. 너무도 끔찍하고 잔인한 사건이기에 미소조차 나오지 않았다.

"오래전, 어쩌면 불과 일이십 년 전일지도 모르고요, 누군가 석수촌의 샘물로 술을 빚으면 술맛이 훌륭하다는 걸 알고 중원에서 사람들을 데려다 산을 벌목해 술의 재료가 될 과실수와 곡식을 심으려고 했을 겁니다." 이연화가 한숨을 내쉬었다. "좋은 술을 빚어 팔면 돈을 절반씩 나누겠다고 마을 사람들에게 약속하고 숲을 베어냈겠지요. 그래서 석수촌 사람들도 그들이 마을에 집과 객잔을 짓도록 허락했습니다. 그런데 숲을 벌목하고 과실수를 심었지만 고산지대인 탓에 열매가 달리지 않고 곡식도 자라지 못했습니다. 숲은 파헤쳐지고 짐승도 떠난 이 땅에 국화만 왕성하게 자랐고, 그럴수록 석수촌 사람들의 생계는 점점 힘들어졌겠죠. 그러다 결국 마을 사람들과 중원 사람들이 점점 반목해 수습할 수 없는 지경이 된 겁니다." 이연화가 왔던 길을 되돌아가며 말하자 방다병과 육검지도 자연히 그 뒤를 따라가며 들었다.

"술은 빚을 수 없었지만 중원 사람들은 샘물을 퍼서 중원으로 실어날랐고, 결국 석수촌 사람들의 살의를 자극한 겁니다." 이연화가 들판 가득한 국화를 둘러보며 천천히 말했다. "살의가 음모를 만들어내고, 음모가…… 끔찍한 결과를 부른 셈이죠."

이연화가 햇빛이 비추는 쪽으로 천천히 걸음을 옮기자 방다병과 육검지도 묵묵히 그의 말을 들으며 뒤를 따랐다.

"내 생각에 음모는…… 객잔의 네번째 방에서 시작된 것 같아요. 그 방에 검은 도롱이 두 개가 버려져 있었죠? 똑같은 도롱이를 두 개나 입고 다니는 사람은 없을 테니 그 방에 두 사람이 묵었을 겁니다. 누구였는지는 몰라도 신분이 비슷한 사람들이었겠죠. 같은 문파의 제자라든가. 중원 사람들이 고용한 보표保鏢*였을 가능성이 큽니다."

육검지가 고개를 끄덕였다. "검술이 훌륭했을 겁니다. 구리 화로에 난 검자국을 보면 공력을 알 수 있어요. 그 정도면 보표가 되

---

* 호송원. 경호원.

기에 충분합니다."

이연화가 계속해서 천천히 걸으며 말을 이었다. "마을을 황폐하게 만든 중원 사람들을 몰살하려면 제일 먼저 무공이 강한 보표들을 제거해야 했습니다. 첫번째 방에서 목을 매달아 죽은 여인이 남긴 유서 기억하죠? 네번째 방에 귀신이 출몰한다고 쓰여 있었습니다. 그러니 이 끔찍한 음모는 바로 두 보표가 묵었던 그 방에서 시작된 겁니다. 하지만 석수촌 사람들은 무공을 할 줄 모르고, 고산에 살아 바깥세상을 잘 몰랐습니다. 게다가 양식이 부족해 체구도 왜소한 이들이 무림 고수들을 상대로 싸워 이길 수 없었죠. 그래서 그 보표들에게 특별한 방법을 썼습니다."

육검지가 생각에 잠겼다 모르겠다는 듯 고개를 저었다. "그게 무슨 방법입니까?"

방다병이 대꾸했다. "독살한 뒤에 다른 사람에게 누명을 씌우면 소문으로도 사람을 죽일 수 있지."

이연화가 말했다. "네번째 방에 두 사람이 묵었는데 그 방에는 한 사람의 핏자국만 있었죠. 탁자와 의자가 부서져 있었고요. 엄청난 힘을 가진 사람이 살인을 하고 탁자와 의자를 부순 겁니다. 석수촌 사람들은 그럴 만한 능력이 없어요."

육검지가 고개를 끄덕였다. "나무가 저절로 부서질 정도라면 보통 내공을 가진 고수가 아니죠."

이연화가 말을 이었다. "그렇죠. 내공이 비슷한 두 사람의 장력이 맞붙어야만 가능한 일이에요. 그 방에 두 사람이 묵었는데 그들과 내공이 비슷한 다른 사람이 들어가 결투를 벌였다면 두 사람이 함께 대응했겠죠. 그러면 결코 그들이 패할 수 없었을 겁니다. 방 안에 그렇게 많은 핏자국을 남기지도 않았을 테고요."

"그래서?" 방다병이 눈을 크게 떴다.

이연화가 말했다. "그러니까 보표 두 사람이 방안에서 싸우다가 한 사람이 다른 한 사람을 죽인 거지."

그 말에 육검지가 경악을 했다. "어떻게 그런 일이!"

이연화가 한숨을 쉬었다. "이유는 일단 제쳐두고…… 그 방에 있던 한 사람이 나머지 한 사람을 죽이고서 그 검을 갖고 도망친 겁니다. 바로 옆방인 세번째 방은 창문의 창호지가 밖을 향해 뚫려 있었죠. 밖에서 창문을 뚫은 게 아니라는 뜻입니다. 하지만 누군가 밖에서 방안을 훔쳐본 건 분명하죠. 구멍 높이로 볼 때 창호지를 뚫은 사람은 키가 아주 컸습니다. 네번째 방에 있던 이상하리만치 긴 도롱이의 길이와 비슷하죠. 두번째 방의 대야에는 피가 가라앉아 있었어요. 사람을 죽인 뒤 그 대야에 손을 씻은 것 같아요. 그런 다음 방을 하나씩 쳐들어간 겁니다. 첫번째 방에 있던 여인은 목을 매달아 죽었고, 위층 방에도 핏자국이 낭자했지만 시신은 없었습니다. 이게 제가 추측하는 대략적인 경과예요."

이연화는 잠시 멈췄다가 다시 말을 이었다. "어째서 동료를 죽이고 객잔에 있던 사람들을 몰살했는지는 알 수 없지만, 이상하지 않아요? 모든 방에 사람이 묵고 있는 것도 아닌데 그 모든 방을 다 들어갔습니다. 목을 매달아 죽은 여인은 그를 '귀신'이라고 했어요. 그 여인은 '밤…… 네번째 방에 출몰하는 귀신이 창문으로 소첩을 훔쳐보니…… 섬뜩하고 무섭습니다……'라고 적었습니다.

그 사람은 왜 이 방 저 방을 다 훔쳐봤을까요? 게다가 중원에서 온 여인이 귀신이라 여겼을 정도로 기괴한 몰골로요. 여기까지 듣고도…… 짚이는 게 없습니까?" 이연화가 육검지를 응시했다.

육검지의 얼굴이 창백해졌다. "금유도……"

이연화가 한숨을 내쉬었다. "그렇습니다. 금유도."

방다병이 어리둥절한 표정으로 물었다. "금유도라니?"

이연화가 말했다. "금유도가 그랬던 것처럼 제정신을 잃고 온몸이 반점으로 뒤덮인 흉측한 몰골로 변하면 눈앞에 보이는 사람을 닥치는 대로 죽여도 이상할 게 없지. 거인 같은 키에 전신이 핏자국으로 뒤덮인데다 벌거벗었으니 귀신으로 오해받는 것도 당연하고. 그런 끔찍한 살인괴물이 들이닥쳐 도망칠 수 없는 상황이라면, 목을 매 자결하는 것 외에 여인이 또 무슨 선택을 할 수 있겠어?"

방다병도 아연실색하고 육검지의 얼굴에서도 점점 핏기가 가셨다. 그의 말대로라면 객잔에서 본 끔찍하고 기괴한 흔적들이 모두 설명되었다.

이연화가 말을 이었다. "그런데…… 멀쩡한 사람이 어째서 금유도처럼 흉측하게 변했을까? 그것 말고도 객잔에는 이상한 점이 많아. 객잔에서 도륙이 벌어진 뒤 목을 매 자결한 여인의 남편은 왜 돌아오지 않았을까? 시신들은 다 어디에 있을까? 어째서 객잔은 중원 사람들의 집과 함께 불태워지지 않았을까? 석수촌 사람들은 왜 두개골을 진흙으로 감싸 불태웠을까?"

앞쪽으로 어느새 석수촌이 보이기 시작했다. 대낮에도 객잔의 화려한 위용은 여전했지만 객잔을 응시하는 방다병과 육검지의 눈에는 서늘한 기운이 차올랐다. 세 사람이 마을 어귀로 들어서자 마을 사람 몇몇이 창문으로 고개를 내밀고 경계하는 눈초리로 그들을 주시했다.

이연화는 곧장 객잔으로 향했다. 대문을 열고 대청으로 들어가 천장을 올려다보았다. "'귀' 자가 적힌 죽판, 부적이 잔뜩 흩어진 이상한 방, 오래전에 죽은 머리 없는 간시, 점박이 괴물에 관한 비밀. 객잔 손님들을 한번에 도륙하고 끝난 게 아닐 거야. 이 '귀' 자가 중원 사람들의 보표를 금유도 같은 몰골로 변하게 만든 게 분명해. 죽판은 객잔에서 도륙이 벌어진 뒤 누군가 매달아놓은 거고. 도륙이 벌어진 뒤에도 누군가 살아 있었다는 뜻이지."

방다병이 물었다. "부적이 붙어 있는 위층 방 사람이 이 죽판에 글씨를 쓴 걸까?"

이연화가 고개를 저었다. "그 방엔 아무도 없었어."

방다병이 말했다. "방안에 부적이 잔뜩 붙어 있고 탁자, 의자, 침대, 이불도 가지런히 정돈되어 있는데 그 방에 아무도 없었다고? 아무도 없는데 그런 건 뭐하러 붙여?"

이연화가 대청에 서서 피칠갑이 된 회랑을 바라보았다. "그 객방 문이 밖에서 잠겨 있었던 거 기억해? 창문도 나무를 가로질러 박아놓고 문 뒤에 침대를 받쳐 문을 열지 못하도록 해놓았지. 그건 누군가를 못 들어오도록 막은 게 아니라…… 방안에 사람을 가둔 거야. 나오지 못하도록."

방다병은 말문이 막히고 육검지도 가슴이 철렁 내려앉았다. 이연화의 말이 이어졌다. "부적은 보통 귀신을 쫓으려고 쓰잖아? 그러니 방안에 부적을 붙였다는 건 방안에 있는 뭔가를 제압하기 위해서가 아니겠어?"

"방안에 있는 귀신을 제압하기 위한 거였다고? 그렇다면 귀신은 바로 바닥 밀실에 있던 그 머리 없는……" 방다병은 놀라서 말을 잇지 못했다.

이연화가 방다병을 흘긋 보고는 말을 이었다. "간시였어."

육검지는 점점 의문이 풀리는 것 같으면서도 더욱 갈피를 잡을 수 없기도 했다. "머리 없는 간시와 객잔의 도륙 사건이 무슨 관계가 있습니까?"

이연화는 회랑을 지나 정원으로 향하며 부적이 가득 붙어 있던 위층 방을 올려다보았다. "저 방이…… 네번째 방 위에 있는 건 우연이 아니지 않을까요?"

방다병이 그 방을 멍하니 올려다보다가 벌컥 화를 냈다. "얼어죽을 이연화! 무슨 말을 하려는 거야? 어서 말해! 본 공자는 십 년을 봐도 모르겠으니까 뜸들이지 말고 속시원히 말하라고!"

이연화가 난처한 표정으로 방다병을 보고는 간시가 발견된 위층 방을 가리켰다. "내 생각엔 그 사람들이 저 방을 통해서 네번째 방으로 뭘 집어넣은 것 같아……"

육검지가 물었다. "그 사람들이라고요?"

이연화가 고개를 끄덕였다. "마을 사람들이 저 방을 통해 네번째 방으로 어떤 물건을 집어넣었을 겁니다. 그 물건 때문에 보표 중 한 사람이 돌연 실성해서 이성을 잃고 그날 객잔에 있던 사람들을 모조리 죽인 거죠."

방다병은 미간을 잔뜩 찌푸렸다. "그게 뭔데? 뭘 넣었는데?"

이연화가 말했다. "그게 뭔지는 나도 모르지만, 사람의 온몸에 혈반이 생기고 실성해서 사나운 짐승처럼 변하게 만드는 병 같은 거 아닐까."

육검지는 그제야 그의 말을 알아들었다. "금유도가 괴질에 걸려 그렇게 변했다면 이해가 됩니다. 이곳을 지나다가 불행히도 그 끔찍한 병에 걸린 거로군요."

이연화가 고개를 끄덕이다가 다시 고개를 저었다. "그렇게 단순하지 않아요. 그들은 병을 일으키는 뭔가를 네번째 방에 몰래 넣고 중원 사람들이 서로 죽고 죽이기를 바랐을 겁니다. 마을을 황폐하게 만든 대가였죠. 하지만 상황은 그들의 예상과 다르게 전개됐을 테죠." 이연화가 깊은 한숨을 내쉬었다. "괴질에 걸린 무림 고수가 객잔에서 뛰쳐나와 닥치는 대로 사람을 죽인 겁니다. 살아남은 중원 사람들은 도망치거나 마을 사람들에게 도륙당했죠. 그후 석수촌 사람들은 중원 사람들의 집과 그들이 심은 나무에 불을 질러 모든 흔적을 없앴습니다. 거기서 끝났다면 다행이었겠지만 그렇지 않았죠."

육검지가 물었다. "그럼 그후에 무슨 일이 있었습니까?"

방다병이 말했다. "괴질이 다른 사람들에게도 퍼져나갔겠지. 그래서 금유도도 점박이 괴물이 됐고."

이연화가 고개를 끄덕였다. "괴질에 걸린 무림 고수가 강한 내공 때문에 죽지 않고 객잔으로 돌아온 거지. 그래서 마을 사람들이 객잔을 불태우지 못하고 남겨둔 거야."

방다병이 그 방을 흘긋 보았다. "그렇더라도 그 고수가 그렇게 많은 '귀' 자를 썼을 리도 없고, 간시를 만들어 위층 방에 숨기고 귀신 쫓는 부적을 붙여놓았을 리도 없잖아?"

"내 생각엔…… 그 사람이 객잔에서 죽은 것 같아." 이연화가 조심스레 말을 이어갔다. "하지만 마을 사람들은 그의 생사 여부를 알 수 없었겠지. 누군가 몰래 살펴보려고 들어갔다가 그 역시 괴질에 걸린 거야. 그렇게 객잔의 비극은 끝나지 않고 계속 이어졌지. 그렇다면 점박이 괴물이 된 사람도 한두 명이 아닐 거야. 신명을 제대로 모시지 못해 하늘에서 천벌을 내렸다는 촌장의 말이 빈말은 아닐지 몰라. 자신들이 귀신을 노하게 만들었다고 생각하겠지. 언젠가는 자신들도 점박이 괴물로 변할 거라는 두려움을 품고 있을 테고. 위층 방에 간시가 숨겨진 것도 그 때문이야."

"간시가 무슨 상관인데?" 방다병이 고목의 마른 나뭇가지를 꺾어 간시가 있는 방을 향해 던졌다. "그 간시가 바로 석수촌의 신명이라는 거야?"

"아니. 그건 '귀신'이야……" 이연화가 네번째 방으로 천천히 다가갔다. "그들이 위층 방을 통해 네번째 방으로 뭘 집어넣었는지 알면 간시를 위층 방에 숨겨놓은 이유도 알 수 있을 거야."

"정말 뭔가를 집어넣었으리라 생각해?" 방다병이 선득한 한기를 느끼며 내키지 않는 목소리로 물었다. "괴질이 전염될 수도 있는데 진짜 저 방에 다시 들어갈 거야?"

## 7. 도토 해골

　이연화가 앞으로 열여섯 걸음을 걸어 네번째 방으로 들어갔다.

　육검지가 말없이 이연화의 뒤를 따랐다. 원래 귀신 같은 건 믿지 않았지만 강호는 그의 상상처럼 단순하지도, 신비하지도 않았다. 이연화가 아니었다면 석수촌의 일을 겪은 뒤 그는 아마 이 세상에 귀신이 있다고 믿으며 소심한 겁쟁이가 되었을 것이다. 물론 그의 앞에 있는 잿빛 옷의 서생은 사람들이 우러러볼 만한 무공 실력은 없었고, 소문으로 듣던 신비한 의술이 있는지도 모르겠으며, 비범한 말투나 세속을 초월한 풍모를 지니지도 않았다. 하지만 분명 그의 일거수일투족에서 보이는 지혜와 용기는 믿음직하고 감탄스러웠다.

　네번째 방은 여전히 핏자국이 낭자했다. 이연화가 목조 천장을 올려다보며 몇 걸음 걸어들어가 머리 위 천장을 가리켰다. "둘 중 암기를 잘 다루는 분이 천장을 한번 뜯어보시겠습니까?"

　육검지는 고개를 저었다. 무당파 제자인 그는 암기를 배운 적이 없었다.

　방다병이 콧방귀를 뀌었다. "흥! 본 공자도 떳떳하고 정정당당해 암기 따위는 다룰 줄 모른다고."

　말은 그렇게 하면서도 방다병이 소매를 휙 휘두르자 쇄은碎銀* 한 덩이가 허공으로 훅 날아가 천장의 나무판을 때렸다. 딱 하는

---

*　은 부스러기. 은자를 쓰던 시대에 화폐처럼 쓰였다.

소리와 함께 시커먼 물체가 천장에서 쿵 떨어지며 먼지가 풀썩 피어올랐다. 세 사람은 코를 감싸쥐고 방을 빠져나왔다.

한참 뒤 이연화가 조심스럽게 문 앞으로 다가가 방안을 들여다보았다. 그의 뒤에 있던 방다병도 기웃댔고 육검지도 목을 길게 뺐다. 방안에는 깨진 도기 조각이 나뒹굴고 그 틈에 검은 물체 한 덩어리가 있었다. 얼핏 봐서는 무엇인지 알 수 없었다.

한참을 살펴보던 방다병이 새된 비명을 질렀다. "악! 사람 머리야!"

그 검은 물체의 겉은 완전히 썩어 변색된 약초 뭉치였는데 그 틈에 새 깃털과 짐승 털이 섞여 있고 그 사이로 사람의 머리가 보였다. 머리카락이 하나도 없고 완전히 말라 갈색으로 변한 기괴한 머리에 뼈를 자르는 칼이 꽂혀 있었다. 항아리 속에 있다가 항아리가 떨어져 부서지며 모습을 드러낸 듯했다.

"이…… 이게 무슨 사술이야? 이게 사람을 점박이 괴물로 만드는 물건이야?" 방다병이 경악한 표정으로 물었다.

이연화가 가볍게 헛기침을 했다. "그런 것 같아."

육검지가 천장에 난 구멍을 올려다보았다. "저 위가 바로 간시가 있는 밀실이겠군요. 이게 그 간시의 머리겠죠?"

이연화가 천장을 유심히 살폈다. "음…… 나무판에 물이 스며든 검은 흔적이 있어요. 머리를 약초로 감싼 뒤 항아리에 담아 천장 위에 올려놓았던 겁니다. 머리에서 나온 물이 밑으로 떨어졌겠죠……"

방다병이 품에서 비단 손수건 몇 개를 꺼내 콧구멍과 귓구멍을 틀어막고 콧소리로 말했다. "사술이군. 역시 사술이었어……"

"사술이 아니야." 이연화가 바닥에 떨어진 머리를 가리켰다. "머리카락이 하나도 없고 눈썹도 없어. 역시 반점으로 뒤덮여 있고."

"설마 저 머리가 괴질을 전염시킨 걸까요?" 육검지가 머리를 자세히 살펴보았다. 과연 머리카락이 한 올도 없고 눈썹도 없었으며 치아는 밖으로 드러나 있었다. 이미 검게 변해 붉은 반점이 잘 보이지 않았지만 세상에 둘도 없을 흉측한 모습이었다.

이연화가 고개를 끄덕였다. "산꼭대기 호수에 사람 머리를 도토로 감싸서 만든 큰 바위가 있었죠. 그렇게 머리를 진흙으로 덮어 불태우기만 하면 위험하지 않았을 겁니다."

방다병이 의아한 표정으로 말했다. "그럼 몸통의 나머지 부분은 어디 있지? 왜 사람을 통째로 태우지 않은 거야?"

이연화가 방다병을 물끄러미 쳐다보다가 천천히 말했다. "넌 기억력이 참 안 좋구나……"

방다병이 화를 냈다. "뭐라고?"

육검지가 재빨리 끼어들었다. "석수촌 사람들이 식인을 한다는 걸 잊었느냐는 말씀이죠……"

그 말에 방다병이 멈칫하며 계면쩍은 표정으로 말했다. "이 괴질은 대대로 식인을 해온 결과인 듯하군."

이연화가 말했다. "아마 그렇겠지. 객잔에 있던 중원 사람들의 탁자, 의자, 침대 같은 것들이 석수촌 사람들의 집에도 있었지만 시신은 어디에도 없었어. 마을 사람들이 시신을 가져다 양식으로 삼은 거야. 괴질에 걸릴 위험 때문에 머리는 잘라내 진흙으로 감싼 뒤 불태우고 몸통만 먹었지. 괴질에 걸린 무림 고수가 죽인 사람이 너무 많아서 일일이 불태울 수 없으니 머리를 모아 진흙구덩이에 넣고 한꺼번에 태운 게 바로 그 커다란 해골바위고. 승리를 기념하려고 그걸 호숫가에 가져다둔 것 같아."

방다병도 그제야 앞뒤 상황이 이해되기 시작했다. "중원 사람들을 도륙해 인육만 먹고 시신의 머리는 진흙으로 감싸 불태웠음에도 또 누군가 괴질에 걸린 거로군. 사람들은 그 간시가 머리와 몸통이 분리된 사실에 원한을 품었다고 생각해 급히 그의 몸통을 찾다 머리와 제일 가까운 곳에 놓아둔 거고. 하지만 그 시신이 귀신으로 변해 사람들을 해칠까 두려웠겠지. 그래서 그 방에 이상한 부적을 잔뜩 붙여놓았던 거야."

이연화가 마침내 빙긋 웃었다. "하지만 그 방법도 소용이 없었어. 그 객잔에 들어간 사람들은 여전히 괴질에 걸릴 위험이 있었지. 이게 바로 석수촌의 비밀이야. 촌장은 괴질이 돌고 있다는 사실을 감추려고 누구든 객산에 들어가기만 하면 죽여버렸던 거야. 병에 걸렸든 말든 입막음을 위해서."

육검지가 말했다. "그래도 여전히 이해할 수 없는 게 있습니다. 금유도는 어떻게 해서 병에 걸렸고, 저희는 왜 객잔에 들어가고도 병에 걸리지 않았을까요?"

"그게 바로 운이죠." 이연화가 빙그레 웃었다. "객잔 회랑에 핏자국이 점점이 찍혀 있었죠?"

육검지가 고개를 끄덕였다. 그는 그 핏자국을 한참 살펴보기도 했었다.

이연화가 말했다. "회랑 벽에 붙어 있던 갈색 덩어리들이 바로 뇌장이에요. 누군가 회랑에서 머리에 강한 충격을 받은 겁니다. 스스로 자기 머리를 찧은 건지 누군가에 의해 단단한 물체로 타격당한 건지는 모르지만 어쨌든 그 충격으로 뇌장이 터져나온 겁니다. 그가 점박이 괴물이었다면 그 시신을 수습한 사람들은 뇌장을 접촉해 대부분 괴질에 전염됐겠죠. 하지만 우리가 들어갔을 때는 그 흔적이 모두 말라 있었어요. 이 머리도 뇌장과 시수屍水*가 모두 말라버린 지금은 그저 해골일 뿐이잖아요."

"그런데 금유도는" 육검지는 이연화의 설명을 듣는 동안 점차 마음이 진정되어 머릿속도 점점 또렷해졌다. "어쩌다 병에 걸렸을까요?"

이연화가 천천히 말했다. "금유도는 다른 누군가와 위층 세번째 방에 묵었습니다. 기괴하고 섬뜩한 객잔을 보고 호협의 객기가 동해 일부러 이 객잔에서 묵었겠죠. 그런데……"

"그런데?" 방다병이 물었다.

"그런데 어떤 일이 일어났어. 그 일이 뭔지는 촌장에게 물어봐야지." 이연화가 몸을 돌려 정원 옆 회랑으로 시선을 옮겼다.

육검지도 몸을 돌려 정면에 보이는 정원 회랑을 응시했다. 방다병이 손목을 휙 돌려 옥 단적을 단단히 쥐고 싸늘한 눈으로 회랑을 응시했다. "노인장, 이만 나오시죠. 회랑에 웅크리고 있으면 괴질

---

* 시신에서 흘러나오는 물.

에 걸릴걸요!"

말이 떨어지기가 무섭게 회랑에서 한 무리의 사람들이 튀어나
왔다. 미행당하고 있으리라고 세 사람도 이미 짐작했지만 그렇게
많은 사람이 숨어 있을 줄은 몰랐다. 거무스름한 피부에 키 작은
마을 사람들이 일 척 남짓한 작은 활시위를 당겨 세 사람을 겨누었
다. 활은 길이가 짧은데 구불구불 휘어져 있고, 무엇으로 만들었는
지는 몰라도 새까만 화살촉을 보니 결코 좋은 물건은 아닌 듯했다.
주름투성이 얼굴의 촌장이 마을 사람들의 비호를 받으며 지팡이를
짚고 천천히 앞으로 나왔다. 손에는 작은 항아리를 들었는데 그것
을 보는 사람들의 표정이 잔뜩 겁에 질려 있었다. 촌장 옆에 있던
사람은 두려운 눈으로 뒷걸음질치며 최대한 멀리 떨어졌다. 촌장
이 항아리를 높이 들자 마을 사람들이 신명에게 제사를 지내듯 항
아리를 향해 절을 했다.

"촌장님, 무탈하셨습니까?" 이연화가 앞으로 나서며 촌장에게
미소를 지어 보였다. 반듯한 이목구비의 이연화가 이렇게 점잖은
미소를 지으면 수수한 잿빛 옷을 입고 있어도 절로 고상한 분위기
가 풍겼다.

방다병은 얼어죽을 이연화도 고상한 척을 할 줄 안다며 속으로
흐뭇하게 웃었다.

촌장이 그들 세 사람을 훑어보다가 네번째 방 천장에서 떨어진
머리를 흘긋 보고는 지팡이로 바닥을 쿵 굴렀다. "인두신을 노하
게 하다니! 인두신이 너희에게 벌을 내릴 것이다! 아미탁랍사수야
오하리……" 촌장은 지팡이로 바닥을 찧으며 주문을 외웠다.

마을 사람들도 촌장을 에워싸고 쿵쿵 뛰면서 주문을 외었다. "아미탁랍사수야오하리…… 이오구납납야, 오랍리……" 사람들은 주문을 외면서 둥글게 돌았지만 어떤 방향에서든 화살 끝은 정확히 세 사람을 향했다.

방다병은 놀라우면서도 웃음이 터졌다. "뭣들 하는 거야?"

이연화가 손가락을 귓가에 대고 흔들며 속삭였다. "들어봐."

육검지도 숨을 죽이고 가만히 귀를 기울였다. 주문을 외는 그들의 목소리 사이로 새들의 날갯짓 소리가 들렸다.

고개를 들어 하늘을 보니 독수리들이 머리 위를 맴돌고 있었다. 독수리를 부르는 주문이었던 것이다.

이 지역은 황량한데도 쥐가 많고, 사냥감이 없는데도 독수리는 많았다. 대대로 독수리와 공생해온 사람들에게 독수리를 부르는 자신들만의 방법이 있는 건 이상한 일이 아니었다.

한참 동안 독수리를 올려다보던 이연화가 입을 열었다. "독수리만 불러온 게 아닐 수도 있겠는데."

그 말이 떨어지기가 무섭게 요란한 소리와 함께 뭔가가 지붕 위에 나타나 번뜩이는 눈동자로 사람들을 노려보았다. 금유도였다.

방다병이 쓴웃음을 지었다. 금유도가 독수리들의 움직임을 보고 따라온 것이다. 정상일 때도 만만치 않은 사람이었는데 미치광이가 된데다 힘은 훨씬 세졌으니 상대하기가 더 어려워진 건 말할 것도 없었다.

금유도가 나타나자 촌장이 주문을 바꿨다. 그가 주문을 외며 춤을 추자 마을 사람들도 따라서 춤을 추고 활을 흔들며 한목소리로 소리를 질렀다. 금유도는 귀를 틀어막고 괴로워하면서도 작은 눈동자로 집요하게 육검지를 노려보았다.

방다병은 가슴이 철렁했다. 저 지경이 되고도 육검지와의 결투 약속을 잊지 않았다니. 마을 사람들이 주문을 외지 않았더라도 금유도는 틀림없이 육검지를 찾아냈을 것이다. 겁쟁이 육검지가 금유도와 결투를 벌일 만큼 무예 실력이 뛰어날까? 만약 이길 수 없다면 어디로 도망쳐야 제일 빠를까?

육검지는 손을 검자루에 올려놓은 채 조용히 지켜보기만 했고, 금유도는 공격 기회를 엿보는 듯 지붕 위에서 바짝 몸을 낮추고 엎드렸다.

방다병이 두리번거리며 제일 빠르게 도망칠 수 있는 길을 찾는데 이연화가 귓가에 대고 속삭였다. "저 노인이 들고 있는 항아리를 깨버려."

방다병이 소스라치게 놀라며 화를 냈다. "뭐가 들은 줄 알고? 점박이 괴물의 뇌장이 들었을지도 모르잖아! 난 죽기 싫어!"

이연화가 낮은 목소리로 말했다. "뇌장이 들었으면 그걸 들고 춤을 추며 노래를 부르겠어? 속임수가 분명해."

방다병의 귀가 쫑긋했다. "늙은이가 가짜 항아리로 마을 사람들을 위협하고 있단 말이야?"

이연화가 목소리를 더 낮추어 속삭였다. "진짜인지 가짜인지는 모르지만, 저 항아리는 가짜일 확률이 높아. 진짜라면 저게 얼마나 위험한 일이야? 잘못하면 자기도 괴질에 걸릴 수 있는데. 저 항아리가 가짜라는 걸 보여주면 사람들이 노인의 말을 듣지 않을 거야.

설령 진짜라서 항아리가 깨져 괴질에 걸린다면 노인에겐 자업자득인 거고."

방다병이 품에 손을 넣어 금정金錠*을 단단히 쥐며 이를 갈았다. "얼어죽을 이연화, 본 공자의 이 막심한 재산 손해는 연화루로 대신 갚아!"

이연화가 빙그레 웃었다. "비가 줄줄 새고 겨울에는 칼바람이 들어오는데? 목판은 삐거덕거리고 창문은 두 개나 뚫려 조만간 크게 수리해야 하는데 네가 갖겠다면 나야 정말 고맙지."

방다병은 그만 사레가 들렸다. "입 닥쳐!"

그 순간 금유도가 괴성을 지르며 지붕에서 뛰어내렸다. 육검지가 검을 뽑아들었지만 금유도가 날렵하게 몸을 홱 돌리는 순간 펑하는 소리가 나고 육검지는 놀라 뒤로 세 걸음 물러났다.

바로 그때 와장창 요란한 소리가 들렸다. 방다병이 그 틈을 놓치지 않고 금정을 획 던져 촌장이 든 항아리를 산산조각냈다.

금유도를 향했던 사람들의 시선이 항아리로 쏠렸다. 항아리가 바닥에 떨어져 깨지며 무색의 액체가 흘러나오자 사람들은 비명을 지르며 뒤로 물러났다. 아예 문밖으로 뛰쳐나간 사람들도 있었다.

촌장은 하얗게 질린 얼굴로 그 자리에 우두커니 서 있었다. 놀란 마음이 차츰 가라앉은 마을 사람들은 납득할 수 없다는 표정으로 촌장을 응시했다. 밖으로 도망쳤던 사람들도 다시 돌아와 회랑에서 고개를 내밀고 촌장을 보았다. 모두의 눈동자에 경악과 의혹

---

* 일정한 크기로 잘라 화폐로 사용하던 금덩어리.

이 차올랐다.

그사이 장검을 휘둘러 금유도를 제압한 육검지가 옆에서 벌어진 광경을 흘긋 보았다. 마을 사람들이 촌장 앞으로 성큼 다가가 그를 에워싸고 아우성치기 시작했다. 육검지가 그쪽에 잠시 정신이 팔린 사이 금유도가 긴 팔을 뻗어 육검지의 어깨를 잡아챘다. 장검으로 아래쪽을 겨누고 있던 육검지는 재빨리 막아낼 수 없었다. 검을 버릴까 망설이는 찰나 극심한 통증이 육검지를 덮쳤다. 금유도의 손가락이 육검지의 어깨를 반 촌 정도 파고들어 붉은 피가 흘러나왔다.

금유도가 바람처럼 민첩하게 오른손을 뻗어 육검지의 목을 쥐려는 순간, 방다병이 기합을 외치며 던진 옥 단적이 금유도의 오른손을 정확히 가격했다. 육검지가 이 틈을 놓치지 않고 검을 거두며 세 걸음 물러났다. 오른쪽 어깨가 욱신거려 검을 휘두를 수 없을 것 같았지만 적을 제압할 기회를 또다시 방다병에게 양보할 수 없어 이를 악물고 금유도에게 맞섰다.

'저 무당파 애송이놈은 정말 멍청하기 짝이 없군.' 방다병은 속으로 그렇게 뇌까리며 협공을 펼쳐야 하나 망설였다. 육검지가 어처구니없는 실수로 부상을 입은 것도 모자라 성가시게 훼방을 놓는 꼴이었기 때문이다.

다시 세 초식 맞붙은 뒤 육검지의 장검이 손에서 튕겨나갔다. 그의 왼쪽 어깨에서는 피가 흘렀다. 육검지는 창백한 얼굴로 물러나야 할지 망설였다.

방다병이 이를 악물고 말했다. "육검지. 네 뒤에 있던 고수가 지금 뭘 하고 있는지 알아?"

"누구……" 육검지가 뒤를 돌아보니 이연화는 이미 멀찌감치 도망쳐 정원을 빠져나가고 있었다. 육검지는 어안이 벙벙했다.

방다병이 버럭 소리를 질렀다. "이길 수 없으면 도망쳐야 한다는 강호의 법도도 몰라? 병든 고양이처럼 성가시게 방해만 하고 있잖아! 날 죽일 셈이야? 얼른 가버리라고!" 방다병은 욕을 한바탕 쏟아내면서도 멈추지 않고 옥 단적을 휘둘러 금유도의 팔을 막아냈다.

육검지가 외쳤다. "어떻게 방 대협 혼자 두고 갑니까! 죽어도 같이……"

방다병은 화가 머리끝까지 치밀어 피를 토할 것만 같았다. "누가 너랑 같이 죽고 싶대! 당장 꺼져!"

육검지는 이연화가 뒤도 안 보고 줄행랑을 친 것이 이상했다. 그의 무공이 어느 정도인지는 모르지만 객잔에서 금유도의 팔을 막아낸 걸 보면 닭 모가지 비틀 힘도 없는 사람은 아니었다. 그런데 어떻게 친구를 버리고 도망친단 말인가? 방다병은 어서 도망치라고 했지만 그건 사부의 가르침에 맞지 않았다…… 내키지 않았지만 육검지는 하는 수 없이 이연화가 도망친 쪽으로 몸을 피했다. 그런데 정원 밖에도 이연화는 보이지 않았다. '이형은 어디로 갔지? 이렇게 빨리 숨어버린 건가?'

육검지를 피신시킨 뒤 방다병은 금유도의 공격이 더 강해지는 걸 느꼈다. 평소에 무공 수련을 열심히 하지 않았더니 숨쉴 틈 없이 몰아치는 공격을 막아내기가 버거웠다. 금유도가 너무 빨라서 도망쳐도 붙잡힐 것 같았다. 어떻게 하면 좋지? 이 방다병이 얼어 죽을 이연화와 멍청한 육검지 때문에 귀중한 목숨을 여기서 잃을 순 없잖아!

그때 석수촌 사람들이 촌장을 에워싼 광경이 방다병의 시야에 들어왔다. 뭘 하는지는 모르겠지만 그런 걸 생각할 겨를도 없었다. 아미타불이든 관세음보살이든 부처든 문수보살이든, 아니면 태상 노군이든 제천대성이든, 누구든 좋으니 이 위기를 벗어나게 해주 기만 간절히 바랐다. 살려만 준다면 부처에게 귀의해 결코 다시는 얼어죽을 이연화와 절에서 기르는 토끼를 훔쳐다 먹지 않겠다고 맹세했다.

그때 흰 그림자가 휙 지나갔다. 소란스러운 공기 중에 상쾌한 바람이 스쳤다.

방다병이 고개를 돌려보니 등뒤에 한 사람이 듬직하게 서 있었 다. 눈처럼 새하얀 옷을 입고 비단천으로 얼굴을 가렸다. 옥처럼 매끄러워 보이는 비단옷 차림에 신발에도 단아한 자수가 놓였다. 잠시 멍하니 등뒤를 쳐다보던 방다병이 속으로 중얼거렸다. '대낮 에도 귀신이 나타나는군……'

금유도가 괴성을 지르며 몸을 돌려 백의검객을 향해 달려들었 다. 백의검객이 소맷자락을 가볍게 펄럭이자 소매에서 장검이 나 왔다. 검신이 반쯤 나온 것을 보고 금유도가 바닥에 착지해 다시 공격할 기회를 노렸다.

그 틈에 재빨리 몸을 피한 방다병은 가쁜 숨을 몰아쉬며 생각했 다. '세상에 이렇게 얄미운 백의검객이 있나. 줄곧 숨어서 지켜보

다가 이 몸이 죽기 직전에야 도우러 나와? 내가 감격할 줄 알았겠지만 천만의 말씀!'

순간 퍼뜩 떠오르는 기억이 있었다. 이 백의검객이 초면이 아닌 것 같았다. 어젯밤 그의 옷자락을 얼핏 본 게 처음이 아니었다. 작년 겨울 희릉 근처 숲에서 고풍신에게 공격당했을 때도 이연화 혼자 숲으로 도망치고 방다병이 죽을 위기에 몰리자 숲에서 흰옷을 입은 사람이 홀연히 등장해 파사보婆婆步로 고풍신을 제압해 방다병과 이연화의 목숨을 살렸다. 지금 눈앞에서 옷자락을 나부끼며 금유도와 맞서는 저 얄미운 백의검객이 바로 그 사람일까?

또 한 가지 생각이 방다병의 머리를 스쳤다. 그때 그 사람이 구사했던 파사보는 상이태검 이상이의 유명한 경공법이었다. 지금 눈앞에 있는 이자가 그 사람과 동일인이라면 천하에 이름을 떨치다 십 년 전 바다에 빠져 죽었다는 이상이와 관련이 있는 사람일까? 여기까지 생각이 미친 방다병은 정신을 바짝 차리고 백의검객과 금유도의 결투를 한시도 눈을 떼지 않고 지켜보았다.

금유도의 행동이 몹시 조심스러워졌다. 실성한 후 동물적인 직감이 더 강해진 건지, 무림 고수의 예민함이 남은 건지 모르겠지만 백의검객을 무척 경계했다. 금유도는 눈동자를 번뜩이며 백의검객을 한참 노려보다가 천천히 위치를 옮겼다.

백의검객은 그 자리에 선 채 미동도 하지 않았다. 검을 쥔 손은 차분했다. 가을 호수처럼 매끈한 검날에 반사된 빛이 방다병의 왼쪽 눈썹을 서늘하게 비췄다. 그의 검날에는 한참 동안 가느다란 떨림조차 없었다. 믿을 수 없을 만큼 강한 공력에 방다병은 할말을 잃었다. 이상이의 제자일까? 아니다. 이상이가 살아 있다고 해도 지금 스물여덟 살밖에 안 됐을 테니 저렇게 장성한 제자가 있을 리 없다. 물론 열여덟 살에 이미 절대고수였던 이상이가 자신보다 몇 살 어린 제자를 두었다면 그 제자가 지금 저만큼 장성했겠지만, 강호의 최강자인 이상이가 제자를 받았다면 그 사실을 아무도 몰랐을 리 없지 않은가? 그렇다면 저 백의검객이 이상이일까? 하지만 십 년 전 이상이가 바다에 빠져 죽은 건 틀림없는 사실이다. 많은 사람들이 목격했으므로 거짓일 수 없다. 저 백의검객이 정말 이상이라면 이렇게 오래 대치할 필요도 없이 처음부터 단칼에 금유도를 베어버렸을 것이다. 그렇다면 이상이의 사형이나 사제일까? 나이로 보면 가능하지만 상이태검은 이상이의 독자적인 검법이므로 그 역시 타당하지 않다. 그렇다면 저 백의대협은 이상이의 혼백이란 말인가?

방다병이 이런저런 생각에 잠겨 있는데 금유도가 갑자기 몸을 바짝 엎드리더니 활시위에서 튕겨나간 화살처럼 백의검객의 두 다리를 향해 달려들었다. 그와 동시에 백의검객의 소매 밖으로 절반쯤 드러난 장검이 한번 출렁이며 방다병의 눈앞이 번쩍였다. 마치 빛이 왈칵 쏟아지듯 주위가 환해졌다 어두워졌다. 검법의 초식일까? 그 빛은 검광이었을까, 환상이었을까?

방다병이 정신을 가다듬기도 전에 가슴이 철렁하며 순간적으로 멍해졌다. 가을 호수 같은 검날이 눈 깜짝할 사이에 호를 그리며 휘어 금유도의 머리에 내리꽂힌 것이다!

찰캉, 경쾌한 소리가 들린 뒤 방다병은 눈을 감았다 떴다. 뇌장이 쏟아지고 피가 터지는 광경이 눈앞에 펼쳐질 거라 예상했지만, 백의검객의 검이 지나간 뒤 금유도는 정수리에서 피를 흘리며 바닥으로 풀썩 고꾸라졌을 뿐 뇌장이 쏟아지지는 않았다.

방다병이 눈을 껌뻑이며 다시 보니 백의검객이 예리한 검날로 금유도를 쳐서 혼절시킨 것이었다. 이 얼마나 놀라운 내공이란 말인가? 방다병이 넋 놓고 경탄하는 사이, 백의검객이 고개를 돌려 방다병을 흘긋 보고는 검을 든 채 홀연히 떠났다.

방다병은 그러고도 한참을 멍하니 있다가 쓰러진 금유도에게 시선을 옮겼다. 금유도의 정수리에 길고 곧은 검자국이 나긴 했지만 상처랄 것도 없는 정도였다. 머리가 검날에 베인 것이 아니라 진력에 충격을 받아 혼절한 것이다. 실로 엄청난 내력이었다. 검날로 머리를 내려치고도 상처를 내지 않고 피를 보지도 않다니! 그가 이상이도 아니고, 이상이의 혼백도 아니라면, 대체 누구란 말인가?

방다병이 고개를 돌려보니 두 사람이 뒷문에서 고개를 내밀고 기웃거리고 있었다. 이연화와 육검지였다.

"네가 금유도를 기절시켰어?" 이연화가 조심스럽게 물었다.

방다병이 저도 모르게 고개를 끄덕이다가 얼른 세차게 고개를 저었다. "아니, 내가 그런 게 아니야. 방금 백의검객이 검을 휘두르는 거 못 봤어?"

이연화가 고개를 저었다. "풀숲에 숨어 있다가 갑자기 조용해지길래 나왔는데."

육검지는 고개를 끄덕이며 떨리는 목소리로 말했다. "저는 봤습니다. 절묘한 검법이었어요!"

방다병의 목소리도 떨렸다. "검법만으로 강호를 호령할 수 있는 사람이 누굴까?"

육검지가 고개를 저었다. "그런 검술은 처음 봤어요. 무림 문파들이 흔히 쓰는 검술도 아니었습니다. 아마 직접 만든 검법인 것 같아요."

방다병이 낮은 목소리로 말했다. "아무래도…… 이상이와 관련 있는 사람인 것 같은데 어떤 관계인지 짐작이 가질 않네."

방다병의 말에 육검지의 눈이 휘둥그레졌다. "상이태검요? 상이태검이라면 단칼에 상대를 격퇴시킬 수 있죠. 하지만……"

방다병이 한숨을 내쉬었다. "이 일을 어떻게 처리할지는 육 대협이 무당산의 사부를 찾아가 상의해야 할 것 같아. 우리 같은 후배들은 아무리 생각해도 결론을 내릴 수 없겠어."

이연화가 고개를 끄덕였다. "사고문이 새로 부흥해 승승장구하고 있으니 이상이가 살아 돌아온다면 좋겠네. 그럼 만인이 기뻐하며 함께 경축하고 온 세상이 태평해질 텐데."

방다병이 콧방귀를 뀌었다. "흥! 죽은 사람이 살아 돌아오면 요괴나 귀신일 텐데 뭐가 좋은 일이야? 만인이 기뻐하긴 무슨……"

세 사람은 얘기를 나누면서도 석수촌 사람들에게 둘러싸인 촌장에게 시선을 주고 있었다. 마을 사람들은 갑자기 나타났다가 홀연히 사라진 백의검객에게는 조금도 관심이 없었다. 잠시 후 그들 틈에서 붉은 피가 조금씩 흘러나왔다.

방다병의 목소리가 점점 작아지고 표정도 점점 굳었다. 사람들이 천천히 뒤로 물러나자 피투성이가 된 채 바닥에 쓰러진 촌장이 보였다. 머리가 없었다. 머리를 베여 그 자리에서 즉사한 것이다.

육검지도 방다병도 입을 다물지 못했고 이연화도 망연자실한 얼굴로 서 있었다. 어쩌다 일이 이렇게까지 되었는지 알 수 없었다.

그때 마을 사람 하나가 바닥에 쓰러진 금유도를 향해 달려들더니 허리춤에서 칼을 뽑아 금유도의 목을 향해 내려치려 했다. 방다병이 순간적으로 옥 단적을 휘두르며 막아섰다. "뭘 하는 거요!"

"오고이하로야……" 그가 알아들을 수 없는 말을 하자 세 사람은 서로 얼굴만 멀뚱히 쳐다보았다. 촌장은 중원의 말을 유창하고 고상하게 구사했지만 석수촌 사람들 대부분은 중원의 말을 할 줄 몰랐던 것이다.

어느 대머리 노인이 탄식하며 천천히 앞으로 나왔다. "내가 설명하리다…… 이게 석수촌의 법도라오……"

세 사람은 말없이 노인의 얘기를 들었다. 석수촌 사람들은 조상 대대로 높은 산에서 일족을 이루고 살며 외부와 거의 왕래하지 않았기에 중원의 말을 할 줄 아는 이가 많지 않았다. 마을의 제사를 관장하는 촌장이 막강한 권력을 갖고 가장 좋은 대우를 누렸고, 인두신의 뇌를 가진 사람이 촌장으로 추대되었다. 방금 비참하게 죽은 촌장은 사실 이 마을 사람이 아니었지만 인두신의 뇌를 가졌다는 이유로 마을 사람들에게 존경과 추앙을 받았다. 인두신의 뇌에 붙은 무서운 악령이 사람에게 붙으면 산 사람이 악귀로 변했는데, 그 악령이 바로 이 마을의 수호신이었으며 이 마을은 대대로 인두신의 저주에서 벗어나지 못했다.

십수 년 전 중원 사람들이 석수촌에 들어오자 인두신이 그들을 몰살하고 마을을 지켜줬다. 하지만 인두신의 저주는 다시 촌장의 항아리로 들어가지 않았고 그후에도 한두 명씩 계속 인두신으로 변했다. 마을 사람들은 그 모든 게 촌장이 신령을 모독하고 법도에 따라 제사를 지내지 않은 탓이라 의심했다. 촌장은 어쩔 수 없이 인두신이 출몰하는 곳에 죽판을 걸고 부적을 잔뜩 붙였으며, 인두신의 시신을 그것의 머리 근처에 갖다놓았다.

그런데 조금 전 방다병이 항아리를 깨뜨려 그 속에 든 것이 인두신의 뇌가 아니라 맹물이었음이 밝혀졌다.

얘기를 듣고 난 방다병이 말했다. "촌장이 인두신의 시신과 뇌를 보관하고 있었으니 객잔에 인두를 가져다놓는 건 아주 쉬웠겠죠. 그런데 그가 보관하고 있던 뇌의 일부는 어디로 갔을까요? 어째서 객잔에 인두신이 계속 나타났을까요? 빌어먹을 저 늙은이가 대체 뭘 숨겼던 겁니까?"

노인이 말했다. "뇌를 잃어버리면 촌장은 사람들에게 참수를 당해야 하오. 그래서 뇌가 사라졌다는 사실을 감춘 게지. 마을 사람들은 촌장이 객잔에서 인두신의 뇌를 잃어버린 게 아닐까 의심했지만 뇌를 찾을 수 없었소. 그런데도 객잔에 들어온 사람들이 아무 이유도 없이 인두신이 되었지. 끔찍한 악령의 저주였소."

그때 이연화가 입을 열었다. "그건…… 저기 있습니다."

사람들의 시선이 일제히 이연화에게 쏠렸다가 다시 그가 가리키는 곳으로 옮겨갔다. 사람들의 눈빛에 의혹, 불신, 놀람 등 갖가지 감정이 복잡하게 뒤엉켰다.

이연화가 가리킨 곳은 정원의 우물이었다.

방다병이 깜짝 놀라며 말했다. "우…… 우물? 네가 그걸 어떻게 알아?"

이연화가 빙긋 웃었다. "촌장이 인두를 객잔에 숨겨놓고 병을 퍼뜨렸든, 누군가 객잔에서 점박이 괴물의 머리를 짓이겨 병을 퍼뜨렸든, 어쨌든 십 년도 더 지난 일인데 어떻게 금유도가 병에 걸렸을까 하는 게 의문이었거든." 이연화가 위층 세번째 방을 가리켰다. "금유도는 일행과 함께 세번째 방에 묵었다가 괴질에 걸려 친구를 죽였고, 친구의 시신은 석수촌 사람들이 먹었어. 마을 사람들이 인육을 먹었다는 건 그 친구는 괴질에 걸리지 않았다는 뜻이지. 괴질에 걸린 시신을 먹었을 리는 없으니까. 그렇다면 괴질의 원인이 객방에 있지 않을 거야. 객잔에서 사건이 벌어졌는데 객방이 원인이 아니라면 남은 건 하나뿐이지. 바로 물. 객잔에 들어온 사람 중 누구는 우물에서 물을 길어다 마셨고 누구는 그러지 않았던 거야."

노인이 상기된 얼굴로 두 손을 가늘게 떨면서 말했다. "맙소사…… 정말 그럴 수 있겠군요. 뇌가 우물에 있는 게 분명하오!" 그러고는 조금 전 금유도의 머리를 베려고 했던 자에게 뭐라고 말하자 그가 마을 사람들에게 가서 손짓하며 말했다. 방금 이연화가 했던 말을 전달하는 듯했다.

이연화 일행과 노인이 우물로 다가갔다. 마침 햇빛이 우물 밑바닥까지 비춰 우물 속에 가라앉은 항아리가 또렷하게 보였다. 깨진 항아리 옆에 나뭇가지와 진흙이 있고 그 틈으로 작은 백골 조각 두 개가 보였다. 또 항아리 조각 사이로 뭔가가 튀어나와 있었다.

육검지가 말했다. "촌장은 손가락 두 개가 없었습니다……"

"그랬죠…… 그런데 우물 속에 뭔가 하나가 더 있네요. 아마 검 자루일 겁니다." 이연화가 깨진 항아리 사이로 튀어나온 검은 물체를 가리켰다. "누군가가 검을 날려 촌장에게서 항아리를 빼앗아 우물에 던진 겁니다. 촌장이 죽었으니 그게 누군지는 영영 알 수 없겠지만 괴질에 걸린 중원의 보표일 수도 있겠죠."

방다병이 우물 밑을 내려다보며 중얼거렸다. "그 옛날 우물에 빠진 항아리가 아직도 병을 전염시킨다고? 물이 맑아 보이는데."

이연화가 우물 입구에 손을 대봤다. "물의 한기가 몹시 성해. 산 정상의 호수보다 더 차가워. 뭐든 이 우물에 잠기면 쉽게 썩지 않겠지……"

방다병도 이제야 알겠다는 표정을 지었다. "한천샘*이었구나. 얼음처럼 차갑겠는데."

이연화가 고개를 끄덕였다. "이 물이 석수촌에서 가장 유명하지?"

그제야 육검지가 긴 한숨을 내쉬었다. 석수촌 점박이 괴물의 수수께끼는 풀렸지만 그의 가슴을 짓누르는 무거운 기분은 떨쳐지지 않았다. 들판을 가득 채운 국화와 비경에 둘러싸인 고즈넉한 마을, 순박해 보이는 마을 사람들이 이렇게 섬뜩한 비밀을 감추고 있었을 줄이야.

방다병이 육검지의 어깨를 툭 쳤다. "무당산 육 대협, 검법은 열

---

* 한여름에도 차가운 물이 나오는 샘.

심히 연마했지만 강호에서는 아직 멀었더군."

석수촌 사람들이 둥글게 모여서 뭔가를 상의하더니 우물가에서 돌멩이를 주워 우물 속으로 던지기 시작했다. 돌을 던져 우물을 막기로 결정했다고 대머리 노인이 세 사람에게 설명했다. 이연화는 고개를 끄덕였지만 금유도가 마을 사람들에게 목이 베이도록 내버려둘 순 없었다.

어떻게 하면 좋을지 몰라 이연화가 망설이는데 육검지가 금유도를 무당산 백목 도장에게 데려가 치료하겠다고 해서 이연화도 얼른 찬성했다. 방다병도 고개를 끄덕였지만 한편으로는 육검지가 그를 잘 단속하지 못해 무당산 문파 전체가 점박이 괴물로 변하지 않을까 걱정도 되었다. 그들이 한꺼번에 강호로 쏟아져나온다면 온 세상이 도탄에 빠지고 암흑천지가 되는 건 시간문제일 것이다. 앞으로 무당산을 지날 때는 길을 돌아서 가고 무당파 제자들과는 되도록 마주치지 않도록 잘 피해야겠다고 생각했다.

미간을 찡그리고 생각에 잠겨 있는 이연화를 향해 방다병이 의미심장한 눈빛을 던지자 이연화가 고개를 끄덕였다. 암묵적인 약속을 맺은 후 방다병이 두 손을 가슴 앞에 모으고 육검지에게 포권례를 했다. "자 그럼, 일이 일단락됐으니 나와 이 선생은 중요한 일이 있어서 이만 떠나겠네."

육검지가 어리둥절한 표정으로 물었다. "무슨 일인데 그리 바쁘십니까?"

벌써 뒷걸음질로 서너 장쯤 멀리 간 이연화가 말했다. "음, 일문一文산장의 주인장 이전二錢과 사흘 뒤 사령四嶺에서 만나 결투를 벌이기로 했어요……"

육검지는 손을 모으고 작별인사를 했지만 속으로는 의아했다. '일문산장의 주인장 이전? 강호에서 그런 이름을 들어본 적이 있었나?'

방다병도 잽싸게 빠져나와 이연화와 함께 길상문연화루로 향하다가 문득 말했다. "큰일났어, 큰일났어. 무당과 도사들이 점박이 괴물을 제대로 제압하지 못하면 어떡해. 괜히 휘말리지 말고 얼른 도망가자!"

이연화가 한숨을 내쉬었다. "내가 편지로 구해 오라고 한 산양은 구해 왔어?"

방다병이 발칵 성을 냈다. "다 쓰러져가는 집을 끌고 왜 이런 데 와서 길을 잃어? 소들이 산길에 고생하는 게 안쓰럽다고 놓아주고는 나한테 무슨 산양을 구해 오래?"

이연화가 뻔뻔하게 반문했다. "산양도 없으면서 뭐하러 왔어?"

방다병이 노발대발했다. "본 공자가 네 목숨을 구했는데 그깟 산양 두세 마리가 대수야?"

이연화가 또 한숨을 내쉬었다. "집을 끌고 여길 빠져나가게 해줄 수도 없으면서……"

방다병이 성난 목소리로 외쳤다. "내가 못한다고? 누가 그래?"

이연화가 히죽거렸다. "네가 해줄 수 있다면 나야 좋지!"

제13장

도
철
비
녀

새소리 구슬프게 울리고 달빛이 서쪽 곁채를 비추는 적막한 밤.

달빛 아래 나방 한 마리가 채화루彩華樓 회랑으로 날아들더니 바닥의 반짝이는 물건 위로 내려앉았다.

회랑 바닥에서 달빛을 받아 반짝이는 것은 금비녀였다. 비녀에는 복잡한 문양이 촘촘히 조각되어 있는데, 자세히 들여다보면 작은 진주를 입에 문 도철饕餮*이었다.

금비녀 위에 앉았던 나방이 날갯짓을 했다. 하지만 날아오를 수 없었다. 나방은 날개를 계속 팔락이다 힘이 빠졌는지 조용해졌다. 한두 번 움찔거리고는 이내 미세하게 몸을 떨기만 할 뿐이었다.

나방은 바닥에 붙어버렸다.

---

* 중국 신화 속 전설의 괴물. 소나 양의 몸에 사람의 얼굴을 하고 호랑이 이빨과 사람 손톱을 가졌다.

나방을 붙잡은 건 금비녀 밑에 고인 반쯤 마른 검붉은 피였다.

금비녀 뒤로 눈이 파이고 양손이 잘린 채 피칠갑이 된 시신이 누워 있었다.


## 1. 거울 속 여인의 손

"정말 희한도 하지. 다른 사람이랑 밖에서 밥을 먹을 땐 항상 미인을 만나는데 너랑은 왜 매번 시신을 만나는 거야?" 화창한 아침 채화루에서 깡마른 몸에 화려한 순백 비단옷을 입은 공자가 소매에 기운 자국이 있는 잿빛 도포를 입은 서생에게 말했다. "너한테 역신疫神이라도 붙은 거 아니야? 아니면 너 혹시 관음보살에게 절할 때는 부처를 생각하고, 부처에게 절할 때는 관공關公을 생각하고, 관공에게 절할 때는 토지신을 생각한다거나……"

잿빛 도포의 서생이 한숨 섞인 소리로 중얼거렸다. "난 보살에게 절할 때도 너만 생각해……"

비단옷 공자가 말문이 막혀 어이없어하는데 잿빛 도포의 서생이 천천히 덧붙였다. "그리고 우린 '밖에서' 밥을 먹은 적이 없어. 여긴 너희 가문에서 하는 곳이잖아." 잿빛 도포의 서생이 비단옷 공자를 흘겨보았다. "네가 사람들을 불러 밥을 먹을 때마다 너희 가문에서 하는 요릿집에 가는 걸 내가 모를 줄 알아?"

마른 장작 같은 비단옷 공자는 방씨 가문의 큰 공자 방다병이고, 잿빛 도포의 서생은 죽은 사람도 살려낸다는 강호의 이름난 신의이자 길상문연화루의 주인 이연화였다.

어젯밤 방다병이 이연화에게 내기를 제안했는데, 술을 마시다 진 사람이 근방 백 리에서 함께 술을 마실 미인을 찾아오자는 것이었다. 하지만 술도 마시기 전에 이곳 채화루에서 갑자기 시신이 발견되었다.

"공자님, 이 시신은 우리 채화루 사람이 아닙니다. 채화루에서 일하는 하인 백 명을 제가 직접 관리하는데 사라진 사람이 한 명도 없습니다. 누군가 채화루의 명성에 먹칠을 하려고 밖에서 사람을 죽이고는 시신을 여기에 가져다놓은 게 분명합니다!" 채화루의 장궤掌櫃*호유괴胡有槐가 울상으로 방다병에게 허리를 굽히며 머리를 조아렸다. "이건 정말로 채화루 잘못이 아닙니다. 공자님께서 나리께 말씀 좀 잘 해주십시오."

방다병이 노여운 눈으로 그를 쳐다보았다. "채화루 사람이 손님의 재물을 탐해 회랑에서 손님을 죽인 게 아니라고 장담할 수 있는가? 그게 아니라면 다행이지만, 만에 하나라도 그런 거라면 본 공자는 장궤가 이곳을 잘못 관리해서 일어난 일이라고 아버님께 말씀드리겠네. 그 뒷감당은 알아서 하게. 감당이 될지 모르겠지만."

호유괴는 속으로 비명을 지르면서도 겉으로는 억지로 웃으며 굽신거렸다.

"가보게. 이 일은…… 내가 처리하겠네." 방다병이 소맷자락을 휘두르자 호유괴가 가슴을 쓸어내리며 허둥지둥 물러갔다. 방다병

---

* 상점이나 주루 등에서 돈을 관리하는 사람.

은 속으로 투덜거렸다. '저런 반편이가 십수 년 전 광뇌수狂雷手라는 별호까지 갖고 강호에서 대접을 받았다니 어이가 없군……'

처참한 모습의 시신을 말없이 내려다보는 이연화에게 방다병이 짜증스러운 투로 말했다. "뭘 그렇게 넋 놓고 보고 있어? 뭐라도 발견한 거야?"

"음, 이 시신은 여자야……" 이연화가 중얼거렸다. "그런데 이렇게 끔찍하게 죽은 여인은 본 적이 없어……"

방다병이 긴 한숨을 내쉬었다. "한참 고통받다 죽은 것 같아. 눈알이 빠지고 양손도 잘리고. 인정하긴 싫지만 채화루 안에 갇혔다 빠져나온 것 같아. 이런 상태로는 멀리 도망치지 못했겠지."

여인의 치마는 핏자국은 있어도 깨끗한 편이었지만 상반신은 옷이 없었다. 키가 크고 두 팔은 모두 손목이 잘리고 두 눈이 파여 있었다. 뒤통수에서는 피가 흐르고 양쪽 유방은 도려내졌으며, 팔뚝도 얼마나 많이 베인 건지 알 수 없을 만큼 만신창이였다. 하지만 양손, 유방, 눈은 상처가 모두 아문 상태인 것으로 보아 하루이틀 동안 가해진 고통이 아니었음을 짐작할 수 있었다. 어쩌면 일 년 넘게 이어졌을 수도 있다.

이연화가 나뭇가지를 꺾어 시신의 입술 사이에 넣고 살짝 들춰보니 혀도 잘리고 새하얀 치아만 보였다. 두 눈을 파내기 전에는 고운 미모였을 것 같았다. 대체 누가 이렇게까지 괴롭힌 것인지 그 악독함과 잔인함에 치가 떨렸다.

"누군가 상처를 치료해줬어……" 이연화가 낮은 목소리로 말했다. "하지만 상처를 치료해준 자가 좋은 사람이었다면 여인이 왜 도망치려 했을까?"

방다병이 말했다. "그러니까 이 여인을 치료해준 사람은 보살이 아니라 저승사자였겠군. 그게 누구든 어찌 이렇게 모질고 잔악할 수 있어! 얼어죽을 이연화, 그 악마를 꼭 찾아내서 똑같은 고통을 느끼도록 되갚아줘."

"호유괴가 채화루 사람들을 전부 조사했다고 했으니, 만약 호유 괴가 악마와 한패가 아니라면, 이 여인은 아무도 모르는 은밀한 곳 에 숨겨져 있었겠지. 그런데 호유괴는 생긴 게 점잖고 이제 막 쉰 살을 넘긴 나이라 앞길이 구만리인데, 살을 도려내고 눈알 파는 취 미가 있을 것 같진 않아."

방다병이 눈을 흘겼다. "그걸 어떻게 알아? 네가 호유괴를 잘 알아?"

이연화가 고개를 저었다. "아니. 관상이 그렇단 얘기지······"

"흥, 네가 본 관상이라면 두말할 것도 없이 틀렸겠지."

두 사람은 티격태격하며 시신을 살펴보았다. 이연화가 핏자국 위에 들러붙은 나방을 손수건으로 감싸 집어올리고 방다병은 그 옆의 작은 금비녀를 집어올렸다.

"이게 뭐지? 도철?"

이연화가 나방을 풀숲에 천천히 내려놓고 금비녀를 자세히 들 여다보았다. "이런 도철 문양은 흔치 않아. 청동 주물이라면 몰라 도 비녀에 괴물 문양을 넣는 건 이상하지. 그리고 여기 진주도 있 잖아. 진주를 입에 문 도철에 대해 들어본 적 있어?"

방다병이 새침한 표정으로 이연화를 흘긋 보았다. "비록 본 공자가 어릴 적 책을 많이 읽지는 않았지만 도철이 사람 머리를 물고 다닌다는 건 알아." 방다병이 갑자기 말을 멈추고는 약간 떨리는 목소리로 말했다. "설마 이 진주가 사람 머리를 대신한 거야?"

"내 생각엔…… 아마 그럴 거야……" 이연화가 미간을 찡그리며 방다병이 든 금비녀에서 시선을 떼지 못했다. "어쩐지 께름칙해. 어디다 보관해두는 게 좋겠어. 살을 도려내고 눈알을 파내는 귀신이 그 속에 숨어 있다가 밤만 되면 기어나오는지도 모르잖아? 으, 무서워."

방다병이 귀신 따위는 두렵지 않다는 듯 금비녀를 높이 들어올렸다. "께름칙하긴 하지만 비싼 보물이야. 채화루에 있을 만한 물건은 아니지. 범인이나 죽은 여인의 것이 분명해. 이렇게 괴이한 물건이라면 금기金器 상인들 사이에서 이미 유명하겠지. 흔치 않아서 더 찾기가 쉬울 거야."

이연화가 탄복하는 표정으로 방다병을 보았다. "넌 참 똑똑해. 그런데 난 금기에 대해서는 잘 모르는데……"

방다병이 시원하게 웃음을 터뜨렸다. "하하하, 그건 나한테 맡겨! 이 방 공자가 다른 건 몰라도 금기라면 아주 잘 알지."

이연화가 나직이 한숨을 쉬었다. "나중에 상인들을 만났을 때는 그 물건을 아주 잘 안다는 말은 하지 않는 게 좋겠어."

채화루는 당분간 문을 닫기로 했다. 방다병과 이연화는 채화루에서 제일 좋은 방으로 안내받았다. 방다병은 근방에 있는 금기포金器鋪 장궤와 주인들에게 사람을 보내 다음날 낮 취영거翠瑩居에서 연회를 베풀 테니 참석해달라고 청했다.

교교한 달빛이 조용히 내려앉은 밤.

조금 전 저녁식사 때 방다병은 평생 가장 만족스러운 새우를 맛봤다. 몸통 전체가 투명한데 보통 새우보다 다섯 배는 컸다. 채화루 요리사가 껍데기를 벗기고 등에 있는 내장을 제거한 뒤 얼음에 재우고, 파, 마늘, 고춧가루, 귤 과육과 이름 모를 양념을 조금 넣고 버무려 날것으로 내놓은 술안주였다. 방다병은 그 요리가 무척 마음에 들었다. 살인 사건만 아니었으면 채화루에 아주 좋은 인상을 가졌을 것이다.

이연화는 목욕을 하는 중이었다. 방다병은 가끔 무슨 남자가 저리도 오랫동안 목욕을 하는지 궁금했다. 몇 년 전에는 목욕을 할 때 일부러 쳐들어간 적도 있었다. 이연화가 남장을 한 여자가 아닌지 확인하고 싶었다. 하지만 아쉽게도 남자가 틀림없었다. 아니, 남자일 뿐아니라 온몸이 흉터투성이인 남자 중의 남자였다.

"봄바람에 버들가지 너울대는 작은 도화원. 어느 집 어여쁜 미인이 꽃 속에 앉았구나……" 방다병은 어디서 주워들었는지 기억나지 않는 노래를 흥얼거리며 다리를 꼬고 침대에 누웠다.

이연화가 묵을 곳은 원래 바로 그의 옆방이었지만 얼어죽을 인간이 귀신이 무섭다며 한사코 같은 방을 쓰자고 졸랐다. 다행히 채화루의 객방은 넓고 화려해서 작은 침대 하나를 더 놓아도 아무 문제가 없었다. 그렇지 않았다면 어림도 없는 일이었다.

갑자기 툭 하는 소리가 들려 방다병이 벌떡 일어나 소리가 난 왼쪽을 살폈다.

그의 왼쪽에는 화장대와 벽거울, 화장대 아래 놓인 구리 대야와 의자뿐으로 소리를 낼 만한 물건은 없었다. 방다병이 의아해하며 화장대 위를 살펴보았지만 역시 아무것도 놓여 있지 않았다. 남자 둘이 묵을 예정이어서 여자가 단장할 때 쓰는 물건은 장궤가 이미 다 치운 터라 살펴볼 만한 것도 없었다. 방다병은 고개를 갸웃거리며 다시 누워 노래를 흥얼거렸다. "붉디붉은 입술에 섬섬옥수……"

툭. 또 같은 소리가 들려왔다. 방다병이 다시 벌떡 일어났다. 풀잎이 바람에 스치는 소리도 아니고, 암기를 튕기는 소리는 더더욱 아니었다. 소리는 같은 방향에서 들려왔지만 강약이 달랐다. 사람이 손으로 화장대 위의 뭔가를 가볍게 건드리는 소리 같았다.

방다병이 휘둥그런 눈으로 화장대를 노려보았지만 역시 아무것도 없었다. 이연화를 부르러 욕실로 뛰어가려다 문득 고개를 든 순간, 방다병의 입이 떡 벌어지고 얼굴이 새파랗게 질렸다. 너무 놀라 숨이 쉬어지지 않아 하마터면 기절할 뻔했다. "귀신이다!"

화장대 위 거울 속에서 손 하나가 나타나 거울을 만지고 있었다. 손 주인에게는 아무것도 보이지 않고 들리지 않는 듯 오로지 얇은 거울을 뚫고 이 세상으로 나오려고 애를 쓰는 듯한 손동작이었다.

거울 속 세상에 소리가 있을 리 없지 않은가?

쨍그랑. 방다병의 비명소리와 동시에 욕실에서 뭔가 깨지는 소리가 들리더니 이연화가 욕실 문을 빠끔히 열고 어리둥절한 표정으로 고개를 내밀었다. "귀신이 어디 있어? 헉!" 이연화도 이내 거울 속에 있는 손을 보고 입이 떡 벌어졌다. "네 손이 비친 거 아니고?"

거울 앞에서 얼어붙은 채 식은땀만 흘리던 방다병이 억지로 웃는 표정을 지었다. "내 손이 저렇게 작아? 저건 여자 손이잖아." 그러고는 손을 들어 거울을 향해 흔들자 거울에 방다병의 손이 비쳤다. 하지만 거울을 더듬는 그 희고 가는 손은 더 또렷이 보였다.

손은 향 한 대가 탈 만큼의 시간이 흐른 뒤 천천히 사라졌다.

마치 아무 일도 없었다는 듯 좀전의 그 해괴한 광경이 연기처럼 사라지고 거울 속에는 방안의 모든 것이 또렷하게 비쳤다.

이튿날.

"도철 금비녀라…… 악명 높은 보물이지요." 소운장嘯雲莊 주인 하何씨가 금비녀를 집어들고 말했다. "여러분 보십시오. 이게 진품입니다. 도철의 양 뿔 중에 하나만 남아 있고, 입에 문 진주는 매끄러운 야명보주夜明寶珠인데 오래돼서 누렇게 변색된 겁니다."

"이 비녀가 나타날 때마다 기괴하고 끔찍한 일이 일어난다고 들었습니다. 매번 사람이 죽는데 제일 많이 죽었을 때는 한 번에 서른세 명이 죽었다지요. 그래서 보석상들도 감히 이 물건을 소장하지 못한다고 합니다." 망해루望海樓 주인 필畢씨가 말했다.

그 옆에 앉은 완월대玩月臺 주인 비費씨와 수성당數星堂 주인 화花씨도 고개를 끄덕였다.

방다병이 마른 웃음을 지었다. "이 도철비녀가 나타날 때마다 벌거벗은 여인의 시신이 발견되나요?"

하씨가 이상하다는 듯 물었다. "벌거벗은 여인이요? 물론 아니지요. 도철비녀 때문에 죽은 첫번째 사람은 이 비녀를 만든 금 세공사였습니다. 도철을 포함해 용의 아홉 자식을 조각했는데 비녀가 완성된 후 세공사가 과로로 급사했지요. 고꾸라지며 비녀를 용광로에 빠뜨리는 바람에 여덟 마리는 녹아버리고 도철 한 마리만 남게 됐다고 합니다."

"과로로 죽었으니 살인 사건은 아니었군요." 방다병이 말했다. "급사는 제일 아름다운 죽음이지요. 주인장 여러분 모두 식견도 넓고 학식도 풍부하신데, 도철비녀 때문에 벌거벗겨져 눈이 파이고 혀가 잘려 죽은 젊은 여인 얘기는 들어보지 못했습니까?"

모두 아연실색한 얼굴로 서로 쳐다보기만 하다가 하씨가 하얗게 질린 얼굴로 입을 열었다. "이번에…… 도철비녀가 나타난 뒤에 눈이 파이고 혀가 잘려 죽은 사람이 있습니까? 방 공자, 저는 이만 가보겠습니다. 저는 이 비녀를 본 적이 없습니다. 도철비녀 일은 다른 고명하신 분들에게 물어보세요……"

다른 주인장들도 여우에게 쫓기는 토끼처럼, 고양이를 피하는 쥐처럼, 활시위에서 튕겨나간 화살처럼 허둥지둥 돌아갔다.

방다병이 젓가락으로 도철비녀를 집어들어 팔괘진사八卦鎭邪 목함에 도로 눕혀 넣었다. 그러고는 잠시 후 그 비녀를 노려보며 긴 한숨을 내쉬었다.

채화루로 돌아와보니 이연화는 어디로 갔는지 보이지 않았다. 채화루를 구석구석 뒤지고 호유괴에게 사람을 시켜 세 번이나 더 찾아보게 했지만 허탕만 쳤다. 방다병은 고개를 갸웃했다. 귀신이 잡아갔다고 하기에는 벌건 대낮인데다, 귀신 붙은 도철비녀는 방

384

다병에게 있는데 귀신이 왜 이연화를 찾아갔겠는가. 귀신이 잡아
간 게 아니라면 얼어죽을 이연화는 어디로 갔단 말인가?

밥 먹을 시간이 되자 방다병은 요리사를 시켜 산해진미를 차려
놓고 좋은 술 한 항아리를 열어 화로에 얹은 후 데우게 한 뒤 술 옆
에 앉아 부채질을 했다. 과연 향 한 대가 탈 시간도 지나지 않아서
잿빛 도포를 입은 이연화가 회랑 저편에서 느릿느릿 나타나 희희
낙락하며 술상 앞에 앉았다.

방다병이 한숨을 푹 쉬었다. "희한하단 말이지. 취성루醉星樓에
서 소면을 끓일 때는 그 개코로 냄새를 맡고 찾아오더니, 문천각聞
天閣에서 백사대연百蛇大宴을 베풀 때는 연회가 다 끝나고 뱀고기도
다 먹고 술도 다 마셨을 때 와서 차를 내놓으라고 했지. 우두진牛頭
鎭에서 취두부를 먹을 때도……"

이연화가 그의 말을 잘랐다. "밥 먹을 땐 밥만 먹어. 삿된 얘기
는 그만하고."

방다병이 눈을 부라렸다. "연회를 베푼다고 했는데 어딜 갔다
온 거야? 뭘 하느라 반나절 동안 코빼기도 안 보였어?"

이연화가 젓가락을 들고 점잖게 닭날개 하나를 집었다. "그냥
여기저기 구경했어. 채화루에 화초가 많아서 아주 보기 좋더라."

방다병이 콧방귀를 뀌었다. "금기포 주인들 말로는 그 도철비녀
에 수많은 악귀가 붙어서 최소한 수십 명의 목숨을 앗아갔대."

이연화의 눈이 휘둥그레졌다. "그렇게나 많이?"

"그렇대. 넌 어때? 시신에 관해 알아낸 게 있어?"

"음, 채화루 사람들 모두 모르는 여인이 채화루 부엌 앞에서 죽

었어…… 아무도 모르게 가두려고 눈을 파내고 혀를 잘랐을 거야. 정말 귀신의 짓이라면 왜 그 여인만 가뒀겠어?"

방다병도 닭다리를 집어 한입 베어 물었다. "부엌 앞이라니? 회랑에서 죽었잖아."

"그 회랑이 부엌에서 정원으로 이어져 있어. 부엌에서 도망쳐 나와 회랑을 통해 밖으로 나가려다 어떻게 된 일인지 몰라도 뒤통수에 충격이 가해져서 죽었어."

"범인이 무공을 아는 사람은 아닌 것 같아. 뒤통수를 때린 솜씨가 형편없어. 과다출혈만 아니었으면 다음날 아침에 발견될 때까지도 살아 있었을 거야."

이연화가 한숨을 쉬었다. "음…… 타살인 줄 네가 어떻게 알아? 앞을 못 보니까 뛰다가 넘어져 죽었을 수도 있잖아."

그 말에 방다병은 잠시 말문이 막혔다가 입을 뗐다. "그럴 수도 있지. 하지만 부엌 어디에 있다가 도망쳐 나왔단 말이야?"

"내가 방금 부엌에 가봤는데, 아궁이는 두 개뿐인데 선반은 너무 많고, 찬장은 너무 작은데 항아리는 너무 커. 쌀자루는 너무 더럽고 바구니는 너무 작고……"

방다병이 답답한 마음에 재촉했다. "항아리가 크든 바구니가 작든 그게 어떻다는 거야……"

이연화가 눈을 가늘게 뜨며 말했다. "너의 그 시신은 키도 크고 피부도 하얗고 치마도 깨끗했어. 그런 여인을 찬장, 항아리, 쌀자루, 바구니에 어떻게 숨기겠어?" 거기까지 말하던 이연화가 갑자기 말을 뚝 멈추고는 무슨 생각이 난 듯 작게 중얼거렸다. "너의 그 시신을⋯⋯."

"내 시신이라고?" 방다병이 발끈 성을 냈다. "본 공자는 너와 밥 먹을 때 외에는 한 번도 시신을 본 적이 없어! 너한테 역신이 쓰인 게 분명하니까 네 시신이겠지!"

이연화가 고개를 들어 방다병을 멍하니 쳐다보다가 갑자기 난처한 표정을 지으며 조심스레 말했다. "잠깐, 갑자기 중요한 게 생각났어. 어젯밤 호유괴에게 너의 그 시신⋯⋯ 아니, 그 불쌍한 여인의 시신을 어디 보관해두라고 했어?"

이연화의 그 표정에 방다병이 질겁하며 꽥 소리를 질렀다. "무슨 생각을 하는 거야? 시신을 어디에 숨겼는지 절대로 네게 가르쳐주지 말라고 할 거야!"

이연화가 방다병을 흘긋 보고 정색했다. "네가 생각하는 그런 건 아냐. 어쨌든 여인의 시신을 찾아서 확인해볼 게 있어."

방다병은 호유괴가 이미 시신을 관에 넣고 대못을 단단히 박아 땅에 묻고 묘비까지 세워놓았을 거라고 장담하며, 쓸데없는 생각하지 말라고 이연화를 나무랐다.

이연화도 하는 수 없이 다시 부엌 애기로 돌아갔다. "그러니까, 내가 부엌을 둘러봤는데 시신을 감출 만한 곳이 없었다는 거지. 또 시신의⋯⋯ 옷이 벗겨져 있었잖아. 하지만 부엌에는 옷도 없어. 그렇다면 부엌 동쪽의 좁은 길로 와서 부엌을 거쳐 회랑으로 들어섰겠지. 그러다 넘어져 피를 흘리며 죽었고." 이연화가 부엌 동쪽을 가리키며 속삭이듯 말했다. "바로 저기야."

이연화가 가리키는 쪽을 쳐다본 방다병은 온몸이 오싹했다. 이연화가 가리킨 방향은 채화루에서 제일 좋은 객방인 천자天字 1호 방부터 9호방까지 있는 곳이었다. 어제 방다병과 이연화는 그중 정가운데인 천자 5호방에 묵었다.

어젯밤 거울 속에 있던 손이…… 설마 죽은 여인의 원혼이 억울함을 풀어달라며 나를 부르는 손짓이었던 걸까?

방다병은 정신을 가다듬고 탁자 가득 차려진 산해진미와 술을 내려다보았다. 식욕이 싹 달아나고 오늘밤 어디서 자야 안전할 것인가 하는 생각만 머릿속을 가득 채웠다.

반면 이연화는 할 얘기를 다 하고 나니 홀가분해졌는지 젓가락을 들고 흐뭇한 표정으로 밥을 먹기 시작했다. 야들야들한 닭고기를 두 입 베어 물고 술잔에 직접 술을 따라 들이켜더니 닭고기도 맛있고 술도 향기롭다고 극찬을 늘어놓았다.


## 2. 천자 4호방

그날 밤 방다병은 화가 나서 씩씩대며 밖으로 나갔고 이연화는 술에 취해 탁자에 엎드려 곯아떨어졌다. 결국 둘 다 천자 5호방에서 잠들지 않았다.

이튿날 아침 이연화는 머리가 멍한 채 일어나 겁도 없이 객방으로 돌아가 세수를 하고 양치를 한 뒤 옷을 갈아입고 나왔다. 그래서 외박을 하고 돌아온 방다병을 맞이하는 이연화의 얼굴에는 승자의 미소가 가득했다. 자신이 방다병보다 얼마나 담력이 센지 보여줄 수 있는 증표라도 남겨 간직하고 싶어하는 표정이었다.

그런데 방다병은 이연화의 옷을 위아래로 반복해서 훑어보며 괴이하다는 듯 미간을 찡그릴 뿐이었다. "얼어죽을 이연화, 그게…… 네 옷이야?"

이연화가 고개를 끄덕였다. 방금 방에서 갈아입고 나왔는데 본인 옷이 아니면 누구의 옷이겠는가.

방다병이 미간을 더욱 찡그리며 옷자락을 가리켰다. "네가…… 언제부터 이런 옷을 입었어?"

고개를 숙여 옷을 내려다본 이연화의 눈이 휘둥그레졌다. 잿빛 도포에 금실과 은실로 뭔지 모를 무늬가 수놓여 있었다.

이번에는 방다병이 득의양양할 차례였다. "어디서 남의 옷을 빌려다 입어놓고는 귀신이 나타나는 객방에서 잔 척했구나? 애석하게도 본 공자의 예리한 눈을 피해 가진 못했지. 하하하." 방다병은 이연화의 속임수를 꿰뚫어본 자신의 예리함에 감탄하며 이연화의 난처해하는 표정을 기대했다. 그런데 이연화는 귀신을 본 듯 하얗게 질린 표정으로 본인 옷자락을 잡아당겼다. 방다병이 이상하게 여기며 물었다. "왜 그래?"

"하늘에 맹세코 방금 방에서 갈아입고 나온 거야……" 옷이 불편해서 술기운에 비몽사몽 방에 들어가 자세히 보지도 않고 갈아입었는데 그건 정말로 이연화의 옷이 아니었다.

그제야 방다병도 눈이 휘둥그레졌다. "그럼, 우리 방에서 다른 사람 옷을 입고 나왔다는 거야?"

그렇다면 어젯밤 그 방에 다른 사람이 들어갔다는 뜻이었다.

이연화는 허겁지겁 잿빛 도포를 벗었다. 그러고는 흰 중의 차림으로 대청 한가운데에 선 것도 아랑곳하지 않고 안도의 한숨을 내쉰 뒤 머리를 두드리며 생각에 잠겼다. 잠시 후 이연화가 가볍게 헛기침을 하고 천천히 말했다. "내가 천자 4호방으로…… 잘못 들어갔나봐."

천자 4호방은 천자 5호방 바로 옆에 있고 문이 똑같이 생겼다. 하지만 지난밤 천자 4호방에 아무도 묵지 않았을 텐데 어떻게 금실 은실로 수놓은 잿빛 장포가 있었을까? 전에 묵었던 손님이 두고 간 걸까? 만약 그렇다면 채화루 사람들은 왜 그걸 치우지 않고 그대로 두었을까? 방다병은 아무래도 이상하다고 생각하며 턱을 만지작거렸다. "천자 4호방? 가서 살펴보자."

채화루의 천자 4호방과 천자 5호방은 생김새가 똑같은데다 방에 문패가 걸려 있는 것도 아니어서 착각하기 쉬울 터였다. 두 사람은 천자루天字樓로 향했다. 해가 중천에 떠 있으니 훨씬 대담해진 덕에 방다병이 4호방의 문을 밀어 열었다. 탁자와 의자의 모양, 배치된 방향까지 5호방과 똑같았다. 침대에는 헝클어진 이불이, 탁자에는 향 한 대가 끝까지 다 타고 재만 남은 흔적과 함께 촛농이 흥건하게 흘러내려 굳어 있었다. 탁자 서쪽의 옷장은 반쯤 열린 상태로, 옷장 안은 텅 비어 있었다. 옷이 한 벌만 걸려 있었던 것이다. 옷장의 모양새 역시 5호방과 똑같았다.

그런데 방안을 둘러보니 누군가 묵고 있는 듯했다. 문을 잠그지 않고 잠시 어딜 나간 사이 이연화가 비몽사몽간에 들어갔던 모양이었다. 이연화가 잿빛 도포를 조심스럽게 다시 걸어놓다 옷장 안의 보따리를 발견했다. 단검처럼 가늘고 긴 것을 싼 보따리는 붉은 실로 촘촘히 감겨 있었다.

"응?" 방다병이 보따리를 집어들었다. "서북염왕西北閻王 여양금 呂陽琴이 박악縛惡이라는 단검을 쓰는데 검집을 붉은 실로 감는다고 들었어. 박악으로 살인과 방화 등등 온갖 나쁜 짓은 다 했지. 여양 금의 하녀마저 그 검에 목숨을 잃었어. 하지만 단검보다 더 유명세 가 따른 건 여양금이 구경선경九瓊仙境에 갈 수 있는 보물지도를 갖 고 있다는 점이었지……" 방다병은 여양금을 둘러싼 갖가지 소문 에 대해 신나게 떠들다 갑자기 입을 다물었다. 이연화가 애석하다 는 눈빛으로 방다병을 물끄러미 쳐다보았다. 보따리를 풀어보니 위는 가늘고 아래로 갈수록 두꺼운 좌우 대칭 형태의 흑단 위패가 나왔다.

'선실유씨경아지영위先室劉氏景兒之靈位'라는 글자와 생몰연월이 새겨진 위패였다. 유려하면서도 힘이 느껴지는 필체였지만 필획마 다 마른 핏자국처럼 진갈색이 한 겹 씌워져 있었다. 방다병은 섬뜩 한 기분에 위패를 얼른 내려놓고 붉은 실을 도로 감았다. 그러고는 합장을 하고 절을 하면서 아미타불과 관세음보살을 수십 번 되뇌 었다.

"잠깐." 이연화가 위패에서 시선을 거두어 옆을 가리켰다. "부 인의 위패를 가지고 다닐 정도로 부인을 사랑하는 사람이라면 어 째서 다른 여자와 같이 묵었을까? 그 여자도…… 다른 여자의 위 패와 한방에 묵을 만큼 아량이 넓다니……"

방다병이 어리둥절해서 옆을 보니 여자의 대금對襟*이 침대 밑에 떨어져 있었다. 자주색 비단에 은실로 수를 놓은 걸 보면 틀림없는 여자옷이었다.

하지만 방안에 이 대금 외에는 여자 물건이 하나도 보이지 않았다. 머리빗도 없고, 여자 신발도 없고, 연지나 분은 더더욱 보이지 않았다. 옷장에 있는 잿빛 장포와 위패, 문 앞의 남자 잿빛 신발, 탁자 위 다 타버린 붉은 초의 흔적뿐이었다.

형언할 수 없는 이상한 기운이 느껴졌다. 대금을 내려다보던 이연화와 방다병이 천천히 고개를 들어 서로를 보며 동시에 말했다. "설마……"

방다병이 말을 이었다. "설마 그 시신의 옷이…… 바로 이걸까? 그 여인, 여기서 뛰쳐나간 건가?" 거울 속 여자의 손이 떠올라 방다병은 뒷덜미가 선득하고 식은땀이 등을 타고 흘러내렸다. 세상에 귀신이 있다는 건 믿지 않았지만 생생한 사례가 바로 눈앞에서 펼쳐졌다. 참혹하게 죽은 그 여인이 천자 4호방에 묵었다. 그러나 그저께 밤 천자 4호방에는 아무도 없었다. 거울 속 그 손이 귀신의 것이 아니라면 무엇이란 말인가?

이연화가 방안을 두리번거리며 탁자 위에 굳은 촛농을 손가락으로 두드렸다. "촛농이 식은 지 한참 됐어. 적어도 사흘은 지났을 거야." 그러고는 방안을 서성이며 두 바퀴 돌고 탁자 주위를 돌다가 벽에 걸린 그림 앞으로 천천히 다가갔다.

5호방에도 비슷한 그림이 있었다. 4호방에는 매화가, 5호방에

---

* 양쪽 섶이 겹쳐지지 않고 단추로 여미도록 만든 윗옷.

는 난초가 그려졌다는 차이뿐이었다. 매화 그림이 걸린 자리는 바로 옆 5호방에 거울이 걸린 자리였다.

매화 그림 옆 벽에 아주 작은 구멍이 뚫려 있었다. 이연화가 구멍을 한참 들여다보다가 머리카락 한 가닥을 뽑아 구멍 안으로 집어넣어봤다. 깊이가 이 촌 정도 되는데 가장자리가 매끈한 것이 무척 이상했다. 머리카락을 빼내고 매화 그림을 살짝 들어올렸다. 그림 뒤로는 벽이 아니라 반투명한 유리거울이 있었다.

방다병이 깜짝 놀라 다가가보니 유리를 통해 옆방 침대가 정면으로 보였다. 또렷하지는 않지만 희미하게 볼 수 있는 정도였다. 옆방에 남녀가 묵는다면 유리를 통해 좋은 구경을 할 수 있을 것 같았다.

몰래 훔쳐보기 위해 꾸민 짓이 분명했다. 벽에 불투명한 유리를 박고 뒤에 그림을 걸어 5호방에서는 거울 너머가 보이지 않았다. 5호방은 침대가 창문을 향하고 있어서 등불을 꺼도 달빛이 비껴들어와 환하기에 4호방에서 5호방 침대를 훔쳐볼 수 있을 터였다. 질 나쁜 유리를 구리 틀 안에 박아넣고 그 뒤는 액자로 가려놓아 5호방에서는 언뜻 보면 그냥 구리거울로 보였다.

방다병은 분노가 치밀었다. "호유괴 이 늙은 색마! 채화루가 어디라고 감히 이런 비열한 수단으로 돈벌이를 해!"

이연화가 유리거울을 두드리고 손으로 만져보더니 고개를 저었다. "이런 기발한 생각을 해내다니. 기재奇才로다."

방다병은 더 화가 났다. "기재라고?"

이연화가 진지한 투로 말했다. "너도 혼인을 해보면 알 거야."

"내가 뭘 모른다는 거야?"

"그래, 너는 모르는 게 아니라 그냥 쑥스러운 거지."

방다병이 얼굴을 붉히며 뭐라고 욕을 퍼부어줄까 생각하는 동안 이연화는 표표히 몸을 돌려 유리거울을 몇 번 두드렸다.

튼튼한 유리거울을 벽에 단단히 박아놓았을 뿐 다른 장치는 없는 것 같았다.

"우리가 그 손을 발견했을 때는 이 거울 뒤가 밝았을 거야." 거울 뒤가 너무 밝아서 방다병이 거울 너머에 있는 손을 볼 수 있었던 것이다.

이연화가 계속 말을 이었다. "호유괴였다면 거울의 원리를 잘 알 테니 절대로 촛불을 들고 비춰보지 않았겠지."

방다병이 한숨을 쉬었다. "그러니까 거울 속에 있던 그 손은 귀신 손이 아니라, 누군가 이 방에서 벽에 있는 이상한 거울을 발견하고 불로 비춰본 거로구나. 그래서 옆방에서는 손만 희미하게 보였던 거고." 귀신이 아니었다는 걸 알고 나자 방다병은 갑자기 정신이 번쩍 들었다. "그런데 이 방에 있던 여인은 그끄저께 밤에 죽었고, 채화루 사람들은 여기서 시신이 발견된 걸 다 알잖아. 설령 그제 밤에 이 방에 사람이 있었더라도 감히 벽을 살펴볼 용기가 있었을까? 그 사람이 바로 죽은 여인의 눈을 파고 손을 자른 악마라면 몰라도. 그 악마는 여인이 죽었는지 살았는지 관심도 없고 자기가 발각될까 그것만 두려웠겠지. 그래서 여인이 밖으로 뛰쳐나가 죽은 것도 아랑곳하지 않은 거야."

"응." 이연화가 심드렁하게 대꾸하고는 그림을 도로 걸어놓았다. 방다병이 계속 이를 갈며 말했다. "그 악마는 이미 도망쳤겠지? 아니면 내 손으로 직접 붙잡았을 텐데! 그런 잔혹한 짓을 하는 건 인간도 아니야……"

몸을 돌려 탁자 위 굳은 촛농을 두드려보던 이연화가 놀란 표정을 지었다. "응? 이 속에 뭐가 있어."

방다병이 들여다보니 붉은 촛농 속에 작고 검은 뭔가가 있었다. 가볍게 두드리자 톡톡 소리가 나며 촛농이 갈라지고 그 안에 든 것이 드러났다.

자그마한 검정색 비녀였다. 방다병이 살며시 집어들어 살펴보니 물소뿔로 만든 것인데 무늬가 단조로웠다.

"촛농이 굳기 전에 떨어져서 촛농 속에 가려진 거야. *그끄저께* 밤이었겠지." 이연화가 미간을 찡그리며 탁자를 자세히 살폈다. 비녀가 있던 위치에 얕게 파인 구멍이 보였다. 비녀는 탁자 위에 놓여 있던 것이 아니라 비스듬하게 꽂혀 있던 것이다. 양손이 잘린 여인이 비녀를 탁자에 꽂았을 리는 없다. 누가 그랬을까?

도망친 이 방 투숙객일까?

방다병과 이연화가 서로 시선을 마주쳤다. 등불을 들고 유리거울을 만지던 손, 잔인하게 학대당한 여인, 사라진 천자 4호방 투숙객, 옷장 속 부인의 위패, 탁자에 꽂힌 물소뿔 비녀. *그끄저께* 밤 천자 4호방에서 기이한 일이 벌어진 건 틀림없었다.

천자 4호방 투숙객이 아내의 위패를 품은 채 잔인하게 학대당한 여인을 데리고 있었다는 정황만으로도 충분히 불가사의했다. 지금 그는 어디에 있을까?

방다병이 도무지 모르겠다는 표정으로 미간을 찡그렸다. "얼어 죽을 이연화. 그 여인의 옷이 여기 떨어져 있긴 하지만 과연 이 방에 묵었을까? 이것 빼고 여자 물건이 하나도 없잖아. 혹시……" 방다병이 목소리를 한껏 낮추어 말했다. "그 여자 귀신이 나타났다가 떨어뜨리고 간 건 아닐까?"

"실은……" 이연화가 물소뿔 비녀를 보며 혼잣말처럼 중얼거리다 말았다.

비녀가 꽂혔던 각도를 쭉 따라가보니 탁자와 침대 말고는 아무것도 없었다. 침대 위에는 붉은 비단 이불이 요 위에 깔렸는데, 아주 작은 핏자국이 이불을 거쳐 회백색 벽까지 줄지어 뿌려져 있었다. 이연화가 눈을 크게 뜨고 자세히 살펴보았다. 이불이 붉은색이어서 분간이 어렵긴 했으나 다른 핏자국은 없었다. 침대 밑에는 신발이 없었다. 창문은 활짝 열려 있고 침대 가장자리 휘장이 마구 헝클어져 있었다. 그 자리에서 뒤를 돌아 반대편을 보면 탁자와 옷장 외에 아무것도 없었다.

쿵쿵쿵. 급한 발소리가 들려왔다.

"공자님! 공자님!" 밖에서 누군가 다급하게 방다병을 부르며 천자 5호방으로 뛰어들어가 외쳤다. "공자님! 우…… 우물 속에 시신이 있습니다! 또 누가 죽었어요!"

방다병이 밖으로 나가 소리쳤다. "또 죽었다고? 여기 역신이 사는 거 아니야? 왜 사람이 자꾸 죽어?" 방다병은 곧장 정원의 우물로 달려갔다.

이연화는 놀라서 넋이 나간 하인을 붙잡고 차분히 물었다. "겁낼 거 없네. 저 방에 누가 묵었지?" 이연화가 옆문을 가리켰다.

하인은 이연화가 가리키는 대로 흘긋 보고는 놀람이 가시지 않은 창백한 얼굴로 대답했다. "우물에서 죽은 바로 그 사람이요."

이연화는 방금 자신이 가리켰던 문을 가리키며 다시 물었다. "아니, 그 방 말고 이 방 말이네."

하인은 그제야 자신이 헷갈린 걸 알았다. 이연화가 가리킨 건 천자 3호방이었다. "그 방에는 한 아가씨가 묵었는데 이름은 저도 잘 모르겠습니다." 채화루 천자방에는 대부분 단골 손님이 묵었지만 가끔 굳이 3호방이나 4호방에 묵길 원하는 손님들이 있었다.

이연화가 고개를 끄덕이고 하인의 어깨를 두드리며 천자 3호방을 가리켰다. "방 공자께서 밤에 천문을 보며 점을 쳤는데 3호방에 묵은 아가씨가 방값도 안 내고 도망쳤다는 점괘가 나왔네. 시간이 있으면 시신 같은 거 들여다보지 말고 저 방 아가씨가 돈 될 거라도 남기고 갔는지 알아보는 게 좋을 것 같네."

하인이 이연화를 물끄러미 쳐다보다 머뭇거리며 3호방 자물쇠를 열었다.

문이 열리는 순간 하인이 새된 비명을 지르더니 눈동자가 뒤로 넘어가며 그대로 기절해버렸다.

이연화가 놀라 달려가보니 방안에 여자 시신이 있었다. 머리를 풀어헤치고 두 눈을 둥그렇게 뜬 채였는데, 고개가 살짝 위로 젖혀진 모습이 목뼈가 부러져 죽은 듯했다. 온몸은 꽈배기처럼 뒤틀리고 손가락은 호랑이 발톱처럼 구부러졌으며, 흐트러진 흰 속옷의 가슴 부분이 뜯겨 있었다. 죽기 전 필사적으로 저항했지만 상대의

완력을 버티지 못하고 숨이 끊어진 것 같았다.

또 한 사람이 죽었다!

채화루에서 시신이 세 구째 발견된 것이다.

방다병은 정원 우물 옆에서 사람들에게 일을 지시하고 있었다.

이연화가 한숨 섞인 목소리로 방다병을 불렀다. "여기 여자 시신이 또 있어."

방다병이 아연실색해 고개를 번쩍 들었다. "뭐라고?"

"3호방에서 여인이 죽었어. 그 시신의…… 상태도 범상치 않아."

방다병은 또 온몸의 잔털이 곤두섰다. "뭐라고?"

이연화가 동정어린 눈으로 방다병을 보았다. "요 며칠 사이에 너희 주루에서 사람이 셋이나 죽었다고."


## 3. 금비녀

정원 뒤쪽 우물에서 천자 3호방까지 광풍처럼 달려온 방다병은 여인의 시신을 보고 얼굴이 하얗게 질려 절규하듯 외쳤다. "이게 어떻게 된 일이야? 멀쩡한 대낮에 채화루에서 살인마가 나오다니! 어떻게 사람을 이렇게 연달아 죽일 수 있어? 대체…… 대체 왜?"

이연화가 방다병을 붙들고 나직이 말했다. "금기포 주인들에게 도철비녀의 내력에 대해 물을 때 살인 현장에서 마지막으로 발견된 뒤 비녀가 어디로 갔는지 물어봤어?"

아직 경악과 분노가 누그러지지 않은 방다병이 씩씩거리며 말했다. "물어봤는데 잊어버렸어. 쓸데없는 거 묻지 마. 어쨌든 도철 비녀가 나타날 때마다……"

이연화가 고개를 저었다. "아니, 모든 이야기에는 악인이 어떤 결말을 맞는지 꼭 밝혀주기 마련이야. 도철비녀의 마지막 행방에서 단서를 찾을 수 있을 거야."

방다병이 이연화를 빤히 노려보다 말했다. "도철비녀의 저주를 받아 죽은 황제의 부장품으로 같이 묻혔다던 것 같아. 됐어?"

이연화가 방다병을 위아래로 쳐다보다가 씨익 웃었다. "구경선경이라는 곳에 대해 들어봤어?"

"물론이지. 강호에 떠도는 전설에 의하면 남쪽 멀리 어느 땅의 깊은 산속에 대희大希라는 작은 나라가 있는데, 광맥이 풍부하고 황금과 보석이 많이 나서 그 나라 군주는 엄청난 부자였어. 그 나라 역대 군주의 묘지는 모두 신비한 곳에 감춰져 있는데, 천지의 영기가 모이는 곳이라 희귀한 약초가 많이 자란대. 고산에 있는 왕릉은 겉모습도 화려하지만 수많은 보물이 매장되어 멀리서 봐도 휘황하게 빛이 난다지. 그곳이 바로 구경선경이야. 하지만 전설로만 떠돌 뿐 실제로 대희국의 왕릉을 발견한 사람은 아직 없어." 방다병은 강호와 무림의 신기한 전설을 많이 알고 있었다.

청산유수처럼 말을 늘어놓는 방다병을 보며 이연화가 또 씩 웃었다. "대희국이 우리 조정과 통혼한 적은 없어?"

"있지." 방다병이 하하 웃으며 이연화의 어깨를 툭 쳤다. "감히 이 정도 질문으로 본 공자를 시험해보려고? 삼십 년 전에 통혼이 있었지. 대희국이 황금을 조공으로 바치고 우리 조정에서 공주 한

명을 대희국 왕에게 시집보냈어. 아마 우리 할아버지가 아버지를 얻고 난 즈음이었을 거야." 방다병이 의기양양한 표정으로 이연화를 응시했다.

이연화가 아쉽다는 듯 말했다. "너희 할아버지가 아버지를 얻은 뒤가 아니었다면 그 공주가 네 할아버지와 혼인했을 수도 있을 텐데. 그랬다면 너희 아버지가 태어나지 못했을 거고 당연히 너도 지금 없겠지."

방다병이 발끈했다. "얼어죽을 이연화! 그게 무슨 말이야?"

이연화가 시치미를 뗐다. "난 아무 말도 안 했어."

방다병이 성을 냈다. "방금 말했잖아!"

"네가 잘못 들은 거야." 이연화는 더 뻔뻔한 표정으로 그렇게 우기고는 다시 진지한 표정으로 말을 이었다. "공주가 시집갈 때 혼수로 뭘 가져갔는지 알아?"

방다병은 한참 기억을 더듬었다. "아, 생각났어. 도철비녀 때문에 마지막으로 죽은 사람은 대희국 국왕과 여덟 부인이야. 대성공주가 대희국으로 시집갈 때 혼수 중에 도철비녀가 있었거든."

"그래서……" 이연화가 눈을 가늘게 뜨고 기대 섞인 눈빛으로 방다병을 응시했다.

방다병이 눈을 크게 떴다. "그래서, 뭐?"

이연화가 실망한 표정으로 한숨을 쉬었다. "그래서 도철비녀가 대희국 국왕의 배장품이 됐구나. 대희국 왕릉은 구경선경이라 불리는 곳에 있고. 그런데 그 도철비녀가 지금은 여기에 있단 말이지." 이연화가 첫번째 시신이 발견된 곳을 가리켰다. "그렇다면 누군가 구경선경을 찾아내서 도철비녀를 꺼내왔다는 얘긴데."

이연화의 얘기에 방다병의 낯빛이 점점 변했다. "구경선경? 거기 있는 보물을 다 가졌다면 엄청난 부자가 됐을텐데?"

"그게 사실이라면 그렇겠지."

방다병이 3호방에 쓰러져 있는 시신과 4호방 문을 번갈아 쳐다보다가 말했다. "이 사람들이 구경선경 때문에 죽은 걸까? 누군가 왕릉을 도굴했고, 그 보물을 빼앗으려는 사람들이 도굴꾼을 추적했다?"

"아마 그런 것 같아. 적어도 도철비녀를 가진 사람은 구경선경과 관련이 있다고 봐야지."

"그런데 구경선경의 보물지도는 여양금이 가지고 있잖아? 여양금이 보물지도를 손에 넣은 지 오래됐지만 보물을 찾았다는 소문은 못 들었어. 보물지도를 잃어버렸다는 소문도 못 들었고. 그럼 누가 갑자기 구경선경을 찾아냈단 말이야?"

"여양금이 보물을 찾았든, 보물지도를 잃어버렸든 그걸 왜 너한테 얘기해야 해? 네가 여양금과 친하면 모를까. 게다가 구경선경은 대회산 자락에 있어. 울긋불긋 아름답고 상서로운 기운이 풍기는데다, 아침에는 동쪽에서 자줏빛 구름이 다가오고 밤에는 달빛이 흘러넘치는 곳이라고 들었어. 대회국은 춥지도 않고 산세가 험하지도 않으니 산을 좋아하는 사람은 여러 해 오르다보면 보물지도 없이도 구경선경을 찾아낼 수 있을지 몰라."

방다병은 말문이 막혔다. 신비한 구경선경이 그렇게 찾기 쉬운 곳이라면 실망스럽지 않은가. 하지만 이연화의 말에 반박할 논리가 생각나지 않았다.

"사람들은 죽었는데, 보물은? 보물은 어디 있어?" 방다병이 두리번거렸다.

"사람이 죽었으니 살인자가 있을 거고, 보물은 안 보이니 살인자가 가져갔겠지." 이연화가 대단한 진리를 가르쳐주는 것처럼 거만하게 말했다.

방다병의 얼굴이 흙빛이 되었다. "그럼 살인자는?"

이연화가 고개를 저으며 다시 조심스러운 표정으로 방다병을 보았다. "그끄저께 밤에 죽은 그 가련한 아가씨를 봐야겠어."

방다병의 낯빛이 더 어두워졌다. "안 돼!"

이연화가 진지하게 말했다. "한 번만 보게 해주면 보물이 어디 감춰져 있는지 말해줄게."

방다병의 눈동자가 반짝였다. "보물이 어디 있는지 알아?"

이연화가 고개를 끄덕였다. "물론이지. 단번에 알았어……"

방다병이 사람을 불러다 몇 마디 물어보더니 이연화에게 말했다. "시신이…… 아직 후당後堂에 있대. 의장에서 가지러 오길 기다리는 중이래. 됐지? 이제 보물이 어디 있는지 말해줘." 방다병이 눈동자를 반짝이며 이연화를 바라보았다.

이연화가 시치미를 뗐다. "보물은 바로, 범인이 갖고 있어."

방다병의 눈에서 불길이 치솟는 걸 보고 이연화가 코를 문지르며 몸을 돌렸다. "난 우물에서 발견된 시신을 보러 가야겠다."

방다병이 이연화의 뒤통수를 향해 소리를 꽥 질렀다. "얼어죽을 이연화! 감히 날 속여!"

이연화는 잽싸게 계단을 내려가 우물에 빠진 시신을 보러 갔다.

죽은 사람은 팔다리가 길고 기골이 장대한 남자였다. 호유괴가 발견했을 때 시신은 우물에 낀 상태였다. 골격이 굵은데다 온몸이 통통 부었기 때문이었다. 시신의 머리부터 우물 입구까지는 두 척도 되지 않았다. 수수한 갈색 옷 차림에 어깨에는 흉기에 찔려 피를 흘린 흔적이 있었다. 하지만 직접적인 사인은 목이 졸린 것이었다.

죽은 남자는 몸에 아무것도 지니고 있지 않았다. 하다못해 동전한 닢조차 없었다.

이연화가 고개를 들어 천자루를 올려다보자 다른 사람들도 함께 시선을 옮겨 건물을 올려다보았다. 천자루에서 떨어져 우물에 낀 걸까? 그게 아니면 어떻게 우물에 낄 수 있지?

천자루에서 떨어져 마침 우물에 빠졌고 몸이 끼었다.

이렇게 딱 맞아떨어질 수 있을까?

이연화가 눈을 깜박이며 주위를 두리번거렸다. 이 후원은 천자루의 작은 정원이었고 우물을 제외한 다른 바닥에는 모두 자갈이 깔려 있었다.

이연화가 옆에 있는 하인의 옷자락을 잡아당겼다. "후당은 어디 있지?"

"술창고 옆에 있습니다. 외진 곳이라 장작창고와 술창고밖에 없습니다."

이연화가 만족스러운 듯 고개를 끄덕이고는 뒷짐을 지고 자리를 떴다.

한편 방다병은 위층에서 불같이 화를 내고 있었다. 호유괴는 약

삭빠르게 먼저 자리를 피했는지 보이지 않고 허드렛일을 하는 하인만 방다병 옆에서 고개를 푹 숙인 채 야단을 맞는 중이었다.

방다병이 짜증스럽게 물었다. "호유괴는?"

"장궤는 관아에 신고하러 갔습니다."

바로 그때 밖에서 시끌시끌한 소리가 들리더니 호유괴가 관복을 입은 뚱뚱보와 함께 안으로 들어왔다. 뚱뚱보는 배가 불룩해 허리가 뒤로 젖혀지고 시선도 저절로 천장을 향했다. 그의 좌우로 분홍색 옷을 입은 여인 둘이 따라오며 쉬지 않고 부채질을 해줬다. 뚱뚱보가 우렁우렁한 목소리로 물었다. "여기가 어디냐?"

"지현知縣 나리, 채화루입니다. 오늘 아침에 여기서 술을 드시고 간 걸 잊으셨습니까?" 호유괴가 작은 소리로 아뢰었다.

방다병이 위층에서 내려와 미심쩍은 눈초리로 지현 나리를 위아래로 훑어보았다. 저 사람이 이곳 지현이라고? 허리는 항아리보다 한 척은 더 굵고 암퇘지보다 지방이 세 근은 더 많아 보였다. 방다병은 속으로 그렇게 흉을 보고는 기발한 비유를 생각해낸 자신의 창의력에 스스로 감탄했다.

"오, 그게 바로 여기군." 숨이 턱까지 차오른 지현을 보고 호유괴가 사람을 시켜 의자를 가져오게 했다. 지현이 암퇘지처럼 육중한 몸으로 털썩 앉자 의자가 삐걱 소리를 내며 휘청였고 그걸 보는 사람들의 가슴도 철렁했다. 다행히 채화루의 의자가 튼튼해 부서지지 않았다.

"여기서 사람이 죽었다고 들었는데. 시신은 어디에 있나?" 지현이 또 시선을 천장에 둔 채 물었다.

호유괴가 우물을 가리켰다. "시신은…… 여기 있습니다. 그끄저께 밤에는 손이 잘리고 눈이 파인 여인의 시신도 발견됐습니다. 우물에서 발견된 시신과 관계가 있을지는 모르겠습니다. 나리께서 조사해주십시오."

"남녀가 같은 곳에서 죽었다면 치정 사건이겠지." 지현이 짐짓 근엄한 목소리로 말했다. "본 지현이 보기에 남녀가 이루지 못한 사랑 때문에 함께 자결한 것 같구나. 사람들이 기쁘게 즐기는 이곳에서 스스로 목숨을 끊다니, 참으로 가련한지고."

"네, 그렇습니다……" 호유괴가 허리를 굽히며 연신 고개를 끄덕였다.

"백성을 지극히 아끼는 본 지현이 이 가련한 남녀의 장례를 정중히 치러주도록 하겠네. 다른 볼일이 또 있느냐?" 지현이 의자 팔걸이를 짚고 몸을 일으키려 했다. "없으면 본 지현은 이만……"

그의 입에서 '관아로 돌아가겠네'라는 말이 나오기도 전에 옆에서 누군가가 코웃음을 쳤다. "남녀가 이루지 못한 사랑 때문에 자결했는데 위층에서 또 한 여인의 시신이 발견됐다면 그녀 역시 이루지 못한 사랑 때문에 자결한 걸까요?"

방다병이었다.

지현이 도로 앉으며 물었다. "위층에서도 시신이 발견됐다고? 그건 또 누구지?"

방다병이 냉랭하게 말했다. "나리께서 조사해주시지요. 누군지 소인도 모르겠습니다."

"어떻게 죽었는가?"

"목이 졸려 경추가 부러져 죽었습니다." 방다병의 말투는 여전히 차가웠다. "우물에서 죽은 사람은 참으로 순정해서 우물에 몸을 던져 스스로 자기 목을 졸라 숨을 끊었나봅니다. 순정이 참 쉬운 일이 아니군요."

지현이 눈을 가늘게 떴다. "그렇다면 이루지 못한 사랑 때문은 아니겠군. 위층 여인과 우물 속 남자가 모두 목이 졸려 죽었다니, 둘이 싸우다가 실수로 상대를 죽였겠군. 우발적인 사고지. 본 지현도 안타까움을 금할 수 없네."

방다병은 어이가 없었다. 두 사람이 싸우며 서로 목을 조르다 한 사람은 우물에 뛰어들어 죽고, 다른 한 사람은 자기 방에 가서 쓰러져 죽었단 말인가? 답답한 마음에 주위를 둘러봐도 이연화는 코빼기도 보이지 않았다. 방다병은 점점 더 약이 올랐다.

"세 사람이 싸우다가 벌어진 우발적인 살인이니 본 지현은 이만……" 그의 입에서 '관아로 돌아가겠네'라는 말이 나오기도 전에 또 누군가가 웃으며 말했다. "지현 나리, 잠깐 기다리시지요."

줄곧 위를 향하던 지현의 시선이 간신히 아래로 내려왔다. 점잖은 인상에 잿빛 옷을 입은 남자가 후원에서 커다란 자루를 끌고 오는 게 보였다. 지현은 노여운 티를 내지 않으려고 목소리를 잔뜩 눌러 물었다. "무슨 일이지?"

"나리, 채화루에 보물이 있습니다." 이연화가 사람들이 웅기중기 모인 정원 한가운데까지 자루를 끌어다놓았다. 자루가 꽤 무거워 보였다.

"응? 무슨 보물?" 지현이 두 눈을 번쩍 떴다. 이제야 술이 조금

깨는 것 같았다. "자세히 말해보아라."

이연화가 자루를 쓰러지지 않게 잘 세워놓으며 말했다. "나리, 구경선경에 대해 들어보셨습니까?"

지현이 눈을 가늘게 떴다. "들어봤네. 전설에 나오는 그곳이 채화루의 보물과 관계가 있나?"

"구경선경에 얽힌 비밀 때문입니다. 그 보물지도의 해답이 바로 채화루에 있습니다." 이연화가 차분히 대답했다.

"증거가 있나?" 지현이 미심쩍다는 듯 눈을 더 가늘게 떴다.

"있습니다." 이연화가 힘들게 끌고 온 자루를 천천히 펼쳤다. 사람들은 그게 뭔지 이미 알고 있었다. 방다병도 낯빛이 하얗게 변했다. 이연화가 저걸 왜 끌고 왔는지 이해할 수 없었다. 그건 바로 그끄저께 발견된, 손이 잘리고 눈이 파인 여인의 시신이었다!

자루에 있던 시신이 모습을 드러냈지만 지현은 놀란 기색 없이 싸늘한 표정으로 물었다. "이 시신이 구경선경의 위치를 어떻게 증명한다는 거지?"

이연화가 빙그레 웃었다. "이 시신이 바로 채화루에 보물이 있다는 확실한 증거입니다."

그 말에 다들 미간을 찡그리며 어리둥절해했다. 방다병도 무슨 소리냐는 표정으로 그를 보았지만 이연화는 아랑곳하지 않고 방다병에게 손을 내밀었다. "칼."

칼? 방다병은 지현과 함께 온 아역衙役*의 허리춤에서 칼을 뽑아

---

* 관청에서 관리의 시중을 드는 하인.

이연화에게 휙 던졌다. 흰 검광이 허공을 가르자 아역이 깜짝 놀라 얼굴이 하얗게 질렀다. 칼을 받아든 이연화는 능숙한 손놀림으로 칼을 휙 돌려 죽은 여인이 입고 있는 치마를 찢었다.

쫘악. 시신의 치마가 찢어지는 걸 보며 방다병은 질겁했다. 이연화가 손에 든 칼을 휙 내던지는 바람에 옆에 있던 사람들도 기겁했다.

시신의 치마가 찢어지고 드러난 광경에 방다병은 저도 모르게 외마디 비명을 내질렀다. 틀어올린 머리에 치마를 입었으며 두 손이 잘리고 눈이 파이고 유방이 도려내진 그 '여인'이 여자가 아니었던 것이다.

시신은 남자였다.


## 4. 여양금

"이룰 수 없는 사랑 때문에 자결한 여인의 시신이 아닙니다." 이연화가 득의만면해서 말했다. "우리가 시신의 참혹한 상처에만 집중해 그의 울대뼈는 미처 주의하지 못했습니다. 이 시신은 남자입니다. 게다가 여장을 하면 여자로 믿을 만큼 잘생긴 미남자였습니다."

"그래서 이 남자가 누구야?" 방다병이 물었다. 남자를 알아보지 못했다는 사실이 그에게는 엄청난 치욕이었다.

이연화가 씨익 웃었다. "알고 싶어?"

방다병이 미간을 찡그렸다. "물론이지. 넌 누군지 아는 거야?"

"물론이지." 이연화가 웃음기를 거두고 진지한 표정으로 말했다. "바로 여양금이야."

방다병의 입이 떡 벌어졌다. "뭐라고?"

이연화가 차마 볼 수 없을 정도로 참혹한 시신을 가리키며 말했다. "이 사람이 여양금이라고."

"여양금이라는 사람이 구경선경의 보물지도를 갖고 있다는 소문은 본 지현도 들었지. 그런데 이 시신이 여양금인 줄 네가 어떻게 아느냐?" 지현이 쇳소리 섞인 날카로운 목소리로 물었다.

"이 금비녀 때문입니다." 이연화가 여양금의 머리에 꽂혀 있는 도철비녀를 가리켰다. "이 금비녀는 구경선경의 물건입니다. 구경선경에서 보물을 가지고 나올 수 있는 사람은 이치상 여양금 외엔 없습니다."

"하지만 세상에는 이치로 설명할 수 없는 일들이 많지." 뜻밖에도 지현이 일리 있는 말을 했다.

이연화가 엷은 미소를 지었다. "옳은 말씀입니다. 구경선경과 관계가 있고 여양금과도 관련된 증거가 있다면 이 시신이 그일 가능성이 더 높아지겠죠." 이연화가 시선을 옮겨 옆에 있는 사람들을 쭉 둘러보았다.

"그런 게 있어?" 방다병이 휘둥그런 눈으로 물었다. 이연화와 함께 시신들을 살펴보았지만 그런 증거는 발견하지 못했다.

"있어. 아주 유명한 물건이야. 바로 박악검."

"박악검?" 방다병의 미간이 잔뜩 찌푸려졌다. "박악검을 어디서 봤어? 본 공자는 왜 못 봤지?"

이연화가 고개를 갸우뚱하며 생각하다가 웃으며 말했다. "그 물건이 지금 호유괴의 방에 있을 거야. 네가 호유괴를 잘 아니 직접 가서 찾아보는 게 어때?"

이 말에 사람들이 술렁이고 태산처럼 둔중하게 앉아 있던 뚱뚱보 지현의 눈썹도 움찔거렸다. 물론 호유괴의 얼굴에서도 핏기가 싹 가셨다. 하지만 제일 많이 놀란 사람은 방다병이었다. 방다병의 눈이 화등잔만해졌다. "뭐라고?"

이연화가 호유괴에게 손을 흔들자 호유괴가 새파랗게 질린 얼굴로 콧방귀를 뀌었다. "흥! 공자라고 떠받들며 공손하게 대해줬거늘, 이제 보니 무고한 사람에게 누명을 씌우고 헛소리를 해대는 놈이었군……"

이연화는 그 말에 아랑곳하지 않고 호유괴를 위아래로 훑어보다가 말했다. "인체人彘라고 들어봤나?"

호유괴는 순간적으로 움찔했다. 하인들의 어리둥절한 눈빛이 그에게로 쏠렸다.

방다병이 말했다. "서한西漢 때 유방劉邦의 황후 여후呂后가 유방의 총애를 받는 후궁 척부인戚夫人의 사지를 자르고 눈을 파내고, 구리로 귓구멍을 막고 혀를 자른 뒤 변소에 던지고는 인체, 즉 사람돼지라고 불렀지." 그렇게 말하던 방다병은 시신을 흘깃 보았다가 그제야 깨닫고 깜짝 놀랐다. "이게……"

"이게 바로 인체야. 다리가 있다는 게 척부인과 다를 뿐이지. 뼈에 사무친 원한을 품지 않고는 사람을 이 지경으로 만들 수 없어."

그 자리에 모인 사람들 모두 경악하며 온몸에 한기를 느꼈다.

이연화가 호유괴에게 말했다. "몇 년 전 여양금이 자기 하녀를 죽인 걸 알고 있나?"

호유괴는 갑자기 숨이 목구멍에 턱 걸려 내쉬지도 못하고 말도 제대로 하지 못했다. "내 강호를 떠난 지 오래라……"

이연화가 기다렸다는 듯 그의 말을 잘랐다. "그렇지. 강호를 떠난 지 오래돼서 여양금이 박악검으로 자기 하녀 경아를 죽였다는 걸 모르겠지. 경아는 여양금의 하녀였지만 그가 가장 아끼는 여인이기도 했네. 그런데 경아가 다른 남자와 사랑에 빠졌지. 바로 노주대협瀘州大俠 유항劉恒이었네. 악당이 선한 여인을 꾀어 데리고 가면 간악무도한 짓이 되고, 의협이 악한 여인을 꾀어 데리고 가면 한 사람을 구하는 일이 되는 법. 경아는 의협을 따라가려던 그 밤 여양금에게 들켜 단칼에 목숨을 잃었네." 이연화가 강호의 옛이야기를 꺼내자 그 내용을 모르는 사람들은 흥미롭다는 듯 경청하고, 이미 알고 있는 사람들은 서로 어리둥절한 눈빛만 주고받았다.

호유괴는 처음 듣는 얘기였다. 그가 싸늘하게 웃으며 말했다. "그 일이 나와 무슨 상관입니까? 어째서 박악검이 내 방에 있다는 거요?"

이연화가 정색했다. "아주 중요한 관계가 있지. 자네가 그 일을 알았다면 그 위패가 방에 남아 있을 리 없을 테니까. 위패가 없었다면 천자 4호방에 누가 묵었는지 내가 어떻게 알았겠나?" 이연화가 옆에 있는 하인의 어깨를 두드리며 4호방에 있는 위패를 가져오라고 했다.

하인은 한을 품은 귀신에게 붙들릴까 겁이 났는지 부리나케 뛰어 돌아왔다. 이연화가 붉은 실을 풀자 '선실유씨경아지영위'라고 쓰인 위패가 드러났다.

이연화가 바닥의 시체를 가리키며 지현에게 말했다. "경아는 어릴 적 여양금의 하녀로 팔려 와 성씨도 없었습니다. 유항에게 시집을 갔다면 유씨가 되었겠지요. 이것이 경아의 위패라면 우물 속에 있던 대협은 당연히 유항일 겁니다. 여양금이 경아를 죽이자 유항이 엄청난 증오를 품었겠지요. 그래서 여양금을 붙잡아 그의 무공을 폐하고 검을 빼앗은 뒤, 그의 검에 감겨 있던 붉은 실로 경아의 위패를 감고 그를 인체로 만들어 여기로 데려온 겁니다." 여기까지 말한 이연화는 잠시 생각에 잠겼다가 다시 말을 이었다. "이곳은 서북부에서 남부로 가는 길목입니다. 아마 유항은 여양금을 데리고 구경선경을 찾으러 가기 위해 다리를 자르지 않고 남겨뒀을 겁니다."

바닥에 있는 시신이 여양금이 맞다면 타당한 추측이었다.

이연화의 말이 이어졌다. "그끄저께 밤, 유항은 여양금을 여자로 꾸며 여기까지 데려와 천자 4호방에 투숙했습니다. 여장을 시키기 위해 유항이 여양금에게 빼앗은 도철비녀를 그의 머리에 꽂았겠지요. 유항은 그 비녀가 어떤 물건인지 몰랐는지도 모르겠습니다. 이 일은 그렇게 완전무결하게 끝날 수 있었습니다. 여양금이 그런 몰골이 됐다는 걸 아무도 모르니 그 부하들도 여길 찾을 수 없을 테니까요. 하지만 아무리 의협이라도 그토록 모질고 잔악한 짓을 저지르면 천벌을 피할 수 없는 법이지요." 이연화가 천자루 위층을 가리켰다. "채화루의 천자방에는 옆방을 훔쳐볼 수 있는 유리거울이 은밀히 설치되어 있습니다. 그날 밤…… 천자 3호방에 묵었던 여자 손님이 우연히 그림 뒤에서 유리거울을 발견하고 옆방의 유항과 여양금을 보게 된 겁니다. 여양금을 불쌍한 여인으로, 유항을 잔인한 악마로 오해한 여인이 4호방으로 달려들어가 유항에게 암기를 날렸습니다."

방다병은 천자 4호방 탁자에 꽂혀 있던 물소뿔 비녀를 떠올리며 고개를 끄덕였다. 그게 비녀가 아닌 암기라면 그렇게 비스듬히 탁자에 꽂혀 있었던 상황이 설명된다.

"그 여인과 유항 사이에 격투가 벌어졌겠지요." 이연화가 다시 위층을 가리켰다. "천자 4호방 벽에 이 촌 깊이의 작은 구멍이 있습니다. 뭔가 벽에 꽂혔던 자국입니다. 방씨 가문이 운영하는 채화루는 푸른 벽돌로 지었는데, 그 벽돌을 이 촌 깊이로 파고들 수 있는 것이 암기 외에 또 있을까요? 장검이었다면 이 촌 깊이로는 검신을 지탱하지 못해 떨어지며 벽에 흔적을 남겼겠지만 그런 흔적은 없었습니다. 칼날로 벤 듯 길고 가는 자국이 아니라 좁고 깊은 구멍이었습니다. 장검이 아니라면 단검이나 비수였겠지요. 지금 강호에서 이기利器라고 불릴 수 있는 단검과 비수는 단 세 자루뿐입니다. 보리혜검菩提慧劍은 아미파에 모셔져 있고, 소도홍은 백천원에 있고, 마지막 하나가 바로 박악검입니다."

다들 깜짝 놀랐다. 그렇다면 이 여자 시신이 여양금이라는 이연화의 추측에 강한 설득력이 생기는 셈이다.

"유항에게는 여양금에게 빼앗은 박악검이 있었으니 여협객은 그의 맞수가 될 수 없었습니다. 그런데 3호방 여협객의 시신에는 검에 찔린 상처가 없고 장상掌傷뿐이었습니다. 여협객과 격투를 벌이다 박악검이 벽에 날아가 꽂히자 유항과 여협객이 장력으로 대결한 것 같습니다."

"그다음엔?" 방다병이 코를 만지작거렸다. 이연화의 추리에 딴지를 걸고 싶었지만 다른 가능성이 생각나지 않아 속으로 잔뜩 약이 올라 있었다.

이연화가 방다병을 흘겨보며 천천히 말했다. "그다음엔 우리가 귀신을 보았지."

"응? 그…… 거울 속에 있던 손?" 방다병이 또 코를 만지작거리며 그날 밤을 떠올렸다. "아니야! 우리가 거울 속 여자 귀신을 본 건 그저께 밤이잖아. 유항과 옆방 여협객이 격투를 벌인 건 그끄저께 밤일 테고. 시간이 안 맞아! 어제는 그 방에 아무도 출입하지 않았다고 했으니 그저께 밤은 유항이 이미 죽은 뒤였어." 유항이 죽지 않았다면 여양금이 도망치게 내버려뒀을 리가 없었다.

"유항과 여협객의 장력이 맞붙었다가 여협객은 방에 쓰러지고 유항은 창밖으로 날아가 우물에 빠졌어."

이연화의 얘기를 들을수록 점점 더 이해할 수 없어 방다병은 머리를 쥐어뜯었다. 이연화의 말대로라면 이 사건은 호유괴와는 아무 관계도 없는데 어째서 호유괴가 박악검을 갖고 있다는 걸까? 방다병은 뚱뚱보 지현의 말대로 '서로 싸우다가' '우발적으로' 일어난 사건이라는 쪽으로 마음이 점점 기울었다.

사람들의 의구심 섞인 눈초리에도 아랑곳하지 않고 이연화는 말을 계속했다. "유항과 여협객 모두 부상을 입었지만 죽은 건 아니었어."

"유항은 우물에서 죽었잖아!" 그가 죽은 게 아니라면 어떻게 우물 속에서 발견됐겠는가?

이연화가 일어나 사람들을 둘러보다가 지현에게서 시선을 멈추고는 진지하게 말했다. "지현 나리도 밖에서 술을 마시든 식사를 하든 모두 은자를 내시지요?"

지현이 날카로운 소리로 대답했다. "그야 물론이지."

"지현 나리도 식사를 하면 은자를 내는데 천자 4호방에 묵은 두 사람에게는 동전 한 닢도 없었습니다. 그들이 묵었던 방에는 짐보따리도, 은자 한 냥도 없었습니다. 그들이 어떻게 여기서 먹고 자고 했을까요?"

"그래서?" 말없이 듣고만 있던 지현이 불쑥 물었다.

이연화가 빙긋 웃으며 말했다. "유항의 물건을 누가 가져간 게 분명합니다. 유항의 시신이 우물에 있으니 가서 보십시오. 온몸이 벌겋게 부어올라 우물에 빠지지 않고 안에 끼었는데 머리와 옷은 젖어 있습니다. 이게 무슨 뜻일까요?"

"부상을 입었을 때 살아 있었다는 뜻이네. 그후로도 한참 동안 살아 있었던 게야. 상처 부위로 물이 들어가 온몸이 퉁퉁 부은 것이지." 지현이 아주 쉽다는 듯 말했다.

"과연 예리하십니다." 이연화가 흐뭇한 미소를 지으며 여전히 의혹이 가득한 사람들의 얼굴을 훑었다. "유항의 시신을 보면 그가 우물에 빠졌던 건 사실인 듯합니다. 온몸의 찰과상은 우물 벽에 쓸려서 생긴 것이죠. 몸이 젖은 것도 우물물에 빠졌다는 뜻이고 요."

사람들이 그제야 알겠다는 표정을 지었다. 유황은 처음 우물에 빠졌을 때 죽은 상태가 아니었다. 그렇다면 다른 누군가가 나중에 죽였다는 뜻이다.

"3호방 여협객도 마찬가지입니다. 유항과의 장력 대결로 기절했다가 깨어나보니 한밤중이었습니다. 일어나서 벽에 꽂힌 검을 찾으려고 화절자에 불을 붙였습니다. 그림을 들추고 불빛을 비춰 벽에 숨겨진 유리거울을 살펴봤습니다. 그때 옆방에 있던 저와 방 공자는 귀신을 본 줄 알았습니다." 이연화가 미소를 지었다.

방다병이 가슴을 쓸어내렸다. "귀신이 아니었구나."

이연화가 고개를 끄덕였다. "하지만 때를 잘못 맞춰서 깨어났어. 너무 늦게 깨어난 거지……"

"그게 무슨 소리야?"

"밤에 쓰러져서 밤에 깨어났다니까? 열두 시진을 기절한 채로 쓰러져 있었던 거라고. 꼬박 하루 동안."

방다병이 성을 냈다. "빙빙 돌리지 말고 똑똑히 좀 말해. 밤에 깨어난 게 어떻게 열두 시진을 기절했었다는 뜻이 돼? 쓰러진 날 밤에 반 시진만에 깨어났을 수도 있잖아."

"반 시진만에 깨어났다면 우리 둘이 본 건 진짜 귀신이겠지." 이연화가 정색했다. "만약 여덟 시진 만에 깨어났다면 죽지 않을 수도 있었어. 그러니까 열두 시진 만에 깨어난 게 분명해."

방다병은 점점 더 화가 났다. "그게 대체 무슨 소리냐고!"

이연화는 더이상 방다병의 말에 대꾸하지 않고, 지현은 다 알아들었을 것이라는 듯 지현에게 시선을 옮겼다. "저와 방 공자가 천자 5호방에 묵은 그날 밤, 유리거울 속 사람 손을 보았지만 누가 옆방을 출입하는 소리는 듣지 못했습니다. 옆방에 사람이 있었다면, 만약 그 사람이 소리 없이 돌아다니는 귀신이 아니라면, 저희 둘이 그 방에 묵기 전부터 옆방에 있다가 저희가 방을 나온 뒤에 나왔을 것입니다. 그래서 저희가 아무 소리도 듣지 못한 겁니다."

방다병은 그제야 그 여협객이 왜 열두 시진 동안 기절했다는 건지 이해했다. 그렇게 오래 기절하지 않았다면 진작 천자 4호방을 빠져나와 그곳을 떠났을 것이다.

"유항과 여협객 모두 장력으로 부상을 입었을 때는 죽지 않았습니다. 그런데 어째서 둘 다 시신으로 발견됐을까요? 그 이유는 그날 밤 벌어진 일에서 찾을 수 있습니다. 그날 밤 유항이 창밖으로 튕겨나간 뒤 아무 소리도 들리지 않았습니다. 여양금은 말도 할 수 없고 앞도 볼 수 없지만 들을 순 있었습니다. 그래서 천자 4호방에서 도망쳤지만 성한 몸이 아닌 탓에 좁은 길을 따라 부엌을 통과해 정원으로 뛰어나가다 넘어져 뒤통수를 바닥에 부딪혔습니다. 깊은 밤이라 사람들에게 발견되지 못하고 과다출혈로 사망했습니다. 그리고 그게 이 모든 일의 출발점이 됐지요."

"출발점? 여양금이 넘어져 죽은 게?" 방다병이 어리둥절한 표정으로 물었다. "우연한 사건이 아니었다는 뜻이야?"

"여양금이 넘어져 죽은 건 우연이었어. 죽지 않았더라도 이미 그런 모습이 된 이상 살아도 의미가 없었겠지만. 여양금은 도철비녀를 남기게 됐지."

방다병의 미간이 천천히 찡그러졌다. "그리고 어떤 사람이 그걸 발견했지."

"그것이 구경선경의 보물과 관련이 있다는 사실을 발견했지." 이연화가 방다병의 말을 더 정확히 바로잡았다. "여양금의 시신이 발견된 뒤 너는 호유괴에게 죽은 이가 채화루 사람인지 알아보라고 했고, 호유괴가 시신을 확인한 뒤 채화루 사람들을 조사하고 돌아와서 뭐라고 했는지 기억해? 호유괴는 그때 채화루 안을 다 찾아봤다며 그 시신이 채화루 사람이 아니라고 했어." 이연화의 입가에 가벼운 웃음이 떠올랐다. "그리고 그날 호유괴가 직접 우리에게 천자 5호방을 내줬잖아. 채화루 전체를 다 조사하고, 5호방도 직접 정리한 호유괴가, 백번 양보해서 4호방에 여인이 쓰러진건 못 봤다고 해도 최소한 우물 속에 빠진 사람은 못 봤을 리 없어."

이연화가 힘주어 한마디를 덧붙였다. "게다가 유항은 우물에 빠질 때 살아 있었어. 살려달라고 외치지 않았을까?"

방다병도 그제야 어느 정도 짐작이 갔다. "우리가 여양금의 시신을 발견한 그날 아침, 호유괴가 유항을 발견하고 그에게서 구경선경에 관한 단서를 들었을 거란 얘기로구나. 그다음엔?"

"그다음엔 모든 게 분명해지지. 유항이 살기 위해 그 시신이 여양금이라는 걸 호유괴에게 말했고, 호유괴는 그를 우물에서 건져낸 뒤 목 졸라 살해하고 다시 우물에 빠뜨렸어. 그런데 유항의 몸이 물에 불어 우물에 빠지지 않고 벽에 낀 거야. 호유괴는 유항을 죽인 뒤 4호방에 가서 박악검을 가지고 나왔는데, 방안에 너무 오래 머무를 순 없으니 꼼꼼히 살펴보지 못했어. 그때는 유항이 말한 구경선경의 단서를 찾지 못했던 것 같아."

"그런데 왜 나중에 다시 가서 찾아보지 않았지?" 방다병이 눈을 크게 떴다.

이연화가 한숨을 쉬었다. "나중에 가려고 했을 때는 우리가 5호방에 묵고 있었겠지. 아무리 간이 부었어도 감히 방 공자의 바로 옆방에서 물건을 훔칠 수 있겠어?"

그 말에 방다병이 흡족한 듯 큼큼 헛기침을 했다. "그래서 귀신 소동이 난 그날 밤에는 호유괴가 4호방에 오지 않았다는 거야?"

이연화가 잠시 생각해보고 말했다. "그렇지. 우리한테 들킬까 겁도 났을 테고, 바닥에 쓰러진 여인은 이미 죽었다고 생각했겠지."

"그런데 그 여인이 한밤중에 깨어났군."

"맞아. 여협객도 정신이 들자 방을 샅샅이 뒤졌어. 그래서 4호방을 즉시 떠나지 않았을 거야. 그리고 방에서 뭔가 찾아냈지." 이연화가 허공에 대고 뭔가를 그렸다. "손에 쥘 수 있는 어떤 물건. 하지만 열두 시진 동안 기절할 정도였다면 가벼운 부상이 아니었을 테고, 사람들에게 들킬까봐 밖으로 나가지 못하고 4호방에 머물렀던 것 같아."

방다병은 이연화의 손짓을 보고 위층 여인 시신의 바짝 구부러진 손가락이 떠올랐다. 죽는 순간까지 뭔가를 놓지 않으려고 꽉 쥐고 있었던 것이다.

설마 구경선경의 보물이 한두 척밖에 안 되는 상자라고? 그 안에 금은보화가 얼마나 들어갈까? 방다병은 실망스러웠다. 어려서부터 받은 용돈만 합쳐도 그런 상자 스무 개는 너끈히 채우고 남을 터였다. 보아하니 구경선경이 소문처럼 대단한 건 아닌 듯했다.

이연화의 얘기가 이어졌다. "이튿날 아침, 우리는 귀신을 본 게 께름칙해서 5호방에서 나와 다시 돌아가지 않았고, 그 틈에 호유괴가 물건을 찾으러 4호방에 갔어. 그때 여협객이 아직 살아 있으며 자신이 찾던 물건을 이미 찾아냈다는 사실을 알았지. 그래서 여협객의 목을 졸라 살해한 다음 시신을 3호방에 감췄어. 일단 감춰놓고 나중에 처리하려고 했겠지." 이연화가 지현에게 시선을 옮겼다. "호유괴는 지현 나리가 무능해 사건을 대충 무마할 거라고 생각하고 사건을 해결해달라며 나리를 모셔왔습니다. 하지만 나리의 예리한 눈을 어찌 피해 갈 수 있겠습니까? 호유괴의 방에 박악검이나 출처를 알 수 없는 보석이 있는지 조사해보면 제 추리가 맞는지 틀렸는지 확인할 수 있을 겁니다."

뚱뚱보 지현이 뚫어져라 응시하자 이연화가 봄바람 같은 미소를 지었다.

지현은 눈을 부릅뜨고 이연화를 노려보다가 소리쳤다. "여봐라! 조사해보거라!"

잠시 후 호유괴의 방에서 박악검과 금은보석이 나왔다. 쇄은과 동전 몇 푼까지 남김없이 훔친 호유괴의 악랄함에 장사치는 역시 다르다며 다들 혀를 내둘렀다. 반질반질 윤이 나는 나무상자도 있었는데 칼로 자를 수 없고 물에 젖지 않으며 불에 타지 않을 만큼 단단하고 견고해 보였다. 호유괴가 온갖 방법을 써도 열지 못한 것 같았다.

어쩌면 구경선경의 비밀이란, 속세의 때묻은 손에게는 허락되지 않는 것이 아니었을까. 그렇기에 수백 년 동안 아무도 찾지 못했는지도 모른다.


## 5. 약몽掠夢


"검도 잘 못 다루는 호유괴가 왜 그런 위험을 무릅쓰면서 박악검을 훔치려고 했을까?" 호유괴를 밧줄로 묶어 아버지에게 압송해 '처리하게' 한 뒤로 방다병은 기분이 울적했다.

이연화가 한숨을 쉬었다. "너처럼 게을렀으면 좋았을걸……"

방다병이 눈을 부라렸다. "뭐라고?"

이연화가 진지하게 말했다. "호유괴가 너무 부지런해서 검을 훔친 거야."

방다병의 어리둥절한 얼굴을 보며 이연화가 말을 이었다. "호유괴는 보검을 얻기 위해서라면 장사도 그만두고 검술을 연마했을걸? 하지만 넌 보검을 백 개 준대도, 아니, 그 검으로 목을 벤다고 협박을 해도 검술을 연마하진 않겠지."

방다병이 정색했다. "그야 모르는 일이지. 구경선경에 '약몽'이라는 검이 있는데, 검광에서 무지갯빛이 나고 검신은 얼음처럼 차가워서 그 검을 휘두르면 휘황한 검광이 허공에서 춤을 추는데, 그게 그렇게 아름답고 황홀하대……"

이연화가 졸린 눈으로 하품을 했다.

오래전 악몽이라는 검이 있었다. 무지갯빛 검광이 태양을 뚫고 그림자가 백 리에 뻗치며, 한번 휘두르면 온 산하가 긴 꿈에 빠지고 강물도 붉게 변했다.

훗날 그 검이 부러지자 수정을 이어붙여 다른 검을 만들었다.

새로운 검의 이름은 문경吻頸이었다.

(하권에 계속)

吉祥紋蓮花樓

옮긴이 **허유영**

한국외국어대학교 중국어과와 동 대학교 통번역대학원 한중과를 졸업했으며 현재 전문 번역가로 활동하고 있다. 지은 책으로 『가장 쉽게 쓰는 중국어 일기장』이 있으며, 옮긴 책으로 『도둑맞은 자전거』『팡쓰치의 첫사랑 낙원』『햇빛 어른거리는 길 위의 코끼리』 『원스 어폰 어 타임 인 홍콩』『삼체』(2, 3권)『적의 벚꽃』 등이 있다.

문학동네 세계문학

길상문연화루 中

초판 인쇄 2023년 3월 2일 | 초판 발행 2023년 3월 14일

지은이 텅핑 | 옮긴이 허유영
기획·책임편집 박인숙 | 편집 이원주 이희연 고선향
디자인 김유진 이주영 | 저작권 박지영 형소진 이영은
마케팅 정민호 이숙재 김도윤 한민아 이민경 안남영 김수현 왕지경 황승현 김혜원
브랜딩 함유지 함근아 박민재 김희숙 고보미 정승민
제작 강신은 김동욱 임현식 | 제작처 한영문화사

펴낸곳 (주)문학동네 | 펴낸이 김소영
출판등록 1993년 10월 22일 제2003-000045호
주소 10881 경기도 파주시 회동길 210
전자우편 editor@munhak.com | 대표전화 031) 955-8888 | 팩스 031) 955-8855
문의전화 031) 955-1927(마케팅) 031) 955-2699(편집)
문학동네카페 http://cafe.naver.com/mhdn
인스타그램 @munhakdongne | 트위터 @munhakdongne
북클럽문학동네 http://bookclubmunhak.com

ISBN 978-89-546-9076-8 04820
        978-89-546-8512-2 (세트)

잘못된 책은 구입하신 서점에서 교환해드립니다.
기타 교환 문의 031) 955-2661, 3580

**www.munhak.com**